'조선적인 것'의 형성과 근대문화담론

구재진 국민대학교 교양과정부 전임강사
김병구 숙명여자대학교 의사소통센터 조교수
박용규 서울대학교 강사
박진숙 성균관대학교 학부대학 전임강사
이양숙 서울시립대학교 객원교수
조현일 홍익대학교 강사

'조선적인 것'의 형성과 근대문화담론

1판 1쇄 인쇄 2007년 8월 25일
1판 1쇄 발행 2007년 8월 31일

지은이 / 민족문학사연구소 기초학문연구단
펴낸이 / 박성모
펴낸곳 / 소명출판
출판고문 / 김호영
등록 / 제13-522호
주소 / 137-878 서울시 서초구 서초동 1621-18 (란빌딩 1층)
대표전화 / (02) 585-7840
팩시밀리 / (02) 585-7848
somyong@korea.com / www.somyong.co.kr

값 15,000원

ISBN 978-89-5626-260-4 93810
※ 이 책은 2004년도 한국학술진흥재단의 재원에 의해 연구되었음(KRF-2004-073-AS2029).

'조선적인 것'의 형성과 근대문화담론

THE FORMATION OF 'JOSEON-NESS' AND MODERN CULTURAL DISCOURSES

민족문학사연구소 기초학문연구단

구재진
김병구
박용규
박진숙
이양숙
조현일

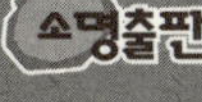

소명출판

　　일제 강점기 문학에 대한 연구를 해 오던 우리 연구자들은 일제 강점기의 문화담론에서 나타나는 '민족' 개념의 형성과 '조선'에 대한 인식의 관련성에 대하여 주목하게 되었다. 근대적인 의미에서의 '민족'에 대한 자각이 이루어지는 과정이 '조선' 혹은 '조선적인 것'에 대한 발견 및 인식의 과정과 긴밀하게 연관되어 있었기 때문이다. 더구나 그러한 과정이 일본의 식민지로 호명되는 과정이기도 하다는 점은 우리 연구자들의 관심을 더욱 증폭시켰다. '조선적인 것'과 관련된 연구가 없는 것은 아니었지만 그간의 연구는 '조선적인 것'이 무엇인가라는 실체론적인 질문으로 접근한 것이 대부분이었다. 필자들의 문제의식은 '조선적인 것'을 둘러싼 담론이 형성해내는 역사적, 인식적 그리고 문화적 의미가 무엇인가에 있다. 즉 이 연구의 핵심적인 질문은 일제 강점기 '조선적인 것'은 무엇이었는가가 아니라 일제 강점기 '조선적인 것'에 대한 담론은 어떻게 형성되었으며 어떻게 변화되었는가, 그리고 그러한 담론이 지니는 의미는 무엇인가라고 할 수 있다.

연구의 필요성에 공감하고 있기 때문에 순조롭게 공동연구가 진행될 수 있을 거라고 예상했지만, 서로 다른 연구 배경을 가지고 있는 연구자들이 만나서 공동연구를 한다는 것은 그리 쉽지 않았다. 그러나 서로 다른 생각과 입장에도 불구하고 공동의 시각과 연구방법을 마련하는 것부터 연구의 대상이 되는 자료를 함께 읽어나가는 일까지 1년 이상의 시간을 함께 했다. 그 사이 '조선적인 것'에 대한 자료를 찾기 위해서 일본에 다녀오기도 하였다. 야나기 무네요시의 민예관을 비롯하여 일본의 방송박물관과 도쿄 국립박물관의 조선 전시실 등을 둘러보면서 여러 가지 자료를 구하고 '조선적인 것'의 형성에 일본이 미친 영향에 대해서 일종의 실감을 얻고 돌아왔다. 그때 얻은 실감은 각자의 연구에 녹아있을 것이다.

이 책은 1부 연구논문과 2부 연구자료, 두 가지 부분으로 이루어져 있다. 연구논문 여섯 편은 각각 서로 다른 연구 대상을 가지고 일제 강점기 문화담론에서 '조선적인 것'이 지니는 의미를 고찰하고 있다. 김병구의 「고전부흥의 기획과 '조선적인 것'의 형성」은 1930년대 조선학 운동의 일환으로 시도된 조선부흥의 기획이 지닌 양가적 의미망에 대한 연구이다. 무엇보다도 고전부흥의 기획이 식민지 상황의 극복을 위한 민족적 동일성 회복을 욕망하였지만 '조선적인 것'을 과거로부터 소환하여 절대화한 결과 역사적 현실을 무화시킴으로써 식민지 지배의 논리로 귀결될 가능성을 내포하고 있다는 것을 밝혔다. 그럼으로써 식민지 상황에서 '조선적인 것'에 대한 담론이 어떻게 제국과 식민지의 대립과 공모의 관계를 보여주고 있는가를 구명하고 있다.

구재진의 「1930년대 사회주의 비평과 '조선' 인식」은 암함광과 임화의 비평을 대상으로 하여 사회주의 비평에서 나타나는 '조선적인 것'에 대한 담론이 지니는 인식적인 함의를 연구한 논문이다. 이 논문은 사회주의 문학 비평에서 나타나는 '조선적인 것'에 대한 담론이 '조선'에 대한 개별주의적 인식과 보편주의적 인식으로 나타나고 있다고 본다. 그리고 이러한 인식은 일제 파시즘에 대한 저항과 타협의 복합성, 그리고 해방 이후의 문학 진영의 변화와 민족문학론의 향방과 관련되어 있음을 밝히고 있다.

박진숙의 「식민지 근대의 심상지리와 『문장』파 기행문학의 조선표상」은 '조선적인 것'을 고찰하는 기존 연구에서 간과되어 온 일제의 식민정책에 주목한다. 그리하여 기행의 장소가 식민정책인 고적조사보존사업의 결과 조명된 공간이라는 것을 지적하고, 이병기·정지용·이태준의 작품에 나타나는 조선 표상이 각각의 특성을 지닌 채 제국주의의 심상지리를 재영역화하고 있음을 구명하고 있다.

조현일의 「『문장』파 이후의 문학에 나타난 '조선적인 것'」은 김동리 문학의 '비극적인 것'을 중심으로 『문장』파 이후의 문학에 나타난 '조선적인 것'의 미학적·정치적 의미를 연구한 논문이다. 이 논문은 김동리의 문학세계가 『문장』파의 '조선적인 것'을 계승하면서도 독자적인 세계를 개척했다는 관점을 바탕으로 하고 있는데, 그 독자적인 세계를 '비극적인 것'에서 찾고 있다. 나아가 '비극적인 것'이 결국 반자유주의적 정치성을 표현하고 있다는 것을 밝힘으로써 『문장』파 이후의 '조선적인 것'에 대한 인식의 향방을 구명하고 있다.

이양숙의 「야나기 무네요시[柳宗悅]의 '조선예술론'의 고찰」은 일제강점기 '조선적인 것'에 대한 담론을 펼쳤던 야나기 무네요시의 조선예술론에 대한 평가를 통하여 '조선적인 것'에 대한 인식의 방향을 모색한 논문이다. 야나기 무네요시는 조선 예술의 독자성을 '비애의 미'라고 명명하였는데, 그간 학계에서는 이것이 식민주의적 의식을 드러내는 것으로 비판받아왔다. 그러나 그와 같은 비판은 야나기 무네요시의 미학을 민족정체성의 확립의 측면에서 활용해 온 우리의 관점에서도 동일하게 이루어질 수 있다는 것이 이 논문의 주장이다. '조선적인 것'에 대한 담론 자체가 지닌 이중성이 여기서 다시 한 번 확인된다.

박용규의 「경성제국대학과 지방학으로서의 조선학」은 경성제국대학의 조선학 연구가 일제의 국가주의 논리에 기초한 동양학의 일환, 식민지 지배를 위한 지방학으로서의 조선학이었음을 밝히고 그것이 '조선적인 것'에 대한 담론의 형성에 미친 영향을 고찰한 논문이다. 경성제국대학의 조선학은 일제가 조선을 지배하고 통제하기 위한 지배의 지식으로서의 지방학이었으며 그러한 지방학을 통하여 제도적으로 '조선적인 것'의 창안이 이루어졌다. 이 논문은 식민지 제도가 '조선적인 것'에 대한 담론을 생산해내고 그것이 지배의 도구로 사용되는 과정을 밝히고 있다.

2부의 자료들은 연구자들이 연구를 진행하면서 고찰한 자료들 가운데 지금까지 많이 알려지지는 않았지만 연구자들이 일별해 볼 가치가 있다고 판단하는 자료들을 모은 것이다. 이 자료들이 '조선적인 것'에 대해서 관심을 지닌 연구자들에게 작은 도움이라도 되기를 바란다.

공동연구를 시작할 때의 기백과 패기와는 달리 연구결과를 내어놓고 보니 자꾸 고개가 숙여진다. 이만한 연구결과를 가지고 책을 묶는다는 것이 부끄럽게 느껴지는 것도 사실이다. 그러나 많은 연구자들의 비판과 질책 속에서 보다 풍성한 연구를 기대할 수 있을 거라는 믿음으로 책을 출판하게 되었다. 부디 이 책이 '조선적인 것'을 연구하는 연구자들이 한 번쯤 밟고 갈 수 있는 땅이 되기를 바랄 뿐이다.

마지막으로 연구의 기획에서부터 마무리까지 큰 도움을 주신 민족문학사 학회 신두원 선생님께 이 자리를 빌어서 감사의 마음을 전하고 싶다. 어려운 출판 상황 속에서도 기꺼이 출판을 맡아준 소명출판에도 감사의 말씀을 드린다.

2007년 8월
구재진

제1부

논문

고전부흥의 기획과 '조선적인 것'의 형성

김병구

1. 머리말

1930년 중·후반기 저널리즘상에 나타난 두드러진 특징의 하나로 민족문화의 수립, 전통 창조 등에 관한 관심이 그 어느 때보다 고조되었다는 점을 꼽을 수 있다. 이에 호응하여 평단 또한 자연스럽게 이들 문제를 놓고 비평 담론의 장을 형성하게 된다. 이전부터 문단의 일각에서 꾸준히 관심을 표명해 왔던 문제라 '민족문화'나 '전통'이란 화제 자체가 그리 새로울 건 없다. 새로운 사태라면 이들 화제가 문단의 주도권을 상실한 마르크스주의 문예운동이 관심을 보여 왔던 문제의 영역을 대체하였다는 점이다. 정치적 상황이 초래한 사태이긴 하였지만 '계급이냐 민족이냐'라는 이분법적인 대립을 초월하여 민족문화의 수립과 전통 창조의 문제가 이 시기 문단 전체의 주요 관심사로 부각되었고, 나아가 '세계 이해의 인식론적 토대를 구성하는 요소'[1]로까지 작용하게 되었다. 그리하여 비평 담론의 장에서는 이 문제들을 둘러싼 논의가 분분해지게 되었는데, 이런 일련의 논의 과정에서 제출된 다양한 쟁점들은 이른바 '조선적인 것'의 형성을 둘러싼 문제로 수렴되는 모습을 띠었다.

이처럼 민족문화 혹은 전통 창조의 문제와 관련된 여러 쟁점을 '조선적인 것'의 형성이라는 문제로 수렴시키는데 매개적인 역할을 한 것이 고전부흥 논의였다. 1935년 1월 『조선일보』 학예란 특집 「조선 고전문학의 검토」(1월 1~13일) 및 「조선문학상의 복고사상 검토」(1월 22~31일)를 시작으로 1938년 『조선일보』 특집 「고전부흥의 이론과 실제」(6월 4~15일)와 「서구정신과 동방정취」(7월 31일~8월 7일)에 이르기까지 단속적으로 평단의 관심을 이끌어갔던 고전부흥의 기획을 둘러싼 논의 과정은 '고전 연구의 의의와 방법', '전통 창조의 조건', '문화의 일반성(세계성)과 특수성(민족성)의 관계' 등 여러 쟁점 사안을 만들면서 '조선적인 것'을 문제화하였다.

그런 만큼 고전부흥이라는 논의가 갖는 문화사적 의의는 결코 작지 않다. 「조선문학상의 복고사상 검토」의 기획자가 "새로운 문학이 탄생할 수 없는 불리한 환경 아래 오히려 우리들의 고전으로 올라가 우리들의 문학 유산을 계승함으로써 우리들 문학의 특이성이라도 발휘해 보는 것이 시운(時運)에 피할 수 없는 양책(良策)"[2]이라고 밝힌 바와 같이, 비록 고전부흥 논의가 마르크스 문예운동의 좌절로 인해 초래된 '전형기'의 정신적 공백을 메우기 위해 촉발된 것이라 하더라도, "과거 경향적인

---

1) 이 점에 대해서는 차원현, 「1930년대 중·후반기 전통론에 나타난 민족 이념에 관한 연구」, 『민족문학사연구』 24호, 민족문학사학회, 2004, 96~97면 참조.
2) 「조선문학상의 복고사상 검토—고전문학과 문학의 역사성」, 『조선일보』, 1935.1.22(이하에서 인용문은 현대 국어 표기 원칙에 준하여 고쳐 쓴다).

비평의 일 방수로(一放水路)였던 고전에의 관심을 시사성을 가진 명제로 재등장"시킴으로써 "조선의 현대정신의 근저 속에 잠재된 내셔널한 심정을 부단히 표현"3)하게 했다는 언급처럼 '조선적인 것'의 문제를 자연화시키는 효과를 낳았던 점에서 고전부흥의 기획은 적극적으로 평가될 만하다. 이런 의미에서 고전부흥 논의는 '조선적인 것'이란 무엇이고 그것을 어떻게 정립해 나가야 하는가라는 민족적 동일성을 확립하려는 문제틀에 입각하여 이루어진 문화적 기획으로서의 의의를 지닌다.

또한 민족이 과거의 다양한 의장을 환기하고 그것을 현재와 결부지음으로써 성립한 근대의 인공물이라는 관점에 설 때, 고전부흥 논의는 이른바 '상상의 공동체'로서의 근대적인 민족국가(nation=state)의 형성을 이해하는 데 있어서도 매우 중요한 하나의 단서를 제공한다고 볼 수 있다. 민족국가를 형성하는 데 있어서 민족문화의 표상을 확립하는 것이 불가결하다고 할 때, 이런 문화적 표상 체계를 포괄하는 용어인 '조선적인 것'은 통념상 동일한 언어와 피와 친족 등과 같은 근원적인 것과 결부되어 있다는 생각과는 달리 오히려 문학 또는 고전이 새롭게 만들어내야 할 과제였기 때문이다.4) 따라서 고전부흥의 기획을 둘러싼 논의는 밑바탕에 '상상의 공동체'로서의 근대적인 민족국가를 창안하고자 하는 내셔널한 욕망을 내장하고 있었다고 할 수 있다.

본고에서 주목하고자 하는 것은 1930년대 중·후반기에 전개된 고전부흥의 기획에 내장된 이러한 문화사적 의미망이다. 특히 본고에서는 고전부흥의 기획을 추동한 내셔널한 욕망이 왜 끊임없이 분열을 반복할 수밖에 없었는가를 문제의 대상으로 삼고자 한다. 고전부흥의 기획은 한편에서는 식민지적 현재를 넘어 새로운 미래를 열기 위해 필연적으로 정립되어야 할 '조선적인 것'을 과거의 '고전'에서 찾고자 하는 노력의 일환으로 긍정되었고, 동일한 이유로 다른 한편에서는 '민족적 파

---

3) 임화, 「최근 십 년간의 문예비평의 주조와 변천」, 『비판』 110호, 1939.6.
4) 이에 대해서는 柄谷行人, 『"戰前"の思考』, 講談社, 2001, 24~27면 참조

시즘', '반동적 복고사상의 부활' 등의 부정적 표지가 붙여진 채 극복해야 할 대상으로 받아들여졌다. 본고는 식민지적 상황을 의식하면서 '조선적인 것'의 확립을 통해 민족적 동일성을 추구하려는 욕망이 이와 같이 '특수'와 '보편' '사이'를 끊임없이 유동할 수밖에 없었던 이유는 무엇인가라는 물음에서 출발한다. 그리고 본고에서는 이 물음에 접근해 갈 수 있는 실마리를 적대적인 길항 관계를 형성하면서 서로에게 기생할 수밖에 없는 식민제국과 식민지 사이에 작동하는 대립의 정치학적 성격에서 찾고자 한다. 국가가 부재한 식민지적 조건에서 표출된 내셔널한 욕망 자체는 궁극적으로 그 욕망의 대상인 '조선적인 것'을 폐기할 때에야 비로소 성취될 수 있다.[5] 이런 대립의 정치학이 갖는 아이러니한 성격에 대한 해명을 전제할 때 고전부흥의 기획이 '특수'와 '보편' 사이에서 유동하게 된 근본적인 이유를 이해할 수 있다. 왜냐하면 '조선적인 것'에 대한 욕망의 발신자는 근원적으로 식민제국 일본이었기 때문이다.

이런 문제의식을 바탕으로 본고에서는 고전부흥의 기획에 대한 각 주체들의 입장이 어떻게 차별화되어 나타났는가를 논의의 대상으로 삼기보다는,[6] 고전부흥의 기획 자체에 함축된 '조선적인 것'에 대한 욕망

---

5) 이 점에 대해서는 민족주의에 관한 이글턴의 다음과 같은 논의에서 시사받은 바가 크다. 이글턴은 민족주의가 계급과 비슷하다고 지적하며 그것을 계급과 동일한 범주의 개념으로 파악한다. 그에 따르면, 계급은 그 자체 소외의 한 형태로 개인적인 삶의 특이성을 말소시키는 기능을 한다. 그러나 동시에 그것이 소외를 초극하려면 계급 존재를 회피해서는 안 되며 오히려 그것의 존재를 전제해야만 한다. 이와 동일한 논리로 이글턴은 민족주의를 최종적으로 폐지할 수 있는 유일한 방법은 민족주의를 의식하고 유지하는 것이라고 파악한다. 왜냐하면 민족주의는 다른 민족의 지배를 근절시키기 위해 민족적 동일성을 추구하지만 그 동일성이 식민주의적 억압자의 구성 개념인 한에 있어서는 그 자체 위험이 수반되기 때문이다. Terry Eagleton, "Nationalism : Irony and Commitment", *Nationalism, Colonialism, and Literature*, Minnesota Uni. Press, 1990, pp.23~25 참조.

6) 연구자에 따라 논점의 상이함은 다소 있지만, 김윤식의 「고전론과 동양문화론」(『한국 근대문예비평사연구』, 일지사, 1976, 320~342면)과 황종연의 「1930년대 고전부흥운동의 문학사적 의의」(동국대 한국문학연구소 편, 『한국문학과 근대성의 형성』, 아세아문화사, 2001) 등의 연구를 시작으로 하여 이미 1930년대 중·후반 '고전부흥' 논의의 성

이 식민제국의 욕망과 상호 관련되면서 드러내게 되는 모순적인 성격에 논의의 초점을 맞추고자 한다. 이 점을 고전부흥 기획의 이론적 기초가 되었던 조선학운동어 제도적으로 안정화되는 맥락에서 살펴보고자 한다. 그리고 이를 바탕으로 고전부흥의 기획이 갖는 모순적이고도 양가적인 의미망을 고찰하고자 한다. 요컨대 본고는 기존의 연구 성과를 바탕으로 '조선적인 것'에 대한 욕망에 의해 추동된 고전부흥의 기획이 내장하고 있는 아이러니한 성격을 고찰하는 데 주된 목적이 있다.

2. 고전부흥의 기획과 조선학운동의 제도화

고전부흥은 1930년대 중반 재창된 조선학운동의 일환으로 기획된 것이라 할 수 있다. 조선학운동이란 민족주의 계열의 지식인들이 조선사편수회, 청구학회, 경성제대 조선경제연구소 등 관학 연구 조직이 수행한 조선 연구에 대한 대타의식에서 출발한 민족주의사상 문화운동이었다. 안재홍·정인보 등이 주축이 되어 개최한 '다산서거구구주년기념행사(茶山逝去九九週年記念行事)'(1934년 9월)를 계기로 본격화된 조선학운동은 '조선의 고유한 전통'을 학문적으로 체계화함으로써 문화 및 사상 전반에 걸쳐 조선적이면서 동시에 세계적인 새로운 민족적 주체의 형성을 궁극적인 목표로 내걸었다.

조선학운동을 주도한 안재홍은 1934년 12월 『신조선』에 발표한 글에

격과 그 전개에 양상 및 특징에 대해서는 대체적인 해명이 이루어졌다. 본고의 논의와 관련해서 중요한 참고가 될 만한 최근의 주요 연구 성과로는 차승기의 「1930년대 후반 전통론 연구―시간·공간의식을 중심으로」(연세대 박사논문, 2003), 차원현의 「1930년대 중·후반기 전통론에 나타난 민족 이념에 관한 연구」(앞의 책), 趙寬子의 「日中戰爭期の「朝鮮學」と「古典復興」」(『思想』 7月, 岩波書店, 2003) 등의 연구를 들 수 있다.

서 "일개의 동일 문화 체계의 단일화한 집단에서 그 집단 자신의 특수한 역사와 사회와의 문화적 경향을 탐색하고 구명하려는 학"[7]이라는 관점에서 조선학을 정의하며, 조선학운동의 필연성 및 핵심 과제를 다음과 같이 제시하고 있다.

> 오늘날의 조선인은 현실에 있어 일개의 후진 낙오자로 되어 있다 (…중략…) 그리하여 우리 자신의 문화와 사상에서 조선인적이면서 세계적이요 세계적이면서 조선 및 조선인적인 제삼 신생적인—현대에서 세련된 새로운 자아를 창건하고 아울러 그들의 자신에게 구전(俱全) 타당한 신생적인 사회를 그의 적당한 장래에 창건하자는 숭고하고 엄숙한 현실의 필요에서 출발, 파악, 지속 또 고조되는 것이다. (…중략…) 오늘날 20세기 상반기에 가장 온건 타당한 각 국민 각 민족의 태도는 즉 민족으로 세계에—세계로 민족에 교호되고 조제되는 일종의 민세주의(民世主義)를 형성하는 상세이오 (…중략…) 그러므로 세분하면 일 국민 일 민족과 사이에 교호되고 접촉되는 자리에서 우리는 보다 더 조선의 회고와 조선의 인식이 필요한 것이요 전적으로 말하자면 전 세계 전 국제에 처해서의 우리로도 보다 더 조선의 회고와 인식이 긴절한 것을 새록새록 인식하게 되는 것이다.[8]

인용문에서는 식민지 조선이 '후진적인 낙오자'의 상태에서 벗어나 발전과 생장을 도모하려면 전 세계적으로 확대되어 가는 민족주의·민세주의(民世主義)의 추세에 호응하여 '세련된 현대적 자아'를 창건하는 일이 무엇보다 시급하다는 점을 역설하고 있다. 조선학운동이 궁극적인 목

---

7) 樗生, 「朝鮮學의 問題」, 『신조선』, 1934.12, 1면. 원래 목차에는 「朝鮮學의 問題」가 '권두언'으로 제시되어 있다. 그런데 목차에서 2~5면에 걸쳐 안재홍의 「危難中國의 壁全大觀」이 제시되고 있음에도 어떤 이유에서인지 누락되어 있다. 대신 이 부분을 樗生이란 필명으로 된 「朝鮮學의 問題」가 메우고 있다. 樗生이 안재홍이라 단언할 수는 없지만, 안재홍이 『신조선』 창간에 상당한 영향력을 행사했다는 점, 조선학운동을 주도한 인물이라는 점 그리고 이 글에 나타난 논조가 그의 핵심 사상인 '신민족주의'의 맹아를 보여주고 있는 점을 고려할 때, 이 글이 적어도 '조선학 문제' 대한 안재홍의 입장과 서로 통한다고 볼 수 있다.
8) 위의 글, 2면.

적을 세계사적 흐름에 부응하면서 장차 다가올 신생의 사회('일 민족, 일 국가') 건설을 위한 민족적 자아의 형성에 두고 있었음을 추론할 수 있는 대목이다.

그런데 여기에서 눈여겨 볼 만한 점은 조선학운동의 목적을 달성하는 데 긴요한 과제로 '조선의 회고와 조선의 인식'이 제시되고 있다는 사실이다. 인용문에 이어지는 글에서 급진적인 신진 연구자들에 의해 수행되는 조선 연구가 '현실에 즉한 통계적·수자적·사회동태적인 방면'에 편향되어 있는 사실을 비판하면서 조선학이 '역사적·전통적·문화 특수적 방면'에 더욱더 관심을 가져야 하며 이를 통해 '조선소(朝鮮素)'·'조선색(朝鮮色)'을 확산시켜야 한다고 주장하고 있는 점9)도 이런 맥락과 잇닿아 있다. 요컨대 조선학운동이 추구하는 민족적 자아의 확립이란 '조선소' 및 '조선색'의 강화에 다름 아니며, 이것은 '조선의 회고와 인식'을 통해 가능하다는 것이다. '조선의 회고와 인식'을 통한 '조선소'·'조선색'의 확립을 주장하는 이러한 조선학운동의 논리는 기실 '조선문화의 재인식'이라는 명분을 내걸고 과거의 문학적 유산 속에서 '조선 특유의 것'을 발견하고자 한 취지에서 출발한 고전부흥의 기획 의도와 상통한다고 할 수 있다.10)

---

9) 위의 글, 3면.

10) 예컨대 전향을 선언한 직후 누구보다 발 빠르게 역사·문화·어문학 전반에 걸쳐 조선 연구의 기운이 확산되어 가고 있는 흐름에 주목한 박영희는 조선문화의 재인식이 필요하다는 것을 역설하며 '과거 조선문화 유산의 체계화', '방법론의 구축', '과거 조선문화 유산이 현대 조선문화에 미치는 가치 측정'을 조선문화 재인식의 전제 조건으로 제시하며 그것의 의의를 다음과 같이 밝히고 있다. "조선 문화의 재인식적 과정에 있어서 오인이 주장코자 하는 바는 보편성보다도 특수한 연구에 보다 더 중요시할 것이오, 단순성보다도 복잡성을 이해할 것이며 원리보다도 실천의 성장을 주장하는 바이다."(「조선문화의 재인식—기분적 방기에서 실제적 탐색」, 『개벽』, 1934.12) 이와 같은 박영희의 주장은 조선학운동의 논리에 부합할뿐더러 「고전문화의 이해와 비판」(『조선일보』, 1937.6.10) 및 「고전부흥의 현대적 의의」(『조선일보』, 1938.6.4)에 나타난 자신의 고전부흥 옹호 입장과 고전부흥을 옹호하는 사람들의 기본적인 문제의식을 함축하고 있다.

또한 조선학운동의 과제인 '조선의 회고와 인식'과 관련된 연구 성과들이 여러 영역에서 산출되었던 것도 고전부흥의 기획을 활성화시킨 주요 요인이 되었다. 가령 민족적 주체의 형성을 목표로 한 문화운동이 민족 언어에 대한 자각 및 과거 문화의 체계화 작업과 궤를 같이 하는 게 보편적인 양상이듯, 1933년 조선어학회에 의해서 '한글맞춤법통일안'이 제정된 바 있고, 조선어문학회가 김태준의 『조선한문학사』 및 『조선소설사』, 김재철의 『조선연극사』 등의 문학적 유산을 체계화한 총서를 간행된 것도 이때였다.[11] 뿐만 아니라 성리학적 가치 체계를 부정하고 이른바 '현실학파'에 대한 관심을 지식인 사회에 환기시키는데 결정적 구실을 한 정인보의 「양명학연론(陽明學演論)」이 1933년 9월부터 11월까지 66회에 걸쳐 『동아일보』에 연재되었다.[12] 그리고 그 여파로 '현실학파'를 대표하는 정약용과 연암 박지원의 문집 등의 고전 간행도 활성화되었다. 나아가 정인보·안재홍 등과는 상이한 입장에서 조선 연구의 한 축을 형성한 백남운의 기념비적인 저서 『조선사회경제사』[13]가 간행된 것도 이때였다.

한편 '조선의 회고와 인식'과 관련된 조선에 관한 이 같은 연구 성과가 1920년대의 조선인에 의한 조선 연구와 계보적으로 이어져 있다는 점에도 주목할 필요가 있다. 1920년대에 이미 일본인들에 의해서 언어학·역사학·민속학 등의 다방면에 걸친 조선 연구가 이루어졌다. 즉 1920년대의 조선 연구를 실질적으로 주도한 것은 일본인들이었다. 가령

---

11) 김윤식, 앞의 책, 321~322면 참조

12) 鶴園裕, 「近代朝鮮における國學の形成 ― '朝鮮學'を中心に」, 『朝鮮史研究會論文集』 35, 朝鮮史研究會, 1997, 64면 참조

13) 백남운은 『조선사회경제사』 서문에서 조선의 학문 발전사를 개괄하면서 근세 조선 사상에서 유형원·이익·이수광·정약용·서유구·박지원 등 '현실학파'라고 할 만한 탁월한 학자가 배출되었음을 지적하고 오늘날 경제학의 영역에서 이들이 남긴 업적을 과소평가해서는 안 된다고 주장하였다. 이에 대해 '정인보 교수의 시사에 빚진 바 크다'고 밝히고 있다. 정인보의 「양명학연론」이 조선학에 미친 영향을 짐작케 한다. 백남운, 하일식 역, 『조선사회경제사』, 이론과실천사, 1994, 서문 2면.

1920년대를 배경으로 하고 있는 염상섭의 『사랑과 죄』(『동아일보』, 1927.8. 15~1928.5.4, 총 257회)를 보면 조선의 전통 문화에 대한 일본인들의 연구가 상당히 오랜 기간에 걸쳐 정책적인 차원에서 이루어졌음을 알 수 있다. 이 작품에는 심초매부(深草埋夫)라는 일본인이 주요 인물로 등장하는데 작가는 그에 대해 다음과 같이 언급하고 있다.

> 이 심초매부라는 노인은 육십이 넘도록 반생을 반도(半島)의 풍물과 우로(雨露)에 젖어 난 사람이다. 처음에 금강산 구경 온 것이 인연이 되어서 조선팔도의 명산대천 쳐 놓고 이 사람의 발길이 안 간 데가 업다고도 하거니와 (…중략…) 상류 사회와 접촉이 많던 관계로 궁중 용어의 연구와 조선 고전문학(古典文學)과 속요(俗謠)에 대한 조예가 깊은 것은 조선 사람으로도 낯이 붉을 일이다. 용비어천가를 번역하여 일본 학계에 소개한 것을 볼지라도 이 사람이 얼마나 조선어와 조선 사정에 정통한가를 알 수 있을 것이다.14)

바로 이러한 일본인 주도의 조선 연구를 의식하면서 최남선이 '학문의 독립' 및 '정신상의 독립운동'으로 제창한 것이 조선학이었다. 1921년 '조선어연구회'의 발족을 계기로 최현배·김윤경·이병기 등이 벌인 한글운동이나 민립대학 설립운동 등 자문화 연구 및 학술 연구에 대한 분위기가 형성된 것도 이런 흐름과 맥을 같이 한다.15)

그러나 1920년대 조선인에 의한 조선 연구가 국지적·산발적으로 이루어졌던 것에 반해, 1930년대의 조선 연구는 '조선학(국학) 진흥'의 시대라 할 만큼, 경성제국대학을 비롯하여 각 대학에서 과학적인 학문의

---

14) 염상섭, 『사랑과 죄』, 민음사, 1987, 308~309면. 한편 趙寬子의 글에 따르면, 1924년 조선총독부가 편찬한 『조선자료』에서 볼 수 있듯 조선의 시장, 상업, 물산, 풍속, 귀신, 향토오락, 언론과 세상(世相) 및 조선인의 사상과 성격 등 다양한 항목에 걸쳐 조선에 대한 조사 연구가 이루어졌을 뿐 아니라, 『목민심서』·『삼국유사』·『홍길동전』·『구운몽』 등 고전 서사를 중심으로 한 『통속조선문고』가 동경과 경성에서 동시에 출판되었다. 趙寬子, 앞의 글, 61면 참조.
15) 위의 글, 62면 참조.

세례를 받은 다수의 국학자들에 의해 문학·역사·민속·언어 등의 인문학 및 정치·경제 등의 사회과학을 망라한 학문의 제 영역에서 조직적으로 펼쳐졌다. 이처럼 1930년대의 조선학은 근대적인 지적 담론의 면모를 띠고 있다는 점에서 1920년대의 그것과 질적인 차이를 드러내었다. 더욱이 이 시기의 조선학 연구자들은 각종 학회 및 출판 저널을 통해 활발한 학술 활동을 벌임으로써 조선 연구의 방법과 이념을 다양화시키는 성과를 낳기도 하였다. 예컨대 문헌학적 실증주의를 표방한 진단학회의 활동, 최남선·정인보·안재홍 등 한문 교양을 겸비한 세대의 활동, 사회주의자들의 유물변증법적 역사문화론 등 다양한 경향의 활동이 전개되었던 것이다.16)

그런데 조선학이 근대적인 학문으로서의 면모를 갖추게 되었다는 것은 고전부흥의 기획이 비록 민족주의 계열의 인사들이 제창한 조선학운동과 직접적으로 상응하는 관계에 놓여 있지만, 이 시기 조선학의 방법과 이념적 분화가 말해 주듯이, 심층에 있어서는 지적 담론의 영역에서 벌어진 헤게모니 다툼의 자장 안에 위치하고 있었음을 뜻하기도 한다. 따라서 고전부흥의 기획이 1930년대에 전개된 조선학운동을 기초로 이루어진 것이라 한다면, 식민제국 일본의 후원 아래 이루어진 조선 연구에 대해서 대립각을 세우며 민족적 동일성 회복의 욕망을 표출한 조선학운동이 어떻게 활성화될 수 있었는가라는 의문이 당연히 제기될 수밖에 없다. 중일전쟁을 기점으로 현실정치운동뿐만 아니라 문화 및 사상운동에 대한 식민제국의 탄압이 도를 더해 가던 때임을 고려할 때, 일본을 잠재적인 타자로 간주하고 민족적 자아의 확립을 통해 식민지적 상황의 극복 의지를 표출한 조선학운동이 활발하게 전개될 수 있었다는 것은 상식적으로 수긍하기 어려운 사태이기 때문이다.

그러나 이 같은 역설적 상황 자체를 식민제국 일본이 '조선적인 것'

---

16) 이에 대해서는 전윤선, 「1930년대 '조선학' 진흥운동 연구」, 연세대 석사논문, 1998, 14~32면 참조

에 대한 욕망을 암암리에 관리하고 통제하였다는 것을 반증하는 것으로 이해할 수도 있다. 그렇다면 고전부흥의 기획에 내재된 '조선적인 것'에 대한 욕망은 식민제국 일본의 학술적·문화적·제도적 제 장치에 의해 걸러진 것이라 할 수 있다. 그리고 이 시기의 조선학은 '조선적인 것'에 대한 욕망을 제도적 틀 안에 묶어두고 제국과 식민지 사이의 적대성을 순화시키는 일종의 정류 장치의 역할을 한 것으로 이해할 수 있다. 문제는 1930년대 조선학의 이 같은 제도적 안정화가 낳은 효과가 무엇일까에 놓이게 된다. 이에 대해서는 한마디로 조선학 개념의 기원을 망각케 하는 결과를 낳았다고 말할 수 있는데, 바로 여기에 '조선적인 것'에 대한 욕망이 식민제국의 욕망에 포섭될 수밖에 없는 비밀이 숨겨져 있다.

흔히 조선학은 "식민지하에서 조선인의 조선인에 의한 조선인을 위한 조선 연구, 즉 일종의 학문적 민족주의 운동"[17]으로 평가된다. 그래서 그것은 국학이라는 용어와 동일한 의미를 갖는 말로 인식되는 게 일반적이었다. 그러나 식민지적 조건을 고려할 때 조선학은 관습적인 차원에서 정의된 '국학' 개념으로 그 의미를 환원시킬 수는 없다. 조선학이란 개념이 형성된 기원의 맥락을 사상해버리기 때문이다. 예컨대 일본에서 '국학'은 정치·경제·문화 전반에 걸쳐 구 제국 중국의 영향권 아래 있던 일본이 근대적인 민족국가로 자립하는 과정에서 탄생된 개념이었다.[18]

이와 마찬가지로 '조선학' 개념 자체를 역사화시켜 파악할 때, 식민

---

17) 鶴園裕, 앞의 글, 57~62면 참조.
18) 柄谷行人은 제국과 제국주의 개념을 구분한다. 전자는 민족국가가 형성되기 이전 중국을 중심으로 통일된 세계를 후자는 민족국가 형성 후의 일본과 아시아의 관계를 나타낸다. 이런 구분 아래 柄谷은 本居宣長에 의해 이루어진 '국학'을 전자에, 일본 낭만파의 '국학'을 후자에 대응시키고 있다. 나아가 그는 이 둘의 질적인 차이가 전자가 구 제국 중국을 타자로 의식한 데 반해 후자가 아시아 전체를 타자화한 데 있다고 지적한다. 柄谷行人, 앞의 책, 25~36면 참조

지적 조건 아래서 탄생된 조선학이 자기 모순적인 성격을 내포한 개념임을 알 수 있게 된다. 왜냐하면 조선학은 본래 식민제국 일본의 제국주의적 욕망에 의해 형성된 '東亞學(동양사학)'이 고안해 낸 것이기 때문이다. '동아학'이란 청일 전쟁 이후 일본이 서양과 구 제국 중국으로부터 자신을 분리시키고 특권화하는 과정에서 형성된 식민주의 담론이었다. 객관성과 학술성이란 외관을 취했지만 아시아의 맹주로써 일본의 패권을 확립하고 일본 민족의 동일성을 구축하려는 목적에서 조선과 중국을 타자화시켜 그들과의 차이를 역사적으로 정당화한 학문이 바로 '동아학'이었던 것이다.[19]

특히 '동아학'을 고안하는데 결정적인 구실을 한 것으로 알려진 시라토리[白鳥庫吉]가 일본 민족의 동일성을 확립하려는 의도에서 「단군고(檀君考)」를 집필하였다는 사실은 조선학 개념의 기원 문제와 관련해서 시사하는 바가 크다.[20] 조선인 학자 중 '조선학'이란 명칭을 처음 사용한 이가 최남선인데, 그는 식민제국 일본의 조선 연구를 타자로 인식하고 이른바 조선의 '종교적 고고학'의 구상 아래 고조선 연구에 집중했다. 이런 사실은 바로 조선학이 그 기원에 있어서 조선과의 차이를 통해 일본의 동일성을 확립하려는 식민제국의 욕망에 의해 고안된 조선학과 서로 통한다는 것을 뜻한다. 이런 면에서 조선학은 근본적으로 자기모순적인 성격을 함축한 개념이라 할 수 있다.[21]

---

19) 村井寬志에 따르면 '동아학'은 일종의 지역 연구로 식민주의와 공범 관계에 있다. 그는 동아학의 이런 특징을 "일청전쟁 전에는 '조선학'이 있으며, 조선은 멸망했다. 일로전쟁 전에는 '만선학'이 있으며 요녕성이 함락되었다. '9·18(만주사변)' 전에는 '만몽학'이 있으며 동북사성은 멸망했다. ……"는 역사학자 憑家昇의 말을 인용하여 압축적으로 제시하고 있다. 村井寬志, 「日本のオリエンタリズム」, 『ポストコロニアリズム』(姜尙中 編), 作品社, 2001, 124~126면 참조.

20) 이에 대해서는 강상중, 이경덕·정성모 역, 『오리엔탈리즘을 넘어서』, 이산, 1997, 125~129면 참조.

21) 최남선의 조선학은 '고조선'의 종합 연구 성격을 지닌다. 특히 그의 연구는 종교 또는 정신사에 치우쳐 있었다. 1927년 『계명』 19호 권두언에서 그는 "조선학의 건설은 그 종교적 고고학으로 시작"한다고 하였다. 이와 같은 태도로 1928년 조선사편수회에

이와 같은 조선학 개념의 기원에서 확인할 수 있는 것은 민족주의와 식민주의, 민족적 동일성의 욕망과 식민제국의 욕망이 서로 공모 관계에 있다는 점이다. 물론 이것은 개별 주체의 의지 차원의 문제만은 아니다. 문제의 핵심은 식민제국 일본이 자신의 정체성을 확립하기 위해 만들어낸 타자의 표상 체계로서의 조선학 개념이 1930년대 조선 연구자들에게 자연스럽게 받아들여졌다는 데 있다. 물론 그것은 식민제국이 만든 학교·학술·출판 등 여러 제도적 장치를 통해 조선학이 근대적인 지적 담론으로 안정화된 결과였다. 또한 이것은 조선학 개념의 기원에 내포된 제국주의의 시선이 일정 정도 조선 연구자들에게 내면화되었다는 것을 뜻하기도 한다. 요컨대 '조선적인 것'에 대한 욕망에 의해 추동된 조선학은 식민제국의 조선 연구를 성립 조건으로 한다는 점에서 제국주의의 파생 담론이라 할 수 있다. 이런 맥락에서 조선학은 식민제국 일본에 의해 관리되고 통제되었던 것이다.[22]

따라서 식민제국 일본과의 대립에 의해서만 성립할 수 있는 '조선적인 것'에 대한 욕망은 근원적으로 자기 모순적인 성격을 내포할 수밖에 없다. 고전부흥 기획의 밑바탕에 깔려 있는 '조선적인 것'에 대한 욕망이 함축한 이 같은 자기 모순적인 성격을 인식하지 않는 한 '조선적인 것'은 특권화되거나 부정될 수밖에 없다. 고전부흥의 기획이 '특수'와 '보편' 사이를 유동하는 양가적 의미를 띠게 된 이유는 그것이 조선학

촉탁으로 참여하여, 단군 조선과 기자 조선을 둘러싸고 今西龍과 논쟁을 벌였다. 鶴園裕, 앞의 글, 62~64면 참조.

22) 기령, 일본 총독부 산히의 朝鮮司法協會에서는 1926년 영문학자 藤井秋夫를 초빙하여 아일랜드 '민족운동과 문예부흥'에 관한 강연을 개최하였다. 이 강연에서 藤井秋夫는 아일랜드 민족운동이 언어 및 문학과 맺는 관계, 영국에 대한 정치운동, 문예부흥운동 등을 자세하게 소개하고 있다. 그런데 이 강연회 서두에서 그는 "조선은 일본의 아일랜드"라는 취지로 자신의 글을 참고할 것을 청중에게 권하고 있다. 단순한 사례이지만, 이 글을 통해 식민제국 일본의 조선학에 대한 통제가 얼마나 치밀하게 이루어졌는가를 짐작해 볼 수 있다. 朝鮮司法協會, 「アイルラント°の民族運動とその文藝復興」, 1925, 1면 참조.

의 자장권 안에 놓여 있었던 데 있다고 할 수 있다.

3. 고전부흥 기획의 양가적 의미망

고전부흥의 기획이 당시 민족주의 계열의 인사들이 제창한 조선학운동의 일환으로 이루어진 것이었음은 앞에서 밝힌 바와 같다. 마르크스주의 문예 활동이 좌절되고 조선학운동이 제창되자 지식인 사회 일각에서는 '조선 사람이 조선을 너무 모른다'는 위기의식이 고조되어 갔다. 이런 상황과 연동되어 '조선적인 것'에 대한 각성의 필요성이 일정 정도 공감을 얻게 된 결과, 과거의 문학적 유산의 전유를 통해 '조선적인 것'을 환기시키려는 작업의 일환으로 고전부흥이 기획된 것이었다.

「조선문학상의 복고사상 검토」와 더불어 고전부흥의 논의를 불러일으키는데 촉매 작용을 한 1935년의 『조선일보』 특집 「조선 고전문학의 검토」의 기획자가 "찬란한 옛 문화를 잊어버린 차대(此代)의 우리는 너무도 외래의 문화를 수입하기에 급급하였다"는 반성 아래 "우리의 생명수였던 우리의 문학을 찾아 우리의 명패를 빛내고자 한다"[23]는 고전 검토의 취지를 밝히고 있는 데서 짐작할 수 있듯이, 고전부흥을 기획하고 추진한 사람들에게는 하나의 공통된 인식이 자리 잡고 있었다. 조선인 스스로 자신의 문화를 타자화한 지나간 역사에 대한 반성이 그것이다. 말하자면 고전부흥의 기획은 서구적 보편성을 맹목적으로 추종함으로써 '조선적인 것'을 스스로 타자화해 온 흐름을 자성하는 토대 위에서 출발한 것이었다.

---

23) ×기자, 「조선 고전문학의 검토」, 『조선일보』, 1935.1.1.

따라서 고전부흥의 기획은 이와 같은 자성에 기초해서 '잊혀진' 조선 문화 본래의 고유성을 자신의 역사적 과거로 되돌아가 확인하고자 하는 민족적 동일성 회복의 의지를 표출시킨 운동의 차원에서 이해될 수 있다. 그리고 이러한 민족적 동일성 회복의 전제 조건인 조선문화의 고유성을 과거 우리의 문학적 고전 속에서 찾고자 했던 것이다. 이른바 '교양론'에 입각해서 고전 탐구의 의의를 강조한 김진섭의 다음과 같은 진술은 고전부흥의 기획이 갖는 이러한 의미를 집약적으로 드러내주고 있다.

> 자기 역사의 탐구에서 참된 교양의 제 일보가 놓여야 할 것은 두말할 것도 없다. 이럼으로 의하여 비로소 우리는 우리의 교양과 진보를 도모할 수 있도록 최선의 자기를 축조할 수 있는 것이다. 이리하여 이제 조선은 잃어버렸던 우리를 그 고유의 역사적 매력을 가지고 놓치지 않으려 하고 있다.[24]

> 우리가 조선의 고전문학에서 얻을 수 있는 대부분의 것은 그 풍부한 역사적 재료에 틀림없다. 역사적 서술에 있어서나 또는 문학적 구성에 있어서나 한 가지고 많은 지장을 야기시키는 바 이 역사적 재료란 물론 그 자체 허한 것을 실하게 하는 바 창조적 근원은 아니다. 그것이 과거에 임하든 현재에 임하든 모든 존재를 있는 그대로 형성시킬 수 있는 바 모체가 창조적 상상력인 것은 두말할 것이 없다.[25]

인용문에서는 '잃어버린 우리 고유의 역사'에 대한 인식의 필요성을 제기하고 있다. 그리고 과거에 대한 '역사적 감각의 각성'을 위해서는 역사적 재료로서의 문학 고전에 대한 탐구 및 창조적 상상력이 필요하다는 점을 강조하고 있다. 그럴 때 문화(교양)의 진보가 이루어질 수 있다는 것이다.

---

24) 김진섭, 「고전탐구의 의의—역사의 매력(2)」, 『조선일보』, 1935.1.23.
25) 김진섭, 「고전탐구의 의의—『함렛』과 『흥보』의 우열(3)」, 『조선일보』, 1935.1.24.

이와 같이 '역사적 감각의 각성'이 요청된다는 인식 아래 고전 탐구의 의의가 강조되던 흐름과 때를 같이하여 고전에 대한 역사적 재조명 작업이 저널리즘상에서 활발하게 전개되었다. 가령 『조선일보』 특집 「조선 고전문학의 검토」에는 권덕규의 「훈민정음의 기원과 세종대왕 반포」, 김윤경의 「월인천강지곡 해제—한글로 노래한 최고의 문헌」, 이병기의 「시조의 기원과 그 형태」, 김태준의 「신라 향가의 해설—민중예술로서 가요를 말함」, 일보학인의 「조선 고전에서 찾아온 잃었던 우리 문학의 음미—구소설에 나타난 시대성」, 이희승의 「용비어천가의 해설」 등이 실렸고, 같은 해 1월의 『동아일보』 특집 「조선문학의 독자성—특질의 구명과 현상의 검토」에도, 정인섭의 「현 문단의 제 분야와 조선문학의 특질」, 천태산인의 「춘향전의 현대적 해석」, 김태준의 「우리 문학의 회고」, 박사점의 「조선문화의 유산과 그 전승의 방법」 등이 발표되었다. 뿐만 아니라 뒤에서 살피겠지만 고전부흥 기획의 비판론자들에게 표적이 되었던 정인보의 「오천년 조선의 얼」이 연재되었다. 나아가 「건설기의 민족문학」이란 제목하에 이헌구의 「불란자국어의 옹호」 및 「애란민족극의 수립」을 비롯하여 미국·독일·러시아 등에서의 민족문화에 대한 동향이 소개되었다. 저널리즘상에 나타난 이 같은 고전 탐구열은 1938년 『조선일보』 특집 「고전부흥의 이론과 실제」 및 「서구정신과 동방정취」에 이르기까지 지속적으로 이어졌다. 물론 고전 탐구열이 저널리즘상에만 국한되어 나타난 현상은 아니었다. 이 같은 고전 탐구열은 학술계나 출판계에서도 두드러진 현상이었는데,26) 이러한 열기가 고전부흥의 논리

---

26) 이와 같은 저널리즘상의 관심과 더불어 학계 및 출판계에서 고전에 대한 재발굴 작업과 그것에 대한 역사적 조명이 한껏 고양되어 나타났다. 김윤식은 당시의 고전 연구 및 고전 발굴 작업에 대해 자세히 소개하고 있다. 예컨대 진단학회의 학술지 『진단학보』 창간호(1934년 12월)에 조윤제의 「朝鮮詩歌胎生」, 이병기의 「時調發生과 歌曲과의 區分」, 손진태의 「朝鮮古代山神의 性에 就하여」, 송석하의 「風神考」 등이 발표되었다. 그리고 김태준이 편집 교열한 『高麗歌詞』·『青丘永言』·『李朝歌辭』·『原本春香傳』 등과 임화가 편집한 『朝鮮民謠選』 및 김태오가 편집한 『朝鮮傳來童謠』 등이 1938년 학예사에서 간행되었다. 당시 고전 연구열을 짐작케 하는 이외의 다양한 성과들에 대

에 힘을 보태었음은 물론이다.

　이처럼 조선 고유의 동일성을 회복하려는 차원에서 제기된 고전부흥의 기획이 우리 문화에 대한 역사적 성찰의 계기를 부여했다는 점, 그리고 조선의 과거 문화적 유산에 대한 발굴 및 역사적 재조명 작업을 고조시켰다는 점은 적극적으로 평가할 만한 일이다. 그러나 조선 고유의 본래적인 문화적 정체성을 회복하자는 차원에서 제기된 고전부흥의 기획은, 그것이 어떤 현실적 요청에서 이루어진 것인지의 여부를 차치하고 볼 때, 일종의 '인식론적·가치론적 전도 위에서 이루어진 것'이라는 점에 주목할 필요가 있다. 조선 고유의 본래적인 문화적 정체성의 회복이 민족이라는 집단적 주체의 동일성을 상정하고 '서구적인 것'과 '조선적인 것'을 이원론적으로 대립시킨 바탕 위에서 후자에 가치론적으로 우월한 지위를 부여하는 인식론적 틀을 전제하고 있는 한, 그것은 '외래문화를 수입하기에 급급'하여 자신의 문화를 타자화시켜 바라보았던 과거의 사유 구조를 역전시킨 것에 지나지 않기 때문이다.27) 이런 점에서 고전부흥의 기획은 '우리 고유의 것' 혹은 '조선적인 것'을 과거 속에서 인위적으로 소환하여 그것을 절대화한 나머지 조선의 현실을 가리게 하는 이데올로기적 봉쇄 효과를 낳을 가능성을 함축하고 있었다.

　김남천·임화·이청원 등 마르크스주의 계열의 인사들이 고전부흥의 기획에 대해 일관되게 부정적 입장을 취했던 것은 고전부흥의 기획이 안고 있는 바로 이런 문제점 때문이었다. 나아가 고전부흥의 기획에 대한 이들의 부정적 태도가 분석적이라기보다 다분히 이데올로기 비판의 성격을 띠고 나타난 것도 이에 연유한다. 그들은 '조선적인 것', '민족적인 심정'을 환기할 필요성에는 공감하면서도 고전부흥의 기획이 '세계적인 것', '국제적인 것'과 대립되는 의미에서의 '지방적인 것', '향토적인 것'에 이끌려 그 안에 갇히게 될 경우, 의도치 않은 결과를 낳을 가

　해서도 상세하게 소개하고 있다. 김윤식, 앞의 책, 320~328면 참조
27) 이에 대해서는 차승기, 앞의 글, 14~24면 참조

능성을 우려했던 것이다. 즉 이들은 고전부흥의 기획이 '반동적인 복고주의', '낭만적 사대주의', '민족 파시즘'의 논리로 귀착될 가능성을 경계하는 차원에서 고전부흥의 기획에 대한 이데올로기 비판을 반복적으로 행했던 것이다.[28]

이들과는 달리 전문적인 식견을 갖고 고전 탐구에 진지한 자세를 견지하며 고전의 해제 및 편집, 과거 문학 유산의 역사적 조명 작업에 전념했기 때문에 고전 연구가 갖는 시대적 의의를 누구보다도 잘 인식하고 있었던 김태준이 고전부흥의 기획에 시종일관 비판적 입장을 표명했던 것도 바로 이들과 동일한 이유에서였다.

> 과거에 대한 정당한 인식이 없는 문화운동은 또한 정당한 진로로 향할 수가 없는 것이다. 맹목적으로 무비판적으로 매진하던 문화운동이 그 불리한 환경과 조우하여 전진도중에 저립(佇立)하게 되었을 적에 필연적으로 지나온 자취를 회상하는 것이다. 조선의 고전 연구는 바로 이러한 계단에 일보를 인(印)하려는 자이다. (…중략…) '조선' 연구열은 급작이 대두를 하게 된 것이다. 그러나 나는 이렇게 말하려 한다—우리는 우리의 형제자매에게 읽히어줄 '역사' 책 한 책도 갖지 못하였다. 그리하여 그 역사 연구의 출발은 그리고 그 진정한 의미의 역사 연구는 이제부터 시작되는 것이라고 (…중략…) 종래에 고전연구의 경향을 보면 고전연구자는 동시에 골동수집자, 고물상, 오방재가(五房在家)와 같은 느낌을 주었다. (…중략…) 그리하기 때문에 고인(古人)의 생활을 엿보거나 또 거기로부터 지금까지의 발전 단계를 엿보아 미래의 건설에 자조한다든지 할 수는 없었다.[29]

---

28) 고전부흥의 기획에 대하여 이데올로기 비판을 행하고 있는 대표적인 글로 김남천의 「조선은 누가 천대하는가?」(『조선중앙일보』, 1935.10.18)와 「고전에의 귀환」(『조광』 23, 1937.9), 임화의 「역사적 반성에의 요청」(『조성중앙일보』, 1935.7.6), 이청원의 「'조선얼'의 현대적 고찰」(『비판』 36, 1937.2)과 「문화의 특수성과 일반성」(『조선일보』, 1937.8.10)과 「조선의 문화와 그 전통」(『동아일보』, 1937.11.5), 한식의 「문화의 민족성과 세계성」(『조선일보』, 1937.4.29) 등을 들 수 있다.
29) 김태준, 「'조선' 연구열은 어데서」, 『조선일보』, 1935.1.26~27.

인용문에서는 김남천·임화·이청원 등의 고전부흥의 기획에 대한 비판에서 볼 수 있는 격렬한 표현은 보이지 않는다. 다만 고전 탐구에 대한 '골동취미적' 연구 경향을 비판하면서 과거 조선문화에 대해 '정당한 이해와 인식'이 요구된다는 것을 강조하고 있을 뿐이다. 그리고 이 같은 '정당한 이해와 인식'은 과거의 조선문화를 당시의 사회적 맥락 속에서 파악하고 현재의 조선 현실과 연관지어 고찰할 때에만 가능하다는 주장을 펴고 있다. 그렇게 될 경우 '미래로의 새로운 출발'을 기대할 수 있다는 것이다. 이는 곧 과거 문화유산에 대한 '골동취미적' 연구 경향이 현실과의 연관성을 배제함으로써 과거를 특권화하고 현실을 억압하는 것으로 귀결될 가능성이 있음을 우회적으로 비판한 것으로 읽을 수 있다.

고전부흥의 기획에 대한 이 같은 비판 논리는 김태준뿐만이 아니라 마르크스주의 계열의 인사들에게 공유된 이데올로기 비판의 기본 전제였다. 즉 고전부흥의 기획에 대한 이들의 이데올로기 비판에는 '세계사적' 또는 '국제적인' 관점에서 조선의 특수한 현실을 인식해야 한다는 전제가 깔려 있었다. 이들에 의해 세계사적 시야에서 '과학적'·'비판적' 조선학의 필요성이 강조된 것도 바로 이런 맥락과 관련된다. 물론 이들이 고전부흥의 기획에 대한 '과학적'·'비판적' 정신을 강조하였던 것은 파시즘의 발호라는 당시의 세계사적 상황과 밀접한 연관을 맺고 있다. 파시즘이 과거의 민족문화를 절대화함으로써 근대 지성 일반의 위기가 초래되었기 때문이다. 마르크스주의 계열의 인사들이 고전부흥의 기획에 대해 '민족파쇼의 부활', '낭만적 사대주의', '반동적 복고주의' 등이라 부르며 이데올로기 비판을 행한 것은 이 같은 위기의식이 낳은 결과이기도 했다.

이런 맥락에서 볼 때 고전부흥의 기획은 한편으로 시대적 압력으로 인해 민족적 동일성의 회복이 절실하게 요청되던 현실적 차원에서 이루어진 것이었지만, 다른 한편으로 그것은 '조선적인 것'이라는 것을 호명하여 절대화한 나머지 현실을 괄호 안에 넣음으로써 식민 지배의 논리로 귀착될 위험성을 함축하고 있었다는 이중적 의미망을 갖는다. 이 점이 고전부흥에 대해 비판적인 자세를 견지했던 이들이 '조선적인 것' 또는 '과거적인 것'에 대해 이데올로기적 비판을 가한 근본 이유였던 것이다. 이러한 '고전부흥'의 기획이 갖고 있는 양가적 의미망 및 그것에 대한 이데올로기 비판은 이른바 '조선의 얼'에 대한 비판으로 구체화되어 나타났다.

4. '조선의 얼'과 '조선적인 것'에 대한 욕망의 아이러니

민족적 동일성을 확인하려는 욕망은 모든 문화가 실천하는 활동 중의 하나이다. 그것은 나름의 독특한 수사를 지니고 있으며 다양한 장치나 권위, 가령 국민적 축제, 고전, 기원의 역사 등과 같은 의례적이고 상징적인 수단을 통해서 표출된다.[30] 이런 문화적 실천의 과정을 통해 민족문화의 내재적인 것과 외재적인 것을 나누는 관념이 작동한 결과, 민족문화의 경계 바깥에 놓인 타자에 대한 차별이 행해짐으로써 민족적 동일성이 구축되는 것이다. 이처럼 민족적 동일성이란 문화의 내부와 외부를 경계 짓고 그 '사이'의 차이를 절대화하는 대립의 정치학이 작동한 결과로 형성되기 때문에 필연적으로 본질주의적이고 형이상학적인 성격을 갖게 된다. 고전부흥의 기획을 추동한 '조선적인 것'에 대한 욕망이 형이상학적 국면을 갖게 되는 것은 바로 이러한 맥락에서 이해될 수 있다. 물론 '조선적인 것'에 대한 욕망은 식민지적 상황의 극복과

---

30) 이에 대해서는 강상중, 앞의 책, 13~14면 참조

가능성의 상태로 주어진 새로운 민족적 주체의 형성이라는 역사적 요
청에 부응하여 추구된 것이었다. 그리고 이런 역사적 요청에 따라 '조
선적인 것'에 대한 욕망은 민족의 고유한 본질을 특수하면서도 이해할
수 있는 형태로 인식시키고자 하는 차원에서 고전부흥 또는 문화적·
문학적 전통 확립을 필요로 했던 것이라고도 할 수 있다.

　그렇다면 문제는 '조선적인 것'에 대한 욕망 속에 함축된 형이상학적
본질이 어떻게 구체적으로 발현되었는가에 놓인다. 이와 관련하여 주목
할 만한 것은 '조선적인 것'에 대한 욕망의 형이상학적 본질이 민족의
대서사(역사)를 모색하는 일로 현상하고 있었다는 점이다. 특히 기원으
로 거슬러 올라가 '조선적인 것'의 원초적이고 순수한 동일성을 발견하
고자 하는 노력이 민족의 대서사 모색 과정에서 핵심을 이루었다. 앞에
서 논의한 바와 같이 1920년대에 최남선이 조선의 '종교적 고고학'을
구상한 이래로 1930년대 역사학계의 관심 또한 고대사 영역에 편중되
는 경향을 보여주었다.[31] 이에 호응하여 고전부흥 기획을 둘러싼 논의
에서도 당연 '조선적인 것'의 기원에 대한 문화적 표상을 확립하는 것
이 주된 관심사의 하나로 부각되었다. 이런 관심은 신화적 인물 '단군'
에게서 '조선적인 것'의 원초적이고도 순수한 동일성의 표상을 찾고자
하는 움직임으로 나타났는데, 이른바 '단군적인 것'이란 '조선적인 것'
의 원초적이고 순수한 표상의 다른 이름이었다.

　이 같은 '조선적인 것'의 기원의 표상을 체계화하고자 한 의도에서 쓰
여진 전형적인 글이 백철의 「조선문학의 한계성」(『사해공론』 23호, 1937.3)
이었다. 그는 이 글에서 과거 조선문화의 흐름을 '기자적인 것(외래적인
것)'과 '단군적인 것(조선적인 것)'으로 나누어 '조선적인 것'이라는 민족의
자기 표상을 문화사적으로 정립하려 했다. '조선적인 것'의 문화적 표상
을 구축하는 것은 '기자적인 것', '외래적인 것'과의 길항 관계를 통해서

---

31) 이에 대해서는 전윤선, 앞의 글, 33~40면 참조

만 이루어졌다는 것을 여기에서도 확인할 수 있다. 요컨대 '조선적인 것'에 대한 욕망은 그것의 순수한 기원을 이루는 '단군적인 것'을 '기자적인 것'이라는 타자와의 대립을 통해 확립하고, 이를 '화랑도'와 '이순신' 및 '정다산' 등으로 이어지는 전형적인 인물의 표상과 연결하여 '조선적인 것'의 순수한 동일성의 계보를 작성함으로써 민족 대서사의 구축을 모색하였던 것이다.

이러한 '오천 년' 민족의 대서사를 구축하는 형이상학적 원리로 초점화되었던 것이 바로 '조선의 얼'이란 범주였다. 원래 '조선의 얼'이란 양명학자 정인보가 개인 주체의 자아 개념으로 상정한 '얼'을 사회와 민족의 차원으로 확장시키면서 제기한 정신사적 범주였다.[32] 하지만 이런 정인보 개인의 의도와는 상관없이 그것은 역사적 현실의 다양한 국면을 억압하는 형이상학적 원리를 지시하는 일종의 '기호'로 받아들여졌기 때문에, 김남천·이청원·김태준 등 마르크스주의 계열의 지식인들이 고전부흥의 기획에 대한 이데올로기 비판의 중심 대상으로 초점화하였던 것이다. 이청원의 다음과 같은 진술은 이에 대한 비판의 핵심을 압축적으로 보여준다.

모든 전환기적 과도기에는 낭만적 사대주의가 대유행하는 것이다. 결국 역사적인 의식과 논리와 규범, 분화를 초월하고 우리의 과거생활의 총 경험의 집약으로서의 현실의 도달한 과학적 지식을 신뢰하지 않고 비합리적, 무의식적인 그러나 통일적(모순된 현실의 토양의 분열을 추상적인 민족애로서 통일하려고 하는) 직관적 절대생명을 고양하는 신비적인 기회주의적인 정신태도인 것이다. '조선의 얼'이 일반 공중으로부터 경탄과 항쟁 속에서 외치고 있는, 따라서 단군사상의 전체적 영웅과 천재들의 역사적 해석가에 의해서 대언장담되고 있는 것은 현실 조선의 상태를 그대로 반영한다. (…중략…) 일반적 조건으로부터 제약을 받는 '조선의 얼'은 현실 조선의 무한히 다른 사유와 입장을 가

---

32) 이에 대해서는 이상호, 「정인보의 얼사관」(한국동양철학회 편), 『동양철학』 12집, 33~37면 참조.

지고 있는 역사적 현실을 무시하고 세계사의 역사적 과거의 모든 민족이 가진 공동 정신과 발전을 압살하고 조선 현실의―특히 과거의 역사적 현실에 있어서의 사실과 행동을 측량할 수 없는 신적 섭리의 표현으로서 미화, 성화하며 이상화하고 과거의 조선 사회의 정예한 선구적 분자의 전통과 유산을 무조건적으로 인민에게 강요하면서 그 중에서도 특점―장점만을 과거의 민족적 특성이라고 주장하는데 의하여 세계사적 일반합법칙성으로부터의 해방과 따라서 조선 고유의 발전 행정을 설명하고 그에 특징적인 생명(내용)을 부여하려고 하는 것이다.33)

인용문에서는 '조선의 얼'에 내장된 형이상학적 본질에 대해 비판이 가해지고 있다. '조선의 얼'은 민족적 특성의 장점만을 '미화, 신성화, 이상화'하여 그것을 인민들에게 무조건적으로 강요할뿐더러 '현재적 현실의 다양성'을 바라보지 못하게 만들고 마치 그것만이 현실의 전체인 양 꾸며 모든 사물을 설명하는 형이상학적 '원리'라는 것이 비판의 요체이다.

물론 '조선의 얼'은 '낭만적 사대주의'라는 표현이 함축하고 있는바, 상황에 따라서는 진보 또는 반동으로 귀결될 수 있는 태도의 문제이기도 하다.34) 그러나 이청원을 비롯한 고전부흥의 기획에 대해 부정적 입장을 보인 이들에게는 '조선의 얼'이라는 형이상학의 범주에 의해 구축된 민족의 대서사가 전제하고 있는 역사 인식 및 그것이 낳을 수 있는 부정적 효과가 더욱 큰 문제로 받아들여졌다. 즉 '조선의 얼'에 의해 구축된 민족의 대서사의 기저에는 지금의 역사적 현실이란 순수하고 원초적인 동일성으로 충만된 축복의 상태로부터 소외된 상태라는 인식이 전제되어 있다. 따라서 이런 인식에 근거한다면 역사적 '전환기'의 위기는 '단군사상의 전체적 영웅과 천재들'이 표상하는 실체 없는 '조선의 얼', 곧 순수한 '민족성'의 쇠퇴가 초래한 결과가 된다. 그리고 바로 이

---

33) 이청원, 「'조선얼'의 현대적 고찰」, 『비판』 36호, 1937.2.
34) 이에 대해서는 趙寬子, 앞의 글, 70면 참조

런 이유에서 고전부흥의 기획을 비판하는 이들에게 '인민의 생활에 관련된 직접적 생명의 재생산에 기반하지 않은' 채 일반 공중을 '경탄과 항쟁 속'에 '직관적 절대생명'의 차원으로 고양시키는 '조선의 얼'을 강조하는 것은 '민족 파시즘'으로 인식된 것이라 할 수 있다.

요컨대 '조선의 얼'이란 식민지적 조건하에서 양명학의 대가 정인보가 취한 행동과 의지와 관계없이 '조선심'·'조선소'·'조선색' 등 끊임없이 표현을 달리하며 변주되어 온 '조선적인 것'을 절대화시킨 문화적 본질을 가리키는 범주이다. 그리고 고전부흥의 기획에 대해 비판적 입장을 견지했던 이들이 우려했던 바는 바로 '조선적인 것'의 절대화가 초래할 수 있는 위험성이었다. '조선적인 것'에 대한 욕망이 식민제국 일본에 대한 대타적인 의식의 차원에서 추구된 것이라 하더라도 '조선심'의 확산을 위해 '단군론'을 내세웠던 최남선이 '내선일체'의 식민제국의 지배 논리에 동화되어 간 궤적35)에서 볼 수 있듯이, 민족문화의 본질을 절대화하는 형이상학적 범주인 '조선의 얼'이 추구하는 욕망은 식민지 지배자의 논리에 흡수 동화될 가능성을 내포하고 있었다고 할 수 있다.

백철의 「조선문학의 한계성」에 대한 비판의 형식으로 쓴 김태준의 「조선의 문학적 전통」에 기술된 다음의 일절은 바로 이 같은 본질주의적 형이상학에 기초한 '조선적인 것'의 욕망이 어디에서 비롯된 것인지에 대해 시사해 주는 바가 크다.

> '단군을 위주한 신도'란 그 무엇인지 정체를 모른다. 이것은 옛날에 김교신, 나철, 최남선 제씨가 단군교를 세울 적에 일본 내지의 신도를 흉내 내서 임시로 만들어 쓰는 진부한 용어이다. (…중략…) 현해 저편에서 '日本的なもの'을 떠든다고 곧 이곳에 그것을 수입하는 것은 현명한 전통 문학의 옹호책이 아니다. 독일에서 독일의 것만을 찾고 비독일적인 것을 배척하던 것도 작금의 일이

---

35) 위의 글, 70~71면 참조.

다. 일본 내지에서 어떤 종류의 인간들에게 무슨 필요로써 '日本的なもの'이
제창되고 있는지 잘 알고 있다. 우선 '日本的なもの'이 떠들게 되는 사회적 근
거를 명백히 보여주고 그것의 조선에의 수입이 얼마나 무의미한 희필일이라는
것을 반성하기를 바란다.36)

　　인용문에서는 '조선적인 것', 그리고 그것의 순수하고도 원초적인 동
일성의 표상인 '단군'이란 결국 '일본적인 것'과 '신도'를 수입하여 모
방한 것에 지나지 않는다는 점을 환기시키고 있다. 달리 말하자면 민족
적 동일성을 나타내기 위해 표현된 '조선적인 것'이라는 범주는 '일본
적인 것'을 전제하지 않는 한 존재할 수 없는 것이다. 이것은 또한 '일
본적인 것'이라는 범주가 '조선적인 것'의 도전을 받아들이는 한에 있
어서만 요구된다는 것을 뜻하기도 한다. 요컨대 '일본적인 것'이란 보편
적 동일성을 추구하는 식민제국의 자기부정을 의미하며, '조선적인 것'
이란 보편적 동일성으로부터의 일탈이자 민족적 차이의 긍정임을 함축
한다. 민족적 차이에 근거를 둔 조선학 자체가 제국주의의 파생 담론이
었듯, '조선적인 것' 또한 '일본적인 것'과 적대적인 길항 관계를 맺으
면서도 '일본적인 것'을 자신의 성립 조건으로 전제함으로써 그것에 기
생할 수밖에 없다는 아이러니를 함축하고 있다.
　　이와 같은 사태가 말해 주는 것은 자명하다. 즉 '조선의 얼'로 표상되
는 '조선적인 것'이란 민족주의가 생사를 건 투쟁의 대상으로 삼은 식
민제국의 자기 표상인 '일본적인 것'과의 동일성에 기반하고 있다는 점
이다. 그리고 이러한 의미에서 민족주의적 형이상학으로서의 '조선적인
것'에 대한 욕망은 역설적으로 욕망의 대상 그 자체를 폐지하는 한에서
만 비로소 목적을 이룰 수 있다는 아이러니한 성격을 갖는다.

---

36) 김태준, 「조선의 문학적 전통(下)」, 『조선문학』 14호, 1937.7.

5. 맺음말

　고전부흥은 1930년대부터 본격화된 조선학운동과의 연관 속에서 이루어진 문화적 기획이었다. 그러나 좀 더 시야를 확장할 때, 조선에서 신문학운동이 시작된 이래 각종 신문학 유파들의 역사적 안목을 틀 지어 온 '근대'에 대한 성찰이 고전부흥의 기획을 형성하게 된 근본 배경이 되고 있음을 알 수 있다. 서구문학의 규범이나 관례 속에 근대문학(정신)의 보편성이 구현되어 있다는 신념이 정치적 외압에 의해 초래된 카프 해산이라는 사건을 계기로 전면적인 회의의 대상이 되었고, 그 결과 문학적 주체들은 '근대'라는 보편주의 신념이 억압해 온 자신들의 과거 역사로 눈을 돌리게 된 것이다. 요컨대 시대적 상황이 '역사에 대한 반성', 나아가 보편과 특수에 대한 관계의 재설정을 주체들에게 요청하였던 것인데, 바로 이와 같은 보편적 근대―카프의 이념적 주춧돌이었던 사회주의 이념을 포함한―에 대한 역사적 반성의 전면화가 고전부흥이라는 새로운 문화적 기획 및 '조선적인 것'에 대한 재인식의 필요성을 낳은 사상적 배경이 되었던 것이다.

　이러한 역사에 대한 반성을 토대로 고전부흥의 기획이 '조선적인 것'에 대한 욕망, 즉 민족적 동일성 회복의 욕망을 추구하였다는 점에서 그것은 국가가 부재한 식민지적 상황에서 '상상의 공동체'를 창안하고는 데 일조한 문화적 기획이었다고 평가할 수 있다. 그러나 식민지적 상황에서 '상상의 공동체'를 창안하는 일이란 식민주의와의 교섭 및 길항 관계를 전제로 하지 않고서는 가능할 수 없기 때문에 고전부흥의 기획은 양가적인 의미를 지닐 수밖에 없다. 식민제국의 식민주의 자체가 동화와 차별을 반복적으로 재생산하는 모순적이고 이중적인 구조를 지닌 것인 한에 있어서 식민지 주체는 근원적으로 동일성과 차이, 보편과 특수, 자아와 타자, 포섭과 배제 사이를 끊임없이 유동하면서 내적인 긴

장과 대립 상태에 놓일 수밖에 없기 때문이다. 따라서 고전부흥의 기획은 한편으로 '조선적인 것'을 과거로부터 소환하여 절대화한 나머지 역사적 현실을 괄호로 묶음으로써 식민제국의 논리로 귀결될 가능성 또한 내포하고 있었다. '조선적인 것'이 '일본적인 것'과의 동일성에 기반해 있었기 때문이다. 그런 의미에서 고전부흥이 기획했던 '조선적인 것'은 식민제국의 파생 담론이라 할 수 있는데, 이는 식민지적 조건에서 표출된 민족적 동일성 회복의 욕망은 궁극적으로 그 욕망이 대상으로 설정하고 있는 '조선적인 것'을 폐기할 때에야 비로소 성취될 수 있다는 것을 의미한다.

　물론 고전부흥의 기획을 추동한 '조선적인 것'이 아이러니한 성격을 지니게 된 것은 제국과 식민지가 서로 적대하는 길항 관계를 맺으면서도 서로에게 기생할 수밖에 없는 대립의 정치학이 작동하는 식민지적 상황에서 비롯된 것이다. 해방 이후의 역사적 과정이 보여주듯이, 관념적 실체인 '조선적인 것'에 대한 욕망이 스스로 '조선적인 것'의 폐지를 목표로 하지 않는 한, 그러한 욕망은 끊임없이 현실을 억압하는 기제로 작용할 수 있다. 이것이 식민지적 조건에서 형성된 '조선적인 것'에 대한 욕망이 지닌 아이러니한 성격이다. '조선적인 것'의 형성을 둘러싸고 제기된 고전부흥의 기획이 문화사적 의의를 지닌다고 한다면, 바로 '조선적인 것'에 대한 욕망이 지닌 아이러니한 성격을 확인시켜 준 담론의 장이었다는 데 있다.

1930년대 사회주의비평과 '조선' 인식

구재진

1. 1930년대 문학과 '조선적인 것'

　한국의 현대사에서 '근대'에 대한 논의는 언제나 '식민지성'에 대한 문제를 동반한다. '식민지성'이란 단지 식민지의 경험만을 의미하는 것이 아니라 왜곡된 경제발전의 문제에서부터 타자화된 자기 인식에 이르기까지 식민지 경험으로부터 유래하는 모든 것을 포괄할 수 있는 개념이다. 우리가 '근대'의 문제를 이야기할 때 일제하의 담론에 주목하는 것은 바로 한국 '근대'의 성격을 규정하는 근본적인 변화가 바로 일제하 식민지의 경험 속에서 이루어졌기 때문일 것이다. 문학사의 경우도 예외가 아니어서 일제하의 문단은 '근대문학'의 성격과 특성을 구명하는 데 가장 중요한 토대가 되고 있다. 특히 1930년대의 문학은 식민지 근대에 대한 첨예한 문제의식을 담고 있다는 점에서 문제시되어 왔다.

이미 알려져 있듯이 1930년대 문학은 프로문학과 민족주의문학, 그리고 모더니즘문학이라는 진영으로 나누어져 있었지만 각 진영의 담론은 모두 '근대'에 대한, 혹은 '근대'를 향한 담론이라는 점에서 동일성을 지니는 것이었다. 이러한 각 진영의 문학 담론들은 1930년대 후반에 오면서 급속한 변화를 겪게 된다. 1935년 그 동안 지도적 중심으로 자리 잡고 있었던 카프의 해소와 이후 프로문학의 퇴조, 1936년 12월 '조선사상범보호관찰령'으로 대표되는 좌우익 민족해방 운동가에 대한 탄압과 전향의 강요, 그리고 1937년의 중일전쟁 발발, 1938년의 '국가 총동원법'의 발령 등의 일련의 상황으로 인해 모든 문학 진영이 위기에 처한다. 때문에 '전형기'라는 이름이 말해 주듯이 대부분의 문학인들에게 1930년대 후반은 이제까지의 문학을 돌이켜보고 이후의 방향을 모색하는 시기가 될 수밖에 없었다.

'조선적인 것'에 대한 발견과 고찰이 이루어지게 된 것은 바로 이러한 이유에서이다. 때로는 '전통'이나 '고전'이라는 이름으로, 때로는 '조선적 특수성'이라는 이름으로 명명되면서 '조선적인 것'에 대한 논의는 새로운 모색의 중심으로 떠오르게 된다. 그 논의가 어떠한 이름으로 진행되었든지 그것이 보편으로서 받아들여져 왔던 근대 자체에 대한 성찰과 관련되어 있다는 점에서는 동일하다. '조선' 혹은 '조선적인 것'에 대한 관심은 '식민지 조선'이라는 특수한 상황에 대한 새로운 주목과 함께 '근대' 혹은 '보편'에 대한 새로운 인식이 이루어지는 계기가 되고 있었던 것이다.

이러한 '조선적인 것'에 대한 논의 가운데서도 사회주의 문학비평에서 나타나는 '조선적 특수성'에 대한 논의는 매우 중요한 의미를 지닌다. 그동안 코민테른을 중심으로 한 프롤레타리아 국제주의에 입각한 '보편주의'의 문학을 지향해 왔었던 사회주의문학이 '조선'에 대한 논의를 통해서 '특수' 혹은 '개별'에 대한 문제의식을 보여주기 시작했기 때문이다. 사회주의 문학비평에서 나타나는 '조선'에 대한 논의는 문화의 영역에서 나타나는 조선의 고유성을 구명하기 위해서 이루어진 것이 아니라 조선 현실의 특수성에 주목함으로써 이후의 사회주의문학의 방향을 모색하기 위한 시도로서 이루어진 것이라는 점에서 여타의 담론과 구별된다. 즉 1930년대 고전부흥론을 비롯한 '조선적인 것'에 대한 담론이 과거의 것, 전통적인 것에서 조선 고유의 특성을 찾아 이것을 복원하고 부흥시키려는 입장, 즉 현재 속에서 과거를 재현하고자 하는 것이었다면, 사회주의 문학비평에서 이루어진 '조선적 특수성'에 대한 논의는 조선의 현재와 '사회주의'라는 이념의 관계에 주목하면서 현재 속에서 미래의 가능성을 찾고자 하는 것이었다. 즉 지향점으로서의 소비에트 러시아의 근대, 즉 사회주의적 근대라는 기준에 입각해 볼 때 현재의 '조선'에 내재해 있는 특수성의 의미는 무엇인가, 사회주의적 지향과 사적 유물론적인 역사 발전이라는 이념 속에서 식민지 조선의 특수성은 어떻게 인식되어야 하는가를 묻고자 했던 것이다.

1930년대 후반 사회주의 문학비평에서 이루어진 '조선'에 대한 담론에서 본고가 특히 주목하고 있는 지점은 이것이 '조선'을 둘러싸고 이루어지는 보편과 개별, 그리고 특수에 대한 인식론적 지형을 드러내고 있다는 사실이다. 우선 그러한 지형은 일제 파시즘에 대한 저항과 협력의 복합성을 드러내는 것이라는 점에서 문제적이다. 주지하다시피 일제 파시즘은 중일전쟁 이후, 특히 태평양전쟁으로의 확전 이후 서구 중심의 세계사를 부정하고 동양을 중심으로 하는 새로운 세계사라는 인식론적인 기획을 내세웠다. 즉 일제 파시즘의 인식론적 기반은 서구적 근대를 중심으로 하는 보편성에 대한 거부, 혹은 보편성에 대한 회의에 바탕을 두고 있었다고 할 수 있다. 때문에 '조선'을 두고 나타나는 개별과 보편, 그리고 특수에 대한 인식의 지형은 결국 일제 파시즘에 대한 저항과 협력이라는 문제와 관련될 수밖에 없었다.

한편 그러한 지형이 해방 이후의 문학 진영의 재편 및 민족문학론의 향방과 긴밀하게 연관되어 있다는 점도 주목을 요하는 부분이다. 실제로 해방 이후에 나타난 사회주의 문학자들의 분열 및 박태원, 김기림 등의 모더니스트의 사회주의문학 진영으로의 합류는 1930년대 후반에 이미 논리적으로 준비된 것이라고 볼 수 있다. 물론 해방 이후 문학 진영의 대대적인 개편은 해방이라는 시공간적인 특수성에 기반을 둔 민족문화 건설에 대한 환상에 의하여 이루어졌다. 그러나 한편으로는 1930년대 후반에 이루어진 '조선적인 것'을 둘러싼 인식과 밀접하게 관련되어 있음도 부인할 수 없다. 실제로 사회주의문학 진영의 형성과 변화는 홀로 이루어진 것이 아니라 민족문학이나 모더니즘문학 등 이웃한 진영과의 부분적인 동일성과 차이 속에서, 즉 차이를 구조화하는 운동 속에서 이루어진 것이었다. 특히 1930년대 후반에는 '조선적인 것'에 대한 논의를 통해서 각 문학 진영의 논리가 변형되고 해체되면서 문학 진영의 변화가 이루어지고 있었던 것이다.

본고는 1930년대 후반 사회주의 문학비평에서 나타나는 '조선'에 대한 담론이 지니고 있는 이러한 문제적인 지점에 주목하여 '조선'에 대한 담론이 지닌 인식론적인 함의를 밝히고자 한다. 이를 위해 본고가 연구의 대상으로 삼은 것은 안함광과 임화의 비평이다. 1930년대 사회주의 문학비평에서 가장 중심적인 자리를 차지하고 있는 이들의 담론이 당대 조선 현실에 대한 인식론적인 유형, 크게 보아 보편주의와 개별주의라고 할 만한 인식론적 유형을 보여주고 있기 때문이다. 본고는 안함광과 임화의 비평 담론 속에서 '조선적 특수성'이 어떻게 이해되고 있는가, 그리고 보편과 개별, 그리고 특수라는 인식론적 개념이 어떻게 결합되어 있는가 하는 점 등을 고찰할 것이다. 이를 통해 본고가 궁극적으로 밝히고자 하는 것은 1930년대 후반 사회주의비평에서 나타나는 이러한 인식론적 유형이 이후의 문학적 지형과 어떻게 연결되고 있는가의 문제로서 이것이 일제 후반기의 친일의 문제, 그리고 해방 이후의 민족문학론과 어떻게 연결되어 있는가를 구명하도록 할 것이다.

2. 개별로서의 조선과 이념의 위상

1930년대 사회주의 문학비평계에서 '조선적 특수성'의 문제를 가장 강력하게 제시한 문학인은 안함광이라고 할 수 있다. 안함광의 문학론에서 '조선적 특수성'의 문제는 이미 '농민문학론'에서부터 맹아적으로 나타나고 있다. 안함광의 농민문학론에서 가장 중요하게 내세우고 있는 것이 '프롤레타리아의식'의 문제였는데 이것은 프로문학의 볼셰비키화로의 방향전환 과정에서 대두된 '전위의 관점'에 상응하는 것이었지만 프롤레타리아 계급의식과 역사인식 일반을 강조하고 있다는 점에서 차이를 보인다. 그가 이러한 '프롤레타리아의식'을 강조한 것은 '모든 의식 형태—예술·과학·종교·철학 등등—는 경제적 조건에 의하여 규정'된다는 그의 문예관이 경제결정론적인 기반 위에서 형성되었기 때문이다.[1] 문예를 경제적 발전 과정에 조응하여 변천하는 것으로 바라보았을 때 그에게 사회주의 경제단계로서의 소련과 식민지 반봉건 단계로서의 조선은 동일한 문예를 가질 수 없는 것으로 사고된 것이다. 그리고 이러한 차이와 간극을 메울 수 있는 방법을 그는 프롤레타리아 계급의식에서 찾고 있다.

안함광이 주장했던 '프롤레타리아의식'은 1930년대 초반 도입된 유물변증법적 창작 방법을 받아들이면서 유물변증법적 세계관으로 대체된다. 안함광은 볼셰비키화 단계의 문학이 보인 공식주의적 경향의 원

---

1) 안함광은 '예술도 시대의 추이를 따라 경제적 조건의 변천을 따라 변동되는 것은 기다란 요설을 기다릴 바 못된다'고 말하면서 '모든 의식 형태—예술, 과학, 종교, 철학 등등—는 경제적 조건에 의하여 규정된다'고 단언하고 있다(「조선 프로예술운동의 현세와 혼란된 논단」, 『조선일보』, 1931.3.20). 이를 통해서 안함광이 경제결정론적인 문예관을 지니고 있음을 확인할 수 있다. 또한 이러한 문예관은 예술성과 계급성에 대한 동일시로 이어지는데, 이는 아지프로의 예술성은 이미 아지프로 그 자체에 내재해 있다는 주장(「조선 프로예술운동의 현세와 혼란된 논단」, 『조선일보』, 1931.3.24)을 통해서 드러난다.

인을 계급성에 대한 소박한 이해에서 찾았다. 그리고 계급성에 대한 유물론적 해석과 변증법적 인식을 가능하게 해 주는 유물변증법적 세계관에 의해서 이러한 경향의 극복이 가능하다고 함으로써 유물변증법적 세계관에 대한 강조로 나아간다. "프로문학의 기능 및 사회적 의의를 수행하기 위하여는 작자는 맑스주의적 세계관 내지는 세계관의 把持를 절대 필요하게 되는 것이다"[2]라는 말은 안함광에게 있어서 유물변증법적 세계관 내지는 맑스주의적 세계관이 어떠한 자리를 차지하고 있었는가를 잘 보여준다.

유물변증법적 창작 방법의 논의 과정에서 안함광의 관심은 창작 과정에서의 세계관의 역할과 의미가 아니라 창작 이전의 세계관의 선취와 완성에 있었는데, 그가 이러한 세계관의 선취를 위한 방법으로서 제시하는 것이 '실천'이다. 그는 "우리가 말하는 맑쓰주의 세계관 — 유물변증법적 세계관 — 의 파악하라는 것은 무조건적으로 ××(혁명)적 실천에 의하여서만 가능하다"고 하면서 '문제는 오직 변혁자로서의 실천'에 있다고 주장하고 있다.[3] 한편 실천은 안함광의 논리 속에서 사상성과 예술성을 통일시켜주는 매개로서 기능하기도 한다. 그럼으로써 예술성과 사상성의 통일은 창작상에서의 형상성을 통하여 이루어지는 것이 아니라 작가의 정치적 실천을 통하여 창작 이전에 이미 전제되어야 할 것으로 인식되고 있다.

사회주의리얼리즘이 제기되기 이전까지의 안함광 문학론의 핵심은 세 가지 정도로 요약될 수 있다. 우선, 문학이 경제적 토대에 상응한다는 것과 둘째, 아직 자본주의 단계에도 완전히 이루어내지 못한 조선에서 중요한 것은 유물변증법적 세계관이라는 것, 셋째, 프로문학적 예술적 성취의 관건이 되는 것이 바로 이 세계관이며 이때 중요한 것이 작

---

2) 안함광, 「문예시평 — 극좌적 편향과 그 비판의 우익적 관념으로서의 전향」, 『비판』, 1932.8, 91면.
3) 안함광, 「1932년 문단의 개관과 신년 문단의 전망」, 『비판』, 1933.1, 115면.

가의 사회적이고 혁명적인 실천이라는 것이다. 이후의 안함광의 문학론은 많은 변화를 보이고 있음에도 불구하고 문학론의 기반이 되고 있는 기본 인식은 그대로 유지되고 있는 것으로 보인다. 요컨대 안함광에게 있어서 가장 절박한 문제는 조선의 경제적 토대와 사회주의와의 간극이라는 문제였던 것이다.

1930년대에 사회주의 리얼리즘론이 제기되었을 때 안함광이 즉각 반대를 표하고 '유물변증법적 리얼리즘'이라는 독자적인 노선을 주창했던 것도 이 때문이다. 물론 이후 안함광은 사회주의리얼리즘을 받아들이고 그 부분에 대해서 자기비판을 하였으나 '유물변증법적 리얼리즘'이라는 창작 방법론은 이전에 안함광이 보여준 바 있는 토대와 세계관에 대한 기본 인식을 다시 확인시켜주는 것이다. 안함광이 사회주의 리얼리즘을 거부하고 '유물변증법적 리얼리즘'이라는 창작 방법을 제기했던 이유가 바로 '조선적 특수성'에 있기 때문이다. 그는 사회주의 리얼리즘이 '조선의 객관적 현실에 대한 사회적 적응성은 전연 가지고 있지 못한 것'이라고 판단하는데 그 판단의 근거는 러시아 현실과 조선의 현실의 본질적인 차이이다.

① (…중략…) 헌데 이 문제에 관하여 이야기하게 되는 경우에 가장 많이 범한 과오로서는 러시아의 현실과 조선의 현실의 現段性과의 본질적 차이에 대한 충분한 인식의 결여다.

이와 같이 질적으로 상이한 객관적 현실을 갖고 있는 한에 있어서 그가 대상으로 하는 특정된 문제—창작방법 문제에 있어서도 동일한 척도를 가지고 논의할 수는 없는 것이다.

② 그러나 문제를 가까이 조선의 현실면과 결부시켜 생각하여 볼 때, '사회주의적 리얼리즘'이란 슬로건은 조선의 객관적 현실에 대한 사회적 적응성은 전연 가지고 있지 못한 것이어서 그것을 곧 그대로 襲用할 수는 없다는 것을 생각하지 않을 수 없다. 그렇다고 해서 '프로 리얼리즘'의 원시적 서식으로 복귀하자는 견해에 대해서도 찬동할 수 없는 것은 물론이다.[4]

첫 번째 인용문에서 안함광은 '러시아의 현실과 조선의 현실의 현단성과 본질적 차이'를 문제 삼고 창작 방법의 문제에 있어서도 질적으로 상이한 객관적 현실이 문제가 될 수밖에 없다고 주장한다. 그리고 상이한 창작 방법이 상이한 객관적 현실을 대상으로 한다고 봄으로써 '사회주의 리얼리즘'이 러시아의 사회주의 경제체제에 대응하는 창작 방법이라는 것을 분명히 한다. 두 번째 인용문에서 러시아의 현실과 조선의 현실의 차이로 인하여 사회주의 리얼리즘이 조선에서는 창작 방법으로서 기능할 수 없다고 주장한다. 여기서 말하는 현실의 차이가 자본주의와 사회주의라는 경제단계의 상이함을 의미하는 것은 물론이다.

안함광의 이러한 조선적 특수성론은 그것이 소비에트 이론에 대한 맹목적인 추수로 일관하였던 프로문학에 대한 하나의 반성적 의미를 지니고 있다는 점에서 중요한 의미를 지닌다. 이로부터 그간의 프로문학에 대한 비판과 성찰 또한 가능하게 된 점도 간과할 수 없는 부분이다. 더 나아가 이것은 현실에 토대를 두지 않은 관념적인 예술에 대한 문제제기를 통하여 프로문학이 노정하고 있던 관념적이고 국제주의적인 지향으로부터 거리를 확보하기 시작했다는 것을 의미하기도 한다. 즉 조선적 특수성의 발견은 관념주의적 국제주의에서 벗어나는 계기가 되었던 것이다.

그러나 안함광의 '조선적 특수성'론은 보편과 개별을 잇는 진정한 특수성론으로 나아가지 못한 채 일종의 개별성론으로 향하게 된다. 사회주의 이념이라는 보편적인 이념이 상이한 경제단계 속에서 어떻게 관철될 수 있는가를 밝히는 것이 진정한 조선적 특수성론의 핵심이 되어야 했지만 안함광의 논리는 더 이상 발전하지 못한 채 유물변증법적 창작 방법으로 귀착하고 만다. 사회주의리얼리즘이 제시하고 있는 역사적 합법칙성에 입각한 보편성으로서의 사회주의 이념의 본질을 제대로 인

---

4) 안함광, 「창작방법 문제의 토의에 寄하여」, 『문학창조』 1호, 1934.6.

식하지 못했던 것이다. 때문에 안함광의 논의에서 사회주의 이념의 문제는 유물변증법이라는 세계관 속에서 해소되어 버리고 사회주의란 질적으로 새로운 경제체제로서의 의미만을 지니게 된 것이다. 또한 역사의 발전 과정에 대한 이해 역시 단계적이어서 러시아 현실과 조선 현실의 차이는 일종의 채워질 수 없는 간극으로서 인식되고 있다. 안함광은 사회주의적인 이념의 의미와 역할을 간과한 채 경제적 토대만을 중심으로 사고하였으며5) 경제적 토대의 변화와 발전 과정에 대해서도 단절적으로 이해하고 있었던 것으로 보인다.

요컨대 안함광의 문제의식은 보편적 이념의 특수한 관철에 놓여 있는 것이 아니라, 보편과 개별 사이의 괴리 자체에 고정되어 있었다고 할 수 있다. 때문에 안함광의 논리 속에서 사회주의 경제체제로의 변화는 이러한 간극을 넘어서 본질적인 도약을 통해서만 가능할 수밖에 없게 되는데, 이때 이 도약을 가능케 해 주는 것으로서 강조하는 것이 바로 유물변증법적 세계관이다. 안함광은 유물변증법에 대하여 그것이 '단순한 세계관이 아니라 또한 현실 인식의 한 개 훌륭한 방법'이라는 점을 강조하면서 창작 이전에 세계관이 완성되는 것이 중요하다는 것을 강조한다.

이후 안함광은 카프 해체 후인 1936년 6월에 「창작방법문제 논의의 발전 과정과 전망」을 통해서 유물변증법적 리얼리즘이라는 슬로건에

---

5) 조정환은 안함광의 조선적 특수성론이 사회주의라는 보편적 이념을 전제로 한 것이 아니라 토대환원론적인 것이었다고 평가하고 있다(조정환, 「1930년대 현실주의 논쟁과 프롤레타리아문학의 독자성 문제—'미적 주체성' 개념을 중심으로」, 『민주주의 민족문학론과 자기비판』, 연구사, 1989, 330면). 반면 이현식은 이러한 평가가 하나의 이론이 싹트고 발전하는 사회적 근거를 중요시한다는 점에서 외래 이론의 급급한 이식을 경계하는 안함광 특유의 문제의식을 간과한 평가라고 비판한다(이현식, 「1930년대 후반 안함광 문학론의 구조」, 『민족문학사연구』 5호, 민족문학사학회, 1994, 172면). 그러나 안함광 특유의 문제의식이 지니고 있는 의미를 인정한다 하더라도 당시에 안함광이 사회주의를 보편적 이념으로서가 아니라 하나의 경제체제로서 인식하고 있었다는 점은 부인하기 어렵다.

대하여 자기비판을 단행하고 사회주의 리얼리즘을 받아들이게 된다. 안함광은 주체의 능동성, 사회발전에 대한 주체의 반작용에 대한 인식을 통하여 가능성으로서의 사회주의와 현실성으로서의 사회주의의 괴리에 대한 그간의 고민에 대한 해결책을 발견한 것으로 보인다.

> 사회주의리얼리즘은 (…중략…) 사회적 발전의 행정에 있어서의 사회적 의식의 반작용을 인식하며 그가 사회발전의 객관적 법칙을 정당히 반영하면 할수록 사회적 의식의 역할은 증대한다는 사회 발전 행정에 대한 변증법적 이해, 즉 유물론적 모사론을 그의 철학적 기저로 하고 있는 것이다. 따라서 사회발전의 의식의 능동성(!) 그것은 다름아닌 사회주의 현실주의의 본질적 특성인 ××(혁명)적 로맨티시즘을 의미하는 것이 아닐 수 없다고 나는 생각한다.6)

여기서 주목되는 것은 안함광이 반영 과정에서 나타나는 주체의 능동성을 사회주의 리얼리즘론에 있어서의 혁명적 로맨티시즘에 곧바로 대응시키고 있다는 점이다. 그럼으로써 사회주의 리얼리즘론에 있어서 혁명적 로맨티시즘을 '본질적 속성'으로서 간주하게 된다. 그러나 주체의 능동성은 사회주의 리얼리즘을 이전의 리얼리즘과 구별시켜주는 표지라고 볼 수가 없다. 주체의 능동성은 사회주의 리얼리즘에서만이 아니라 모든 예술에서 나타나는 것이기 때문이다. 실제로 사회주의 리얼리즘이 이전의 리얼리즘과 구별되는 지점은 사회주의 이념에 입각한 리얼리즘이라는 창작 방법을 제시하였다는 점에 있었으나 안함광의 논리에서는 주체의 능동성이 사회주의 리얼리즘의 본질로서 나타나고 있는 것이다.7)

여기서 간과해서는 안 되는 것은 안함광이 유물변증법적 리얼리즘을

---

6) 안함광, 「창작방법문제 논의의 발전 과정과 전망」, 『조선일보』, 1936.6.4.
7) 그런 의미에서 의식의 능동성이 곧 혁명적 낭만주의라는 그의 논리가 역으로 사회주의 리얼리즘을 수동성의 차원으로 하강시키는 오류에서 자유로울 수 없다는 비판 (하정일, 「1930년대 후반 사회주의 리얼리즘론의 발전과 반파시즘인민전선」, 『창작과 비평』, 1991년 봄, 329면)은 경청할 만한 것이다.

제기했던 것에 대해서 자기비판을 감행하고 그를 폐기하였다고 해서, 그리하여 사회주의 리얼리즘론을 받아들이고 제 나름의 체계를 형성해 갔다고 해서 조선적 특수성론에 대해서도 자기비판과 폐기를 감행한 것은 아니라는 것이다. 안함광은 자신이 '의식의 능동성'으로서 받아들인 혁명적 로맨티시즘을 통해서 러시아와 조선의 현실이 지니고 있는 본질적 차이를 넘어설 수 있는 계기를 마련하였을 뿐이다. 때문에 '창작 방법의 진실한 구상화를 위하여 조선의 특수한 조건, 문학적 현실 등이 진지한 탐구의 대상이 되'어야 함을 지속적으로 강조하고 있다. 그런 의미에서 이 시기 안함광이 강조하고 있는 주체의 능동성, 의식의 능동성이란 본질에 있어서 이전에 그 자신이 강조했던 프롤레타리아의식이나 유물변증법적 세계관과 동일한 것이라고 하겠다. '세계관' 혹은 '의식의 능동성', 그것은 러시아와 조선 사이에 존재하는 경제적 토대의 질적 차이를 뛰어넘을 수 있게 해 주는 계기로서 계속 강조되었던 것이다.

중일전쟁 이후 1938년 8월에 발표된 「조선문학 정신검찰」에서는 세계관 자체에 대한 강조가 아니라 세계관의 주체화 문제를 제기하면서 리얼리즘의 근거로서의 '생활적 현실'에 대한 논의를 전개한다. 안함광의 경우 초기부터 '혁명적 실천' 혹은 '정치적 실천'이 개별과 보편과의 괴리를 메워줄 수 있는 계기로서 논의되고 있었지만 이것은 노동자계급 및 농민계급 전체의 혁명적 실천을 의미하는 것이 아니라 작가 혹은 문학자 자신의 정치적 실천을 의미하는 것이었다. 「조선문학 정신검찰」에 오면 '주체의 생활적 근거'라는 것이 강조되는데 이것은 객관적으로 존재하는 현실적 조건과는 다른 의미를 지닌다. '주체의 생활적 근거'란 객관적으로 존재하는 현실을 의미하는 것이 아니라 주체의 실천과 관련된 현실만을 의미하게 됨으로써 작가 자신의 경험적인 실천의 세계로 협소화된다. 더불어 실천 역시 작가의 개별적이고 경험적인 실천으로 한정되고 만다. 안함광에게 있어서 실천은 작가의 창작 행위 이전의 실천으로 인식되었지만 당시 조선에 존재하고 있었던 다양한 형태의 사회주의적이고 혁명적인 실천을 고려하지 못한 채 실천의 영역을 작가의 생활적 실천으로 축소시킴으로써 경험주의적인 실천론에 빠지게 되는 것이다.

안함광이 1930년대 후반에 내세운 픽션의 논리, 초극의 의식 등에 관한 논의 역시 이러한 경험주의적이고 개인적인 실천론과 짝을 이루는 논리라고 할 수 있다. 결국 안함광의 논리는 객관적인 상황에 대한 타협과 관념적이고 추상적인 '역사적 필연성에 대한 주체적 신념'의 기계적인 결합으로 나아가게 된다. 1939년에 발표된 「조선문학의 진로—문학과 생활」에서 안함광이 현실이라는 개념을 '생활의 현재면을 말하는 추상적(보편적) 현실'과 '생활의 의욕면을 말하는 가능적 현실'로 나누고 '생활적 종합의 세계'를 이야기했던 것 역시 이와 다르지 않다. 일제 말기에 그의 비평에 나타난 '사실'과 '사실정신'의 관계도 이와 같은 맥락에서 해석될 수 있다. 사회주의라는 보편적 이념이 식민지 조선이라는 개별적인 상황에서 특수로서 현실화된다고 할 때, 안함광의 논의에서는 보편과 개별, 특수의 관계에서 특수의 매개를 찾을 수가 없다. 안함광에게 현실은 의식과 괴리되어 있는 것이며 조선의 현실은 보편과는 질적으로 다른 개별성으로서의 현실이었다. 사회주의라는 이념은 현실과 결합할 수 있는 계기를 찾지 못한 채 '유물변증법적 세계관'과 함께 '의식의 능동성'으로 '초극의 원리'로 '조선적 특수성'의 담론 주위를 선회하고 있었던 것이다.

다소 극단적으로 말하자면 안함광은 추상의 수준에서는 보편성을 부정했다고 볼 수도 있다. 그의 '조선'은 보편으로부터 고립된 것, 결코 보편화될 수 없는 것, 따라서 이념이나 세계관이라는 '비약'으로써만 돌파할 수 있는 난관이었기 때문이다. 위험한 발언이기는 하지만, 이런 논리적 구조 자체는 1930년대 이후 파시즘의 강화 속에서 제기되었던 '조선=지방성'이라는 문제 제기와도 통한다. 역설적이게도 '조선'을 고립적이고 개별적인 것, 즉 지방성으로 인식함으로써 일제 파시즘의 압박과 타협하면서 동시에 그 타협을 피하고자 했던 인식 구조라고도 할 수 있기 때문이다. 이 점은 민족의 특수성과 고유성을 부각시키고자 했던 문화 전략이 가져온 결과에서도 나타난다. 그러한 문화전략은 일본의 국가주의에 맞서 조선의 민족주의를 대치시킨 것이지만, 일본적 예외주의의 이론구조에 조선적 특수주의를 그대로 대입한 것인바, 일제 말기 전시체제하에서 군국주의와 파시즘이 고양되어 감에 따라 양자는 사실상 별다른 차별성을 보이지 않게 되었던 것이다.8) 이와 같이 '특수성'을 강조하는 인식론적 경향은 일제에 대한 저항과 타협이라는 이중성을 공유하고 있었다고 할 수 있다.

물론 상동적인 인식구조는 상동적인 실천구조를 낳는다는 사고하에 안함광의 문학론에서 친일적 혐의를 문제 삼으려고 하는 것은 아니다. 안함광의 인식 구조가 후일 친일문학론 일부의 구조와 유사하다 해도, 이에 근거해 안함광의 논리와 친일 사이의 연계를 자동적으로 설정할 수는 없다. 다만 '조선'을 보편과 괴리된 개별로서 바라보는 안함광의 인식틀이 '동양', 아니 일본이라는 또 다른 보편을 상정한 일제 파시즘과 논리적으로 맞닿을 수 있다는 것이며 그런 점에서 협력과 저항의 복합적인 지형의 한 단면을 보여준다는 것이다. 친일이냐 아니냐가 아니라 일제에 대한 저항과 협력의 복합적인 지형을 밝히는 것이 중요하다고 할 때 안함광의 비평에 나타난 인식론에서 바로 그러한 저항과 협력의 복합성을 찾을 수 있다는 점에 또 다른 의미를 둘 수 있겠다.

---

8) 김경일, 「좌절된 중용—일제하 지식 형성에서의 보편주의와 특수주의」, 『사회와 역사』 51집, 한국사회사학회, 1997, 81면.

3. 보편을 향한 지향과 특수로서의 조선

안함광에게 있어 '조선적 특수성'이 러시아와는 본질적으로 다른 조선의 현실을 의미하는 것이었다면 임화에게 있어서 '조선적 특수성'이란 역사적 발전 법칙이 특수하게 관철되는, 아시아적 정체성을 의미하는 것이었다. 물론 임화가 인식하고 있는 '조선적 특수성'의 내용이 처음부터 구체적으로 나타난 것은 아니다. 이미 잘 알려져 있듯이 임화는 누구보다도 계급문학의 프롤레타리아 국제주의에 투철한 문학인이었고 때문에 적어도 1930년대 초반까지는 그의 비평에서 '조선적 특수성'에 대한 고민은 찾아보기 어려운 것이 사실이다. 임화가 '조선'에 주목하기 시작한 것은 '사회주의적 내용에 민족적 형식'이라는 스탈린적 테제를 만나 민족어 문제를 사유하기 시작하면서부터인 것으로 보인다.

> 다시 말하면 계급사회가 그 정치생활에 있어 집약하는 국가라는 것이 대립의 존재와 함께 존재한다는 사실은, 계급사회에 있어서의 생활양식, 풍속, 문화, 예술 등의 민족적 양식이 실로 불가분의 것이라는 것이다.
> 즉 계급적인 문학으로서의 프로문학의 민족적 형식은 고유의 것이란 말이다.
> 그러므로 어떠한 의미로서이고 민족적이 아닌 국제주의적 문화는 오늘날에 있어서는 추상계에 있어서만 존재할 수가 있다.9)

인용문의 내용은 프롤레타리아 국제주의에 입각하여 계급문학을 이끌어온 임화가 '민족'의 문제를 상정하기 시작했음을 보여주고 있다. 이는 한편으로는 국제주의를 추상적이고 관념적으로만 인식했던 이전의 프로문학 전반에 대한 반성을 시작하였음을 의미하는 것이기도 하며 다른 한편으로는 '민족적 양식'의 문제를 통하여 조선문학의 특수성을

---

9) 임화, 「언어와 문학」, 『문학창조』, 1934.6, 25~26면.

성찰하기 시작했음을 의미하는 것이기도 하다.[10] 언어를 중심으로 한
‘민족적 양식’에 대한 사유는 일련의 이식문학론을 통하여 한국 근대문
학의 특수성을 밝히는 데로 나아가게 된다.

이 과정에서 그간 연구자들에게 오해를 불러일으켰던 부분이 사회주
의 리얼리즘을 둘러싼 ‘조선적 특수성’론에 대한 임화의 비판 부분이다.
당시 임화는 조선적 현실의 특수성을 이유로 사회주의 리얼리즘의 수
용을 반대하고 있었던 안함광 등의 논리에 대해서 ‘특수조선’의 ‘멘세
비키’들의 강령이라고 강한 비판을 퍼붓는다. 기존의 연구에서는 임화
의 이러한 관점을 극좌적인 관점으로 보고 이것이 임화가 ‘조선적 특수
성에 대하여 얼마나 무지하였는가 하는 것을’ 드러내고 있다고 평가하
면서 임화의 조선적 특수성에 대한 관심이 중일전쟁 이후에나 가능했
다고 보아왔다.[11]

그러나 기존의 연구는 임화의 비판이 ‘조선적 특수성’론이나 ‘조선적
특수성’을 사유하고 있다는 것 자체를 두고 행해진 것이 아니라 조선적
특수성에 의하여 리얼리즘의 사회주의적 내용을 거부했다는 것을 두고
행해진 것임을 간과하고 있다. 즉 사회주의 리얼리즘에서의 사회주의란
이념적 지향성을 의미하는 것임에도 불구하고 조선적 현실의 특수성을

---

10) 임화가 조선의 특수성에 대해서 관심을 갖게 된 것은 중일전쟁 이후 스스로 조선의
    특수성을 인식할 필요성을 강하게 느끼기 시작할 무렵이라고 보는 것(김재용, 「민족주
    의와 관념적 국제주의를 넘어서—한국 근대문학사에서 민족문학의 의미」, 『한국근대
    문학연구』 1집, 한국근대문학회, 2000, 38면)은 지나치게 이식문학론에만 치중한 판단
    이다. 물론 이식문학론에서 임화가 조선의 특수성을 어떻게 인식하고 있었는가가 집
    약적으로 나타나기는 하지만 조선의 특수성에 착목하기 시작한 것은 ‘조선어’의 문제
    를 중심으로 민족적 양식의 문제에 접근하고 있었던 1930년대 중반부터라고 보는 것
    이 타당하다.
11) 이러한 관점을 보인 대표적인 연구로는 김재용의 「임화의 이식문학론과 조선적 특수
    성 인식의 명암—프로문학 부정론과 민족문학 수립의 전제」(문학과사상연구회 편, 『임
    화문학의 재인식』, 소명출판, 2004, 95~96면)를 들 수 있다. 이 연구는 임화가 아시아적
    정체성을 통해서 비로소 조선적 특수성을 인식하게 되었다고 설명하고 있다. 그러나
    필자는 임화가 아시아적 정체성을 통해서 조선적 특수성을 발견하거나 인식하게 된 것
    이 아니라 해명할 수 있게 된 것이라고 본다.

근거로 그것을 거부하는 것은 사회주의적 이념성을 거부하는 것과 다르지 않다는 것이 임화의 판단이었던 것이다. 임화가 '특수조선'의 '멘세비키'들의 강령이라고 표현한 것은 '조선의 특수성, 조선 현실의 독자성을 가지고 문화와 정치의 ××(사회)주의적 내용을 거부하고 개량하려' 한다고 보았기 때문이다. 조선적 특수성을 주창한 사회주의 문학자들의 논리가 '하등의 과학적 내용을 명시치 안는 '모스코에서 조선으로'라는 위험한 슬로−간에 의하여 일층 조장'되고 있다고 비판했던 것[12]도 같은 맥락에서이다. 요컨대 임화가 부정한 것은 조선적 특수성 자체가 아니라 러시아와는 다른 조선의 특수성을 구실로 사회주의적 내용을 거부하는 논리이다.[13]

여기서 임화가 지니고 있는 중요한 문제의식을 읽을 수 있는바, 그것은 조선적 특수성이 절대화되어 유물론적인 역사발전이나 사회주의적 이념과는 다른 새로운 보편으로 나아가는 근거로서 사유될 가능성에 대해서 끊임없이 경계하고 있다는 것이다. 임화에게 조선적 현실의 특수성이란 보편으로서의 사회주의적 이념, 유물론적인 역사발전 과정이 실현되는 과정에서 나타나는 것이지 보편적인 것과의 괴리나 간극으로서 나타나는 것이 아니었던 것이다. 이러한 임화의 논리에서 조선경제사학자인 백남운의 관점을 발견할 수 있는데, 특수성은 사회구성 단계에서 나타나는 특수성일 뿐 보편성을 일탈하는 특수성은 존재하지 않는다는 관점이 그것이다.[14] 임화와 백남운의 논의에서 공통적으로 발견되는 이러한 논리는 소위 '조선특수사정'의 이데올로기, 즉 일본적 특수성을 보편주의적인 것으로, 그리고 이에 대조되는 다른 아시아 국가들의 정체성을 특수주의로 파악하는, 식민지에 대한 특수주의적 인식에

---

12) 임화, 「역사적 반성에의 요망」, 『조선중앙일보』, 1935.7.6.
13) 이 점은 임화의 「조선문학의 신정세와 현대적 제상」(『조선중앙일보』, 1936.2.4)에 잘 나타나 있다.
14) 방기중, 『한국근현대사상사연구−1930~40년대 백남운의 학문과 정치경제사상』, 역사비평사, 1995, 365면.

대한 저항의 의미를 지닌다는 점에서 중요성을 지닌다.15)

　이러한 인식은 이식문학론에서 '아시아적 정체성'에 대한 논의를 통해서 보다 구체적으로 확인된다. 임화가 생각한 '아시아적 정체성'이 무엇이었는가가 가장 잘 나타나 있는 것은 「개설신문학사」16)이다. 임화는 하야카와 지로[早川二郎]의 책을 참조하여 아시아적 정체성이 '역사 과정 중 어느 임의의 지점에서 돌연히 배태되는 것이 아니라' '원시사회 붕괴의 비전형성에서 유래'되었으며 그것이 이후의 역사 발전의 단계마다 '비전형성'을 초래하게 되었다고 본다. 결국 '서구의 근대사회제도를 수입 이식하지 않고는 봉건사회로부터 근대사회제에의 전화를 불가능케 한 조건'을 만들었고 이로 인해 '동양 제국은 공통으로 서구 근대사회의 촉발과 수입과 이식으로 근대화될 운명 아래 놓여 있었다'는 것이다.17)

　여기서 주목되는 것인 '비전형성'이라는 개념이다. 임화는 아시아의 정체성이 역사의 어느 한 단계에서 갑자기 나타난 것이 아니라 원시사회의 붕괴 과정에서부터 역사 발전의 각 단계마다 비전형성이 축적되면서 형성된 것이라고 보고 있다. 이것은 원시사회의 붕괴 과정에서부터 역사 발전의 각 단계에서 존재하는 '전형성'을 상정하지 않고서는 설명될 수 없는 방식의 내용이다. 즉 역사 발전의 비전형성이란 '전형성'을 상정하지 않으면 설명될 수 없는 개념이며 아시아적 정체성이라는 비전형성의 강조는 역설적으로 역사 발전의 전형성에 대한 지향을 바탕으로 하고 있다는 것이다.

　이 점은 내지(內地)에 대한 언급에서도 다시 한번 확인할 수 있다.

---

15) 김경일, 앞의 글, 91면.
16) 임화, 「개설신문학사」, 『조선일보』, 1939.9.2～1940.5.10.
17) 임화, 「개설신문학사」, 『조선일보』, 1939.9.14～15(김외곤 편, 『임화 전집－문학사』, 박이정, 2001, 87～89면.

그러므로 만일 서구 자본제의 동점이 없이 장구한 동안 동양 혹은 조선 봉
건제를 그대로 내버려 두었다면 먼 장래에 독자적으로 근대사회로의 전화를
수행했을지도 모른다.

예를 들면 적어도 內地의 봉건제는 이러한 가능성을 가장 많이 가졌던 사회
라고 말할 수가 있다.

동양 제국에 있어 가장 일찍이 서구 자본제의 이식을 완료하고 獨自한 근대
사회는 서구와 필적함을 보아 이 점은 한번 수긍할 만하다.

그러나 역사는 더구나 근대사회는 결코 한 국가나 지방의 폐쇄적 독존을 허
락하는 것은 아니다. 상업과 화폐에 의한 모든 지방의 세계화가 이 시대의 특
징이다.

요컨대 동양 제국은 내부 조건이 미처 성숙치 못하고 시기가 상조한 채로
근대화의 길로 들어선 것이다.[18]

인용문은 동양제국의 정체성을 다시 한번 강조하는 부분이라고 할
수 있다. 또한 인용문에서 내지의 봉건제가 독자적인 근대사회로 전화
될 수 있는 가능성을 가장 많이 가졌던 사회라고 말하는 부분은 소위
동양 내부에 타자를 설정함으로써 스스로를 특권화시키는 일본식 오리
엔탈리즘의 담론을 재현하는 것처럼 보이기도 한다. 그러나 '근대사회
는 결코 한 국가나 지방의 폐쇄적 독존을 허락하'지 않으며 '상업과 화
폐에 의한 모든 지방의 세계화'가 이 시대의 특징이라고 함으로써 근대
사회 자체가 세계를 전일화시키는 기제로 되어 있음을 강조하고 있음
을 볼 때 일본의 개별적인 가능성보다는 동양 전체의 정체성을 논의의
중심으로 삼고 있다고 판단된다. 물론 아시아적 정체성에 대한 논의가
서구의 시선으로 동양을 바라보는 오리엔탈리즘적인 혐의에서 자유로
울 수는 없다.[19] 그러나 앞서 말했듯이 서구의 근대를 보편으로 하는

---

18) 임화, 「개설신문학사」, 『조선일보』, 1939.9.15(김외곤 편, 위의 책, 88면).

19) 임화의 논리가 오리엔탈리즘적인 사유에 근거하고 있음을 비판하고 있는 대표적인
연구로는 박희병의 연구(「임화의 이식문학론 비판」, 『한국문화』 22집, 서울대 한국문화
연구소, 1998), 김외곤의 연구(「임화의 '신문학사'와 오리엔탈리즘」, 『한국문화이론과

이러한 사유가 오히려 동양을 특수화하고 일본을 중심으로 또 다른 세계사를 만들고자 했던 일본 제국주의에 대해서는 저항적일 수 있다는 점을 간과해서는 안 된다.

그런 관점에서 볼 때 임화의 이식문학론이 서구의 고전적 근대와는 다른 조선적 근대의 특수성에 착목함으로써 보편주의적 근대관을 넘어서 근대의 다양성에 주목하는 '복수의 근대관'을 지니고 있다[20]고 평가하는 것은 받아들이기 어려운 평가이다. '아시아적 정체성'론이나 그에 기반한 이식문학론은 서구와는 또 다른 근대의 지향성을 보여주는 것이 아니라 오히려 서구적인 근대를 보편으로 하는 입론으로서 나타나고 있기 때문이다. 임화는 서구를 보편으로 하는 근대, 사적 유물론에 의한 역사 발전을 상정하고 그에 대한 특수한 양태로서 조선을 바라보고 있다. 때문에 임화의 관심은 조선의 특수성을 살려 조선이 제3의 길로 발전해 나가는 데에 있는 것이 아니라 조선의 현실에서 나타나는 개별성을 '아시아적 정체성'이라는 특수성을 바탕으로 보편의 관점에서 이해하는 데에 있는 것이다.

신문학의 물질적 기반을 논의하는 부분에서 첫 번째로 '아시아적 정체성'에 대한 논의가 등장하는 것은 그것이 바로 보편과의 관계에서 개별을 이해할 수 있도록 해 주는 특수성이기 때문이다. 임화가 '자주적 근대화 조건의 결여'를 말할 때 '자주적 근대화'란 다름 아닌 일반적인 서구적 근대화를 모델로 하는 것이다. 임화가 비록 당시 조선사에 대한 연구에서 핵심적인 사안으로 등장한 '아시아적 정체성'을 바탕으로 자신의 논리를 펴나갔을지라도 임화가 주목한 것은 보편이 드러나는 특수로서의 조선이었다.[21] 원시 공산제—고대 노예제—중세 봉건제—근

비평』 5집, 한국문학이론과비평학회, 1999)를 들 수 있다.

20) 하정일, 「1930년대 문학비평과 '이식' 논의」, 『한민족어문학』 42집, 한민족어문학회, 2003, 99~100면.

21) 임화가 이식문학론을 세우는 데에는 일본사학보다는 백남운의 이식자본주의론이 보다 큰 영향을 미친 것으로 보인다. 우선 '이식'이라는 명칭이 공유되고 있거니와 아시

대 자본제를 거치는 보편적 인류사가 조선에서 어떻게 관철되어 왔는가, 그 관철이 오늘날 조선의 상황에서 어떤 과제를 요구하고 있는가, 그리고 그것은 문학에서 어떻게 나타나고 있는가 하는 점이야말로 임화가 말하고자 하는 지점이었다. 특수를 철저히 다루는 일이 더 높은 단계에 도달하기 위한 하나의 수단이라는 점[22]에서 조선적 특수성, 아시아적 정체성을 바탕으로 이식문학론을 논한 임화의 문제의식이 보편을 향해 있음을 보다 분명히 이해할 수 있다.

이 점은 이식문학론의 '이식'이라는 개념에서도 동일하게 나타난다. '이식'이란 개념 역시 보편적인 것을 전제하지 않고서는 성립될 수 없는 개념이다. 조선에서의 신문학의 역사를 이식과 모방의 역사로 바라보는 임화의 관점은 아시아적 정체성에 대한 논의를 바탕으로 하는 것이거니와 논리의 전개 방식 역시 그와 다르지 않다. 더구나 임화는 「조선문학연구의 일과제―신문학사 방법론」에서 조선의 신문학이 이식 문화, 모방 문화에 그치지 않고 새로운 문화 창조로 나아가게 됨을 역설하고 있다. 이는 그의 논리가 나아가고 있는 바를 확연하게 보여주는 부분이다.

> 동양 諸國과 서양의 문화 교섭은 일견 그것이 순연한 이식 문화를 형성함으로 종결하는 것 같으나, 내재적으로는 또한 이식문화사를 해설하려는 과정이 진행되는 것이다. 즉 문화 이식이 고도화되면 될수록 반대로 문화 창조가 내부로부터 성숙한다.
>
> 이것은 이식된 문화가 고유의 문화와 심각히 교섭하는 과정이요, 또한 고유의 문화가 이식된 문화를 섭취하는 과정이다. 동시에 이식 문화를 섭취하면서

아적 정체성 내지는 조선적 특수성을 보편과 괴리된 특수성이 아니라 보편의 실현 과정에서 나타나는 특수성으로 본 것, 그리고 '독자적인 조선자본주의 발전의 길'을 상정하고 그것이 억압 차단되면서 자본주의의 이식화 과정이 진행되었다고 보는 것 역시 동일하다(백남운의 이식자본주의론에 대해서는 방기중, 앞의 책, 202~224면 참조).
22) 게오르그 루카치, 홍승용 역, 『미학서설―미학범주로서의 특수성』, 실천문학사, 1987, 114면.

고유 문화는 또한 자기의 舊態의 자태를 변화해 나간다.[23]

문화 이식이 고도화되면 될수록 문화 창조가 내부로부터 성숙하여 이식문화사를 해설하려는 과정이 진행된다는 것은 문화에서의 이식과 창조의 변증법[24]을 이야기하는 것일 뿐만 아니라 임화가 보편으로서의 근대와 아시아적 정체성의 관계를 어떻게 설정하고 있는가를 보여주는 것이기도 하다. 임화의 논리를 적용하면 정체성 속에서 근대의 이식을 경험한 아시아의 역사 역시 근대의 이식에서 종결되는 것이 아니라 이 식된 근대와 그 나라의 특수한 현실의 교섭 과정을 거쳐 정체성을 벗고 보편으로서의 근대의 한 형태로서 나타나게 된다고 할 수 있고, 이는 일종의 보편의 구체화라고 할 수 있다.

결국 임화는 아시아적 정체성이나 조선적 특수성의 문제를 조선의 현실에서 나타나는 일회적인 문제가 아니라 보편과의 관계에서 특수성 을 구명하고 보편을 향해 갈 수 있는 계기로서 사유하고 있다고 할 수 있다. 임화가 지니고 있는 이러한 보편주의적 지향은 임화의 문학론의 중심이 계급문학에서 민족문학으로 변화하고 그의 문학론에서 반영론 이 성숙해 가는 등 많은 변화에도 불구하고 임화의 논리를 지탱해 주고 있는 가장 중심적인 부분으로 보인다. 1940년대에 들어서서 많은 사회

---

23) 임화, 「조선 연구의 일 과제―신문학사 방법론」, 『동아일보』, 1940.1.18(임화, 앞의 책, 380면).

24) 신승엽, 「이식과 창조의 변증법」, 『민족문학을 넘어서』, 소명출판, 2000 참조. 한편 김외곤은 신승엽의 관점을 비판하면서 오히려 임화의 조선 신문학사에서는 조선 신문 학을 일본 근대문학에 대한 모방과 반발로서 바라보는 사유를 발견할 수 있는데 그것 이 아시아이면서 아시아가 아니기를 열망한 일본식 사고와 유사하다고 평가하고 있다 (김외곤, 앞의 글, 89면). 이러한 평가는 일본식 오리엔탈리즘의 핵심적인 부분인 자기 식민지화의 문제를 간과한 채 임화의 글을 무리하게 그것과 연결시키고 있는 것이 아 닌가 하는 의구심을 자아낸다. 필자가 보기에 임화는 '창조'의 문제를 제기함으로써 오히려 '자기식민지화'의 문제로부터 자유롭게 되기 때문이다(일본의 자기식민지화의 문제에 대해서는 코모리 요이치, 송태욱 역, 『포스트콜로니얼―식민지적 무의식과 식 민주의적 의식』, 삼인, 2002, 22~26면 참조).

주의 문학인들이 일본 파시즘으로 전향하거나 협력하게 되었을 때 임화가 그러한 전향의 논리로부터 비교적 거리를 유지할 수 있었다면 그것은 하나의 보편을 거부하고 스스로를 또 하나의 보편으로 세우고자한, 일제의 파시즘과의 논리적인 거리가 크게 작용했기 때문일 것이다. 이렇게 볼 때 임화에게 있어서 조선적 특수성은 역설적으로 역사에 있어서 보편의 실현 과정을 확인하고 보편을 향한 지향을 유지할 수 있게하는 계기였다고 할 수 있겠다.

4. '조선'을 둘러싼 인식론적 지형의 의미

이제까지 안함광과 임화의 비평을 중심으로 1930년대 사회주의비평에 나타난 '조선적 특수성'에 대한 논의를 고찰·분석하였다. 안함광의 조선적 특수성론은 그것이 소비에트 이론에 대한 맹목적인 추수로 일관하였던 프로 문학에 대한 하나의 반성적 의미를 지니고 있다는 점에서 중요한 의미를 지닌다. 나아가 이것은 현실에 토대를 두지 않은 관념적인 예술에 대한 문제제기를 통하여 관념주의적 국제주의에서 벗어나는 계기를 마련하였다는 의미를 지니기도 한다. 그러나 안함광의 '조선적 특수성'론이 보여주고 있는 인식은 사회주의 이념이라는 보편적인 이념이 상이한 경제단계 속에서 어떻게 관철될 수 있는가를 밝히는 데로 나아가지 못하였다. 안함광의 문제의식은 보편적 이념의 특수한 관철에 놓여 있는 것이 아니라, 보편과 개별 사이의 괴리 자체에 고정되어 있었던 것이다. 안함광에게 있어서 특수한 조선은 개별로서 인식되고 보편으로서의 사회주의 이념이나 사적유물론적인 역사 발전은 개별과 기계적으로 결합된 채 추상화된다. 그리하여 안함광의 조선적 특수성에 대한 인식은 조선이라는 개별 자체에 집중됨으로써 개별주의로 흐르게 된다.

임화는 아시아적 정체성이나 조선적 특수성의 문제를 당대의 조선의 현실에서 나타나는 일회적인 문제가 아니라 보편과의 관계에서 특수성을 구명하고 보편을 향해 갈 수 있는 계기로서 사유하고 있다. '이식문학론'을 통해서 임화는 '이식'을 극복할 수 있는 변화와 창조의 가능성을 모색함으로써 보편이 현실화되는 특수한 방식으로 조선적 특수성을 사유하고 있음을 보여준다. 이러한 보편주의적 지향은 임화 문학론의 중심이 계급문학에서 민족문학으로 변화하고 그의 문학론에서 반영론이 성숙해 가는 등의 많은 변화에도 불구하고 임화의 논리를 지탱해 주고 있는 가장 중심적인 부분이다. 아시아적 정체성을 바탕으로 한 조선적 특수성에 대한 임화의 인식은 역설적으로 역사에 있어서 보편의 실현 과정을 확인하고 보편을 향한 지향을 유지할 수 있게 하는 계기로 기능했던 것이다.

결국 안함광의 경우 보편은 전제되지만 동시에 절연되는 것이었고 '조선'은 '보편과 괴리된 개별성'으로 인식되었다면, 임화의 경우 '조선'은 보편성과 함께 하는, 혹은 그 구체화인 특수성으로서 인식되었다고 볼 수 있다. 그들의 전략은 모두 '보편성'을 향한 열망과 '조선적 특수성'의 결합과 조화였으나 그 결과는 같지 않았던 것이다. 이들 가운데 누가 당시의 조선을 더 올바르게 이해하고 있었는가는 섣불리 판단할 수 있는 문제가 아닐 것이다. 이보다는 1930년대 후반의 정치 사회적 현실과 관련시켜 볼 때, 이 양자는 모두 저항과 타협으로서의 면모를 갖고 있었다는 점이 더 문제적이라고 할 수 있다. 임화 식 보편주의의 경우, 일제가 '특수성' 논의를 바탕으로 새로운 보편주의를 내세울 때 일종의 버팀목이 될 수도 있는 것이었다. 반면 안함광 식 개별주의의 경우, 보편과 개별 사이의 거리를 전제하고 비약으로서의 이념 및 실천을 강조함으로써, 보편이 붕괴할 때의 인식론적 위기에 저항하고 실천

자체의 입지를 옹호할 수 있는 것이었다.

다시 말하면 이 두 입장은 모두 차이가 있었을지언정, 일제에 대한 저항에서 타협에 이르기까지의 복합적인 스펙트럼을 보여주고 있다고 할 수 있다. 이 스펙트럼 중에서 무엇이 현실화되었는가, 저항과 타협 가운데 어느 것이 보다 우위에 있었는가의 문제는 논리의 문제인 동시에 현실의 문제, 역사의 문제이기도 한데, 이를 통해서 이론-실천에 대한, 나아가 보편-특수-개별에 대한 새로운 문제 제기 자체가 요청되기도 할 것이다. 또한 임화의 보편주의와 안함광의 개별주의는 이러한 복합적인 스펙트럼 속에서 사회주의 진영이 다른 진영과 교차되고 중첩되는 지점을 보여주는 것이기도 하다. 임화의 보편주의가 김기림 등의 모더니즘계의 일각과 논리를 공유하고 있다면, 안함광의 개별주의는 민족주의 문학계의 일각과 공유하는 바가 적지 않다.

사회주의문학의 형성과 발전은 바로 이런, 이웃한 진영과의 부분적 동일성과 차이 속에서, 또한 내부적 차이를 구조화하는 운동 속에서 이루어진다. 그러나 임화의 논리를 보편주의라는 도식에 입각해 최재서 등의 근대주의자와 동일시하거나, 안함광의 논리를 개별주의라는 도식에 입각해 조선주의적 입장과 동일시하는 것은 지극히 경계해야 할 일이다. 본고가 주목하고자 한 것은 이들 논리의 동일성 자체가 아니라, 이들이 보여주는 논리적인 중첩과 교차의 지점이 1930년대 후반의 저항과 협력의 지형을 밝혀주는 고리가 될 수 있다는 점이며 1930년대 후반의 '조선적인 것'에 대한 논의가 기존의 문학적 지형의 변형 속에서 새로운 문학적 진영을 예고하는 논의가 되었다는 점이다. 실제로 해방 이후에 나타난 사회주의 문학자들의 분열 및 박태원·김기림 등 모더니스트의 사회주의문학 진영으로의 합류는 1930년대 후반에 이미 논리적으로 준비된 것이라고 볼 수 있을 것이다. 물론 해방이라는 시공간적인 특수성에 기반을 둔 민족문화 건설에 대한 환상이 문학 진영의 대대적인 개편을 불러온 중요한 요소라는 것을 부인할 수는 없지만 그와 함께

1930년대 후반에 나타난 역사 인식에 있어서 보편주의와 개별주의로 문학자들의 논리가 이분화되었던 현상도 이와 무관할 수 없기 때문이다.

본고는 이와 같이 1930년대 사회주의 문학비평에서 나타나는 '조선적 특수성'에 대한 담론 속에서 보편과 개별, 그리고 특수에 대한 인식적 지형을 분석하였다. 그러나 논의 과정에서 안함광은 개별주의로, 임화는 보편주의로 파악하면서 그들의 논리 전개 과정 내부에서 이루어지는 미세한 변화와 발전을 충분히 고려하지 못하였음을 부인할 수 없다. 또한 안함광과 임화의 입론이 사회경제사적인 논의를 바탕으로 하고 있음에도 불구하고 그 부분에 대한 구체적인 연구가 충분히 뒷받침되지 못하였다는 것도 지적될 일이다. 하지만 1930년대 사회주의비평에서 '조선적 특수성'에 대한 담론이 지니는 중요성을 제기하고 그를 보다 근본적인 인식론적 관점에서 해석하고 1930년대와 일제 말기 문단의 지형을 복합적으로 바라볼 수 있는 시사점을 제공했다는 점에서 연구의 의의를 찾을 수 있을 것이라고 본다.

식민지 근대의 심상지리와 『문장』파 기행문학의 조선표상

박진숙

1. 머리말

일제는 식민지 조선에서 동화정책을 실시했는데, 그 목표는 식민지 조선인의 일본 '국민화'에 있었다. 즉 일본의 식민지 조선 지배정책은 조선 및 그 주민을 일본의 영토 및 국민으로 통합할 것을 지향하여, 구체적으로는 식민지에 일본과 같은 제도를 실시함으로써 국민화를 위하여 문화정책을 실시하는 것으로 나타난다.[1] 이 관점은 식민지 조선을 '문명화'하고 '일본화'하여야 할 열등한 지역으로 간주함으로써 식민 지배자의 시혜적 측면을 강조하는 것으로, 조선총독부측의 지배 담론이나

---

[1] 권태억, 「동화정책론」, 『역사학보』 172집, 2001, 363면.

일본인 학자들의 연구에 일관되게 나타나 있다.[2]

본 논문은 일제가 동화를 위해 시행했던 정책 중 조선고적조사보존 사업에 주목한다. 특히 『문장』파 문학의 대표라 일컬어지는 이병기·정지용·이태준의 기행문학에서 조선고적조사보존사업이 어떻게 수용되고 조선표상을 형성해 나가는지가 본 논문의 관심사이다.

한국문학사에서 '조선적인 것'에 대한 연구는 세 흐름으로 정리할 수 있다. 총독부에 의해 정책적으로 추진된 '조선학', 『동아일보』와 『조선일보』를 중심으로 1930년대 초부터 진행되었던 민족주의 계열의 문화운동과 '조선주의 문화운동', 역사적 유물론에 입각하여 이루어진 '조선학'이다. 일제 식민지시대의 문화 담론에서의 '조선적인 것'을 본격적으로 다룬 것은 이 차승기의 연구가 대표적이다.[3] 그는 이 논문에서 '조선적인 것'에 대한 연구의 첫째 흐름은 원활한 식민지 지배를 위해 조선의 종교, 지리, 문헌 등에 대해 행해진 정책적 연구에 불과하다고 하면서 둘째와 셋째 흐름에 주목한다. 그는 두 흐름을 검토하여 그것들이 1930년대의 인식론적·가치론적 전회와 어떻게 관련되어 있는지를 밝히고 전통 논의를 가능하게 했던 역사적·이론적 지형의 윤곽을 그려보였다.

본 논문은 차승기가 과소평가한 첫째 흐름에 주목한다. 제도는 인간의 삶에 여러 가지 방식으로 작동하면서 인식의 방향을 지시하며 다양한 문학 형태를 낳기도 하기 때문에, 식민정책이 조선인의 삶과 내면에 어떠한 영향을 끼쳤는지 문학 작품 속에서 살펴보는 것은 매우 중요한 의미가 있다. 본 논문에서 다루는 주요 작품은 기행을 소재로 하는 수필과 시조, 시, 소설이다. 이 중 특히 이병기·정지용·이태준의 작품을

---

2) 박경식, 『일본제국주의의 조선지배』, 청아출판사, 1986, 33~36면.

3) 차승기, 「1930년대 후반 전통론 연구—시간·공간의식을 중심으로」, 연세대 박사논문, 2002, 26면. 차승기는 '조선적인 것'에 대한 논의가 촉발된 지점 중 하나인 야나기 무네요시[柳宗悅]에 대해서는 간과하고 있는 듯하다.

주로 다룰 것인바, 이를 고찰함으로써 전통과 더불어 '조선적인 것'을 논의할 때 볼 수 있는 혼종의 양상을 밝혀보고자 한다. '기행'과 관련된 문학을 통해서 고적조사보존사업의 문학적 수용을 고찰하고자 하는 이유는 이 세 작가가 여행을 다녀오는 장소가 대부분 일제 동화정책의 일환이었던 고적조사보존사업의 결과 새롭게 조명된 공간이기 때문이다.

조선의 지리·문헌·종교에 대한 정책적 연구는 식민주의시대에 박물학·분류법·동식물학·지질학과 같은 과학이 특별히 번창하는 경향과 관련되어 있다. 식민 지배자는 자신들이 경험한 신세계에 특정한 의미를 부여하여 묘사하는데, 그 내용은 신세계에 대한 '정확한' 재현으로 제시된다[4]는 것이다. 그들의 시선에 포착된 정확한 재현 양상을 식민지 조선인에게 주입하고자 하는 의도가 구체화된 것이 바로 고적보존운동과 고적조사사업이었던 것이다. 고적보존운동으로 구체화되는 장소는 경주·평양·부여 등이다. 경주·평양·부여는 조선 역사의 고도로서의 역할뿐만 아니라 박물관 건립이라는 식민지 정책과도 관련을 맺음으로써 식민지인의 내면 형성이라는 문제를 내포하고 있기도 하다.

전통적으로 문학은 늘 장소라는 문제와 불가분의 관계를 맺고 있다. 그것이 단순히 자연 경관으로 등장하든 아니면 작품의 배경을 이루든, 장소가 문학의 본질을 구성하는 핵심적 부분 중의 하나라는 점은 지극히 자명하다. 또한 인간의 삶의 터전인 한, 장소가 인간의 문학적 상상력을 구성하는 가장 일반적인 소재라는 것도 당연하다. 그런 의미에서 장소라는 용어는 그것이 지닌 특별한 역할에도 불구하고 지극히 평범하면서도 가치중립적인 것으로 드러나 보이기 십상이다. 장소가 인간의 행동 양식을 결정하고 삶을 적극적으로 구성하는 중요한 요인이 되고 있다는 비평적 인식은 오래 전부터 폭넓게 자리 잡아 왔지만, 그것이 이념적인 의미에서 개인적이며 민족적이고 또한 더 넓게는 국가적인

---

4) 박주식, 「제국의 지도 그리기—장소, 재현 그리고 타자의 담론」, 『탈식민주의 이론과 쟁점』, 문학과지성사, 2003, 275면.

정체성을 결정하는 결정적 요인이라는 인식은 최근의 탈식민주의적 비평 양식이 도입되면서부터 활발해졌다. 단적으로 말해서 탈식민주의적 시각에서 바라보는 장소는 문화적 가치들이 서로 겨루는 갈등의 터전이며 또한 그 가치들이 구체화되어 드러나는 재현의 현장이 된다. 그런 의미에서 장소는 단지 지질학적 공간에 머무는 것이 아니라 문화적 공간으로서의 의미를 획득하는 것이다.[5]

탈식민주의가 식민화를 전제로 한 용어라고 할 때 이 개념은 이미 공간적 함의를 토대로 성립하는 것이다. 왜냐하면 식민화는 결국 필연적으로 지정학적인 문제와 결부되기 때문이다. 탈식민주의가 지배자와 피지배자라는 구조적 현상을 그 핵심적 인식소로 설정하고 있다는 점에서 그것은 이미 공간적 성격을 강하게 드러내는 이론이 되고 있다는 것이다. 본 논문에서는 탈식민주의의 이러한 공간적 함의를 가장 적절히 대변해 주는 장소의 문제를 재현과 타자의 담론을 염두에 두면서 작품 속에서의 구체적인 부분들을 살펴보려고 한다. 나아가 이 문제가 식민지민의 정체성 형성에 어떠한 역할을 담당하며, 또한 어떠한 방식으로 분열과 균열의 매개 작용을 통해 제국의 식민 담론에 대한 전복의 가능성을 열어놓고 있는지를 검토하게 될 것이다.[6]

일제 식민지화가 진행되는 과정에서 왜 기행을 소재로 한 문학이 많이 나타나는가?[7] 제국주의와 식민지 간 관계에서 기행문은 어떤 역할

---

5) 위의 글, 260~261면. 식민지 상황에서 장소를 문제 삼아 심상지리를 다룬 논문으로는 김양선의 「옥시덴탈리즘의 심상지리와 여성(성)의 발명」(『민족문학사연구』 23호, 2003.12)이 있다. 이 논문은 장소와 심상지리의 문제를 다루면서 제국주의의 심상지리는 식민지를 여성으로 표상하는 것이라 밝히고 있다.
6) 위의 글, 258~259면을 참조하여 본 논문의 문제의식으로 삼았다.
7) 최근 들어 기행문에 대한 학문적 관심이 증대하고 있다. 기행문에 대한 연구는 다음과 같다. 김현주, 「근대 초기 기행문의 전개 양상과 문학적 기행문의 '기원'」, 『현대문학의 연구』 16집, 2001; 이동원, 「기행문학연구―1910~1920년대를 중심으로」, 연세대 석사논문, 2002; 서영채, 「최남선과 이광수의 금강산 기행문에 대하여」, 『민족문학사연구』 24호, 민족문학사학회, 2004; 차혜영, 「1920년대 해외 기행문을 통해 본 식민지 근대의 내면 형성경로」, 『국어국문학』 137집, 2004.

을 하는가? 시조부흥론을 통해 민족주의적 입장을 표명한 이병기에게
기행문은 어떤 의미이며 기행을 소재로 하는 시조는 무엇을 창출하는
가? 의식적으로 '동양적인 것' 혹은 '조선적인 것'을 취하지는 않았던
정지용이 왜 시 혹은 비평에서는 '조선적인 것'을 염두에 두고 있었을
까? 야나기 무네요시로부터 추동된 듯한 '조선적인 것'에 대한 관심을
복합적인 양상으로 보여주는 이태준에게서는 '조선적인 것'이 어떻게
형성되었을까? 본 논문에서는 이러한 문제의식에서 출발하여 식민지
근대의 심상지리가 조선고적조사보존사업이라는 식민정책과 함께 작품
속에서 어떠한 방식으로 구현되는지, 그 장소에서 식민 지배자의 시선
과 작가의 시선이 어떻게 교차되고 전복되는지를 설명할 것이다. 이 틈
새에서 '조선적인 것'은 형성된다고 할 수 있다.

2. 고적조사보존사업을 통해 구성된 식민지 역사학의 이중성

일본 근대국가 형성기에 역사학은 국민의식 형성이라는 국가정책과
관련하여 일정한 역할을 해 왔다. 조선을 강점한 일제는 조선인을 일본
의 '신민'으로 만들기 위해 조선의 역사를 구성하고자 하였는데, 이것이
바로 식민사학이다. 일제는 여러 가지 식민정책을 시행해 왔거니와 일
본에의 동화를 목표로 하는 이 정책은 1920년대에 들어서게 되면 식민
지의 문화·역사·제도를 인정하는 듯한 형태로 전환된다. 이러한 외양
을 띠고 나타난 동화정책은 다른 외연을 취하는 듯 보였지만, 조선인에
게 식민지인이 갖추어야 할 일정한 의식을 형성시킨다는 점에서 1910
년대 식민정책과 차이가 없는 것이었다. 주체가 아닌 타자로서의 위치
를 조선인에게 부여하고자 하는 것이 그들의 목적이었다고 할 수 있다.

이러한 목적을 가장 잘 반영한 식민정책으로 고적조사보존사업을 들수 있다. 이 정책은 초대 총독 데라우치 마사타케[寺內正毅]의 주재하에 구로이타 가쓰미[黑板勝美] 등이 기획 추진한 것으로『조선사』편수와 조선의 고적조사보존이라는 두 사업으로 구체화된 바 있다. 그들의 관점에 의하면, 이 사업은 태평양전쟁 패전 후에도 일본인의 자부심과 자찬의 대상이 되는 일로 평가될 만큼 대규모적인 국가프로젝트였다[8]. 그들의 이러한 관점은 고적조사보존사업이라는 문화적 업적을 강조함으로써 식민지 지배의 폭력성을 은폐하고자 하는 태도가 반영된 것이다.

고적조사보존사업은 식민지 공간을 문화시정학적으로 재편하고자 한 것인 동시에 식민지적 의식을 만들어내기 위한 것이었다. 즉 일제는 조선에서 정체적이고 타율적인 역사와, '일선동조(日鮮同祖)'의 측면을 찾고자 하였다. 이를 위해 조선총독부는 정책적으로 경주를 중심으로 한 신라시대의 유적과, 평양을 중심으로 한 고구려시대 및 한(漢)의 낙랑군시대의 것을 대상으로 고적 조사를 실시하였다. 일제가 이 지역을 선택한 것은 고적 발굴과 조사를 통하여 식민 지배를 정당화하고 일선동조론 및 임나일본부의 존재를 물질적으로 증명하기 위한 것이었다. 또 과거에 한반도가 중국의 지배를 받았다는 사실을 통하여 타율적인 역사였다는 점을 강조함으로써 식민 지배를 합리화하고자 하였다.[9]

조선총독부의 고적조사와 보존사업은 1909년 탁지부가 세키노 타다시[關野 貞]를 초빙하여 한반도 전역의 고건축 조사자로 위촉함으로써 시작된다. 1910년 한일병합 후 세키노의 고건축·고적 조사는 그 위상이 한층 강화되고, 1913년에 이르러서는 기초 조사가 완료되기에 이른다.[10] 총독부는 1916년 7월에 '고적급(及) 유물보존법칙'을 제정하고 총

---

8) 이성시, 박경희 역, 「구로이타 가쓰미를 통해 본 식민지와 역사학」,『만들어진 고대』, 삼인, 2001, 210면.
9) 최석영,『일제의 동화이데올로기의 창출』, 서경문화사, 1997, 250~251면.
10) 이성시, 앞의 글, 217면,

독부 박물관을 설립, 고적조사위원회를 설치하였다. 관학파의 대표인 세키노 타다시[關野貞]와 인류학자 도리이 류우쬬우[鳥居龍藏]가 주로 조선의 고적조사를 맡았으며 세키노 타다시는 타율성론을, 도리이 류우쬬우는 동조동근론(同祖同根論)을 뒷받침하는 유적을 발굴해내고자 하였다. 세키노 타다시 일행은 1909년부터 평양부근의 고분조사를 통하여 그 고분들이 낙랑시대의 계통이라고 보고하였다. 평양부근의 낙랑 유적 유물의 조사와 발굴은 한반도가 과거 중국의 일부였다는 사실뿐만 아니라, 한반도를 지배하였던 한의 발달된 물질문명을 통하여 한반도 역사를 타율적으로 서술하려는 의도를 나타냈다.11) 1924년 말 이후 재정 긴축에 의해 고적조사과가 폐지되고 고적조사사업은 다소 쇠퇴하였지만, 1925년에 최초의 낙랑고분 조사가 이루어졌다. 이는 동경제국대학 문학부 사업으로 추진된 것으로 구로이타·무라카와·하라다가 조사 책임자였다. 경주·평양뿐만 아니라 1929년에 이르면 황해도를 대상으로 각 군의 유적 유물을 순차적으로 조사 기록하는 방침을 세우고 조사하기도 하였다.12) 1931년 8월에는 평양 및 경주를 중심으로 하는 고적을 연구하여 조선문화의 발양을 도모하는 것을 목적으로 조선고적연구회가 출현하였다. 경주연구소·평양연구소·백제연구소를 설치하고 연구원을 배치한 것도 이 연구회의 활동 결과였다.13)

　고적조사가 식민정책과 밀접하게 관련된 또 하나의 측면이 박물관 건립이다. 최초의 박물관은 일제가 한반도를 식민지배하기 이전인 1906년 창경궁 안에 건립된 이왕가 박물관이었다.14) 1915년 개관한 총독부 박물관은 식민정책 이데올로기가 반영된 역사박물관의 성격을 띠고 있었다. 지배-피지배 관계를 은폐하거나 열등한 역사를 서술하려는 의도

---

11) 최석영, 앞의 책, 267면.
12) 위의 책, 255~256면.
13) 위의 책, 279~280면.
14) 위의 책, 284면. 이왕가박물관에 대해서는 목수현의 「일제하 이왕가 박물관의 식민지적 성격」, 『미술사학연구』 227집, 2000.9 참조.

를 갖고 있었으며 이를 확대시킬 목적으로 경주·부여·평양에 각각 박물관을 설립하고, 부산·대구·공주·나주 등에는 공립의 진열관을 두었다.[15)]

이 작업은 문화재를 관리하고 보존하려는 의식조차 없던 조선에서, 유적을 조사·보존·재배치하면서 조선인의 의식을 식민지 신민으로 구성해내려고 하는 의도에서 시행된 것이었다. 일제는 이처럼 조선의 유적 복원까지 정책적으로 시행함으로써 조선인의 정체성을 식민지적으로 구성하고자 하였다.『조선사』편수를 맡았던 구로이타 가쓰미[黑板勝美]는 1916년 고적조사위원으로 황해도와 평안도 지역을 조사했는데, 그 성과를 일반인용으로 서술한「대동강 부근의 사적[大洞江附近の史蹟]」이라는 글로 발표하였다. 여기서 그는 세키노 타다시[關野貞]의 고적조사를 인용하면서 낙랑유적이 있는 평양이 최초의 중국 문명 수용지이며, 그곳이 조선 역사의 출발지임을 강조하였다. 이처럼 고적조사는 단순히 유적의 조사보존이라는 의미에 머물지 않고 식민지의 역사를 지배자의 눈으로 재편하는『조선사』의 편수를 보완하는 중요한 과제였던 것이다.[16)]

베네딕트 앤더슨에 따르면 제국주의자들은 식민지의 유적 건설자와 당대 식민지 원주민은 같은 종족이 아니라고 생각하였다. 예를 들어 미얀마의 경우 장기적인 쇠퇴의 역사가 상정되고, 원주민은 당시로서는 그들의 선조가 이룩한 것과 같은 위업을 성취할 능력이 없는 것으로 간주되었다. 유적을 복원하여 주변 시설과 함께 설치함으로써 원주민들이 장기간에 걸친 위업을 이룰 능력도, 자치능력도 결여되어 있음을 알리는 역할을 했다는 것이다. 구로이타 가쓰미는 이보다 한발 더 나아가 발굴 조사한 유물을 각지의 박물관에 진열하고 방대한 도감과 보고서를 제작하는 데에도 힘썼는데, 그러한 제작은 곧 그것들을 지배하고 나

---

15) 위의 책, 284~285면.
16) 이성시, 앞의 글, 220면.

아가 그에 대해 권위를 갖도록 하는 데 목적이 있었다고 본다. 과거에 있었던 것을 분해하고 배치하며 또 도식화·색인화하고 기록해서 그 대상을 아는 것은 마치 그것을 알고 있는 것처럼 존재시킨다는 것이다. 결국 이러한 행위 자체가 조선이라는 식민지의 시간과 공간을 지배하는 것을 의미했던 것이다. 구로이타 가쓰미의 『조선사』 편수와 고적조사보존사업에는 이러한 의도가 있었으며 이를 일본에서도 그대로 구사했으니, 구로이타 가쓰미의 유적에 대한 표상적 효과를 전제하지 않으면 유적 발굴의 의미를 이해할 수도 없다.[17]

그러나 이러한 그들의 의도에도 불구하고 조선인의 정체성은 결코 일제의 기획 의도 그대로 형성되지는 않았다. 이들의 기획은 조선인 측의 자율적 공간 해석 속에서 다른 방식으로 작동하였고 그 결과 일제가 의도한 것과 다른 '조선인'을 형성하였다. 즉, 조선 총독부 주재로 이루어진 『조선사』 편수와 조선 고적조사보존사업은 식민지민에게 그대로 투사되기도 하였지만, 의도되지 않은 방향으로 굴절되면서 또 다른 '조선적인 것'을 형성하는 계기가 되기도 하였다.

예컨대, 일제가 조선역사의 '타율성론'과 '동조동근론'을 구체화하기 위해 만들어내었던 평양에 관한 역사적 이미지는 오히려 조선의 작가들에게 '조선적인 것'에 대한 비판적 성찰의 계기를 제공하였다. 세키노 타다시(關野貞)의 조선고적조사보존사업의 정신사적 의미는, 유적을 배치하고 기록하는 과정이 그 대상에 대한 지배환상으로 이어지는 데 있었다. 즉 평양·경주 등의 공간이 단순한 지리적 공간 개념을 넘어서 식민지 역사학의 공간 지배로 연결되는 것이었다. 그러나 일제 강점하의 조선 작가들은 이러한 공간을 자기 작품 속에 등장시키면서 식민지적 공간으로 수용하기도 하지만 그와는 정반대의 '조선적인 공간'으로서 새롭게 의미를 부여하기도 하였다.

---

17) 위의 글, 222~227면.

따라서, '조선적인 것'을 단순하게 민족주의적 관점에 의해 발견된 것이라고 보는 견해나 혹은 일본의 제도적 장치에 의해 구축된 것이라고 보는 견해 어느 쪽도, '조선적인 것'이 형성되는 복합적인 과정을 제대로 설명하지 못한다. 즉 '조선적인 것'은 '의도한 결과'와 '의도하지 않은 결과'가 상호중첩하면서 창출된 것으로서 조선인에 의한, 식민지 역사학의 전유[18]를 통해 형성된 것이라 할 수 있다.

3. 심상지리의 재영역화와 '조선적인 것'의 형성

일제가 고적조사보존사업을 통해 구축해놓은 심상지리는 이병기, 정지용, 이태준에 의해 재영역화[19]되었다. 이는 세 작가의 텍스트 중 기행을 소재로 하는 산문·시·시조·소설을 통해 살펴 볼 수 있으며 '조선적인 것'이 어떻게 형성되는지 보여준다. 특히 담론으로서의 '조선적인 것'에 치중했던 기존의 논의가 동양적인 것, 일본적인 것과의 연루를 보여줄 수밖에 없었는데, 구체적인 작품 속에서 나타나는 작가의식을 면밀히 검토해 보면 '조선적인 것'이 바로 일본적인 것과 연동되지 않는 혼종의 양상들이 있음을 알 수 있다.

---

18) Bill Ashcroft and others, 이석호 역, 『포스트콜로니얼 문학이론』, 민음사, 1996, 66면.
19) 강상중, 이규수 역, 「국민의 심상지리와 탈국민의 이야기」, 『국가주의를 넘어서』(코모리 요우이치·타카하시 테츠야 편), 삼인, 1999, 184면 참조. 재영역화는 지정학적 혼란으로부터 질서를 구축하고 공동체의 동일성(identity)을 만들기 위해 필요한 과정이다. 이 과정에서 호출되는 것은 구질서의 신조나 관습, 이야기의 단편 등이다. 일제의 고적보존조사사업이 제국의 심상지리를 만들고자 한 것이었다면, 작품 속에서 나타나는 것은 그 장소로부터 민족을 읽어내는 작가의식인데 이를 '심상지리의 재영역화'로 보려고 한다.

1) 실감으로서의 자연, 민족의 심상지리 — 이병기

이병기는 1925년 『조선문단』에 「한강을 지나며」를 발표하면서 문단 활동을 시작한다. 1926년부터 최남선·정인보·이은상 등과 함께 시조 부흥운동을 전개했으며, 시조시인으로서 시조의 현대화를 위해 많은 글을 남겼다. 1930년 한글맞춤법 통일안의 제정위원, 1935년 조선어 표준어 사정위원이 되는 등 국어학·국문학 분야에서 활동하여 문화적 민족주의자로서의 면모로 문학사에 기록된다. 특히 1930년대 저널리즘에서 특집으로 기획되어 확산된 '고전부흥론'의 맥락 속에서 여러 가지 활동을 한 바 있다. 진단학회 참여, 1939년 『문장』 창간과 더불어 「한중록」, 「인현왕후전」 고전 주해와 고전에 대한 관심 등이 그것이다. 이로 인해 이병기는 『문장』파 문학의 정신적 수장으로 알려져 있기도 하다. 실제로 이병기에 대한 연구는 '난—예의 생리'로 국한하여 이루어지는 경향20)이 강하다. 양주동에 이어 이를 구체화한 김윤식은 이렇게 바라보는 것이 '엄청난 단정법 혹은 하나의 도그마인지도 모르지만 어차피 정신사적 문맥에 속하는 것이기에 쟁점이 유발될 가능성을 인정'하면서도, 가람의 '난의 생명감각, 생리적 측면'을 강조하고 있다.

이병기에 대한 그간의 연구가 이병기의 본질적인 측면을 파악한 것이 사실이긴 하지만, 이러한 연구가 자칫 이병기 작품의 다른 측면을 간과할 수도 있다. 이병기는 기행을 소재로 한 수필을 많이 썼는데, 다음과 같은 작품들이 있다. 「가을의 경주(慶州)를 차저」(『조선일보』, 1927.10.22~23), 「낙화암을 찾는 길에」(『신생』, 1929.6), 「내장산의 단풍」(『신생』, 1929.10), 「도봉산행」(『삼천리』, 1929.4), 「경주, 남한산성」(『학생』, 1930.5), 「경주의 달밤」(『신생』, 1930.12), 「마한 고도 익산, 후백제 고도 전주」(『신동아』, 1933.8), 「박연행」(『휘문』, ?), 「해산유기」(『동아일보』, 1935), 「부여행」(양주동 편, 『민족문화독본』 상, 청

---

20) 김윤식, 『한국근대문학사상비판』, 일지사, 1978, 161~169면.

년사, 1946) 등이 있다. 시조 중에서도 기행 후에 쓴 것으로 추정되는 작품이 상당히 많다. 이를 통해 볼 때 이병기의 난초, 고전에 대한 애착은 기행문, 기행을 소재로 하는 시조와도 관련되어 있다고 볼 수 있다. 그리고 대부분의 기행문과 기행을 소재로 하는 시조가 경주·부여·개성·익산·전주 등 한국 왕조의 옛 도읍과 관련이 있다는 점이 자못 흥미롭다. 그리고 이들 글에는 일제가 시행한 고적조사보존사업의 결과가 투영되어 있다. 총독부는 동화를 위해 제국의 심상지리를 구축하고자 했으니 이병기는 민족의 심상지리로 재영역화한 것이다.

다음은 이러한 경향을 확인해 볼 수 있는 대표적인 글이다.

> 파란 비단폭을 굽이굽이 펼쳐 두른 듯한 白馬長江이며 千 송이 萬 송이 꽃밭 속 같은 周圍에 있는 여러 山과 山들은 오로지 扶蘇山 하나만을 위하여 생긴 듯하다. 그러나 慶州와 같이 周圍에 있는 壯山들에게 조곰도 威壓은 받는 일도 없고 漢陽과 같이 에워싼 山峽도 아니고, 平壤과 같이 헤벌어진 대도 없이 아주 具格이 맞게 되었다. 그리고 구석구석이 妙하게 아름답게스리 되었다.
> 扶餘를 찾아오는 이는 扶餘의 古蹟만 보아서는 아니된다. 그저 古蹟은 그만두고라도 扶餘의 유다른 天然한 勝狀을 보아야 한다. 山도 좋고 물도 좋고 山과 물이 아울러 좋게 된 이 扶餘야말로 다른 곧에서는 쉽사리 얻어볼 수 없는 곧이다. (…중략…) 나는 이 샘물이나 마시고 이 절에 있어 한여름을 났으면 좋겠다. 左右의 綠陰 속에서 불어오는 바람도 맞고 심심하면 釣龍臺, 落花岩도 올라보고 新八景舊八景도 낮낮이 찾아보고 달밤에는 배를 잡아타고 백마강으로 오르락 나리락 하기도 하였으면 좋겠다.[21] (강조는 인용자)

위의 인용에서 강조한 부분과 김교신의 다음 글을 비교해 보면, 이병기의 글이 단순히 그 자신만의 감상이 아니라 당시 진행되고 있었던 고적조사보존사업과 관련되어 있음을 알 수 있다.

---

21) 이병기, 「낙화암을 찾는 길에」, 『신생』, 1929.6, 24~25면.

　7일 아침에 경주 고적보존회에서 안내자가 왔으나 그 행정 프로그램의 입안이
저열함을 보아 그 안내를 사퇴하고 반세간(半歲間) 경주를 위하여 준비한 바 우
리가 소지한 지식대로 자유롭게 舊蹟을 찾기로 하다. 동으로 나가 구층탑을 보
고 황룡사지를 거쳐 안압지에 이르러 천년 전에 벌써 오늘의 창경원에 불하할
동물원, 식물원과 수족관을 설비하였던 우리 조상의 박물학 지식에 대하여 경
모의 염을 금치 못하고, 석빙고에 이르러 신라인의 생활 양식을 추상하고 과학
적 지식이 수월하였던 당시의 사람이 빙고의 출입문을 남쪽에 설치함은 何故
일까 의아…… 경주에는 고물 구적이 생명이다. 경주의 산천 그것이 고물이
다.22) (강조는 인용자)

　김교신의 글을 보면 경주 고적보존회의 프로그램이 저열하여 '우리가
소지한 지식대로 자유롭게 구적(舊蹟)을 찾기로 하다'는 부분이 나오는
데, 이는 1915년에 경주 고적보존회, 부여 고적보존회가 설립23)된 사실
을 바탕으로 하고 있다. 고적보존회 역시 고적보존조사사업의 일환으로
설립된 것이었다. 이 고적보존회가 맡았던 일은 고적보존 및 유물에 관
한 조사 연구 발표, 안내도·안내기 발행 등이었다.24) 김교신의 글에는
고적보존회의 위상에 대한 생각이 이병기의 글보다 더 뚜렷하게 나타나
있다. 또 경주 안압지의 자연 풍경을 보면서 조상들의 박물학적 지식에
대한 감탄을 하는 등 자주적인 인식이 돋보인다. 이와 비교하여 이병기
의 글을 보면 "扶餘를 찾아오는 이는 扶餘의 古蹟만 보아서는 아니 된
다. 그저 古蹟은 그만두고라도 扶餘의 유다른 天然한 勝狀을 보아야 한
다"는 부분, 그리고 "新八景舊八景도 낯낯이 찾아보고 달밤에는 배를
잡아타고 백마강으로 오르락 나리락 하기도 하였으면 좋겠다"는 부분에

---

22) 김교신, 「경주에서」(1930.12), 『김교신 전집』 1, 부키, 2001, 46~47면.
23) 최석영에 의하면 고적보존회는 그 지방 조선인과 일본인 유지들이 주체가 되어 자
　발적으로 조직한 단체이다. 이 고적보존회의 발족은 조선 총독부에서 1915년부터 본
　격적으로 고고학 발굴사업을 전개하고 있었던 것과 무관하지 않다. 최석영, 「식민지
　시대 '고적보존회'와 지방의 관광화—부여고적보존회를 중심으로」, 『아세아문화』 18
　집, 한림대 아시아문화연구소, 2002, 116면.
24) 위의 글, 118면.

서 고적과 부여8경은 부여고적보존회가 보여주고자 하는 것임을 알 수 있다.[25] 이병기는 고적만 볼 것이 아니라 자연을 '실감으로' 느껴보는 것이 더 중요함을 말하고 있는 것이다. 이병기에게 근대적인 답사란 실제로 국토를 밟아봄으로써 선조들의 혼을 느껴 그것을 생리로 받아들임을 의미한다고 할 수 있다. 그런 점에서 이병기가 난초와 수선화를 키우는 감각이 결국 이 실감과 연결되어 있음을 알 수 있다.

다음 글은 「경주의 달밤」이다. 이 글에서는 이병기가 무엇을 보고 싶어 하는지 더욱 명확하게 나타나 있다.

旅館 옆에는 새로난 料理집이 있어 장고소리와 놀애소리가 난다. 가만이 귀를 기울이고 들어 보았다. 慶州다운 노래나 아닌가 하고. 그러나 나의 요구와는 아주 다르다. 어디서든지 들을 수 잇는 이 近來 流行하는 놀애 그것이다. 失敗다. 다른대로나 가볼수밖에 없다. …… 나는 鳳凰臺로나 올라갈가하고 발을 멈추고 망사리다가는 다시 그 反對의 方向으로 나아갓다. 점점 전과 같은 街路도 아니고, 商店도 없고, 不調和하여 보이는 日本집 또는 古屋과 空地가 보이고, 힌 저고리 검정 치마 입은 젊은 女子 五六 人이 길에 서서 가는 웃음을 치며 속은속은하고, 머리 딴 총각 상투 꼽은 늙은이 몇 사람은 앞으로 어슬렁어슬렁 걸어간다. (…중략…)

씨름판은 한가운데에는 모래를 듬뿍 깔어 놓고 그 가장자리로는 삥 둘러앉은 이, 선 이 수가 없으며, 기다란 횃불을 잡은 두 사람이 양쪽에 하나씩 서서 그 테둘이 안으로 들어서는 이가 잇으면 횃불을 내둘러 쫓아내기도 하며, 한쪽에는 높이 실엉을 매어 놓고 그 중 특수한 이가 그 위에 앉은 모양이며, 씨름은 아무나 자원대로 나와서 하며, 이긴대야 나종 決勝하는 날이 아니면 賞品은 아니 준다 하는데 씨름꾼은 대개 상투쟁이가 아니면 머리 땋은 총각들이다.

---

25) 『동아일보』의 경우 1925년에 5개 지국(전주·김제·이리·군산·강경) 연합으로, 1928년 7월에는 대전지국 단독으로 부여탐승단을 모집하여 부여 8경을 탐방하는 코스를 마련하는 등 일반인들 사이에 부여 이미지를 유포 확산하는 데 노력하였다. 1929년 이후에는 부여고적보존회가 재단법인이 되면서 부여 관광명소화의 움직임이 본격화된다. 최석영, 「일제 식민지 상황에서의 부여 고적에 대한 재해석과 '관광명소'화」, 『비교문화연구』 9집 1호, 2003, 116면.

구경하러 온 이도 또한 그런 이들이고 간혹 기생을 데리고 온 양복쟁이 몇 사람이 있을 뿐이다. 순 경주 사투리를 써 가지고 함부로덤부로 떠드는 소리는 귀에 설기는 하지만 土俗 研究의 재료로는 이밖에 다시 없을 것 같다. ……
씨름법도 여러 가지가 있다 하나 보기에는 퍽 단순하다. 원시적 유희라, 향촌의 농민들이 오월 단오 팔월 秋 같은 명절을 당하여 일반적으로 하든 유희라, 아무 설비도 없이 간단히 되는 유희라, 이 유희야말로 농민들에게는 가장 합리적으로 된 것 아닌가. 나는 이 씨름을 檀園의 風俗畵에서 보았고 그 實物은 지금 여기서야 보게 된다. 다른 경기장에 가서 얻은 感想으로는 여기에 비길 수 없다. 씨름, 단순한 그것이 좋아 보인다. 天眞스러워 보인다. 순박한 農民의 성격이 그대로 잘 들어나 보인다.[26] (강조는 인용자)

'경주다운 노래', '토속 연구의 재료로서의 씨름', '단원의 풍속화에서 본 씨름을 실물로 보는 감회' 등이 포착된다. 이병기는 새로 생긴 신작로를 걸으며, 달에 대한 감회를 통해 역사와 인생의 무상함을 쓸쓸히 언급하고 있는 것이다. 고적조사보존사업으로 발굴된 경주이지만, 그 경주를 보고자 하는 것이 아니라 '조선적인 것'이 깃들어 있을 만한 것을 애써 찾으려는 이병기의 심회가 포착되어 있다고 할 수 있다. 경주라는 지정학적 공간은 따라서 일제의 의도대로 타율성론을 강조하기 위한 단순한 장소가 아니라 이병기에 의해 새로운 심상지리로서의 위치를 획득하는 장소가 되었다. 이는 실물, 실감의 강조를 통해 가능한 것이었다.
실물을 감상하는 것의 의미는 「시조는 혁신하자」는 글에서 '실감실정(實感實情)을 표현하자'는 것으로 구체화되어 나타난다. 이는 시조가 혁신해야 할 점 중 하나로, 작가의 실생활에서 얻은 실감실정(實感實情)을 표현한 것이 중요하다는 것이다. 가람이 말하는 실감 실정의 표현이란 그 표현하는 방법에 있어서 "자기 주관으로써 하는 서정 그것과, 객관으로써 하는 서정 그것을 절실한 감정이나 또는 색채가 가득한 감각

---

26) 이병기, 「경주의 달밤」, 『신생』, 1930.12, 18~19면.

적 광경으로 표현함"을 말한다. 시인이 대상(사물)을 통해 받은 느낌이나 감동을 표현함에 있어서는 주관적으로 정서를 표출하는 경우와 그 정서를 객관적으로 전달하는 경우가 있다. 그러나 그 정서의 표현이야 주관적이든 객관적이든 시의 정서는 절실한 감정으로부터 우러나온 것이어야 하며 그 실상이 잘 드러나는 생생한 광경(모습)으로 표현되어야 한다는 것이다.27) 이병기의 기행문 「경주의 달밤」과 같은 잡지에 실린 시조 「석굴암」에는 실감이 더욱 강조되어 나타나고 있다. 여기에는 시조를 현대적으로 혁신하기 위해 실감실정이 필요하다고 상조한 그의 입장이 잘 나타나 있다.

> 한고개 또 한고개 고개를 헤어오다
> 토함산 넘어 서서 동해바다 바라보고
> 저믄날 돌아갈 길이 바쁜 줄을 모르네
>
> 보고 보고지어 이곳에 석굴암이
> 험궂은 고개 넘어 굽이굽이 도는 길을
> 잦은 숨 잰걸음 치며 오고오고 하누나28)

실감을 갖기 위해서는 관찰자가 자신의 시각을 가져야 한다. 인간이 스스로의 시각으로 세계를 본다는 사실은 많은 의미를 함축한다. 무엇보다도 시각은 앎에 대한 욕구를 자극한다. 그것은 대상을 하나의 좌표로 고정시킨 후, 그와 함께 드러난 현상을 하나의 시점을 통해 관찰하고 이를 토대로 그 대상의 속성을 파악하고자 하는 근대과학정신의 모태를 마련하고 있다.29) 실감의 강조가 시조의 혁신론이 될 수 있는 이유는 이처럼 자신의 시각을 확립해야 한다는 의미에서 근대성을 확보

---

27) 김제현, 『이병기─그 난초 같은 삶과 문학』, 건국대 출판부, 1995, 47면.
28) 이병기, 「석굴암」, 『新生』, 1930.12, 18면.
29) 박주식, 앞의 글, 273면.

하고 있기 때문이다. 시조 「천마산협」이나 「계곡」 등 그의 작품에 동원되고 있는 산과 꽃을 설명할 때 명승 사적지의 산이나 아름다움의 정서를 표출하기 위한 대상으로서의 꽃 혹은 관조의 산이 아니라, 직접 밟아본 관찰 대상으로서의 산이라는 점에서 민족주의적 관념만 깃든 명승 사적지와는 다르며 시인과 생활을 같이 해 온 생활 속의 꽃이라는 점에서 탐미나 사랑을 노래한 서정시와도 구분된다는 견해[30] 역시 실감을 강조한 이병기의 시조관과 관련되어 있음을 알 수 있다. 제국의 심상지리가 투영되어 있는 사적을 관광하는 것이 아니라 경주·석굴암을 직접 밟아보고 느껴봄으로써 조선을 생리로서 받아들여야 한다는 것이다.

2) 근대적 감각과 고전으로서의 '조선적인 것'—정지용

『문장』지를 이끌었던 이태준과 정지용의 작품 활동은 '조선의 예술'에 대한 관심을 불러일으킨 야나기 무네요시, 조선학 연구 일반 그리고 저널리즘의 고전부흥론이라는 장(場) 속에 놓여 있다. 이 세 가지로부터 직접적으로 영향을 받았다기보다는[31] 1930년대에 이루어졌던 다양한 '조선적인 것'의 표상과의 관계 속에서 이루어진 결과물이 이들의 작품일 것이다.

---

30) 김제현, 앞의 글, 55면.

31) 정지용은 1923년 4월에 도시샤 대학 예과에 입학하여 1929년 영문과를 졸업했다. 정지용이 도시샤 대학을 다닐 무렵 야나기 무네요시는 영문과에서 강의를 하고 있었다, 이 때문에 야나기 무네요시와 정지용의 연관관계를 추정할 수 있지만, 사나다 히로코는 야나기 무네요시가 윌리엄 블레이크에 심취해 있었으며 정지용의 졸업논문이 "The Imagination in the Poetry of William Blake"였다는 것만으로 정지용과 야나기 무네요시 사이의 영향 관계를 설명할 수는 없다고 한다. 그러면서도 그는 정지용 시에서 블레이크의 영향을 블레이크 초기작과 정지용 초기작 사이의 관련성을 통해 볼 수 있다고 한다. 사나다 히로코[眞田博子], 『최초의 모더니스트 정지용』, 역락, 2001.

그런데 정지용의 경우 '조선적인 것'의 표상은 직접적이지 않다. 근대의 모습이 투영된 감각화된 '조선'으로 간접 표현되고 있다.

> 趙君의 회고적 에스프리는 애초에 名所古蹟에서 捏造한 것이 아닙니다. 차라리 고유한 푸른 하늘 바랑이나 고매한 磁器 살결에 무시로 去來하는 一抹雲瑕와 같이 자연과 인공의 극치일가 합니다. 가다가 명경지수에 細雨와 같이 뿌리며 나려앉는 悲哀에 artist趙芝薰은 한머리 白鷺처럼 도사립니다. 詩에서 것과 쭉지를 고를 줄 아는 것도 天成의 기품이 아닐 수 없으니 詩壇에 하나 〈新古典〉을 소개하며 …… 쁘라보우!32) (강조는 인용자)

정지용에게 시인은 아티스트여야 한다. 윗글은 조지훈의 시 「고풍의 상(古風衣裳)」에 대한 평인데, 조지훈의 시에서 풍기는 회고적 에스프리가 당시 대부분의 기행문에서 보이는 것과는 다르다는 것을 강조하고 있다. '명소고적에서 날조한 것' 같지 않고 새로운 고전을 향해 나아가는 시인의 정신을 보고 있는 것이다. 여기서 '명소고적에서 날조한'이라는 표현은 다시 일제의 식민정책인 고적조사보존사업을 떠오르게 한다. 이병기는 직접 경주, 부여를 여행하고 쓴 기행문과 시조에서 실감을 강조하면서 심상지리를 재영역화한 반면, 정지용은 이 실감이라는 것을 다른 포장으로 감각화해야 좋은 시라는 인식하에 근대적 의미에서의 고전을 추구하고 있다. 조지훈의 시 「고풍의상」을 통해 정지용은 '신고전(新古典)'을 보고 있는 것이다.

정지용은 선천·의주·평양 등 북부 지역을 묘사하고 있는 『화문행각(畫文行脚)』(『동아일보』, 1940.1.28~2.15)을 통해 조선적 공간을 새롭게 발견하는 글을 쓰고 있다. 정지용에게 이 장소와 고적조사보존사업과의 관련성에 대한 의식이 있었는지는 알 수 없으나, 특징적인 면모는 『화문행각』 중 평양을 소재로 한 산문에서 볼 수 있다. 「평양 1」, 「평양 2」,

---

32) 정지용, 「詩選後」, 『정지용 전집』 2, 민음사, 2003, 378~379면. 이후 『정지용 전집』의 인용은 이 책에 의한 것으로 서지사항은 생략하고 면수만을 기록하기로 한다.

「평양 3」, 「평양 4」가 있는데, 「평양 1」에서 "大同門턱까지 무슨 기대나 가진 사람같이 와락와락 걸어갔다가는 발도 멈추지 않고 홱 돌아서 온다", "淸流壁 길기도 한 벼랑이 눈 녹은 진흙을 가리지도 않고 밟을 적에 허리가 가늘어지도록 실컨 감상한다. …… 대동강 얼지 않은 군대군대에 오리목아지처럼 파아란 물이 옴짝 않고 쪼개져 있다"는 구절을 통해 정지용의 상념 속에도 평양 고적이 한켠에 자리 잡고 있었다는 것을 짐작해 볼 수 있다. 그러나 그는 "부벽루로 을밀대로 바람을 귀에 왱왱 걸고 휘젓고 돌아와서는 추레해 가지고 'La Bohem'이라는 까페에 기대어 앉는다." 정지용이 이 글에서 보여주는 것은 평양에서 바라본 근대의 모습과 감흥이다. 그것은 까페에 걸려 있는 모딜리아니 화집 감상을 통해서 나타난다.

> 목아지마다 가늘고 기이다랗고 육체를 그리기 위한 것이 아니요 육체 안에 담긴 슬프고 어여쁜 것을 詩하기 위하야 동양화처럼 일부러 얼골도 가스도 손도 나압작하게 하고도 유순하게도 서양적 pathetics에 정진하다가 미완성으로 마친 모딜리아니 그림에 나는 애연히 서럽다.33)

그런데 정지용의 이와 같은 감흥은 어디에서 비롯된 것일까? 이를 거슬러 올라가면 「평양 4」에서 "대동문을 수선한다는 거디 회칠을 찍찍 둘러서 붕대 감어 놓듯 했다. 이건 대동문의 美가 아주 중상을 입은드디 보기 흉측하기까지 하다"에 나타나는 정서 즉 훼손되는 고적에 대한 안타까움과 연결되어 있는 듯하다. 「평양 2」에서 표상되는 부분은 서울서 듣던 것과는 다른, "살얼음 아래 잉어처럼 소곳하고 혹은 바람에 향한 새매처럼 도사리고 불르는 토산기생의 수심가"를 통해서 나타난다. 정지용은 이 토산기생의 수심가에서 "단순하고 소박한 리슴에서 툭툭 불거져 나둥그는 비애가 어딘지 남도 소리에서보다도 훨씬 근대적인

---

33) 정지용, 「평양 1」, 『정지용 전집』 2, 104면.

것"을 느낀다. 정지용은 근대의 감각으로 평양을 느끼고 그에 대한 비애를 근대적인 것에 대한 감상으로 표현하고 있다.

정지용 문학에서 전통이나, 동양 취미, 서양 취미 등은 추구해야 할 대상이라기보다는 시를 쓰는 데 필요한 원천으로서의 교양이다. 시란 무슨 이상이나 계획을 세워가지고 짓는 것이 아니라는 그의 생각은, 어떤 사상이 먼저 주어지고 거기에 따라 문학세계가 구성되는 것이 아니라는 뜻이다. 이는 시인의 몫이라기보다는 분류하고 비판하는 사람의 몫이라는 것이다. 다음 두 예문은 정지용의 이와 같은 견해를 잘 보여주고 있다.

朴 出發에 잇서서 傳統이 업는 때문에 方向을 잡지 못하는 것이 아닙니까요?

鄭 勿論 外國에 比하면 우리도 古代歌謠나 時調가 잇다고 하드래도 그것이 줄기차게 傳統이 되지를 못한 것은 事實이지요. 그러나 우리가 傳統이 업다는 것은 詩를 構想하는 데 도리혀 조흔 수가 잇습니다. 남보다 더 自由스러우니까 그럼으로 우리는 傳統업는 슬픈 時代에 낫다고도 할 수 잇지마는 본래 詩라는 것은 슬픈 사람이 짓는 것이니까.

朴 詩가 압흐로 東洋趣味를 取할 것인가? 西洋趣味를 取할 것인가? 거기 對해서 …….

鄭 우리는 그러케 깁히 생각할 것이 업다고 생각합니다. 詩란 본래 그러케 무슨 理想이나 計劃을 세워가지고 짓는 것이 아니니까. 그저 단판 씨름으로 해노코 보면 나중에 그것을 分類하고 批判하는 사람은 무엇이라고 하든지. 그러나 勿論 여러 가지로 影響을 받는 것은 事實이겟지요.[34]

시의 자매 일반예술론에서 더욱이 동양화론, 서론(書論)에서 시의 향방을 찾는 이는 삐뚤은 길에 들지 않는다. 經書, 聖典類를 心讀하야 시의 원천에 침윤하는 시인은 불멸한다. …… 고전적인 것을 진부로 속단하는 자는, 별안간 뛰어드는 야만일 뿐이다.[35]

---

34) 정지용, 「시문학에 대하야」, 『정지용 전집』 2, 384~385면.

따라서 정지용의 시에서는 '조선적인 것'의 표상을 구현하기 위한 장소가 포착된다. 「구성동(九城洞)」, 「옥류동(玉流洞)」, 「비로봉(毘盧峯) 2」, 「장수산(長壽山) 1」, 「장수산(長壽山) 2」, 「백록담(白鹿潭)」 등 조선의 산을 공간으로 하는 시들은 역사 지리적 심상 속에서 '조선적인 것'을 표현 하고자 한 노력으로 볼 수 있다. 한양의 더운물, 명수대를 공간적 배경 으로 하는 '온정(溫井)', '명수대(明水臺) 진달래' 등에서 드러나듯 이러한 면모는 비단 '산'이라는 공간만을 통해서만 나타나는 것이 아니라 좀 더 폭넓은 조선적 공간의 탐구로 이어진다.

정지용은 『백록담』 서문에서 "奔放히 끓는 情炎이 식고 …… 淸秀하 고 孤高하고 幽閉하고 頑强하기 鶴과 같은 老年의 德"을 주장하는데, 이는 고전적인 것, 즉 정제된 '조선적인 것'에 대한 정지용의 가장 직접 적인 표현이다. 정지용은 자신 고유의 '조선적인 것'의 표상을 형성해 나갔으며 이 표상이 조선적인 공간의 설계 속에서 절제된 한시 형식의 차용, 무욕청정(無慾淸淨)의 동양적 자연주의 등과 같은 그의 작품세계를 산출한 것이라 할 수 있다.

고전으로서의 '조선적인 것'에 대한 정지용의 탐구는 시와 시론에서 뿐만 아니라 그의 수필에서 더욱 구체적으로 볼 수 있다. 조택원과 최승 희 무용의 조선적인 아름다움을 논한 「생명의 분수」, 「참신한 동양인」, 「조택원 무용에 관한 것」이나, 꾀꼬리·때까치·오죽(烏竹)·맹종죽(孟宗 竹)·동백나무 등 조선적 자연물의 아름다움을 묘사한 『남유편지(南遊便 紙)』들이 대표적이다. 정지용은 「생명의 분수―무용인 조택원론(상)」에 서 조택원의 무용에 대해 다음과 같이 말하고 있다. 여기에서는 '조선적 인 것'을 퇴영적이고 애수에 가득 찬 것으로 파악하는 시각을 찾을 수 없다.

---

35) 정지용, 「詩의 擁護」, 『정지용 전집』 2, 320~321면.

그것(조택원의 무용—인용자)은 西洋臭도 조선 냄새도 아니 나는 순수무용
의 당연한 귀착이요 근대미학의 確乎한 단안에서 高評을 받아야 할 것이었다.
石井一門의 지방색인 길로 뛰고 모로 뛰는 원시정열의 과장이 자최조차 없어
지고 근대의 醜態 데카당티즘을 추호도 볼 수 없다. 손의 모색과 발의 회의로
서 출발한 무용시 「포엠」은 필연적으로 동작의 요설과 도약의 亂態가 용허될
수 없었던 것이니 至高한 무용은 동작의 타당한 절약에서 완성되는 것이라 그
것은 언어의 절제가 도리혀 시의 미덕임과 다를 데가 없다. 필연의 제약에서
황홀한 팽창에로 비약하는 것이 그의 歸朝 이후의 명확한 경향이다.[36]

이시이 바쿠(石井漠)의 제자였던 무용인으로 최승희와 조택원이 있는
데, 정지용의 조택원에 대한 감상은 위와 같이 남다르다. 일반적으로 최
승희의 무용에 대한 글이 많은데, 정지용은 최승희의 무용[37]도 인정하
지만 조택원에 대해 남다른 애정을 가지고 있다. "위로 솟아올라 춤추
는 물이 분수라고 하면 분수와 같이 싱싱하고 날렵한 사람이 舞人 조택
원이 아니랴. …… 분수가 하도 열렬하기에 불멸의 화염으로 탄미하는
수밖에 없으니 舞人 택원은 정지와 침체를 망각한 항시 약동하는 일개
우수한 '생명'이 아닐 수 없다." 정지용이 조택원을 바라보는 이와 같은
관점 속에서 정지용이 이상으로 삼는 '조선적인 것'이 단지 과거에 속
하는 것이 아니라, 생명에 넘치는 절제를 통해 가 닿게 되는 경지라는
것을 알 수 있다.

최승희의 무용 프로그램을 보면, 한국의 전통 춤이 압도적이다. 물론
인도 춤 같은 것도 있지만, 칼춤이나 신라 춤 등 한국적인 선을 보여주
는 춤이 주를 이룬다. 최승희는 일본을 통해 발전된 서양의 현대무용 방
법론에 기대어 서양의 시선에 호소력을 지닌 한국의 전통 춤을 만들어

---

36) 정지용, 「생명의 분수—무용인 조택원론(상)」, 『동아일보』, 1938.12.1.
37) 실제로 조지훈은 최승희의 춤 「승무」를 보고 시 「승무」를 지었다고 한다(「시의 비밀」,
　　『조지훈 전집』 3, 일지사, 1973). 노영희, 「'민족적 자아' 형성과 '예술혼'」, 『한국 근대
　　지식인의 민족적 자아형성—일제 식민지 체험을 넘어서』, 소화, 2004, 236면.

낸 것이다. 일본지식인들이 최승희에게 열광했던 것은 한국의 옥시덴탈리즘, 혹은 내셔널리즘과 일본의 오리엔탈리즘이 공모해서 만들어낸 신화[38]인 셈이다. 이에 비해 조택원은 대중적으로 크게 반향을 불러일으키지 못했다. 정지용은 조택원을 '조선의 예의를 이방 불란서에 가서 배워 온 총명한 일개 참신한 동양인'으로 묘사하고 있다. 조택원이 춘 춤도 최승희가 추었던 승무·검무가 있지만, '땐쓰 포풀레르' '코리안 판타지'와 같은 조택원만의 것이 있는데, 여기에는 조선인의 흥과 멋이 살아 있다. 최승희와 조택원은 이렇게 변별되며, 정지용이 추구한 조선 표상은 조택원의 춤을 바라보는 그의 시각 속에서 나타난다고 할 수 있다.

정지용의 수필·시에서 심상지리는 근대적인 감각을 통해 새롭게 구축되면서 절제된 아름다움으로 나타난다. 이것이 정지용이 추구한 '조선적인 것'의 정체라고 할 수 있을 것이다. 정지용의 조선적 아름다움에 대한 관심, 조선적 공간의 탐색은 이와 밀접한 관련 속에서 형성된 것이다.

3) 식민지 근대의 심상지리와 '조선적인 것'—이태준

야나기 무네요시[柳宗悅]가 조선에 소개되는 것은 1920년 「조선의 벗에게 보내는 글」이 『동아일보』에 게재되면서이다. 이 글은 일본 잡지 『개조』에 기고했던 글을 다시 조선에서 소개한 것인데, 일제 식민정책을 신랄하게 비판하고 있다고 하여 일부 삭제되어 실리기도 했다. 야나기 무네요시의 등장으로 조선적인 것에 대한 탐구는 예술·문화라는 광범위한 차원으로 확대되어 당대의 중요한 문화 담론으로 자리 잡게 된다.

이태준 역시 야나기 무네요시가 『동아일보』에 발표한 「조선의 벗에게 보내는 글」의 영향을 받았다고 할 수 있다. 그는 1920년대 후반에서

---

38) 임지현 외, 『오만과 편견』, 휴머니스트, 2003, 246~247면.

1930년대 초반에 걸쳐 화가인 김용준·심영섭 등과 함께 동양주의 미술론 논객으로 참여하기도 했다. 그의 작품 속에 구현되고 있는 '조선적인 것'은 그가 조선화(朝鮮畵)의 나아갈 방향을 모색하는 가운데 정립한 동양주의 미술론으로부터 촉발된 바 크다. 그는 일본화풍(日本畵風)을 그대로 모방하는 화가나 조선심, 조선 정조 운운하는 예술가들을 모두 비판한다. 외연으로서의 '조선적인 것'이 중요한 것이 아니라, 내면적인 것을 표현하는 것으로서 조선미의 특색을 탐구해 나가는 데 주안점을 두고 있는 것이다. 이태준이 '조선적인 것'에 대해 갖고 있는 생각은 타율성과 정체성의 식민사관을 유포하는 관변 동양주의 미술론과는 다른, 반(反)관변 동양주의 미술론에 근거한 것이었다.[39] 이는 문학론보다는 미술론에서 더 선명하게 나타나 있다. 중국미술과 차별적으로 조선의 독자성을 내세우기 위해 단원(檀園)과 오원(吾園) 같은 전통을 강조하고 있다는 점과, 일본 식민정책에 대해서는 의식적인 경계를 하고 있다는 점을 기억할 필요가 있다.

이태준의 「패강냉」(『삼천리』, 1938.1), 「석양」(『국민문학』, 1942.2), 『왕자호동』(『매일신보』, 1942.12.22~1943.6.16, 남창서관, 1943)의 공간적 배경은 평양 혹은 경주이다. 여기서도 식민정책으로 시행되었던 조선 고적조사보존사업이 그들의 작품 활동에 영향을 끼쳐 심상지리의 구축과 조선표상 형성에 일조하고 있음을 볼 수 있다. 우선 「패강냉」과 「석양」이 평양과 경주의 고적들을 두루 돌아보는 양식을 띠고 있다는 점에서 기행문의 양상과 유사함을 보이고 있다는 것도 주목해 볼 필요가 있다. 그의 소설 중에 부여를 장소로 하는 소설은 없으나 「패강냉」 속에 "현은 부여에 가서 낙화암이며 백마강의 호젓함을 바라보던 생각이 난다"는 서술을 하여 부여와 평양을 바라보는 이태준의 심리가 등가임을 알려준다.

고적조사보존사업의 강력한 자장 속에서 그 정책을 적극적으로 표방

---

39) 박진숙, 「동양주의 미술론과 이태준 문학」, 『한국현대문학연구』 16집, 2004.

한 작품으로 김동인의 장편소설 『백마강(白馬江)』(『매일신보』, 1941.7.9~1942.
1.31)이 있다. 『백마강』은 일제의 부여신사 건립 시책에 호응하여 창작된
작품40)으로 "내선일체의 성지(聖地) 백제(百濟)를 배경으로 신체제에 적
응하여 역사소설의 신기원(新紀元)을 만들고자"41) 창작되었다. 이러한 평
가를 받는 『백마강』과 이태준의 「패강냉」, 「석양」, 『왕자호동』에 나타난
작가의식을 비교해 보면 식민정책 수용 방식의 차이를 정확하게 감지할
수 있다.

　물론 이태준 소설에서의 장소 역시 민족주의적 정신만으로 가득 차
있지는 않다. 그렇다고 김동인의 『백마강』처럼 일제의 동화정책 논리를
적극적으로 펴고 있는 형국 또한 아니다. 「석양」의 경우 공간적 배경이
경주라는 점, 작품 속에 묘사되어 있는 석굴암, 이조백자를 바라보는 매
헌의 시선 즉 신라가 경주로 경주가 타옥으로 기호화되어 있는 문제 등
은 식민지역사학 구성의 결과를 일면 그대로 수용하고 있음을 보여준
다. 그러나 이를 근거로 삼아 이태준이 야나기 무네요시를 내면화한 작
가라고 평가할 수는 없다. 「석양」에 등장하는 타옥은 작가 이태준의 의
식을 살펴볼 수 있는 중요한 인물이다. 「석양」은 그리 단순한 기호로만
구성되어 있지 않다. 경주 고적보존회가 제시했을 법한 고적들을 살펴
보면서 느끼는 피로감, 허무 등은 식민지 말기에 주체를 온전히 보존할
수 없는 지식인의 모습을 적나라하게 보여준다고 할 수 있다.

　「패강냉」은 일제가 고적조사보존사업에서 타율성론을 강조하기 위해
주목했던 평양에서 현이라는 주인공이, 사라지는 조선의 기표 즉 사라
진 평양여자의 머릿수건, 사라진 조선의 기생 모습을 보며 비애를 느끼
는 심사가 중층적으로 그려져 있다. 실제로 일제가 일본인의 조선 관광
의 표본으로 만든 여행안내서에는 조선의 고유한 문화와 민족은 억압
되고, 자의적이고 선택적인 조선을 기술하기 위해 조선인의 문화에 대

---

40) 강영주, 『한국 역사소설의 재인식』, 창작과비평사, 1991, 65면.
41) 임종국, 『친일문학론』, 평화출판사, 1966, 196면.

한 이미지를 왜곡하여 제시하고 있다. 이 중 가장 대표적인 것이 요리집과 결합된 형식으로 소개되는 조선의 기생인데, 기생들은 조선의 전통적인 가무를 보여주며 손님의 성적인 대상이 되기도 한다고 설명되어 있다. 또한 '하얀 두건을 쓴 할머니'는 부정적 방향으로 고착된 이미지로 제시되어 있다.42) 이태준이 이 소설에서 포착한 것은 이 두 가지와 관련되어 있다. 물론 '이조'라는 것이 전제되어 있고, 조선의 자연이 슬프다는 것, 비애를 느끼는 등은 야나기 무네요시로부터 추동된 바라할 수 있다. 그러면서도 일본에 의해 묘사된 조선의 이미지에 대한 저항의 모습을 볼 수 있다. 이렇듯 이태준이 구현해내는 '조선적인 것'의 표상은 매우 복합적인 양상을 띤다.

「패강냉」의 주인공 현은 왜 평양에 와서 조선의 서글픔을 느끼는 것으로 되어 있을까? 이는 1910년대에 구로이타 가쓰미[黑板勝美]에 의해 평양이 새롭게 조명받아 발명되고 있었던 사실로 설명이 가능하다.43) 동경제대 교수인 구로이타 가쓰미가 고적 조사에 근거하여 평양이 조선 역사의 출발지라고 재조명했다는 것인데, 이는 이태준이 조선을 대동강에서 찾게 한 근거가 된다. 그러나 여기서 중요한 것은 구로이타 가쓰미의 평양은 식민지 역사학을 수립하는 의도에서 정립된 것인데, 이태준은 거기서 '조선적인 것'의 의미를 읽어내고 있다는 점이다. 식민정책 중의 하나로 시행된 고적조사사업에 의해 배치된 문화유적지리는 식민지인들의 의식 속에 내면화되면서 굴절의 과정을 겪는다. 이른바 전유라는 과정을 거친다고 볼 수 있다. 이태준은 이러한 과정을 거친 후 「패강냉」을 썼다고 할 수 있다. 일제에 의해 구축된 조선문화유적 배치 속에서 현실의 냉혹함을 감당하지 못하고 있음을 탄식하는 인물 현을 창출함으로써, 이태준은 조선고적조사사업의 맥락을 부정하여 민

---

42) 서기재, 「일본근대 『여행안내서』를 통해서 본 조선과 조선관광에 대하여」, 『일본어문학』 13집, 일본어문학회, 2002, 430~433면.
43) 이성시, 앞의 글, 220면.

족의 심상지리로 파악할 수 없는 비애를 그리고 있는 셈이다.

　평양과 경주는 철저히 식민지 역사학에 의해 만들어진 공간인데 이태준은 이를 일본인들이 구성해 놓은 대로 읽기보다는 만들어진 역사로서의 평양·경주가 갖는 의미를 성찰한 결과를 소설에서 표현하고 있다고 보아야 한다. 그런 점에서 일반적으로 「패강냉」이 항일정신을 담은 것으로 이해되는 맥락은 여전히 유효한 것이다. 이성시가 설명하고 있는 논리에 기대어 보면 평양은 식민사학의 동조동근론을 설명하기 위해 창안된 것이다. 또한 신라의 도읍이었던 경주 역시 일본 제국주의의 눈으로 조선의 역사상을 만들고자 탄생한 곳이다. 두 곳 모두 일본 제국의 시선과 조선 작가의 시선이 맞부딪치는 곳이라 할 수 있다.

　『왕자호동』은 이러한 심상지리를 가진 장소 평양, 그리고 한사군 낙랑 태수 최리를 문제 삼고 있다는 점에서 「패강냉」보다 작가의식이 직접적으로 나타나 있다. 『왕자호동』이 「패강냉」보다 직접적이라는 것은 구로이타 가쓰미의 타율성론에서 평양을 조선 역사의 출발지로 삼으려 했던 낙랑과 고구려 건국이라는 문제를 다루고 있다는 점 때문이다. 또 호동이 자신을 질투하는 왕비의 계략 앞에서, 이를 폭로하여 아버지 대무신왕에게 불효를 할 수는 없다는 명분으로 자살을 하고 마는데 호동의 자결 부분은 불효를 할 수 없다는 호동의 논리와, 아버지가 불의에 빠지지 않도록 해야 한다는 비판적 입장의 논리 사이에서 전자를 선택한 호동의 행위를 통해 설명되어야 한다.

　이태준은 1943년이라는 시점에서 『왕자호동』을 쓰는데, 그는 왜 굳이 호동의 이야기를 소재로 하여 소설을 썼을까? 그것은 소설 결말 부분에서 보여주는 호동의 선택과 관련될 것이다. 아버지가 불의에 빠지도록 내버려 두어야 할지, 불효라는 현실적인 도덕 윤리를 무너뜨리더라도 아버지가 불의에 빠지지 않게 진실을 고해야 할지 선택해야 하는 상황 속에 놓인 호동은, 대의를 그르치는 한이 있어도 현실적인 도덕윤리를 거스를 수는 없다고 판단한 것이다. 여기서 1943년 조선의 현실을 바라보는 이태준의 인식을 유추해 볼 수 있다.

요컨대 『왕자호동』에서는 낙랑군수 최리와 고구려 왕자 호동의 대결이라는 구도를 빌려 평양을 조선 역사의 출발지로 보는 견해에 이의를 제기하는 방식을 취하고 있는 것이다. 곧 이태준에게는, 제도로서의 식민지역사학에 의해 고안된 내용을 수용한 측면과 이것이 계기가 됨으로써 진정한 조선의 기원을 추적하는 과정을 통해 '조선적인 것'을 추구하고자 한 내면이 혼효되어 있음을 알 수 있다.

이태준 문학 연구에서 '조선적인 것'의 구현은 전통 지향성이라는 일반적인 범주로만 다뤄져 왔다. 전통 지향이라는 것만으로는 '조선적인 것'의 표상으로 나타나고 있는 것들을 제대로 설명해내지 못하고, 이제까지 기존연구와 마찬가지로 상고주의자라는 규정으로 그를 고전 취향을 가진 정도의 작가로 치부하게 된다. 그러나 그의 작품 속에 내포되어 있는 식민정책의 흔적, 야나기 무네요시와의 관련성, '조선적인 것' 형성에 관련된 경성방송국과 고전부흥론 등은 그를 단순히 고전적인 것을 추구하는 작가라는 규정으로부터 탈피하게 만듦과 동시에, 그동안 간과되었던 이태준 문학의 중층성을 파악할 수 있게 한다. 이 점에서 이태준의 작품은 식민지 근대의 심상지리, 즉 제국주의의 심상지리와 조선인의 민족적 심상지리가 충돌하여 만들어내는 '조선적인 것'의 모습을 가장 분명하게 확인할 수 있게 해 준다.

4. 맺음말

본 논문은 『문장』파 문학의 대표라 일컬어지는 이병기·정지용·이태준의 '기행'을 소재로 하는 수필·시조·시·소설에서 조선고적조사보존사업이 어떻게 수용되면서 심상지리를 구축하고 '조선적인 것'을 형성해 나가는지에 대한 연구이다. 조선고적조사보존사업은 일제의 동화정책으로, 식민지 조선을 문화지정학적으로 재편하여 조선인의 의식을 식민지화하기 위한 것이었다. 일제는 고적조사보존사업이라는 실증적 토대 위에서 식민지 역사학을 구성해내고자 했다. 그러나 이러한 일제의 기획이 일제가 의도한 방향으로만 실현된 것은 아니었다. 이 사업에 의해 발굴된 대표적인 장소는 경주·부여·평양 등이었는데, 일제 강점하의 조선 작가들은 주로 기행이라는 형식을 통해 작품 속에 식민지적 공간으로 수용하기도 하였지만, '조선적인 것'을 일깨우는 새로운 의미를 촉구하는 공간으로 호출하기도 하였다.

일제의 고적조사보존사업이 제국의 심상지리를 만들고자 한 것이었다면, 작품 속에서 나타나는 것은 그 장소로부터 민족을 읽어내는 작가의식인데 이를 심상지리의 재영역화라고 볼 수 있다. 이병기의 경우 경주, 부여고적보존회가 부여한 방향에 근거하기는 하되 독자적인 심상지리를 부여하고자 한 노력을 기행문을 통해 볼 수 있다. 이는 시조에서 '실감실정을 표현하자'는 시조혁신론으로 이어지기도 했다. 정지용의 경우 기행 수필에서 주로 나타나는 심상지리는 근대적 감각 위에 토대를 두고 있다. 고전으로서의 '조선적인 것'에 대한 정지용의 탐구는 특히 무용가 조택원에 대한 감상에서 구체적으로 나타난다. 과거적인 것에 머무는 것이 아니라, 생명에 넘치는 절제로서 가 닿게 되는 '조선적인 것'의 모습을 보여준다. 이태준 문학에서 '조선적인 것'의 구현은 상고주의자, 고전취향 등의 강조로 인식되어 왔다. 그러나 작품 속에 내포되어 있는 식민정책의 흔적, 야나기 무네요시와의 상관성 등으로 인해 이태준 문학의 중층성을 파악할 수 있다.

『문장』파의 기행문학을 중심으로 식민정책과의 관련성을 검토해 보았는데, 1910~20년대 기행문 논의가 식민정책과 관련되어 있다는 점, 일제 식민지시대 문화 담론에서 '조선적인 것'이 형성되어 가는 과정을

심상지리의 재영역화라는 측면에서 살펴봄으로써 작품의 복합적인 측
면을 설명해 낸 것이 이 논문의 의의라 할 수 있다.

『문장』파 이후의 문학에 나타난 '조선적인 것'

김동리의 '비극적인 것'을 중심으로

조현일

1. 『문장』파와 김동리의 '조선적인 것'의 계승

『문장』의 중심인물은 소설의 이태준, 시의 정지용, 시조의 이병기였다. 『문장』파로 일컬어지는 이들의 세계관은 "經書聖典類를 심독하여 시의 원천에 침윤하는 시인은 불멸하리라"[1]라는 표현에서 단적으로 드러나듯 상고주의와 고전주의로 요약된다. 『문장』파 전체와 『문장』이라는 매체 자체를 놓고 볼 때, 이때의 고전적인 것에 대한 추구는 동양적인 것에 대한 추구이고 보다 구체적으로 '조선적인 고전', 즉 '조선적인 것'에 대한 추구를 의미한다.

---

1) 정지용, 「시의 옹호」, 『문장』, 1939.6, 125면.

『문장』의 등장 배후에는 1930년대 중·후반 다양한 문화 담론의 차원에서 이루어진 '조선적인 것'이라는 표상체계의 확립 및 전파가 자리 잡고 있었다. 민요·춘향전·전통소설을 내보냈던 JODK 한국어방송, 「춘향전」의 영화화, 최승희의 고전무용, 민속음악의 현대화, 향토풍경을 묘사한 서양화 등2) 다양한 문화 방면에서 조선적인 것의 표상이 추구되었으며, 신문을 통한 대중적 전파가 이루어졌다. 그리고 특히 조선학이 경성제대의 일본인 학자들과, 이로부터 연원하면서도 식민지 담론으로서의 조선학(일본 제국 내의 지방학으로서의 조선학)에서 벗어나고자 했던 한국인 학자들의 노력에 의해 학적 체계로서 확립되었다. 학적 체계의 확립과 유통, 그리고 대중적 소비로 이어지는 문화 과정에서 '조선적인 것'의 표상체계가 구성되었던 것이다. 『문장』은 김태준·조윤제·고유섭·양주동·이병기·정인승 등 크게 보아 경성제대 그룹과 자생적 조선어학 연구자 그룹, 민속학자 손진태, 송석하 등의 한국인 학자들이 생산한 연구물 그리고 이를 통해 정전으로 텍스트화된 조선의 고전들을 게재함으로써 아카데미즘과 저널리즘을 매개하는 중간 매체의 역할을 수행하였다.3) 『문장』은 1930년대 '조선학'에 기반하여 문학의 차원에서 조선적인 것의 표상체계를 형성해 나간 주도적 매체였던 것이다.

이태준·정지용·이병기가 주도한 『문장』의 영향력은 이후 한국문학의 전개 과정을 고려할 때 실로 결정적이었다. 소설가 최태응, 임옥인, 시인 조지훈, 박목월, 박두진, 박남수, 시조시인 이호우, 김상옥 등을 그들이 추천하였으며, 이들의 문학적 세계는 난(蘭)과 상고의 미학으로 일컬어지는 『문장』파의 "정신적 체질"4)이나 『문장』을 통해 형성된 조선의

---

2) 趙寬子, 「日中戰爭期の'朝鮮學'と'古典復興'」, 『思想』 7月, 岩波書店, 2003, 65면.
3) 『문장』과 관련된 조선학 연구자의 계보와, 조선학과 관련된 『문장』지의 30년대 말 지식 생산 매체로서의 기능에 대해서는 차혜영, 「'조선학'과 식민지 근대의 '지(知)'의 제도―『문장』 제도를 중심으로」, 『국어국문학』 140호, 국어국문학회, 2005.9 참조.
4) 『문장』의 영향력과 문학적 세계관에 대해서는 김윤식, 「『문장』지의 세계관」, 『한국 근대문학사상비판』, 일지사, 1984, 162면 참조.

표상과 분리할 수 없기 때문이다. 박목월·박두진·조지훈들의 시세계는 당대 비평가(김기림)에 의해 "지용의 에피고넨"으로 평가될 정도로 유사한 면모를 보이며,5) 비록『문장』을 통해 등단하지 않았지만 이후 문협 정통파를 이끌었던 김동리 역시 등단 초기 "이태준씨의 세계에서 뚜렷한 정신적 세계로써 자신을 구별할 수 없"6)는 것으로 평가되는 등『문장』파의 결정적 영향하에 있었다.

해방 후 '조선적인 것'을 가장 의식적으로 탐구한 작가는 조지훈이다. 그는 1930년대 중·후반에 형성된 '조선적인 것'에 대한 탐구들을 계승, 발전시켜『한국민족운동사』·『한국학연구』·『한국문화서설』·『한국민속학소사』 등 다양한 한국학 관련 저서를 집필하였다. 그럼에도 조지훈이 문학을 넘어서 주로 학술의 차원에서 작업을 진행하였다는 점에서, 일차적으로 본고는 문학 창작과 평론에서 '조선적인 것'을 자신의 세계로 내면화하고, 『문장』파와 구별되는 독특한 세계를 일구어 갔던 김동리의 작품세계를 규명하는 데 초점을 맞추고자 한다.

> ① 이 작품을 읽으면서 이태준씨의 「불우선생」의 냄새를 맡게 되는데 그 '냄새'가 결코 불쾌하지 않습니다.7)
> ② '동양적'을 한국에서 찾자. 한국의 고유한 '넋'이나 '얼'은 무엇인가? 한인의 유교나 인도의 불교에 해당될 만한 한국 고유의 정신적 바탕은 무엇일까?8)
> ③ 한국적인 것 가운데서도 세계성을 띠울 수 있는 것, 국제성을 띠울 수 있는 것, 이것만이 진정한 의미에서 한국적인 것이라 이렇게 생각합니다.9)

김동리가 시「백로」(1934), 소설「화랑의 후예」(1935), 「산화」(1936)로『조

---

5) 정지용과 청록파의 영향관계에 대해서는 문덕수, 「정지용 시의 특질」, 『정지용』(김은자 편), 새미, 1996, 139~144면 참조.
6) 김남천, 「신세대론과 신인의 작품」, 『동아일보』, 1939.12.19.
7) 박태원, 「신춘작품을 중심으로 작가, 작품 개관」, 『조선중앙일보』, 1935.2.13.
8) 김동리, 「창작의 과정과 방법-'무녀도'편」, 『신문예』, 1958.11, 8면.
9) 김동리 외 5명, 「좌담회-소설 50년의 반성과 전망」, 『사상계』, 1962.9, 304면.

선일보』·『조선중앙일보』·『동아일보』의 신춘문예에 당선되었을 때, 그 작품세계는 인용문 ①에서 드러나듯 조선적인 것의 애상을 그리고 있는 이태준의 「불우선생」의 세계에서 벗어나지 못하고 있었다. 이후 그의 고유의 작품세계는 「무녀도」(1936)·「바위」(1936)로부터 확립된다고 할 수 있는데, 인용문 ②에서 제시되는 것처럼 「무녀도」의 작품세계란 동양적인 것을 한국에서 찾고자 한 노력, 즉 해방 이후 '한국적인 것'으로 바뀌어 불려진 김동리 고유의 '조선적인 것'에 대한 탐구에 핵심이 있다. "한인의 유교나 인도의 불교에 해당될 만한 한국 고유의 정신적 바탕"을 김동리는 "유교나 불교가 들어오기 이전부터 있던 것",10) 무(巫)에서 찾고 있다. 이러한 주장은 이후 평론에서 인용문 ③의 '세계성을 담지한 한국적인 것'이라는 논리로 1970년대까지 줄기차게 반복되고, 창작에서 신라(화랑, 巫)를 재구한 『김동리 역사소설』(1977)로 귀결된다.

　김동리가 이태준으로부터 독립하여 「무녀도」·「바위」로부터 고유의 문학세계를 확립한다고 할 때, 그 핵심은 무엇인가? 김동리는 무(巫, 화랑)를 내세우고, 자신의 문학이 순수문학임에도 불구하고 유미주의문학은 아니며, 제3휴머니즘에 입각한 '사상'의 표현이라고 주장해 왔다.11) 본고는 김동리 고유의 문학세계가 조선적인 것에 대한 추구를 통해 이루어졌다고 할 때, 그 핵심이 지방성과 전근대적 신념을 벗어나지 못하는 '사상'이 아니라 김동리 고유의 '미학'에 있다고 본다. 그리고 이는 또한 '식민에 대한 저항' 속에 내재되어 있는 정치성과 분리불가분의 관계에 있었던바, 그 구체적인 면모를 규명하고자 한다. 이를 위해 2장에서 일차적으로 이태준과 구별되는 김동리 고유의 특성, 즉 '민속'·'토속'의 형상화를 당대 민속 담론과의 관련성 속에서 고찰하고, 3장에서 이것의 미학적 특성, 즉 그 핵심범주인 '운명', '비극적인 것'의 고유성을 규명한 후, 4장에서 '비극적인 것'과 '정치적인 것'의 필연적인 연

---

10) 김동리, 「창작의 과정과 방법 - '무녀도'편」, 『신문예』, 1958.11, 8면.
11) 김동리, 「본격문학과 제3세계관의 전망」, 『문학과 인간』, 민음사, 1997.

관을 밝히고자 한다.

2. '민속'·'토속'의 신화적 시공간

김동리의 등단작 「화랑의 후예」가 이태준의 작품세계와 유사하였다면, 또 다른 등단작 「산화」는 "사건이나 환경의 새로움을 개척하려 한 것. ① 숯구이를 중심한 산촌민의 생활"[12]을 소재로 택하고 있다는 점에서 새로운 면이 있으나, 지주의 착취에 대한 소작인의 복수로 종결되는 프로문학의 서사구조를 취하고 있다는 점에서 여전히 한계를 갖는다.[13] 이들 작품과 확연히 구별되는 면모를 보인 작품이 바로 「무녀도」와 「바위」라 할 수 있는데, 김남천의 다음 평가는 그 특성을 단적으로 지적하고 있다.

지금 우리들은 민속적인 것이 대단히 환영을 받고 있는 현상을 벌써 퍽 전부터 보고 있다. 이 민속 애호 취미는 두 가지 방향을 고려할 수 있는데, 하나는 선진 외국인의 이국적인 것에 대한 호기벽과, 하나는 복고사상 내지 전통부흥사상에 의한 자기 애호열이다. (…중략…) 이것의 문학적 반영이라 볼 수 있는 것의 하나가 김동리 씨의 세계다. 다른 모든 민속취미가 그러한 것처럼 김 씨의 세계도 다분히 몽환적이고 또 낭만조가 흐르고 幻奇的이다.[14]

---

12) 김동리, 「소재의 특이성과 평범성─나의 초기 작품을 중심으로」, 『신문예』, 1959.5, 34면.
13) 김동리가 고유의 문학세계를 개척해 나가는 과정과 그 과정에서 「화랑의 후예」와 「산화」가 갖는 한계에 대해서는 김윤식, 「전인미답 소재 발굴─'산화'」, 『김동리와 그의 시대』, 민음사, 1995 참조.
14) 김남천, 「민속의 문학적 개념」, 『동아일보』, 1939.5.10.

'민속'으로 일컬어지는 세계를 소설에 도입했다는 점이야말로 김동리의 '조선적인 것' 탐구의 첫걸음이라 할 수 있다. 「무녀도」의 무속, 「바위」의 복바위(陽石), 「황토기」의 쌍룡설, 상룡설, 아기장수 설화, 「늪」의 蟾公(두꺼비)설화 등 민담과 전설, 무속의 세계가 그것이다. 주목할 점은 김남천이 지적한 "민속적인 것이 대단히 환영을 받고 있는 현상"이 단순히 문학적 현상만을 의미하지 않는다는 점이다. 그것은 1930년대 조선학의 하위 분과로서 민속학의 흥기 그리고 1935년부터 제창된 일제의 심전개발운동에서 조선의 무속을 일본의 신도(神道)와 통합하려는 노력이나 농촌진흥운동과 관련된 향토오락(민속예술)부흥운동15) 등 당대의 다양한 문화 담론에서 제시된 민속에 대한 관심과 연관된다. 이 다양한 문화 담론에서 김동리의 '민속'이 차지하는 고유한 의미가 중요할 수밖에 없는데, 이를 위해 당대 민속 담론의 계보를 재구해 볼 필요가 있다.

'토속학'의 별칭에 불과했던 민속학이 일본에서 뿌리를 내린 것은 야나기다 쿠니오[柳田國男]의 '향토회'와 그것의 기관지 『향토연구』로부터이다. "야나기다 쿠니오의 학문을 핵으로 한 일본의 민속학 운동은 국민 창출로 향한 계몽의 프로젝트"16)와 밀접한 관련이 있다. 반면 식민지 조선에서의 민속에 대한 관심은 일차적으로 식민지 통치와 관련된다. 1910년대 총독부에 의해 조선의 '풍속구관(風俗舊慣)'에 대한 조사사업이 진행되었으며 이에 맞서 민족주의적 저항 담론으로서 1920년대 최남선과 이능화의 결과물이 산출되었고 1930년대에 들어서서는 경성제대 학자들의 근대적 학문으로서의 민속학과, 이와 길항관계에 있었던 손진태, 송석하의 민속학으로 이어진다. 이 중 주목해야 할 대상은 『문장』지에도 글을 실은 바 있는 송석하, 특히 손진태의 민속학이다.17) 경

---

15) 심전개발운동에는 주로 최남선·이능화가 관련되었다면, 향토오락부흥운동에는 송석하가 관련되어 있다. 최석영, 「1930년대의 심전개발과 식민지 지배」, 『일제하 무속론과 식민지 권력』, 서경문화사, 1999; 남근우, 「'조선민속학'과 식민주의—송석하의 문화민족주의를 중심으로」, 『한국문화인류학』 35-2, 한국문화인류학회, 2002 참조.
16) 佐藤健二, 「民俗學と鄕土の思想」, 『編成されるナシナリズム』, 岩波書店, 2002, 53면.

성제대의 민속 담론이 그 실증적 성과에도 불구하고 근본적으로 식민화 전략을 내포하고 있었다면, 『문장』지와도 연계되어 있던 이들의 민속 담론은 비록 일제 말 내선일체론으로 경사함에도 불구하고 문화민족주의의 소산이며 식민에 대한 저항을 의미하였다는 점을 부인할 수 없다. 김동리의 '민속'으로의 전환은 이들의 담론을 배경으로 하여 이루어졌다고 볼 수 있는데, 이들과 구별되는 그만의 고유성은 손진태를 고려할 때 분명해진다.

설화와 신앙에 주력하였던 손진태의 민속 담론은 과학적 인식을 확립하였다는 점에서 고평되며 전파의 경로를 추적하는 문화사적 방법을 취하였다는 점, 특히 문헌학 외에도 현장의 자료를 직접 채방하는 야외조사(field work)에 입각하였다는 점이 중시된다.[18] 그러나 1932년 총독부 연구비로 민속채방여행을 갔다 온 후 이에 대한 글을 야나기다 쿠니오의 『향토연구』에 싣는 등 그의 행적에서 알 수 있듯 그의 야외조사는 야나기다 쿠니오의 일본 민속학운동에 근원한다. 야외조사라는 방법론은 한편으로 실증적 자료 수집의 방법이기도 했지만 다른 한편으로는 봉건적 지배자의 정통성을 보장하던 문헌사학에 대해 저항하는 방법론이었다. 그리고 무엇보다도 도시인, 근대적 지식인의 시선으로 불평등 관계 속에서 '토민'과 '토속'을 대상화하는 방법론이기도 했다.[19]

---

17) 송석하는 「모집단상」(『문장』 1권 1호)과 「봉산가면극각본」(『문장』 2권 6호)을, 손진태는 「단군단군」(『문장』 1권 3호), 「진단학보」(『문장』 1권 5호), 「무격의 신가」(『문장』 2권 7호)를 『문장』에 싣고 있다.

18) 송석하가 민속예술을 대상으로 하여 그 공연과 보존에 공헌하였다면 손진태는 설화·풍속·신앙을 대상으로 하여 민속학의 과학성을 일구어낸 학자로 평가받는다. 양자는 1932년 '조선민속학회'를 창립하고 『조선민속』을 창간하는 등 1930년대 민속학을 주도해 나갔다. 인권환, 「1930년대의 민속학 진흥운동」, 『민족문화연구』 12집, 1977 참조.

19) 필드워크의 의미에 대해서는 佐藤健二, 「民俗學と鄕土の思想」, 『編成されるナショナリズム』, 岩波書店, 2002, 53~56면 참조. 손진태가 과학적 식민 담론의 입장에서 "토민"과 "토속"라는 용어를 사용하였다는 점에 대해서는 남근우, 「'토민'의 '토속' 발견과 '신민족주의'」, 『남창 손진태의 역사민속학 연구』, 민속원, 2003, 140~152면 참조

　　내 어릴 때 서악무당이라고 유명했다.[20]
　　나는 어려서부터 '장사' 이야기를 많이 들었다.[21]
　　죽은 능구렁이 뼈에선 마디마디 두꺼비의 새끼가 난다는 이야기는 일찍이 내가 소년시절부터 고향 늙은이들에게서 들을 수 있던 이야기다.[22]

　　반면 김동리에게 민담·전설·무속 등의 민속이란 의식적인 현장조사를 필요치 않는 것, 손진태의 용어로 표현한다면 '토민'의 시선에서 육화되어 있는 세계, 즉 '토속'을 의미했다. 「무녀도」가 어린 시절 유명했던 서안무당의 이야기와 분리될 수 없는 것이라면, 「황토기」의 상룡설, 쌍룡설, 아기장수 설화는 경주부근에 산재 해 있던 용신설화, 장수이야기에서 기원하고, 「두꺼비」의 섬공(蟾公)설화는 "소년시절부터 고향 늙은이에게서 들을 수 있던 이야기"였던 것이다. 이로 인해 김동리 소설에 등장하는 민속의 세계는 주체와 대상의 비대칭성에 기초한 근대적 표상을 거부하고, 이를 전복시키는 신화적 세계로, 그리고 경상도와 경주라는 구체적 장소와 분리불가능한 상징의 세계로 제시된다. 근대적 표상체계가 계량적 측정도구를 이용하여 시간을 객관화하고, 장소를 공간화하는 것과 관련된다고 할 때, 손진태의 민속 담론 역시 민속이 장소와 분리되어 표상되며 객관적 시간 측정 속에 그 전파 양상이 고찰되는 등 근대적 표상체계 속에서 이루어졌다고 볼 수 있다. 이에 반해 김동리 소설 속 설화와 무속의 세계는 경주의 예기소·금오산·쌍계사·화계장터 등 구체적인 장소의 아우라[23]와 수천 년 간의 삶이 흔적으로

---

20) 김동리, 「창작의 과정과 방법－'무녀도'편」, 『신문예』, 1958.11, 9면.
21) 김동리, 「주제의 발생－'황토기'편」, 『신문예』, 1958.12, 10면.
22) 김동리, 「두꺼비 설화의 정신」, 『조광』, 1939.11, 187면.
23) 김주현은 「무녀도」·「달」·「유혼설」이 경주의 서천과 북천이 만나는 예기소와, 「황토기」가 금오산(남산)과 관련이 있다는 점을 상세히 규명하고 김동리의 소설이 "전설과 현실의 동시성"을 표현하고 있다고 주장한다. 이는 결국 신화적 장소의 창조를 의미하는 것으로 해석할 수 있을 것이다. 김주현, 「리듬의 형이상학－김동리의 유기체론」, 『21세기 문학의 유기론적 대안』(최승호 편), 새미, 2000 참조.

남아 빛을 발하고 있는 신화적 장소를 표현한다. 그리고 이 신화적 장소의 시간은 당연히 근대적 시간을 파괴하는 신화적 무시간성을 표현한다.

> 뒤에 물러 누운 어둑어둑한 산, 앞으로 폭이 널따랗게 흐르는 검은 강물, 산마루로, 들판 우로, 검은 강물 우로 모두 떨어질 듯한 파―란 별 어느 것이나 이슥한 밤중이다. 강가 모래 벌에 차일을, 치고 거적을 두르고, 마을 여인들이 둘러 앉아 무당의 시나위 가락에 취하여 있다.[24]

인용문은 '무녀도'에 대한 묘사 부분이다. '무녀도' 속의 장소는 '예기소' 부근의 강변이며, 시간은 "이슥한 밤중", "마을 여인들이 둘러 앉아 무당의 시나위 가락에 취하여 있다"라는 표현에서 드러나듯 '밤'으로 표상되는 '취함'의 시간이다. 사람들이 취해 있는 무당의 시나위 가락이란 "자연의 리듬과 사람의 호흡이 무당의 춤을 통하야 혼연히 융화"[25]된 가락으로서 자연과 인간의 리듬에 의거하다는 점에서 그것은 시계로 결코 측정될 수 없는 시간이다. 이로 인해 그 시간은 근대적 시간의 차원에서 바라볼 때 무시간성을 의미하며 역으로 생명주의의 입장에서 바라볼 때는 '영원'과 통하여 일체의 변화, 근대적 시간에 대한 거부를 의미한다. 작품 속에 시대의 변화가 제시되기도 하지만 이는 강고한 신화적 시간 앞에 무력해진다. 기독교가 전파되어 시대가 변화하는 듯하지만, 모화는 죽음으로써 강(예기소)에 또 한 번 사연과 생명을 불어넣고 사람들로 하여금 영원한 무시간성의 세계에 잠겨들게 하는 것이다. 어느 시대의 이야기인지 확인할 수 없는 「황토기」는 말할 것도 없고 "얼마 뒤에는 헌병이 나와서 우리 같은 풍병쟁일 모두 총으로 놔 없일게로누마"는 표현에서 시간의 변화를 읽을 수 있는 「바위」 역시 근본

---

24) 김동리, 「무녀도」, 『중앙』, 1936.5, 119면.
25) 위의 글, 120면.

적으로는 이와 같은 시간을 표현한다 할 것이다.

「무녀도」·「바위」·「황토기」로 확립된 김동리의 작품세계는 조선적인 것의 표상체계에서 일대 전환을 의미한다고 볼 수 있다. 그것은 『문장』파의 '고전'의 세계로부터 '토속'·'민속'의 세계로의 전환을 의미하며, 이는 다시 그 신화성으로 인해, 『문장』파를 지탱하고 있던 조선학, 특히 근대적 표상체계 속에 있던 민속학의 담론과도 확연히 구별된다. 그리고 이와 같은 김동리의 '민속'·'토속'의 세계를 시작으로 백철의 지적처럼 당시 정비석·최인욱·최태응·임옥인 등 신세대 작가들에 의해 "지방적인 것, 전래적인 것"을 추구하는 "토속성 문학"이 주요 흐름을 형성한다.26) 그러나 비록 선도적이며 주도적이었다 할지라도 김동리 역시 다른 신세대들과 마찬가지로 크게 보아 '토속성 문학'이라는 차원에 놓여져 있다고 할 때, 이들과 대비되는 김동리만의 고유성은 무엇일까를 재차 질문할 수밖에 없는데, 그 핵심은 민속, 토속의 신화적 시공간 속에서 고유의 미적 구조, 즉 '운명' 개념을 중심으로 '비극적인 것'을 확립했다는 점에 있을 것이다.

3. '운명', '비극적인 것'의 추구

김동리는 「내가 영향 받은 외국작가—요지경 팬의 변」에서 도스토예프스키류의 작품들과 더불어 고대, 근대비극(입센, 스트린드베리 등)에 크게 영향 받았으며, 후자의 경우 고대비극의 숙명관, 근대비극의 운명관에 매료되었음을 고백하고 있다.27) 그의 작품들은 온통 이 숙명, 운명을 그

---

26) 백철, 「가난한 대로의 우리 유산—소설50년사의 점경을 본다」, 『사상계』, 1962.9, 294면; 『신문학사조사』, 신구문화사, 1983, 529~539면.

리는데 초점이 맞추어져 있다 해도 과언이 아니다.

①그들의 곡절 많은 운명에 귀를 기울이고 그리고 떠나가는 날에는 값진 비단과 좋은 음식과 충분한 노자를 그들에게 아끼지 않았다. (「무녀도」)
그는 그의 생활에 파란을 겪었던 만치, 운명이라든가 인생이라든가 하는 말을 자주하였다. (「산제」)
진작 그의 작품을 찾아 나설 양은 하지 않았던 것을 생각할 때 오히려 무슨 운명 같은 것이 느껴지기도 하였다. (「솔거」)
억쇠의 나이 예순 두 살, 수염과 머리털이 희끗희끗 반이나 세인 오늘날까지 그는 항상 가슴 속에 홀로 타는 불덩이를 지닌 채 이 황토골을 지키고 살아 왔다. 그것은 글자 그대로 운명 같기도 하였다. (「황토기」)
그러한 정히들의 죄악과 운명에 쉽사리 자기의 슬픔을 한 번 더 보게 되었던 것뿐이었다. (「두꺼비」)
그 문제란 자기가 해결 짓지 않으면 아니 될 자기의 전인격과 운명에 관련된 그 어떤 문제인 듯도 하였다. (「혼구」)
그것은 일찍이 저에게 어머니와 그 사람을 앗아간 저의 운명에 책임이 있을 겝니다. (「다음 항구」)28)

②문제의 본질적 소재는 능구렁이의 뼈마디에 두꺼비의 새끼가 난다는 점에 있다. 모면할 수 없는 운명을 극복하는 두꺼비의 의지에 있다.29) (강조는 인용자)

일제 강점기의 김동리의 소설은 크게 보아 앞서 서술한 민속·토속의 세계를 그리고 있는 작품들, 즉 「무녀도」·「바위」·「산제」·「황토기」 등과, 민속을 도입한다 할지라도 근본적으로 시대와의 교섭 속에서 자신의 삶의 방향을 탐구하는 데 중심이 있는 사소설적 작품들, 즉 「솔거」, 「잉

---

27) 김동리, 「요지경 팬의 변—내가 영향 받은 외국작가」, 『조광』, 1939.4, 271면.
28) 각각 김동리, 「무녀도」, 『무녀도』, 을유문화사, 1947.5, 26~27면; 「산제」, 『중앙』, 1936. 9, 42면; 「솔거」, 『조광』, 1937.8, 361면; 「황토기」, 『문장』, 1939.5, 90면; 「두꺼비」, 『조광』, 1939.8, 347면; 「혼구」, 『인문평론』, 1940.2, 181면; 「다음항구」, 『문장』, 1940.9, 33면에서 인용.
29) 김동리, 「두꺼비 설화의 정신」, 『조광』, 1939.11, 189면.

여설」,「완미설」3부작,「두꺼비」,「오누이」2부작(이는 해방 후 「윤회설」로
이어진다),「혼구」,「다음 항구」 등으로 양분할 수 있다. 작가 자신이 두
번째 계열의 「솔거」 삼부작에 대해 "본편 「완미설」은 형식으로는 따로
독립된 단편이나, 내용으로는 「솔거」,「잉여설」과 같은 문제(운명)의 발전
이요 변모"[30]라는 것을 밝히는 등 '운명'은 두 계열의 작품 모두를 아우
르는 주제였다. 인용문 ①에서 드러나듯 '운명'을 언급하지 않는 작품들
이 없을 정도이며 대부분의 작품은 「두꺼비」가 인용문 ②의 "운명을 극
복하는 두꺼비의 의지"를 추구하는 것처럼 운명의 극복에 초점이 맞추
어져 있는 것이다.

　　운명(fate)이 비극의 핵심 범주라는 점을 고려하면 이상의 면모는 그의
모든 작품이 결국 '비극적인 것'의 추구로 향해져 있음을 알 수 있게 해
준다. 벤야민에 따르면 운명 개념을 중심으로 비극을 정의할 수 있고
운명에 대한 인간 주체의 대응 방식에 따라 고대비극과 근대비극을 구
별할 수 있다. 고대비극이 운명, 즉 인간화되지 않은 자연의 신화적 폭
력을, 비극적 주인공이 올바름을 추구하는 윤리적 행위를 통해 초극하
는 데 핵심이 있다면, 독일 30년 전쟁, 비상사태라는 세계인식에서 비롯
된 근대비극(독일비애극)은 어떤 윤리적 행위도 실천하지 못하고 신화적
운명에 대한 익명적 종속에 머문 경우를 의미한다.[31] 고대 비극이건 근

---

30) 김동리, 「완미설」,『문장』, 1939.11, 46면.
31) 소포클레스의 「안티고네」에서 안티고네가 오빠를 장사지내는 행위는 혈육을 저버리
　　지 않는 정당한 행위이다. 그럼에도 그녀가 국법을 어긴 죄로 죽음에 이른다고 할 때,
　　이는 국가의 잘못도 그녀의 잘못도 아닌 어떤 것, 결국 죄진 오이디푸스의 딸이라는
　　'운명'에서 기원하는 '물려받은 죄'로 인해 죽음에 이른 것을 의미한다. 운명의 영역이
　　란 자신의 행위와는 무관하게 물려받은 죄, 즉 비극적 죄와 그로 인한 불행에 의해서
　　지배되는 세계이다. 오빠를 장사지내는 안티고네의 행위는 바로 이 운명에 대항하여
　　자신의 정당함을 주장하는 윤리적 행위이고, 비록 죽음에 이르지만 이를 통해 자연(운
　　명)으로부터의 인간의 자유를 증명하는 행위이다. W. Benjamin, *The Origin of German
　　Tragic Drama*, J. Osborne trans., NLB, 1977, pp.65~67 · pp.106~115; S. Kierkegaard, 임춘복
　　역, 「현대의 비극적인 것에 반영된 고대의 비극적인 것」,『이것이냐 저것이냐』 1, 종로
　　서적, 1981, 205~209면 참조.

대비극이건 비극에서 문제되는 것은 운명이며, 이 운명의 영역에 종교적 차원의 구원 개념이나 윤리적 차원의 무죄 개념이 있을 자리는 존재하지 않는다. 운명은 개체에게 영원한 불행과 죄만을 강요할 뿐이며 개체의 행복은 운명의 연쇄에서 벗어날 때에만 가능하다.[32] 이러한 운명과 대면했을 때 인간은 '경악'과 '전율'에 사로잡히게 되고, 운명의 연쇄에서 벗어날 수 없을 때 자신의 잘못과 상관없이 불행과 죄에 지배되는 존재로서 '슬픔'에 빠질 수밖에 없다.

이와 같은 관점에서 바라볼 때 김동리의 경우는 어떻게 평가할 수 있을까? 인용문 ②의 "모면할 수 없는 운명"이라는 표현에서 드러나듯 김동리 역시 운명에서 불행을 강요하는 초인간적 힘을 본다. 「무녀도」의 낭이가 벙어리로 태어난 것이나 욱이가 무녀의 자식으로 태어나 살인자가 될 수밖에 없었던 것, 모화가 신이 내려 무당인 된 것, 「바위」의 어머니가 문둥 병에 걸린 것이나 「황토기」의 억쇠가 자신의 힘을 발휘할 수 없는 처지의 장사로 태어난 것, 이 모두가 인간으로서는 어찌할 수 없는 초인간적 힘을 상정하고 있는 것이다. 그럼에도 고대비극의 운명관과는 결정적인 차이가 있는데, 이는 그의 자연 개념에서 유래한다.

① 강하고 독한 놈이 약하고 순한 놈을 잡아먹는 예는 비단 능구렁이와 두꺼비 사이의 그것뿐만 아니라 생물계의 원칙적 현상이다. (…중략…) 곤충부터 인간에게 이르기까지 저이 한 족속이 멸한다는 것 우에 더 큰 비극, 더 큰 위협, 더 큰 공포는 없을 것이다. 이것이 우리의 박애한 신이나 자비한 佛의 의사일 리는 없다 하나 천지는 이것을 포섭하고 있지 않은가?[33]

② 그의 몸세는 피도 살도 없는 율동(律動)으로 화하여졌었다. 이때에 모화는 사람이 아니요, 율동의 화신이었다. 밤도 리듬이었다……. 취한 양, 얼이 빠진 양, 구경하는 여인들의 호흡은 모화의 쾌자자락만 따라 오르내리었고, 모화

---

32) W. Benjamin, "Fate and Character", *Reflection*, P. Demez ed., Schocken Book, 1978, p.307.
33) 김동리, 「두꺼비 설화의 정신」, 『조광』, 1939.11, 189면.

는 그의 춤이었고, 그의 춤은 그의 시나위 가락이었고······ 시나위 가락이란, 사람과 밤이 한개 호흡으로 융화되려는 슬픈 사향이었다. 그것은 곧 자연의 리듬이기도 하였다.[34]

그에게 자연이란 ① 모든 생물에게 불행을 강요하는 약육강식의 생물계 법칙을 의미하기도 하였지만 또 한편으로는 ② '율동'으로 표상되는 생명력(신적인 것)을 의미하기도 하였다. 이로 인해 그의 운명 개념은 이중적 의미를 지니게 된다. 전자의 자연에 의해 지배되는 운명은 극복의 대상이 되며, 후자의 자연에 의해 지배되는 운명은 순응의 대상이 된다. 김동리가 운명의 극복을 주장할 때, 이는 후자의 자연을 성취함으로써 전자의 자연, 즉 자연법칙에 따라 잡아먹혀야 하는 "두꺼비에게 있어서는 피치 못할 운명"들을 극복하는 것을 의미한다. 그리하여 김동리는 죽음의 순간 모화가 율동의 화신이 되는 것을 운명의 극복으로 간주하고, 한걸음 나아가 "'자연' 그 자체인 '모화'의 생리에는 '죽음'이 없다. '무한에의 통로의 성취!",[35] 즉 인간 속의 신의 성취라고 주장하는 것이다.

'자연의 리듬'의 도입은 그로 인해 '운명 개념과 비극적인 것의 미적 구조'의 근본적 변화를 낳는다는 점에서 매우 중요한 의미를 갖는다. 운명은 결국 우리가 미처 깨닫지 못하는 자연의 리듬(신적인 것)의 지배를 의미하기에, 고대 비극의 운명 개념에 포함된 죄나 불행과는 무관하게 되고, 자연의 리듬에 순종하는 삶의 태도야말로 의미 있는 것이 된다. 그리고 비극적인 것은 윤리적 행위를 통한 운명의 극복이 아니라 운명에의 순응, 즉 자아를 잊고 자연의 리듬에 취함을 표현하는 미적 양식이 된다. 「무녀도」의 시나위 가락은 물론이고 「산제」의 태평이가 산 속에서 똥 누는 행위나, 「황토기」에서 억쇠와 득보의 "그 자체가 목

---

34) 김동리, 「무녀도」, 『중앙』, 1936.5, 132면.
35) 김동리, 「창작의 과정과 방법-'무녀도'편」, 『신문예』, 1958.11, 11면.

적인 싸움"36) 모두 궁극적으로 인간에 내재해 있는 자연의 리듬·생명
력의 드러냄을 의미하며, "육자배기 가락으로 제법 콧노래까지 흥얼거
리며 가는"「역마」의 마지막 장면 역시 시천역(역마살)이라는 운명에 순
응했을 때 이루어지는 자연의 리듬에의 취함을 의미한다. 민속, 토속이
라는 신화적 공간에서 자연의 신화적 폭력이 문제되었을 때, 김동리는
동양적 자연관에 입각해 자연의 리듬을 내세움으로써 운명의 폭력성을
순화하고 운명에의 취함이라는 니체적 의미의 '비극적인 것'의 성취에
이르는 것이다. 그것은 개체화 원리의 파괴와 이성적 주체의 부재상태
의 황홀에 본질이 있는 디오니소스적인 심미적 현상과 연결되는 것으
로서 결국 동양적 자연 개념을 통해 니체적 의미의 '심미적인 것'의 본
질에 육박하는 것인 만큼 그 의미가 크다 할 것이다.37)

　　그럼에도 불구하고 그것은 비극적인 것에서 윤리적 행위를 배제한다
는 점, 즉 '필연성의 영역인 자연'과 구별되는 '자유의 영역인 윤리'를
배제한다는 점에서 심미주의의 한계를 그대로 간직하고 있다. 그리고
무엇보다도 비극의 운명 개념을 동양적 자연 개념으로 인간화한 것일
뿐 그 해결은 될 수 없다는 점에서 한계를 갖는다. 이후 김동리는「우연
성의 연구」에서 쿠키 슈우조우(九鬼周造)가 가설적 우연이라는 개념하에
해명하고 있는 '해후'라는 주제를 놓고 창작방법론의 차원에서 우연성
(운명)을 논의하지만 그 한계는 오히려 분명해진다.38)

---

36) 김동리,「주제의 발생―'황토기'편」,『신문예』, 1958.12, 13면.
37) 보러는 니체의 '비극적인 것'을 디오니소스적인 심미적 현상으로 재해석하면서 그것
　　의 세 가지 근본 표지로 ① 갑작스러움이라는 시간적 양식, ② 전율, ③ 개체화 원리의
　　상실을 의미하는 이성적 주체 부재상태의 황홀을 들고 있는데, 김동리의 비극적인 것은
　　③의 특성을 그대로 보여준다고 볼 수 있다. K. H. Bohrer, "Asthetics and Historicism :
　　Nietzsche's Idea of Appearance", *Suddenness*, Columbia University Press, 1994 참조.
38) 김동리와 쿠키 슈우조우[九鬼周造]의 관계는 김윤식,「소설과 우연성의 문제―김동
　　리, 조연현, 九鬼周造」,『한국근대문학사상연구』2, 아세아문화사, 1994에서 상세하게
　　규명되고 있다.

① 우리가 소위 우연이라고 부르는 일체의 사건과 현상은 인간이란 주관을 떠나서 볼 때엔 모두가 그대로 자연인 것이다. 이 자연(사건이나 현상)의 원인과 성격을 인식치 못한 데서 오는 우리(인간들)의 주관과 독단을 우리는 우연이라고 부르는 것이다. 그러므로 인간에게서의 우연 그 자체는 자연에서의 필연인 것이다. 자연에서는 우연이 없다. 자연은 자연이지 우연이 아니다.[39] (강조는 인용자)

② 운명이란 목적적 우연이 한편으로 인과적 필연과 결합하고, 다른 한편으로는 목적적 필연과 결합해서 무한대로 확대됨과 동시에, 무한소로 축소된 것이라고 말했다. 그리고 그 경우 억지로 분석을 하자면 **목적적 우연과 인과적 필연의 결합은 맹목적 우연으로 나타나고 목적적 우연과 목적적 필연의 결합은 '섭리'로 나타난다.** 헤겔에 의하면 고대의 πεπρωμενον라든가 είμαρμεν는 맹목적 운명이고 그리스도교는 합목적성의 도입에 의해 신의 섭리를 설명하는 것이다.[40] (강조는 인용자)

인용문 ①에서 우연은 곧 운명을 의미한다. 우연·운명이라 불리는 일체의 사건과 현상은 그 원인과 성격을 인식치 못한 데서 비롯되는 것일 뿐, 자연의 입장에서는 너무도 당연한 필연의 지배를 의미한다. 쿠키 슈우조우의 표현을 빌린다면 운명이란 인간의 지평에서 파악하지 못한 인과적 필연이나 목적적 필연의 지배를 의미할 뿐이다. 세 잎 클로버가 아닌 '네 잎 클로버'라는 우연한 현상은 기실 외부로부터의 상처로 인해 발생한 것으로서 미처 인식치 못한 원인(인과적 필연)에 의해 유발된 현상이라 볼 수 있는 것이며, '기적'이라는 우연한 현상은 인간으로서는 이해할 수 없는 신의 섭리(목적적 필연)의 결과라 볼 수 있는 것이다. 우연을 지배하는 인과적 필연이 문제될 때, 즉 그것을 인식치 못하고 운명으로 파악할 때 "맹목적 우연", 즉 고대의 운명(숙명) 개념이 발생하며, 우연을 지배하는 목적적 필연, 즉 "섭리"가 문제될 때 기독교 이후의 운

---

39) 김동리, 「우연성의 연구」, 『신사조』, 1950.5, 33면.
40) 쿠키 슈우조우[九鬼周造], 『우연이란 무엇인가』, 이회, 2000, 270면.

명 개념이 발생한다.

김동리가 「요지경 팬의 변」에서 고대비극과 근대비극의 운명을 각각 '숙명'과 '운명'으로 구별하여 지칭하는 것이나, "사람이 나서 자라서 결혼하고 일하고 아이 낳고 죽는단 것은 모두 인간이 짊어진 자연의 법칙인 동시 운명이라기보다 숙명의 굴레가 아닐 수 없다"[41]라고 하여 인과적 필연에 의한 지배를 굳이 '숙명'이라 부른 것은 모두 쿠키 슈우조우의 구별과 동일한 차원의 것이라 할 수 있다. 무엇보다도 김동리가 강조하는 '인간과 자연을 지배하는 리듬, 생명력'이란 우연을 지배하는 '섭리'의 또 다른 표현이라는 점에서 김동리의 운명 개념은 신의 섭리로써 해명되는 운명 개념, 즉 쿠키 슈우조우가 기독교 이후의 운명 개념이라고 한 것에서 크게 벗어나지 않는다. 쿠키 슈우조우가 실존론을 표방하면서도 실존론적 분석은 하지 않고 형식 논리적 또는 사변적 작업에 머물렀다는 점[42]은 이미 지적된 바 있다. 또 다른 문제는 '섭리'의 도입으로 인해 자유의 영역인 윤리가 상실되는 것은 물론, 운명과 비극적인 것의 심각성이 사라져 버린다는 데 있을 것이다. 운명에 직면했을 때의 경악, 전율을 섭리에 대한 '경이'의 감정으로 순화시키는 데서 그 단적인 예를 발견할 수 있는데,[43] 쿠키 슈우조우의 모든 노력에도 불구하고 운명의 고통에 직면한 인간에게 쿠키 슈우조우가 주장하는 신의

---

41) 김동리, 「그리운 그들—작중인물지」, 『조광』, 1940.12, 235면.

42) 김윤식, 앞의 글, 154면.

43) 쿠키 슈우조우는 우연을 형식논리의 차원에서 정언적 우연, 가설적 우연, 이접적 우연으로 나누고 각각을 설명하는데 '신의 섭리'는 이접적 우연을 설명하는 최종의 원리라 할 수 있다. '우연과 예술' 챕터에서 드러나듯 우연에 대한 탐구는 예술 곧 심미적인 것에 대한 규명으로도 볼 수 있는데, 우연의 시간성을 '지금'이라 보고 "현재의 비존재적 한 점을 뚫고 홀연 용솟음쳐 나오는 것"으로 규정한 것은 '심미적인 것'의 시간적 특성인 '돌발성'을 간파하고 있는 부분이라는 점에서 주목된다. 그럼에도 섭리에 대한 강조는 근본적으로는 심미적인 것의 데몬적 성격을 무화하는 방책이고 전율을 섭리에 대한 경이감으로 순화시키는 것으로 나아간다고 볼 수 있다. 심미적인 것의 데몬적 성격에 대해서는 S. Kierkegaard, 임규정 역, 『불안의 개념』, 한길사, 1999, 331~339면 참조

섭리란 폭력적인 운명을 대체하는 상상의 섭리에 불과할 뿐이고 운명이라는 심원한 문제는 해결되지 않은 채 남겨져 있을 뿐이다.

김동리가 창조한 '비극적인 것'은 어떠한가? '자연의 리듬'이라는 섭리를 도입함으로써 자유의 영역을 버리고 '자연의 리듬에의 망아적 취함'이라는 미학을 획득했으나 운명으로 인한 고통은 여전히 남아 있다고 할 것이다. 경악과 전율 또한 사라지고 그 대신 남는 것은 슬픔이라는 정조이다.

> 낭이의 얼굴엔 사철 깊은 슬픔이 배어 있었다. 그것은 펼 길 없는 속속 드리 핏줄에 서리인 슬픔이었다. (「무녀도」)
> 나는 이날도 주산을 볼 때 형언할 수 없는 이상한 슬픔을 느끼었다. (「산제」)
> 전신이 흐렁흐렁 이지러지는 듯한 슬픔을 깨달았다. (「솔거」)
> 오히려 세상의 괴로움과 슬픔을 알은 이래 첨으로 맛보는 그 즐거움과 황홀을 그는 조용히 향락할 수 있었다. (「두꺼비」)
> 진숙은 진숙대로 오빠의 불행, 세계의 불행을 모두 제 것이나 같이 저의 불행과 슬픔을 가장하는 몸이 되어 있었다. (「오누이」)
> 이 슬픔마저 그렁저렁 잊어지지 않겠어요? (「다음 항구」)[44]

인용문에서 드러나듯 김동리 소설은 '운명'과 마찬가지로 '슬픔' 역시 언급하지 않는 소설이 없을 정도이다. 근대 비극이 신에게 버림받은 슬픔, 즉 불행과 죄만을 강요하는 운명에서 결코 벗어날 수 없다는 데서 오는 절망적 슬픔을 표현하는 것과 관련이 있다면, 김동리 소설에서 나타나는 슬픔은 토속의 세계를 그리는 작품의 경우 "낭이의 신비와 애수",[45] 즉 아직 정신에 눈뜨지 못한 동양적 애수를 표현하고 있으며, 시대와 교섭하는 사소설적 계열의 작품의 경우 시대적 울분을 표현하는

---

44) 김동리, 「무녀도」, 『중앙』, 1936.5, 124면; 「산제」, 『중앙』, 1936.8, 41면; 「솔거」, 『조광』, 1937.8, 357면; 「두꺼비」, 『조광』, 1939.8, 345면; 「오누이」, 『여성』, 1940.8(『김동리 전집』 1, 민음사, 319면); 「다음 항구」, 『문장』, 1940.9, 27면.
45) 김동리, 「창작의 과정과 방법－'무녀도'편」, 『신문예』, 1958.11, 10면.

것에 초점이 맞추어져 있다. 역시 주목되는 것은 첫째 계열 작품의 슬픔인데, 조선적인 미의 추구가 야나기 무네요시의 충격으로부터 시작되었으며 야나기 무네요시가 슬픔의 미를 조선적인 미의 근간으로 보았다는 점을 고려하면, 김동리 소설의 '슬픔'은 야나기 무네요시와 비교할 때 그 의미가 분명해진다고 볼 수 있다. 그는 중국의 경우 형태에서, 일본의 경우 색에서 고유의 미를 발견할 수 있다면, 조선의 미는 '선'에 있으며 그 아름다움이 일본, 중국의 어느 것보다도 뛰어나다고 주장한다. 도자기, 석굴암의 불상 등에서 끊어질 듯 이어지는 선은 하늘을 향한 동경을 표현다고 하면서 그 쓸쓸함에서 아름다움을 발견하고 이것이 하느님의 마음으로 지켜지는 비애, 피조물의 슬픔을 의미한다고 본다.46) 에머슨의 범신론으로부터 영향 받은 야나기 무네요시의 비애미 역시 기독교적 원죄 개념에서 비롯되는 피조물의 슬픔과 분리될 수 없는 것이다. 김동리는 평생 기독교와 대결하려 했지만, 『사반의 십자가』나 「마리아의 회태」, 「목공요셉」 등을 고려할 때, 이에 대한 이해가 전무하다는 것을 알 수 있다. 기독교가 원죄 개념 없이 성립될 수 없으며, 이에 대한 나름의 대응 없이는 근대 비극이나 야나기 무네요시의 비애미를 넘어서는 독자적인 '슬픔'을 창조할 수 없다고 할 때, "낭이의 애수"로 대변되는 김동리 소설의 '슬픔'은 야나기 무네요시나 근대비극의 슬픔에는 턱없이 못 미치는 향토적 슬픔, 결국 오리엔탈리즘의 동양적 신비함, 여인상 등과 같은 수준에서 더 나아가지 못했다고 평가할 수 있을 것이다.

---

46) 야나기 무네요시[柳宗悅], 심우성 역, 『조선을 생각한다』, 학고재, 1996, 142 · 179면 참조

4. '비극적인 것'과 '정치적인 것'

『문장』파의 '조선적인 것'을 계승하여 김동리가 토속의 세계에서 창출한 '비극적인 것'은 동시대의 다른 '토속성 문학'과는 확연히 구별되는 그만의 미학이었다. 김동리는 이에 기초하여 평론 부분에서 30대 비평가와 작가들에 맞서 신세대 작가의 대변자 역할을 수행하고, 정치성을 배격하는 순수문학을 주장하기에 이른다. 그럼에도 불구하고 그가 창조한 비극의 미학은 정치성과 분리될 수 없다는 점에 주목할 필요가 있다. 일제 강점기에 조선적인 고유의 미학을 창출하는 것이 식민에 대한 저항의 의미를 갖는다는 점이나, 해방 이후 그의 순수문학론이 문협 정통파를 지배하면서 우익의 논리를 대변했다는 점에서만 그러하지 않다. 그의 '비극적인 것' 자체가 '정치적인 것'과 필연적인 관계를 갖고 있었다는 점에 문제의 근원적 성격이 놓여져 있다. 그만큼 이에 대한 규명은 김동리가 창조한 비극의 미학의 근본을 밝히는 것이라 할 수 있다. 비극적인 것과 정치적인 것의 관계는 김동리가 순수와 참여의 최초의 대립이었다고 간주하는[47] 1939년 유진오와의 논쟁에서부터 그 본모습을 확연히 드러낸다.

①순수란 별다른 것이 아니다. 모든 비문학적 야심과 정치와 책모를 떠나 오로지 빛나는 문학정신만을 옹호하려는 의열한 태도를 두고 말함이다.[48]

②이 순수야말로 이미 진실한 신인작가들이 劃然히 획득한 자기들의 세계요, 30대 작가들의 '모든 비문학적인 야심과 정치'주의에 분연히 대립하는 정신이며 그에 도전하는 정신이다.[49]

---

47) 김동리·유안진, 「원로와의 대화―김동리의 문학세계」, 『광장』, 1982.3, 144면.
48) 유진오, 「순수에의 지향」, 『문장』, 1939.6, 139면.
49) 김동리, 「'순수'이의」, 『문장』, 1939.8, 146~147면.

양자 모두 '비문학적 야심과 정치'를 비판하지만 그 구체적 내용은 상이하다. 유진오의 경우 이념의 퇴조 이래 신세대들이 몰두하는 문단 정치를 비판하고 있다면, 김동리는 시대의의 변화에도 불구하고 사회주의나 민족주의 등 정치적 주의주장을 표명하는 데서 벗어나지 못한 구세대들의 정치주의를 비판한다. 문학 외적 정치성을 문제 삼는 유진오와는 달리 김동리는 문학 내부에서 정치성을 배격하고 있다. 이러한 관점은 해방 이후, 문학에서 정치적인 것이 표현될 수도 있지만 그것이 문학의 본령은 아니며, 어디까지나 문학은 자율성을 갖고 있어야 하고 어떤 공리성, 사회적 의의에도 종속되어서는 안 된다는 논리로 되풀이된다.[50] 일견 김동리의 이러한 논리는 일층 더 근본적으로 정치를 배격하는 듯하지만 '정치적인 것'의 본질을 고려할 때 사정은 그 반대임이 드러난다.

슈미트에 따를 때 '정치적인 것'이란 마치 도덕적인 것이 선과 악, 미적인 것이 미와 추의 대립에 근거하듯, 적과 동지의 구별이라는 독립적 규준에 기초하여 성립한다. 어떠한 구체적인 관계가 목숨을 위협하는 지점으로 나아갈 가능성을 갖고 있을수록, 그리하여 적과 동지의 구별·결속이 강해지면 강해질수록 그 관계는 점점 정치적인 것이 된다. 경제적인 것이나 미적인 것이 각각의 자율성을 갖고 있다할지라도 그것을 둘러싼 대립이 심화되면 정치적인 것으로 전환되는바, 정치적인 것으로 전환된 경제적 계급투쟁은 그 대표적인 현상이며 문학 역시 자율적이라 하여 정치적인 것을 배격할 수 있는 것은 아니다. 항시 전쟁이라는 비상사태를 함축하고 있는 정치적인 것은 오직 개인에 최고의 가치를 두는 자유주의에 의해서만 중립화, 탈정치화될 수 있다.[51] 이러

---

50) 김동리, 「문학과 정치」, 『문학과 인간』, 민음사, 1997.6.
51) 물론 슈미트는 자유주의조차 정치적인 것에서 벗어날 수 없다고 주장하지만 자유주의의 본질이 반정치성에 있다는 것은 명확히 밝히고 있다. C. Schmit, 김효전 역, 『정치적인 것의 개념』, 법문사, 1995 참조.

한 관점에서 바라 볼 때 유진오의 입장은 탈정치적인 반면, 김동리는 오히려 정치적임이 드러난다. 유진오가 자유주의적 입장에 서서 정치적인 것을 배격하는 소설을 추구하고 있다면 김동리는 반자유주의적 입장에 서서 정치적인 것에 기초한 비극을 추구하고 있기 때문이다.[52]

　①그러면 사실의 문학은 어떻게 해서 건설할 것인가. 첫째로 작가는 이상형의 세계를 탈출하여 넓은 속물의 세계로 산보를 나서야 할 것이다. 시정을 편력하여 그곳에서 영원의 인간상을 발견해야 할 것이다. 섣부른 직관, 예언의 유혹은 가시를 품은 장미인 것을 충분히 자각하고 오직 사실의 세계로 돌입하여야 할 것이다.[53]

　②조선의 巫俗이란, 그 민족특유의 이념적 세계인 神仙관념의 발로임이 분명하다(이점 「무녀도」에서 구체적 묘사를 시험한 것이다). ‘仙’의 靈感이 道詵師의 경우엔 風水로서 발휘되었고, 우리 모화(「무녀도」의 여주인공)의 경우에선 ‘巫’로 발현되었다. ‘仙’의 이념이란 무엇인가? 不老不死 無病無苦의 常住의 세계이다.[54]

"운동이니 사회이니 하는 것도 그것을 실지로 구성하고 관계하고 있는 것은 결국 개인"[55]이라고 보고 "각개의 분산적 사실과 사실 사이에 통일적인 연결을 붙이고 그곳에서 어떤 새로운 근본원리를 찾아내려 하나 통일적 원리를 찾아내는 것이 원칙적으로 불가능"[56]하다고 주장하는 유진오는 근본적으로 개인주의자이면서, 세계 인식의 원리를 ‘종합’이 아닌 ‘분석’의 원리에 찾는 자유주의자이다.[57] 그는 그로 인해 직

---

52) 김윤식은 유진오의 입장을 자유주의, 소설의 노선으로 규정하고 양자의 대립을 근대적인 ‘지식인의 문학’과 탈근대적인 ‘문인의 문학’의 대립으로 파악하고 있다. 이에 대해서는 김윤식, 『한국근대문학사상연구』 2, 아세아문화사, 1994, 11~23면 참조

53) 유진오, 「조선문학에 주어진 새길」, 『동아일보』, 1939.1.13.

54) 김동리, 「신세대의 정신―문단 ‘신생면’의 성격, 사명, 기타」, 『문장』, 1940.5, 91면.

55) 유진오, 앞의 글(『동아일보』, 1939.1.10).

56) 위의 글(『동아일보』, 1939.1.12).

관과 예언(종합)에 기초하는 "비합리적이고 그럼으로써 신화적인 철학"을 배격한다. 그리고 비록 소극적인 태도라 비판받을 수 있지만 시정의 삶에 대한 탐구만이 조선문학이 나아가야 할 길이라고 주장한다. 이때의 시정의 삶은 슈미트의 표현을 빌리면 '자유주의적 사유에 의해 투쟁이라는 정치적 개념이 경제적 측면에서 경쟁으로, 정신적 측면에서 토론으로 되어버리는'[58] 탈정치화된 삶을 의미한다. 소설이란 바로 이 탈정치화된 속물들의 세계를 그리는 것에 본령이 있는바, 시정의 삶을 추구한다는 것은 곧 소설적인 것에 대한 추구를 의미하며, 모든 것이 정치적인 것으로 변해버린 파시즘의 시대에 소설을 통해 정치적인 것을 탈정치화하려는 노력으로 평가할 수 있다.

반면 김동리의 작품세계에서 나타나는 '비극적인 것'은 인용문 ②의 "민족 특유의 이념적 세계인 신선관념", 유진오의 말을 빌린다면 "비합리적이고 그럼으로써 신화적인 철학"에 기초해 있다. 비극적인 것은 직관에 입각하고 있다는 점에서 분석의 원리를 부정하며, 자연의 리듬에 망아적으로 취하는 것에 본질이 있다는 점에서 개인을 부정한다. 그리고 이러한 반자유주의적 입장은 여기서 멈추지 않고 정치적인 것과 철저히 연관되어 있다는 점에서 주목의 대상이 되지 않을 수 없다. 우선 김동리의 비극적인 것은 그것이 "민족 특유의" 것을 의미한다는 점에서 철저히 정치적이다. 정치적인 것의 끝에 타인을 살육하는 전쟁이 있고, 이때의 전쟁이 개인의 자리가 존재하지 않는 민족간의 전쟁에서 가장 전형적인 모습을 드러낸다고 할 때, 내셔널리스트 김동리의 입장에서 일제 말은 민족간의 전쟁이라는 비상사태, 즉 적과 동지가 너무나 뚜렷이 구별되는 정치적 상황을 의미한다. 모화의 시나위 가락으로 대변되

---

57) 분석의 원리는 전체가 부분의 총합이라는 관점과 관련이 있는 데 반해, 종합의 원리는 전체가 부분의 총합 이상의 어떤 것이라고 보고 그 이상의 어떤 것을 탐구하는 것과 관련이 있다. 자유주의가 분석의 원리에 입각한다는 점에 대해서는 R. M. Unger, *Knowledge & Politic*, New York : The Free Press, 1975, pp.46~49 참조.

58) C. Schmit, 앞의 책, 86면.

는 자연의 리듬은 "민족특유의 이념적 세계"에서만 나타나는 현상이라
는 점에서 확실한 '우리'의 것이고, 그러한 '자연의 리듬'을 추구한다는
것은 가장 원초적인 차원에서 적과 동지를 구별하는 행위, 즉 정치적
행위를 의미한다. 그의 비극의 미학은 능구렁이에 잡아먹혀도 오히려
먹히지 않는 두꺼비의 의지, 즉 복수의 정신이라는 강렬한 내셔널리즘
에 입각해 있고 그만큼 생존의 위협 앞에서 철저히 '정치적인 것'을 실
천하는 행위로 볼 수 있는 것이다.

그러나 더욱 중요한 것은 김동리의 '비극적인 것'의 내적 구조 자체가
정치적인 것과 연관되어 있다는 점이다. 비상사태(정치적인 것이 극단화된
상황)라는 세계 인식에 입각할 때, 소설적 세계관에 대항하여 비극적인
것을 추구하는 고유의 세계관, 즉 일상적 삶을 헛된 외양이라 하여 배척
하고 그 대신 정치적인 것에 기초한 미학을 추구한다는 데 본질이 있는
비극적인 세계관이 등장한다. 그것은 죽음과 대면하는 예외적 상황에
인식론적 우월성을 두고, 그 예외적 상황에서 사물의 본성이 일시에 드
러나는 '진리의 순간'을 추구하는 모습을 보이는데, 이러한 모습은 정치
적 투쟁이 극단화된 비상사태의 충돌·위기의 순간이야말로 진리가 드
러나는 순간이라는 관념에 기초하고 있는 만큼, "정치투쟁의 비극적 번
안"을 의미한다. 이러한 비극 중심의 세계관은 1930년대에 파시즘, 사회
주의혁명 전야 속에서 정치적인 것이 극단화되었을 때 발생한 현상으로
서 좌파와 우파 모두에게 발견된다는 점에서 세계적이면서도 문제적인
그러나 근본적으로 위험한 현상이라 할 수 있다.59) 김동리의 '비극적인

---

59) 모레띠는 부르주아 민주주의 국가가 안정적일 경우 소설적 세계관이 등장하며, 독
   일처럼 불안정하여 사회주의와 파시즘의 위협을 받을 때 비극적 세계관이 등장한다고
   보고 그 각각의 특성을 장르상의 차원에서 비교 분석한다. 그에 따르면 소설은 ①안
   정성 있는 일상적 삶의 세계, ②타협과 모호성의 구현체로서의 돈의 세계를 드러낸다.
   그리고 ③행위를 중지시키고 타협을 가능케 하는 대화와, ④다양한 방향으로 발전될
   수 있으며 플롯의 통시성 속에서만 의미를 획득하는, 그리하여 관리되는 삶의 안정성
   을 표현하는 소설적 사건을 표현한다는 데 특성이 있다. 반면 비극은 ①과 ②를 적대
   시하면서 진리의 순간을 추구한다. 그리고 비극은 ③이 존재치 않으며, ④터닝 포인트

것’ 역시 ‘진리의 순간’을 표현한다는 데 본질이 있다. 그는 비상사태, 즉 민족이 멸망할 수도 있는 상황이라는 강렬한 인식 위에 서 있었다. 그리고 이 인식 위에서 일제에 맞서 비극적인 것을 통해 “부단히 약동하고 흐르고 있는 한 순간의 생명현상”,[60] “세계의 여율과 그 작자의 인간적 맥박이 어떤 문자적 약속아래 유기적으로 육체화한 작품(작가)의 리알”[61]을 표현하고 불멸성을 주장하는데, 그 “생명현상”, “작품의 리알”은 일상성의 세계에서는 발견할 수 없고, 죽음으로 표상되는 예외적 상황에서만 순간적으로 드러나는 진리를 의미한다고 볼 수 있다. ‘비극적인 것’이 ‘자연의 리듬에 망아적으로 취함’에 본질이 있다고 할 때, ‘망아’는 죽음으로 표상되는 예외적 상황을, 자연의 리듬이란 그 순간 홀연 등장하는 진리를, 그리고 비극적인 것은 ‘진리의 순간’의 심미적 표현 형식을 의미한다. 요컨대, 김동리의 비극적인 것은 “정치뿐만 아니라 정치투쟁의 비극적 번안에 중심을 두고 있는”[62] 비극적 세계관에 입각하여 창조된 또 하나의 미학적 산물로서 그 내적 구조로부터 이미 철저하게 반자유주의적 정치성을 표현하고 있는 것이다.

민족국가를 지향할 수밖에 없는 한, 일제 말 유진오는 물론 김동리의 위험한 방향성 역시 나름의 정당성을 지닌다고 할 수 있다. 그러나 해방 이후 사정은 완전히 달라지는데, 김동리의 순수문학론과 비극의 미학 근저에 놓여 있던 반자유주의적 정치성이 자민족 내의 사회주의 세력으로 향하게 되는 것은 물론, 독재를 정당화하고 우익 이데올로기를 실천하는 추동력이 되기 때문이다. 김동리의 자연관 배후에는 유불선을

로서의 사건, 즉 그 사건으로 인해 이전의 모든 실존이 거짓임이 판명되고 갑작스럽게 진리가 드러나는, 그리하여 삶의 안정성을 파괴하는 비극적 사건을 표현한다는 데 특성이 있다. F. Moretti, “The Moment of Truth”, *Signs Taken For Wonders*, London : Verso, 1988 참조.

60) 김동리, 「문학의 표정」, 『조광』, 1940.3, 68면.

61) 김동리, 「나의 소설수업」, 『문장』, 1940.3, 174면.

62) F. Moretti, op. cit., p.253.

아우르는 사상체계를 확립한 것으로 일컬어지는 백부 김범부의 사상이
버티고 있었고[63) 김동리는 그로부터 얻은 생각들을 근대·서구를 넘어
서는 '사상'이라는 이름으로 1980년대에 이르기까지 줄기차게 주장하였
다. 기독교의 신본주의에 대립하여 일어난 근대 인본주의가 현세주의와
자연주의로 인해 신과 연결되는 무한에의 길이 막혔을 때, 신을 내포한
인간상으로서의 무(巫)야말로 이를 극복하는 신인간주의라는 논리가 그
것이다.[64)

> 仙은 人邊에 山자 또는 儒자로 쓰이는 데 산에 사는 사람 또는 인간 세상에
> 遷去한 사람이란 뜻의 會意 문자이다. 곧 山人이다. 仙의 音이 '센'이니, '새
> 이'는 무당을 말하고 경상도에선 '산이'가 무당이다. (…중략…) 이 '산이'니
> '센'이니 하는 어원은 근본 '샤만'에서 온 것이다. 몽고계에서 전한 샤만은 곧
> 무당이라는 뜻이다. 이것은 몽고계의 고대문화와 공통성을 가진 神道사상에서
> 온 것인데, 무당 중에서 강신이 잘 되는 이를 '사얀'이라고 하며 신 집히는 사
> 람도 '사얀'이라고 한다. 센, 새이, 산이, 이 모두 샤만에서 파생된 것이다 그러
> 므로 화랑을 國仙이이라 하고, 花郎史을 仙史라고 하며 花郎道를 風流徒라고
> 하였다.[65)

그러나 다양하고 풍부한 '조선학'의 결과물에 기초하고 있던 『문장』

---

63) 김윤식에 의해 김동리 작품세계의 배후에 『풍류정신』, 『화랑외사』를 집필한 재야 철
학자 김범부의 사상이 놓여져 있고, 그 핵심에 '풍류'로 대변되는 화랑정신이 자리 잡고
고 있었다는 점이 규명된 이래 그 구체적인 면모가 풍부하게 논의되어 왔다. 대표적인
연구로는 김윤식, 『김동리와 그의 시대』, 민음사, 1995; 김주현, 「김동리 문학사상의 연
원으로서의 화랑」, 『어문학』 77, 한국어문학회, 2002.9; 김주현, 「김동리의 사상적 계보
연구」, 『어문학』 79, 한국어문학회, 2003.3; 홍기돈, 「김동리 연구」, 중앙대 박사논문,
2003 등을 들 수 있다.
64) 이러한 논리는 「한국적, 문학사상의 특질과 그 배경」, 『월간문학』, 1978.11; 「신의 차
원으로 연결되는 한국문학의 자연」, 『한국문학』, 1982.2; 「인간주의 문학 이것으로 극
복할 수 있다」, 『민족지성』, 1986.4; 「나의 문학과 샤머니즘」, 『문학사상』, 1986.12 등에
서 줄기차게 주장된다.
65) 김범부, 『풍류정신』, 정음사, 1987, 145~146면.

에 비할 때, 김범부의 사상체계에 기초하고 있던 김동리의 문학세계는
그로 인해 하나의 '사상'으로서 주장될 수 있을지는 모르지만 다른 한
편으로는 결국 김동리 문학과 문협정통파 문학의 협애화로 연결된다고
볼 수 있다. 김범부가 유불선을 아우르는 사상체계를 확립했다고 하나
화랑에 대한 그의 담론은 『풍류정신』의 「음양론」만을 고려할 때, 인용
문에서 보이듯 최남선, 이능화에서 유래하는 어원분석이라는 비과학적
방법론에서 벗어나지 못하며, 『화랑외사』의 「국민윤리특강」만을 고려
할 때, 해방 이후 화랑이라는 상상의 정신 속에서 국민 통합의 윤리를
창출하려는 이데올로기적 작업에서 벗어나지 못한다. 「신세대의 정신」
에서 "조선의 巫俗이란, 그 민족특유의 이념적 세계인 神仙관념의 발
로임이 분명하다"라고 주장하는 등 김동리는 「무녀도」를 창작할 때 이
미 화랑=무=신선도라는 김범부의 사상을 그대로 답습하고 있었다. 이
에 기초하여 해방 후 김동리가 '사상'을 주장하며 걸어간 행적은 우익
의 정치적인 것을 실천했던 김범부의 해방 후의 행적에서 크게 벗어나
지 못한다고 할 것이다.

5. 맺음말

　1930년대 후반 다양한 문화 담론에서 '조선적인 것'에 대한 추구가
이루어졌다. 이태준·정지용·이병기 등의 『문장』파는 문학의 영역에
서 그 담론을 주도했으며, 이들의 '조선적인 것'은 고전주의로 요약된다
고 할 수 있다. 이들의 영향하에 신세대들에 의해 '토속성의 문학'이 대
거 등장하는데, 신세대의 맨 앞에 서 있던 작가가 김동리로서 그는 『문
장』파의 '조선적인 것'을 계승하여 그만의 고유의 세계를 개척해 내었

다. 민속·토속의 세계를 문학 속에 도입하여 「무녀도」·「바위」·「황
토기」 등에서 확립한 세계가 그것이다. '고전'의 세계에서 '민속'의 세
계로의 전환이라 명명할 수 있는 이 세계는 한편으로는 당대 다양한 차
원에서 전개되던 민속 담론의 영향을 받았으면서도 다른 한편으로는
이들과 구별되는 독특한 모습을 보여준다. 손진태로 대변되는 당대의
민속학이 근대적 표상체계 속에서 민속을 담론화하였다면, 김동리의 작
품들은 이에 대항하여 경주와 경상도라는 장소와 분리 불가능한 신화
적 시공간의 창조로 나아갔다는 점에서 고유성이 있는 것이다.

　그러나 단순히 여기에만 머물지 않았다는 점에 김동리의 뛰어난 점
이 있었다. 그는 민속의 세계 속에서 부단히 '운명'의 탐구에 주력하였
고 그 결과 고유의 비극의 미학에 도달하였는데 그 핵심은 자연의 리듬
개념의 도입에 있다. '자연의 리듬' 개념을 도입함으로써 김동리의 운명
개념은 서구 비극의 운명 개념과 근본적으로 다른 모습을 보이게 된다.
그에게 운명은 자연의 리듬을 성취함으로써 자연에 순응하는 삶을 의
미하게 되며, 비극적인 것은 '자연의 리듬에의 망아적 취함'을 드러내는
미적 양식이 된다. 개체화 원리의 파괴 속에서 이루어지는 황홀, 즉 니
체적 의미의 비극적인 것의 성취에 이르게 되는 것이다. 이는 동양적
자연 개념을 통해 심미적인 것의 본질에 접근하는 것인 만큼 그 의미가
크다 할 것이다.

　그럼에도 그의 운명 개념은 동양적 자연 개념으로 비극의 운명 개념
을 순화하였을 뿐, 그 해결에는 이르지 못했으며, 비극적인 것에서 윤리
적 행위를 배제하는 심미주의에 이른다는 점에서 일정한 한계를 갖는
다. 해방 이후 쿠키 슈우조우의 이론을 빌려오지만 그 한계는 극복되지
못한다. 특히 그의 소설에서 빈번히 등장하는 슬픔의 정조는 동양적 애
수나 시대의 울분을 표현하는 데 멈춤으로써 결국 오리엔탈리즘의 수
준을 넘어서지 못했다고 평가할 수 있을 것이다.

　김동리가 창조한 '비극적인 것'은 그 자체로 '정치적인 것'과 필연적

관계를 갖고 있다는 점에서 매우 문제적이다. 유진오와의 논쟁 과정을 살펴 볼 때, 일견 유진오는 정치성을 주장하고 김동리는 정치성을 배격하는 듯하지만 '정치적인 것'이 적과 동지의 구별에 근거하여 성립한다는 점을 고려하면 사태는 정반대임이 드러난다. 유진오는 자유주의자의 입장에서 정치적인 것을 탈정치화하는 소설의 세계를 주장하는 데 반해 김동리는 반자유주의의 입장에서 정치적인 것에서 연원하는 비극의 세계를 주장하기 때문이다. 김동리의 비극적인 것은 정치적인 것이 극단화된 상태, 즉 비상사태에서 연원하는 비극적 세계관의 소산이었던 것이고 우리만의 것에 대한 추구란 가장 원초적인 차원에서 적과 동지를 구별하는 정치적 행위였던 것이다. 김동리의 이러한 반자유주의적 정치성은 일제말의 경우 정당성을 지니고 있었지만 해방 후에는 철저한 이데올로기로 변질된다는 점에서 그 의미를 잃는다고 할 수 있다.

경성제국대학과 지방학으로서의 조선학

박용규

1. 머리말

주지하듯 민족에 대한 자각과 인식은 근대적인 현상이다. 개인들이 스스로를 민족 구성원으로 자각하고 자신의 정체성을 민족으로 동일시하는 것은 근대 이후에나 가능한 일이며 이 또한 자동적으로 주어지는 것 혹은 아래로부터 자율적으로 형성되는 것이 아니다. 오히려 근대적인 현상으로서의 '네이션(nation)'은 근대 국민국가를 수립하고 정착시키는 과정에서 그 구성원들에게 '국민'으로서의 의무를 성실하게 이행할 수 있도록 만들기 위해 '위로부터' 주어지는 '상상의 공동체'이기도 하다. 우리의 경우 이러한 근대적 국민국가의 수립이 좌절되고 식민지로 전락함으로써 더 복잡한 과정[1]을 겪게 된다. 요컨대 제국주의 일본을

 '조선적인 것'의 형성과 근대문화담론

통해 민족 인식의 경로가 한층 간접화되기도 하며, 동시에 민족의 경계를 중시하지 않는 국제주의적 시각이 일찍부터 도입됨으로써 민족 이념의 정착 과정이 매우 착종(錯綜)되기도 하였다.

특히 민족에 대한 자각의 단초는 이른바 '조선적인 것', 달리 표현하자면 조선적 특성에 대한 표상화에서부터 시작하는데, 이 '조선적인 것'의 탐구와 표상화에서 선편(先鞭)을 잡은 것은 우리 자신이 아니라 일본의 식민 당국이었다. 식민지 지배를 목적으로 하였으므로 왜곡된 형태로 이루어지기는 하였으나 일제 식민 당국의 '조선적인 것' 파악은 근대적인 방법에 입각한 조사를 통해 이루어짐으로써 이후 우리 자신의 인식에도 적지 않은 영향을 미쳤다. 일본 식민 당국은 다양한 제도를 통해 '조선적 특성'을 파악, 식민지 경영의 방편으로 삼는 한편 그로부터 획득된 민족상(像)을 우리 민족에게 주입하였다. 심지어 조선총독부는 박물관까지도 식민통치의 전략으로 이용하였다. 일본과 조선의 출토품을 나란히 전시하여 문화적 동질성을 확인할 수 있도록 함으로써, 일선동조론을 정당화하는 근거로 활용[2]하였던 것이다. 나아가 민간 차원에서도 미(美)에서의 조선적인 것, 즉 조선 문화의 특성을 비롯, 조선의 역사나 문학사 등의 연구를 먼저 주도한 것은 일본인[3]들이었다. 요컨대

---

1) 이와 관련하여 김병구는 식민지적 상황을 의식하면서 '조선적인 것'의 확립을 통해 민족적 동일성을 추구하려는 욕망이 '특수'와 '보편' 사이를 끊임없이 유동할 수밖에 없었던 이유를 다음과 같이 설명하고 있다. 즉, 그것은 근본적으로 적대적인 길항관계를 형성하면서 서로에게 기생할 수밖에 없는 식민제국과 식민지 사이에 작동하는 대립의 정치학적 성격에서 연유한다는 것이다. 따라서 국가가 부재한 식민지적 조건에서 표출된 내셔널한 욕망 자체는 궁극적으로 그 욕망의 대상인 '조선적인 것'을 폐기할 때에야 비로소 성취될 수 있다는 아이러니한 성격을 지니게 된다. 김병구, 「고전부흥의 기획과 '조선적인 것'의 형성」, 『민족문학사연구』 31호, 2006.8, 15면 참조.
2) 목수현, 「일제하 박물관의 형성과 그 의미」, 서울대 석사논문, 2000, 73면.
3) 대표적 인물로 야나기 무네요시를 들 수 있다. 그는 식민사관을 받아들이면서도 조선 예술의 독자성에 관심을 기울여 이를 '비애의 미'로 명명하였다. 이는 동양 예술의 일반성으로 포괄할 수 없는 조선예술의 '차이'에 주목한 것이다. 식민사관과 무관할 수 없다는 정치적 한계에도 불구하고 이와 같은 발견은 조선의 지식인들에게 엄청난 반향을 불러일으켰고 이것이 '조선적인 것'에 대한 광범한 관심과 모색으로 이어졌다.

최초의 '조선적인 것'이라는 표상과 이를 통한 '조선'에 대한 인식은 우리 자신에 의해 이루어진 것이 아니라 타자(他者)에 의해 호명(呼名)된 것이었다.

우리 민족 스스로 '조선적인 것'의 파악에 나선 것은 일본인의 뒤를 이어, 일본인의 활동에 자극받아서였는데, 이 역시 통일된 입장 위에 이루어진 것은 아니었다. 1920년대 안확(安廓)의 '국학' 연구와 최남선(崔南善)의 '조선학 운동' 제창, '민족주의문학론'의 제출 등을 필두로 하여, 1930년대 중반 조선일보와 동아일보 등 언론의 관심 아래 안재홍(安在鴻) 등에 의해 주도된 고전 부흥론과 조선학 운동, 좌파 문학론에서 전개된 '조선적 특성론' 등 1920~30년대에 걸쳐서 조선적 특성을 파악하려는 다양한 시도가 이루어졌으나, 기본적으로는 이미 타자에 의해 호명된 '조선'을 재전유(再專有)하려는 동기에서 출발한 것이었으며, 또 지속적이기보다는 단속적(斷續的)이었고, 게다가 이미 우리 사회를 풍미하고 있던 국제주의적 이념의 도전으로 말미암아 일관되게 전개되지도 못하였다.

하지만 이처럼 우회와 착종의 과정을 거쳤기 때문에 오히려 우리 문화 담론에서의 '조선적인 것'의 표상화 및 이를 통한 자기 인식의 긴 과정은 풍부한 이념적 자양분을 지닐 수 있었던 것으로 보인다. 요컨대 타자로부터 호명된 것의 재전유, 국제주의적 입장과의 도전과 응전 등을 거침으로써 '우리 것'에 대한 정서적이고 맹목적인 편애나 특수주의적

그가 제시한 '비애의 미'는 이처럼 양면성을 지니고 있다. 이양숙의 연구에 따르면 그러나 그가 이를 기초로 완성한 '민예의 미'는 다시 동양 예술의 일반적 가치와 그 보편성의 모색이라는 의미로 전화된다. 야나기의 민예론은 총독부의 '조선미술 전람회'를 통해 일본과 조선의 관계를 중앙과 지방으로 간주하여 조선의 공예를 일본에 종속된 변방의 지방문화로 내면화시켰다. 일반적으로 '비애의 미'는 제국주의 문화 담론의 투영으로 비판되고, '민예의 미'는 한국적 소박미의 특성으로 수용되어 왔지만, 제국주의 문화 담론과의 친연성을 굳이 따져 본다면 '비애의 미'보다 '민예의 미'쪽이 훨씬 더 정치적이었다. 이양숙, 「야나기 무네요시의 '조선예술론'에 대한 고찰」, 『민족문학사연구』 31호, 2006.8, 150~151면 참조.

편향을 넘어서서 타자와의 상호관계 및 보편과의 관계 속에서 조선적 특수성을 사유할 수 있는 계기를 함유할 수 있었던바, 이는 이후 민족 이념을 재활성화하는 데에도 중요한 역할을 할 수 있는 것으로 보인다.

본고는 이러한 문제의식을 바탕으로 일제 식민 당국이 식민지 조선을 '민족'으로서가 아니라 일본의 한 '지방'으로 위치짓고[4] 구별하기 위해 조작하고 부과한 조선적인 표상에 대해서, 그리고 경성제국대학을 통해 일본의 지방학으로 수행되었던 조선학 연구 및 그에 대한 대응으로 전개되었던 우리 민족의 대항적 조선학 운동의 의의와 한계에 대해서 살펴보고자 한다.

2. 경성제국대학 설립과 식민이데올로기의 제도화

식민 지배의 안정적이고 지속적인 유지를 위해서는 식민이데올로기

---

4) 주지하듯이 한일병합(1910년 8월 22일 '일한병합에 관한 조약') 이후 조선은 '대한제국'이라는 국호가 폐지되고 일본제국의 하나의 '지방'으로 간주되었다. 이와 관련하여 다음과 같은 사실이 주목된다. "총독부는 22년 조선교육령을 개정할 당시는 이듬해인 23년에 대학문을 열 계획이었으나 예산을 마련하지 못해 그 다음 해로 1년을 미루게 되었다. 총독부는 23년 11월에야 제국대학 창립위원회를 발족시켰다. 대학명칭은 처음엔 경성제국대학이 아니었다. 첫 입학생의 원서교부 때만 해도 조선제국대학으로 기록돼 있었다. 당초 조선제대(朝鮮帝大)로 칭하려던 일제는 '조선제국대학'이라고 하면 조선이 식민지가 아니라 하나의 제국으로 인정해 주는 꼴이 된다고 해서 서둘러 '경성제국대학'으로 명칭을 바꾼 것이다. 대학 명칭은 신입생 입학시험에서 합격자 발표까지의 과정에서 바뀌어졌다. 명칭문제는 일본 황실의 자문 기관인 추밀원에서까지 논의가 됐었다는 후문이다. 일제는 당초 조선을 일본 내의 한 지방으로 인정하여, 동경(東京), 경도(京都), 동북(東北), 구주(九州), 북해도제대(北海道帝大)에 이은 6번째의 '조선제대'로 이름지으려 했었던 것 같다. 그러나 '조선제국(朝鮮帝國)'이란 문제가 대두되자 갑자기 경성제대로 바꿔버린 것이다."(강조는 인용자) 이충우, 『경성제국대학』, 다락원, 1980, 58면.

의 제도화, 내면화가 필수적이다. 이를 위해 일제는 다양한 방식5)으로 근대적이면서도 피식민지 국민 의식에 부합하는 이데올로기를 유포하였는데, 교육제도는 그 중 가장 효율적인 방식이었다.

'경성제국대학' 설립 이전까지의 일제의 교육정책은 '초등교육의 확대와 고등교육의 억압'이라는 말로 요약할 수 있다. 1919년부터 3면 1교제를 실시하였으며 1929~36년까지 1면 1교제 실시, 1934년 간이학교제 실시, 1936~42년 제2차 초등교육 보급 확충계획 실시 등의 사실에서 확인할 수 있듯이 일제는 식민지 조선에 초등교육을 지속적으로 확대시켰다. 1920년대 초부터 강하게 일어난 식민지조선에서의 교육열은 식민권력의 초등교육 확대 정책과 맞물려 있었던 것이다. 일제하 초등교육의 규율은 전체주의적 의식을 훈육하고 권위주의적 위계질서를 함양하며, 천황제 권력에 대한 종교적 숭배의식을 강조하는 것이었음을 고려할 때, 한국인의 교육에 대한 욕구가 바로 식민지 규율 권력과 맞물려 있었던 것6)이다.

이에 반해 '경성제국대학' 설립 이전까지 일제하에서 고등교육은 철저히 억압되었다. 전통적으로 교육과 지식 생산의 기능을 담당했던 서원과 향교는 공인된 사회 제도로서의 영향력을 완전히 상실하였지만, 일제는 이를 대체할 고등 교육 제도의 수립에는 전혀 관심을 갖지 않았다. 조선총독부는 1911년 8월 23일 제1차 조선교육령을 발포하였는데,

---

5) 심지어는 의복에 대한 통제까지도 식민지 전 기간에 걸쳐 매우 집요하게 이루어졌다. 백의에 대한 탄압과 색의 장려로 시작하여 국민복과 몸뻬의 장려로 이어지는 의복 통제는 일제의 이념적 정향을 드러낸다. 백의 탄압에 대해 자살이라는 극단적 방법으로 저항하는 경우도 있었을 정도로 의복 통제가 강압적인 방식으로 이루어졌다. 백의 탄압과 색의 장려운동은 결국 국민복과 몸뻬의 장려운동으로 흡수되고 계승된다. 이는 의복 통제의 이데올로기와 '국민' 만들기의 관점에서 해석할 필요가 있다. 즉 백의 탄압과 색의 장려로 전통적 관습에서 벗어나고 근대적 가치인 경제적 효율성을 인식하는 국민으로 만들기 위한 것이며, 전시체제에서는 그것이 좀 더 극단적 형태로 나타난 것이다. 공제욱, 「의복통제와 '국민' 만들기」, 『식민지의 일상, 지배와 균열』(공제욱·정근식 편), 문화과학사, 2006, 134~187면 참조.

6) 윤해동 외편, 『근대를 다시 읽는다』, 역사비평사, 2006, 56~57면 참조.

여기에서 식민지 교육 체제는 보통교육과 실업교육을 우선적으로 한다고 되어 있다. 식민지 조선에서는 이론이나 지식 자체보다는 실무에 종사하는 데 필요한 기능만을 가르친다는 것이다. 이런 교육 원칙에 따라 1911년 10월 10일에 기존의 성균관, 관립한성사범학교, 관립 한성외국어학교 등 고등교육기관이 문을 닫게 되었고, 경성법학교는 경성전수학교로, 경성의학교는 조선총독부 부속 의학강습소로 격하되었다.[7]

3·1운동 이후 민족의식의 고양된 분위기 속에서 민립대학 건립 운동이 활빌히 진개되었는데, 경성제대의 설립은 이승훈·이상재 등을 중심으로 1921년부터 구체화되었던, 민족주의에 입각한 민립대학 건립 운동[8]을 좌초시키고, 조선의 엘리트 청년에 일본주의를 주입, 식민지 통치 엘리트를 양성하는 식민지 정책의 일환으로 이루어졌다는 것이 일반적인 평가이다. 1926년 시업식에서 행한 초대 총장의 훈사(訓辭)는 경성제국대학의 성격을 단적으로 보여준다.

---

7) 박명규, 「지식 운동의 근대성과 식민성 — 1920~30년대를 중심으로」, 『지식 변동의 사회사』(한국사회사학회 편), 문학과지성사, 2003, 121~122면 참조.

8) 1906년부터 시작된 국채 보상운동 주도자인 윤치호, 류원표, 남궁억, 양기탁 등은 모금된 돈을 민립 대학 설립 기금으로 하고자 민립대학 기성회를 조직하였다. 1906년 평양 숭실학교에 대학부가 설치되고 1910년 4월 이화학당에, 1915년 경신학교에 각각 '대학부'가 설치되었다. 하지만 식민지로 전락하면서 이들은 고등 교육 기관으로 발전하지 못하고 오히려 실무교육을 담당하는 곳으로 전락했다. 1920년 6월 20일 이상재를 회장으로 하여 '조선교육회'가 출범했는데 이는 이후 민립대학설립운동으로 연결되었다. 총독부 역시 억압 일변도의 식민통치 방식을 다소 완화하여 조선인의 욕구를 일정하게 수용하고자 함으로써 변화의 계기가 만들어졌다. 조선교육령은 1922년 2월 6일 칙령 제19호로 발표되었는데 "전문교육은 전문학교령에, 대학 교육과 그 예비 교육은 대학령에 의하며 단 이들 칙령 중 문부 대신의 직무는 조선총독이 이를 행한다. 전문학교의 설립과 대학 예과의 교육 자격에 관하여는 조선 총독이 정한 바에 따른다"(12조)고 하여 법적으로 대학 설립의 길을 열어놓았다. 민립대학설립운동은 1922년 11월 23일 발기인 47명이 남대문 식도원에서 조선민립대학 기성준비회를 개최하면서 본격화되었다. 1923년 3월 29일부터 3일간 열린 민립대학기성회 창립총회가 서울을 비롯한 전국 170여 군에서 천명 이상의 발기인을 선정한 가운데 개최되었다. 위의 글, 125~128면 참조.

"(…전략…) 본 대학은 조선에 있기 때문에 당연히 가져야 할 특색이 있다고 생각한다. 조선이 예부터 한편으로는 지나 한편으로는 내지에 대해서 갖는 밀접한 관계에서 생겨나는 것이다. 이제 다른 사항은 잠시 미루고 문화의 관계를 가지고 말하여도 내지의 문화에 관한 문제로 그 해결에는 조선연구가 빛을 부여할 일이 적지 않고 조선문화에 관한 문제는 지나연구에 의해 천명될 수 있다고 생각한다. 이와 동시에 조선문화 연구가 지나의 연구에 광명을 주는 경우가 있다. 내지의 문화연구가 조선연구에 빛을 주는 것도 물론 적지 않다고 생각한다. 한편으로는 지나와의 관계 또 한편으로는 내지와의 관계로 널리 여러 방면에 걸쳐 조선 연구를 행하고 동양문화 연구의 권위가 된다고 하는 것이 본 대학의 사명이라 믿고 있다. 능히 이 사명을 수행하는 데는 일본정신을 원동력으로 하여 (…후략…)"9)

위에서 확인할 수 있듯이 경성제국대학의 설립 취지를 밝히면서 핫토리[服部宇之吉] 총장은 중국과 일본 사이에 위치한 조선의 역사적·지리적 특성이 이들 세 나라의 문화적 상관성을 연구하기에 적합하다는 점을 강조하고 있다. 이를 전제로 하여 경성제국대학이 '여러 방면에 걸친 조선연구'와 '동양연구'를 사명으로 한다는 점과, 국가 이데올로기에 충실해야 하는 국립대학으로서의 성격을 지닌다는 점을 분명히 밝히고 있는 것이다. 실제로 경성제국대학에서 조선관련 연구는 정책적인 지원을 받으며 활발하게 이루어져서 많은 연구 성과를 산출하였다. 이에 대해서는 다음 장에서 상술할 것이다.

한편 학부 구성에 있어서 경성제국대학이 일본 제국대학과 다른 점은 종합대학을 표방했음에도 불구하고 법문학부와 의학부 두 개의 학부로 출발하였다는 점과 법학부와 문학부를 합쳐 법문학부라는 각과병학(各科幷學)의 제도를 취했다는 점이다. 이는 경비절감이라는 현실적 이유도 있었지만, 근본적으로는 총독부의 식민정책과 긴밀히 연결되는 것이었다. 식민지 수탈과 만주로의 진출과정을 통해 비대해진 식민지 통

---

9) 「京城帝國大學 始務式の總長訓辭」, 『文敎の朝鮮』, 1926.6, 3면.

치기구에 필요한 관료 창출기구로서 법문학부의 설치는 필수적이었던 것이다.[10] 이처럼 경성제국대학은 이공학부가 추가되는 1941년까지는 법문학부와 의학부 등 두 개의 학부만으로 이루어졌으면서도 일제 강점기 내내 조선 최고의 대학으로서 기능하였다.

식민지 지배 엘리트의 양성에 초점을 맞추는 그간의 평가를 수용하면서도 본 연구는 경성제대의 제도적 장치로서의 보다 핵심적인 기능, 즉 식민지 지배를 위한 지식의 생산·관리·통제의 기능에 주목하였다. 『경성제국대학일람(京城帝國大學一覽)』[11]에 따르면, 경성제국대학 법문학부 졸업생의 취업현황은 다음과 같다.

연도	졸업생수 (일)	(조)	관공서 (일)	(조)	학교 (일)	(조)	은행·회사 (일)	(조)	금융조합 (일)	(조)	신문·잡지사 (일)	(조)	기타취직 (일)	(조)	기타 (일)	(조)
1929	43	25	13	5	12	6	10	3	1		1		2	10		
1930	44	25	9	9	14	5	13	2	2				2	6		
1931	39	31	10	14	12	10	5		2		2		1	4	3	
1932	45	20	13	5	17	4	6	2			1	1	6	2		5
1933	38	27	14	9	14	6	7	4				2			1	6
1934	36	30	14	13	9	5	7	2	1	3		1			1	4
1935	32	25	7	12	13	6	8	1							1	5
1936	41	38	10	9	16	15	8	4		1		1	1	1	5	5
1937	48	28	9	13	13	3	16	3					3	1	2	7
1938	38	29	7	9	13	3	14	6						2	2	8
1939	13	12	2	1	3	3	4	1					1		1	3
1940	30	25	5	6	7	3	15	7		1			1	1	1	7
1941	41	20	7	3	7	2	23	9					1		2	6
계	488	335	120	108	150	71	136	44	6	5	4	5	18	27	19	56

※ 숫자의 왼쪽은 일본인 졸업생, 오른쪽은 조선인 졸업생을 나타낸다.

---

10) 경성제국대학의 학부 구성과 관련해서는 馬越徹, 『韓國近代大學の成立と展開』, 名古屋大學出版會, 1995, 123~126면, 참조.

11) 京城帝國大學 編, 『京城帝國大學一覽』 15권, 1941.

법문학부 졸업자들이 가장 많이 진출한 곳은 관공서와 학교인데, 주목할 점은 관공서가 월등히 많을 것이라는 상식적인 견해와는 달리 관공서에 취직한 사람이 졸업자 823명 중 228명(한국인 108명, 일본인 120명), 학교에 취직한 사람이 221명(한국인 71명, 일본인 150명)으로서 거의 동일한 비율을 차지하고 있다는 점이다. 조선인의 경우 관공서에 이어 학교가 두 번째로 높은 숫자를 보이며, 특히 일본인의 경우 관공서보다는 오히려 학교에 취직한 숫자가 많다. 이는 경성제대가 식민지 제도로서 현실적으로 수행한 결정적인 역할이 경성제대에서 생산한 지식의 관리, 보급이었음을 단적으로 증명하는 대목이라 할 수 있다.

식민 통치는 지배당하는 자를 자기와 다른 타자로 상상하면서 그들 문화의 본질을 탐색하여 '지배의 지식'으로서 식민지에 대한 '학'을 산출하고 이에 근거하여 통치 체제를 구조화한다. 경성제대는 이와 같은 과정의 핵심에 자리 잡고 있었던바, 그 구체적인 작업이 조선학 연구를 통해 '조선적인 것'에 대한 지식을 산출·관리하는 작업이었다. 초대 경성제대 총장을 지낸 핫토리[服部宇之吉]를 위시하여 시라토리[白鳥庫吉], 우에다[上田万年] 등의 동경제대 교수들은 이미 1920년경에 조선에 대학을 세울 것을 요구하였다. 이후 이들의 전공인 철학, 사학, 문학과가 처음부터 경성제대 안에 개설되고 이들의 제자들이 대거 경성제대의 교수로 부임하게 된다. 예를 들자면 조선어문학과의 오쿠라는 우에다의 제자, 사학과의 오다·이마니시·스에마쓰 등은 시라토리의 제자였다. 경성제대의 모델인 도쿄제대의 문학부가 일본 근대 국가의 발전과 제국주의의 진출을 뒷받침하는 역할을 했듯이 경성제대도 근대 대학제도의 틀 안에서 그리고 '조선문화, 동양문화' 연구라는 이름 아래 대륙 침략을 위한 정보를 제공하거나 식민지 지배 이데올로기를 재생산하는 역할을 맡도록 규정한 것이다. 심지어 '조선어문학과'에서 조선 어학과 조선문학을 강의하는 교수가 모두 일본인이었으며 조선인은 강사나 조수에 불과했다는 사실은 대학을 중심으로 한 근대 학문의 세계를 일본

인이 독점하고 있었으며 조선인들은 그 핵심에서 배제되고 있었음을
보여준다. 일제는 제국대학이라는 장치를 통해 조선인 엘리트를 제국주
의의 지배 체제 안으로 끌어들이려 했는데, 그것은 식민이데올로기를
제도화하고 내면화하려는 전략의 일환이었다.[12] 요컨대 경성제대의 설
립에는 '식민지에서 그 문화를 연구함' 즉 조선학에 대한 연구가 중요
한 목적으로 작용하고 있었으며, 이때의 조선학은 '실지 경영의 관점에
서 볼 때 극히 필요한 것', 즉 식민지 통치를 위한 학문, '지배의 지식'
이라는 데 본질이 있다.

3. 경성제국대학 주도의 조선학 연구—지방학으로서의 조선학[13]

일본은 메이지 시대에 중앙집권적 국가를 확립하면서 지방을 중앙의
지배의 대상으로 전환시킨 국내 식민지 경험을 갖고 있었는데, 이 과정
을 정당화하는 지적 노력으로서 지방학·향토학·민속학·식민지 정책
학 등이 근대적 학문으로 확립된다. 이를 뒷받침하는 것은 바로 대학의
설립이었다. 일본 제국대학의 원형은 주지하듯이 도쿄제국대학이다. 일
제의 법적 토대인 '대일본제국헌법'이 발표된 것이 1889년인데, 그에 앞
서 제정된 '제국대학령'에 의해 기존의 됴쿄 대학이 도쿄제대로 바뀐
것은 1886년이었다. 일본 제국의 헌법이 발포되기 전에 도쿄제대가 설

---

12) 이준식, 「1920~40년대의 대학 제도와 학문 체계—경성제대의 '조선어문학과'를 중
    심으로」, 『지식변동의 사회사』, 한국사회사학회, 문학과지성사, 2003, 196~199면 참조.
13) 경성제국대학 주도의 조선학 연구가 일제 식민통치의 기획 속에서 지방학으로서의
    의미를 지닌다는 점을 강조하는 본고의 기본적인 관점 형성과 논문의 방향 설정에 있
    어서 박광현의 선행 연구가 많은 도움을 주었음을 밝혀 둔다. 박광현, 「경성제국대학
    의 문예사적 연구를 위한 시론」, 『한국문학연구』 21호, 동국대 한국문학연구소, 1999.3.

립되었다는 사실은 제국대학이 일본에서 근대국가의 형성과 국민의 창출, 그리고 제국주의의 성립과 발전에 핵심적인 역할을 담당하고 있었다는 것을 의미한다. 1887년부터 도쿄제국대학의 졸업생은 공무원 시험이 면제였다는 점, 그리고 이 대학의 조직과 기능을 개략적으로 드러낸 칙령 제 1항에서 제국대학의 목적은 '과학과 예술을 가르치고 국가의 요구에 부응하여 그 신비를 탐색하는 것'이라고 규정하고 있다는 점14)에서 짐작할 수 있듯이 제국대학은 처음부터 권력에 예속된 측면을 강하게 갖고 있었다.

이러한 국가권력의 필요에 의해 제국대학 안에 설치된 학과 중 하나가 언어학과였다. 우에다를 중심으로 한 도쿄제대의 언어학은 국내적으로는 표준어의 선정, 언문일치 등을 통한 국어의 통일을 지향하고 있었으며, 대외적으로는 일제의 대외 침략에 발맞추어 비교언어학을 바탕으로 한 언어 계통론을 통해 '국어'의 대외 진출을 적극 지원하고 있었다. 우에다가 도쿄제대 교수로서 배출한 제자들은 여러 식민지 언어를 지역별로 나누어 전공해 일본의 국어 이데올로기를 재생산하는 데 결정적인 역할을 수행하였다. 이처럼 제국대학을 중심으로 한 일본 언어학은 국가의 언어 정책에 관여하고 있다는 차원뿐만 아니라 학문으로서의 이론, 방법, 대상 설정, 실천적 목적의 차원에서도 처음부터 정치적인 것이었다. 국어의 통일이나 대외 진출을 추진할 때 일본 언어학이 항상 전면에 내세운 것은 '과학'이었다. 과학, 과학적 중립성, 객관성이라는 이름 아래 관찰 주체와 대상 사이에 현실적으로 존재하는 지배와 피지배의 힘 관계를 은폐하는 의도가 작용하고 있었던 것이다15).

경성제국대학을 중심으로 이루어진 조선학 연구는 이와 같은 과정을 조선이라는 또 다른 내국의 영토에서 실행한 것, 즉 지방학으로서의 조

---

14) 스테판 다나카, 박영재·함동주 역, 『일본 동양학의 구조』, 문학과지성사, 2004, 72면 참조
15) 이준식, 앞의 글, 188~195면 참조

선학 연구였다고 볼 수 있다. 지방으로서의 조선은 메이지 시대의 일본의 지방처럼, 소멸하는 전통, 고향의 이미지를 띠면서 일제라는 중앙집권적 범주 안의 자치의 대상, 보호의 대상으로 규정되며 지방학으로서의 조선학은 이것의 정당화를 위한 지식 산출 작업이었던 것이다.16) 비록 근대적 학문의 형태를 띠고 있다고는 하나 경성제대를 중심으로 이루어진 조선학은 지배를 위한 학문으로서의 지방학이었으며, 내지 식민지의 과거 경험을 토대로 근대 학문의 범주에서 이루어진, 조선을 정치적으로 배제, 통제하기 위한 학문이었다는 데 본질이 있다고 할 것이다.

경성제대의 조선학 연구는 동양학의 일환으로서 수행되었다는 점에서 조선 지배를 위한 지방학이었을 뿐만 아니라 동양 지배를 위한 지방학이기도 하였다. 일제가 중국·조선을 아우르는 일본 중심의 동양을 구상하고 이에 대한 이론적 기초를 제공하기 위해서 정책적으로 동양학을 지원하였다17)는 것은 주지의 사실이다. 동양학은 동양 지배를 위한 좀 더 폭넓은 지식 생산의 작업이었던 바, 조선학 연구는 조선이 동양 삼국 중 지리적으로 핵심적인 위치를 차지하고 있었다는 점에서 그

---

16) 박광현, 앞의 글, 352~353면 참조

17) 그 대표적인 결과물이 '滿蒙文化研究會'와 '大陸文化研究會'의 설립이다. 만주사변을 계기로 만주대륙에 대한 관심이 높아지면서 대학 내에 이에 대한 종합적인 연구 기관 설치에 대한 논의가 일어나 1932년 11월 7일에 총장의 제창으로 '만몽문화연구회'를 설립하였다. 그 목적은 만주, 몽고의 학술적 연구 및 조사와 이 지역에 관한 지식 보급이었다. 인문과학, 자연과학의 2개 부문으로 나누어 전자는 역사, 지리, 유적, 유물, 언어, 종교, 민속, 법제, 경제 등을 연구하고 후자는 만몽 제 민족의 체질, 인류학, 약물, 동물, 식물, 광물 등을 주된 연구 대상으로 하였다. 총장을 회장, 회원으로 뜻있는 교관 직원, 학생회원은 뜻있는 학생, 찬조회원으로서 대학 외의 유지 가운데 연구회의 목적을 찬조하는 자로 하였다. 6월 2일에는 발회식을 거행하고 만주를 주제로 한 학술강연회를 개최하였다. 이후 중일전쟁 다음 해인 1938년 6월 4일 '滿蒙文化研究會'를 '大陸文化研究會'로 개칭하였다. 종래 학내의 조직원을 학외로 넓히고 만몽뿐 아니라 중국대륙의 각 분야에 학술적 탐구를 진행시켜나갔다. 양 연구회의 활동은 실지답사 등 연구조사와 공개강연 연속강좌를 통한 성과의 발표 보고서, 팜플렛의 간행 등 활발하게 진행되었다. 그 연구 성과로 『滿蒙文化研究報告書』第7冊, 『滿蒙文化研究會 팜플렛』第7冊까지 간행되었으며, 『대륙문화』, 『속대륙문화』가 발간되었다. 정선이, 앞의 글, 102~103면.

중요성이 일층 강조되었다. '조선의 문화는 그 원류가 지나에서 비롯된 것이 극히 많은 까닭에 내지와 조선과 지나, 삼자의 상관적 연구는 우리 제국의 문화를 판명하기 위해 극히 중요한 지위를 점할 뿐 아니라, 세계의 연구에 초점이 되는 동양문화 연구 상으로도 무엇보다 간절히 필요하다'라는 히라이[平井三男]의 주장[18]에서 드러나듯이 조선학은 동양학에서 결정적인 중요성을 갖고 있었으며 조선학 연구는 제국의 문화, 즉 일제의 아이덴터티를 밝히는 작업, 그 자체로 일본 문화를 선양하는 작업이었고 더 나아가서는 서구 중심의 역사관에 대항할 대동아권의 실현을 위한 지적 작업이기도 하였던 것이다.

이처럼 일제 식민지배하에 형성된 조선학은 자기 모순적인 성격을 내포한 개념이다. 본래 식민제국 일본의 제국주의적 욕망에 의해 형성된 동양학과 관련하여 형성된 것이 조선학이기 때문이다. 객관성과 학술성이란 외관을 취했지만 아시아에서 일본의 패권을 확립하고 일본 민족의 동일성을 구축하려는 목적에서 조선과 중국을 타자화시켜 그들과의 차이를 역사적으로 정당화한 학문이 바로 동양학_동아학(東亞學)이었던 것이다.[19]

경성제국대학 주도로 행해진 학술 연구의 주요 대상은 고대 이래 조선 전반에 관한 것이다. 조선의 정치·법률·경제 및 역사·언어·문학·사상·신앙·풍속에 이르기까지 매우 광범위하였다. 연구물들 중 조선에 직접적으로 관련된 연구물의 수는 총 47편으로 전체 법문학부 연구물 151편 중의 약 1/3에 해당하였다. 조선관련 연구물들은 학술 연구비를 받으며 정책적으로 적극 지원되었다. 학술연구비 보조에 의한 조선 관련 연구물 편수는 1941년까지 총 59편 중에서 37편이 조선과 관련된 연구였다.[20]

---

18) 平井三男,「京城帝國大學における規模組織とその特色」,『朝鮮』, 1925.4, 43면.
19) '동아학'과 '조선학'의 상관성에 대해서는 김병구, 앞의 글, 22~23면. 강상중, 『오리엔탈리즘을 넘어서』, 이산, 1997, 125~129면 참조.

일제는 1925년 '조선사편수회(朝鮮史編修會)'를 조선총독부 내에 신설하여 조선사 편찬과 조선의 고적 조사, 발굴을 국가적인 정책사업으로 추진하였다. 그 결과 조선사 35권, 조선사료 20종, 조선사료집 3질을 출간하였는데, 경성제국대학은 조선사 연구에 있어서 조선사편수회와 역할을 분담하였다. 즉, 조선사편수회가 기초자료를 조사하여 제공하면, 경성제국대학에서는 이를 활용하여 식민사학의 이론을 생산해 내는 상호보완적 역할을 수행한 것[21]이다.

1930년대의 조선학은 '과학적 방법론의 정립'이라는 점에서 1920년대까지의 조선학과는 뚜렷하게 구별되는데, 1930년대 조선학의 이러한 특징을 가능하게 하였던 것은 바로 경성제국대학의 설립이었다. 경성제대가 설립되면서 일본인 교수들에 의해 근대학문이란 실증주의에 바탕한 광범위한 자료 조사와 이를 토대로 형성된 연구 대상을 과학적 이론체계를 통해 분석하는 것이라는, '실증성'과 '과학성'을 강조하는 연구 원칙을 유포하였고, 이러한 원칙은 민족주의 사상을 강하게 지니고 있었던 조윤제·김태준 등의 조선인 연구자들에게도 내면화될 정도로 강력했다. 1930년대 조선학 연구자들이 식민 이데올로기에 대한 경계심 못

---

20) 京城帝國大學 編, 「學術研究補助事項」, 『京城帝國大學一覽』 15권, 1941, 237~242면 참조. 연구물의 저자는 영국인 1명과 조선인 1명(박문규, 제2회 졸업생)을 제외하고 모두 일본인으로서 조선인 연구자의 논문은 거의 게재하지 않았다고 할 수 있다. 이것은 학술지를 통한 일본인의 절대적인 지식독점 현상을 보여주는 것이다. 정선이, 앞의 글, 99면 참조.

21) 조선사편수회와 경성제국대학의 상호보완적 기능은 1930년대에 들어와서 '청구학회'의 발족을 통하여 더욱 긴밀해졌다. 청구학회는 '조선과 만주를 중심으로 한 극동 문화를 연구하여 일반에게 그 성과를 보급한다'는 취지로 조선총독부 및 조선사편수회원과 경성제대의 교수들을 중심으로 결성되었는데, 이는 곧 식민사학이 학문적으로 더욱 심화되어가는 과정의 산물이었다. 조선사편수회와 경성제국대학 교수 및 총독부 촉탁, 편수관 등 당시 국내에서 활동하던 식민사학자들은 그들의 사학 연구가 심화되면서 연구물을 발표할 적당한 지면을 필요로 하게 되었고 이러한 요구에 의하여 청구학회가 창립되었던 것이다. 청구학회는 1930년에서 1939년까지 학회지로 『靑丘學叢』을 간행하고 연구자료 및 저술의 출판, 강연회 및 연구여행을 주최하는 등 활발한 활동을 전개하였다. 정선이, 앞의 글, 100~101면.

지않게 1920년대 민족주의이데올로기에 대한 경계심도 컸던 것은 바로 이러한 원칙에 대한 강박, 즉 '근대성'에 대한 의식이 강했기 때문이다. 결국 경성제국대학 설립을 통해 조선인 연구자들은 '과학주의'의 세례를 받았으며, 이는 1930년대 조선학 연구의 특징으로 나타나는데, 그 결과는 근대성과 식민성이 중첩된 성격을 지닌 것이었다. 즉, 경성제국대학을 통해 만연된 실증주의 과학주의는 1930년대 조선학 연구자들에게 체계적인 근대 학문으로서의 조선학 연구를 가능하게 했으면서도 다른 한편으로는 가치중립성을 강조함으로써 1920년대 조선인 연구자들에게서 보이던 민족주의 이념을 약화시켰다는 이중성을 지니고 있는 것이다.

경성제대 조선어문학과의 학문적 방향과 성격을 결정하는 데 있어서 중요한 역할을 수행한 일본인 교수로는 '조선어학' 강의 책임을 맡고 있던 오쿠라[小倉進平]22)와 고바야시[小林英夫]23)를 들 수 있다. 오쿠라의 연구는 철저히 실증주의 방법론이었다. 오쿠라의 실증주의 언어관은 당시 조선인들의 연구가 갖는 사회참여적 성격을 비과학적인 것으로 보이게 하여오쿠라는 조선어학회 중심의 한글운동에 대해 냉담한 태도를 보였다. 오쿠라가 언어자료의 수집과 정리에 치중한 데 비해 고바야시는 언어학의 일반 이론과 과학적 문법을 지향하였다. 과학으로서의 언어학을 강조하는 것은 일본 언어학의 오랜 전통이었지만 고바야시를 통해 소쉬르의 언어학이 수용되면서 철저하게 가치와 과학을 분리하는 경향이 만연하게 되었다. '조선어문학과'의 졸업생들이 견지하고 있던 언어관은 결국 오쿠라처럼 역사와 방언을 중심으로, 그리고 소쉬르 언

---

22) 오쿠라는 도쿄제대 언어학과와 대학원 재학중 우에다 밑에서 언어학을 공부하고 1911년 조선에 건너와 조선총독부 관리가 된다. 경성제대 교수로 부임하기 전부터 이미 활발한 연구 활동을 통하여 조선어 연구자로서의 위상 확립한다. 1924년 유럽으로 유학, 1926년 귀국하여 경성제대 교수로 부임하며, 1933년 도쿄제대 교수로도 임명되어, 1943년 정년퇴임 때까지 도쿄제대와 경성제대 교수를 겸임하였다. 이숭녕, 『혁신 국어학사』, 박영사, 1982 참조
23) 고바야시는 1927년부터 언어학 강좌의 책임을 맡고 있었다. 위의 책 참조

어학이 강조하는 이론적 체계화를 지향하면서 조선어를 연구하되 조선어의 현재와 미래를 둘러싸고 벌어지던 현실적 움직임 곧 한글 운동에 대해서는 소극적 입장을 견지[24]한다. 이러한 태도의 바탕에는 '조선어학회'가 보여준 민족주의적 성향에 대한 일정한 거부감과 함께 자신들의 연구가 과학적 방법론에 입각한 근대 학문의 성격을 지니고 있다는 자부심이 깔려있다. 이렇게 볼 때, 경성제국대학 내의 조선어문학과 학생들의 활동이 조선어문학 연구를 근대화 체계화시킨 공로는 인정해야겠지만 이에 앞서 실학파의 국학적 경향을 계승하면서 본격적인 국문학 연구의 출발을 준비한 안확·신채호·정인보·최남선 등에게서 보이던 민족주의적 지향을 상당히 약화시켰다[25]는 점에서 근대성과 식민성이 중첩된 양상을 띠고 있었음을 부인할 수 없다.

4. 1930년대 식민지 지식인들의 독자적인 조선학 연구의 의의와 한계

경성제국대학 설립 이후 '과학주의'의 세례를 받은 식민지 지식인들이 나아간 방향은 주로 과학적 방법론(보편성)을 바탕으로 하되 조선적 특수성을 부각시키는 연구방향이었다. 민족주의적 경향에 일정한 거리를 두면서도 과학적 방법론으로 조선적인 것의 탐구를 근대적인 '학(學)'의 수준으로 끌어올린 조윤제·김태준·이희승·고유섭·신남철 등 경성제대 출신 학자들의 조선학 연구에서 이를 찾아 볼 수 있는데, 『신흥』·'조선어문학회'·『문장』은 이들의 주요한 활동 공간이었다. 이 과정에서 이루어진 그들의 조선학 연구는 한편으로는 그들의 학문의

---

24) 이준식, 앞의 글, 200~214면 참조.
25) 최원식, 『한국 근대문학을 찾아서』, 인하대 출판부, 1999, 374면 참조.

시발점이 되고 있는 경성제대 중심의 지배의 지식, 지방학으로서의 조
선학의 영향권 내에 있으면서도 다른 한편으로는 그것과의 대결과정이
될 수밖에 없었던 것이다. 경성제대는 민족의 차이와는 상관없이 같은
국민인 이상 동등한 교육의 기회를 준다는 국가주의 논리의 소산이었
으며, 그간 지배하는 측만이 독점하였던 '지식'의 생산·관리를 식민지
의 일부 조선인에게까지 양도하는 모험적 프로젝트26)의 소산이었다.
이러한 경성제대에서 근대적 학문을 배운 식민지 지식인들은 지배의
지식의 공동 소유자인 동시에 통제의 대상이 되는 모순적 위치에 서
있었던 바, 그들의 조선학 연구는 이 모순적 위치에서 저널리즘, 사립
전문학교, 민간 학회 등을 통해 이루어진 노력이면서, 지배의 지식을
저항의 지식으로 전환시키기 위한 노력이었다고 할 것이다.

　경성제대 중심의 조선학이 지배의 지식, 지방학으로서의 조선학이었
다는 점은 경성제대 내의 일본인 교수는 말할 것도 없고 1930년대 이후
근대적 조선학 연구의 주류를 형성하던 식민지 지식인들의 경우에도
결정적인 의미를 지닌다. 1930년대 이후 조선학 연구가 식민지 지식인
들에 의해 이루어졌다고는 하나 그들은 모두 일본이나 경성제대에서
공부한 조선인이었다는 점에 주목할 필요가 있는 것이다. 1930년대 조
선학 연구는 문학사의 조윤제와 김태준, 미술사의 고유섭, 언어학의 이
희승, 역사학의 신남철 등 경성제대의 인맥에 위치한 인물들이 중심으
로 이루어졌다. 그들은 1929년 7월부터 1937년 1월까지 좌파적인 종합
잡지 『신흥』27)을 출간하고 다차원적인 조선학 연구를 펼친다.

---

26) 박광현, 앞의 글, 350면.
27) 『新興』은 경성제대 법문학부의 출신자와 재학생이 경성제대에서 첫 졸업생이 배출
　　된 1929년(7월 15일)에 창간되었다. 창간호는 크게 '사회과학' '철학' '조선연구'로 편집
　　된 논단과 '해외문화의 동향'란과 '문예'란으로 구성되어 있다. 그러한 논단의 편집 의
　　도는 사회과학과 인문과학을 아우르는 통합성을 표방한 경성제대 법문학부라는 학부
　　의 특성이 반영되었음을 알 수 있다. 주요 필진은 유진오·조윤제·이강국·최용달·
　　박문규·최재서 외 다수가 경성제대 졸업 후 대학원 혹은 연구실에서 수학하던 인물들
　　이었다. 『新興』은 창간호에서 '사회과학'과 '철학'의 편집항목과 더불어 '조선연구' 항

이 중에서도 특히 조선 문제와 관련하여 많은 논문을 발표한 사람은 조윤제·김태준·고유섭·유진오·신남철이었다. 이들의 글에서 공통적으로 식민주의·민족주의·사회주의 이념이 착종된 1930년대의 지적 풍토에서 고뇌하는 모습을 엿볼 수 있는데, 이러한 모습은 이 시기 이들에 의해 주도되던 조선학의 성격을 시사하는 것이다.28)

한편, 조윤제와 김태준의 『신흥』 활동 경험은 경성제국대학 내의 일본인 교수들에 종속되지 않는 독자적인 조선어문학 연구의 길을 모색하도록 자극하였고 그 결과물이 '조선어문학회'로 나타난다. 경성제국대학 법문학부 1회 입학생으로서 조선어 전공이었던 조윤제는 교수를 보조하는 조수 신분이었음에도 불구하고 일본인 교수들과의 충돌을 주저하지 않기로 유명했다.29). 이러한 성향의 도남 조윤제는 당시 경성제

목을 둔 것으로 알 수 있듯이 조선문제를 과학적으로 어떻게 연구할 것인가를 중요한 관심의 대상으로 삼았다. 창간호에서는 '조선연구' 항목에 조윤제(조선문학 1회), 김창균(조선사학 1회), 신석호(조선사학 1회)의 논문을 실어 조선문학과 사학에 할애하고 있지만, 사회과학 분야에서도 '신흥' 이론들을 어떻게 조선사회의 연구와 분석에 적용할 것인가를 고민하고 있었다. 『新興』은 창간호부터 경성제대라는 아카데미즘의 세례를 받은 자신들의 과학적 시각을 통해 조선을 분석하려 하였다. 그러나 그런 의욕에 부응하는 성과는 1935년 5월에 발간된 8호에 이르러서야 어느 정도 나타난다. '조선문제 특집호'로 편집된 8호의 경우는 창작논문이 모두 9편 발표되었다. 잡지 『新興』과 관련해서는 박광현의 다음 논문을 참조하였다. 박광현, 「경성제대와 『新興』」, 『한국문학연구』 26집, 2003.

28) 인문학에서 다룬 조선연구 중 가장 많은 발표를 한 사람은 조윤제로 5편의 논문과 1편의 단문을 1, 2, 4, 6, 9호에 각각 1편씩 발표하였다. 『新興』 2호에 실린 「향토예술부흥운동」은 '조선민족이라는 공통성'을 표상하는 '향토예술'의 부흥을 주장하고 그 실천의 몇 가지 방법을 제시하였는데, 이 글은 조선의 학계에서 민족주의와 사회주의가 대립하는 현실을 극복하기 위한 대안으로서 '향토예술'을 제시하고 있다는 점에서 주목된다. 인문학 분야에서의 조선연구는 그 외에 다른 논문으로 신석호(조선사학 1회), 김창균(조선사학 1회), 성낙서(조선사학 2회), 윤용균(조선사학 2회), 이희승(조선문학 2회), 염무현(동양사학 3회), 김재철(조선문학 3회), 이재욱(조선문학 3회), 이숭녕(조선문학 4회), 유홍렬(조선사학 7회)의 것이 있으며, 조선사학과 조선문학 전공 이외의 출신자 중에는 고유섭(철학 2회)과 김태준(중문학 3회)이 각각 5편씩의 글을 발표하였다. 사회과학 분야에서의 조선연구 유진오, 신남철(철학 3회)이 각각 5편과 4편으로 가장 많다.

29) 이와 관련하여 다음과 같은 일화가 전해진다. "무가(巫歌) 조사를 끝내고 돌아오자 대학연구실에서는 묘한 사건이 생겼다. 그것은 조수인 조윤제가 다까하시 교수의 출

국대학 법문학부, 특히 조선어전공 학생들에게 강한 영향력을 미치고 있었다. 당시 조선어문학을 전공한 조선학생으로는 5회의 이숭녕, 방종현이 학부로 들어갔을 무렵까지도 조윤제(1회), 이희승(2회), 김재철, 이재욱(이상 3회)을 합쳐 모두 6명에 불과하였다. 이 6명 외에 서두수(일문 2회), 김태준(중문 3회)이 동참하여, 이들 8명은 31년께 '조선어문학회'를 조직하고 3년간 회보를 펴냈다.[30]

『문장』은 조선의 자생적인 연구자들과 경성제대 조선어문학과 그룹이 1930년대 후반 조선학의 담론의 장에서 공존했던 주요 매체였다. 이러한 공존은 실증적·과학적 연구방법론을 제공한 식민지 근대의 지적 체계 속에서, 그리고 출판자본주의에 의해 조성된 새로운 문화적 환경 속에서 가능한 것이었다. 『문장』은 이들이 생산한 연구물과 이를 바탕으로 텍스트화된 조선의 고전들을 게재함으로써 아카데미즘의 성과를 대중화시키는 역할을 충실히 수행하여 전문적 독자대중을 만들어 내는 데 일조하였다.[31]

『문장』의 등장 배경에는 한편으로는 민요, 춘향전, 전통소설을 내보냈던 JODK 한국어방송, '춘향전'의 영화화, 최승희의 고전무용, 민속음악의 현대화, 향토풍경을 묘사한 서양화 등 다양한 문화 방면에서 조선

장 명령을 받고 제주도로 민요 채취를 다녀왔는데, 이 조사한 내용을 다까하시가 모두 내놓으라고 명한 것이다. 도남(조윤제)이 조사해 온 테마의 '이어도'라는 것은 제주 전래의 상상의 섬으로 난파자들이 산다는, 다시 말하면 돌아오지 않는 섬이다. 도남은 "자기는 가보지도 않고서 남이 조사한 것을 그대로 먹으려고 하는 생각은 뿌리째 뽑아야 한다"고 크게 반발했다. 이 싸움은 조선어 전공 학생들이 중재에 나서 "도남이 몇 편 양보하고 알짜는 간직했다가 뒷날 발표하라"는 선에서 겨우 낙착이 되었다. 어느 땐가는 고전문학을 연구하고 있는 예과 교수 다다[多田正知]와 싸움이 붙었다. 도남이 써 놓은 논문을 다다가 슬쩍 말도 없이 잡지에 발표한 것이다. 이 사건은 다다 교수와 술집에서 잔이 오락가락 하다가 결국 폭발하고 말았는데 도남이 "학자가 남의 글을 훔치다니 그 잡지에 사과하라"고 육박지르자 다다는 아무 말도 못한 채 망신만 톡톡히 당했다." 이충우, 앞의 책, 197~8면.

30) 이충우, 앞의 책, 196면 참조.
31) 차혜영, 「'조선학'과 식민지 근대의 '지(知)'의 제도—『문장』을 중심으로」, 『국어국문학회』 140호, 2005.9, 519~522면 참조.

적인 것의 표상이 추구되었으며, 신문을 통한 대중적 전파[32]가 이루어졌던 문화적 상황이, 다른 한편으로는 조선학이 학적 체계로 확립되어 대중적 소비로 이어지는 문화 과정에서 '조선적인 것'의 표상체계가 구성되어 가던 1930년대 후반기의 문화적 상황이 자리하고 있는 것이다. 결국 『문장』은 1920년대 중반 경성제국대학이 설립된 이후 기존의 조선학 연구자들과 경성제대 출신 연구자들의 노력이 가시화된 1930년대 조선학 연구의 성과에 기반하여 문학의 차원에서 조선적인 것의 표상체계를 형성해 나간 주도적 매체[33]였다.

그 밖에도 1930년대 조선학 연구를 주도하던 이들의 활동은 경성제대 법문학부와 총독부의 조선사편수회의, 청구학회 에 맞선 진단학회[34]에서도 주도적 역할을 수행하고 있었다. 그리고 경성제국대학 출신은 아니지만, 1930년대 손진태와 송석하 중심으로 조선민속학에 대한 연구가 활발히 진행되어, 1932년 '조선민속학회'가 설립[35]된다.

경성제대의 민속담론이 그 실증적 성과에도 불구하고 근본적으로 식민화 전략을 내포하고 있었다면, 손진태·송석하의 민속 담론은 초기에는 문화민족주의, 저항 담론의 성격을 지니고 있었다. 하지만 손진태의

---

32) 趙寬子, 「日中戰爭期の'朝鮮學'と'古典復興'」, 『思想』 7月, 岩波書店, 2003, 65면.

33) 조현일, 「『문장』파 이후의 문학에 나타난 '조선적인 것'」, 『민족문학사연구』 31호, 2006.8, 95~96면 참조.

34) 『진단학보』는 1934년 11월 28일 창간되고 1941년 6월 14호로 종간된 '진단학회'의 기관지이다. '진단학회'는 '한국과 인근 지역의 문화를 연구할 목적'으로 이병도·손진태·조윤제 등 당시의 대표적인 국학자 24명이 발기인이 되어 설립한 역사·언어·문학·민속학 분야의 연구단체인데, 이병도·송석하·손진태·김태준·조윤제 등이 필진으로 참여하였다. 『신흥』은 조선어문학뿐만이 아니라 철학 사회학 민속학 등 다양한 전공을 망라한 학술지이고, 『조선어문학회보』는 기존의 한글연구단체의 대중적인 민족주의적 성격과의 경계를 분명히 하면서 실증주의 등 학문 연구로서의 성격을 분명히 한 전문 학회지이다. 그리고 『진단학보』는 조선어문학뿐만 아니라 민속학·역사학 등 제반의 여러 학문 분야를 아우르는 외연이 넓은 매체이다. 차혜영, 앞의 글, 514면 참조

35) 조선 민속에 관한 자료 수집과 지식 보급 및 연구자의 친목 도모를 목적으로 1932년 설립한 학회가 '조선민속학회'인데, 조선인으로는 손진태, 송석하, 정인섭, 일본인으로는 今村, 秋葉이 참여하였다.

경우 총독부 연구비로 민속채방여행을 갔다 온 후 이에 대한 글을 야나기다 쿠니오의 『향토연구』에 싣는 등의 그의 행적36)을 고려할 때, 그의 연구는 기본적으로 일제의 식민 체제의 통제 범위에서 벗어나지 못하는 것이었다. 또한 송석하의 경우 일제말 '농촌오락진흥좌담회'에서의 발언을 고려할 때, 그의 민속학은 조선의 독립과 조선 민중을 위한 저항의 문화민족주의를 실천한 것이었다고는 보기 어렵고, '국민총력조선연맹'의 '건전오락' 진흥운동에 동조하여 이른바 '생업보국' '건강보국'을 위한 증산활동에 복무한 것37)으로 평가받을 수 있는 소지가 있다. 결국, 손진태와 송석하의 민속학은 초기에 나타난 탈식민적 저항담론의 성격을 끝까지 견지하지 못한 채 식민 이데올로기에 포섭되는 양상을 띠고 있는 것이다.

이와 같이 1930년대 조선학운동은 한편에서는 20년대까지의 민족주의 이데올로기와 거리를 두면서 과학적 방법론을 수립하고, 다른 한편으로는 조선총독부와 경성제국대학 주도로 유포되던 식민이데올로기에서 벗어나려는 힘겨운 노력을 하였지만, '근대'의 외피를 쓴 식민이데올로기로부터 끝내 자유로울 수 없었다. 이러한 한계를 뛰어넘는 행위는 식민 지배이념이나 제도를 뛰어넘는 적극적 행위를 통해서만 가능한데, '경성제국대학 반제동맹사건'38)은 그 대표적 사례이다.

---

36) 조현일, 앞의 글, 100면.

37) 남근우, 「'조선 민속학'과 식민주의: 송석하의 문화민족주의를 중심으로」, 『한국문화인류학』 35-2, 한국문화인류학회, 2002, 123면.

38) '경성제국대학 반제동맹'은 이종림·강진 등 엠엘계의 당재건그룹이 조선 반제동맹이라는 반제공동전선의 결성과 당재건의 하부토대를 구축하기 위해 31년 경성제대를 중심으로 조직한 학생비밀투쟁조직이었다. '경성제국대학 반제동맹사건'의 경우 ① 외부로부터의 일방적 공작이 아니라 경성제국대학 내 경제연구회 출신들이 자생적으로 조직해 오던 독서회 그룹이라는 학내의 축적된 역량을 기반으로 조직되었다는 점, ② 학생반제조직과 노동자조직의 공동실천에 의한 반전격문의 살포되었다는 점, ③ 식민지에 대한 '문화통치'의 상징으로 선전되던 조선 내 유일의 최고학부인 경성제국대학에서 발생되었다는 점, ④ 일본인학생들도 참여함으로써 조선 내는 물론 일본에서도 세인의 관심이 집중되었다는 점에서 일제하 민족운동사에서도 독보적인 의의를 지닌

이 사건은 경성제국대학의 설립 이후 과학주의의 세례를 받은 경성제대 재학생들이 식민지 조선 현실의 모순적 상황을 일거에 극복할 수 있는 대안을 모색하는 가운데 발생한 것이다. 식민이데올로기에 포섭당하지 않으려는 노력으로, 저항담론 형성을 위한 지속적인 독서회 활동이 적극적인 현실 참여 운동으로 이어졌던 것이다.

이 사건의 경과에서 특이한 것은 이들의 활동과 당시 시국의 급박함을 고려할 때, 이들에 대한 처벌이 상대적으로 지나치게 관대했다는 점이다. 경찰서에 잡혀간 경성제대 학생은 일본학생 7명을 포함, 20명이었고 치의전 제이고보 생도, 관청 은행 급사들을 합치면 50명에 이르렀지만, 격문 작성자인 신현중(3년)과 이를 배포한 소년 결사대원 안복산과 이형원(2년) 등 모두 3명만이 실형을 선고받았고 나머지는 모두 집행유예로 풀려난다. 이는 민족운동 사건으로서는 유례없이 관대한 처분이었다. 경성제대 야마다 총장이 "모든 것은 본인의 부덕한 소치이니 학생들의 장래를 보아 관대히 처분해 달라"며 요로를 찾아다닌 덕이 컸다. 반제동맹사건에 관련됐던 조선 학생들은 신현중과 최기성을 제외하고는 집행유예기간이 경과한 다음 모두 복학이 되었다.[39]

이러한 일련의 과정을 통해 볼 때, '경성제국대학 반제동맹사건'은 한편으로는 경성제국대학이라는 식민제도의 틀 안에서 수행되는 근대학문의 영향으로 과학주의의 세례를 받은 식민지 지식인들이 과학적 이론을 무기로 삼아 식민제도의 틀을 깨려 했던 사건이었다고 평가할 수 있는 반면, 다른 한편으로는 역설적으로 경성제국대학이라는 식민제도가 식민지 지식인의 저항에 대해 강력한 통제력과 소화력을 지니고 있음을 보여주는 사건이라고 평가할 수도 있는 것이다.

이러한 문제의식을 밀고 나가면, 1930년대 조선인 학자들에 의해 주

다. 박한용, 「1931년 경성제국대학 반제동맹사건 연구」, 고려대 석사논문, 1991, 4~6면 참조.

39) 이충우, 앞의 책, 191~193면.

도된 조선학 연구도 일제의 통제, 관리체계 내에서 이루어졌다고 볼 수 있다. 중일전쟁 이후 정치운동, 문화 사상운동에 대한 일제의 탄압이 가혹해지는 상황 속에서 일본을 잠재적인 타자로 간주하고 민족적 자아의 확립을 통해 식민지적 상황의 극복의지를 표출한 조선학운동이 활발하게 전개될 수 있었다는 것은 거꾸로 생각하면 일제가 '조선적인 것'에 대한 욕망을 암암리에 관리하고 통제하였다는 것을 반증하는 것[40]이다. 결국 일제의 동아시아 식민전략에 의해 기획되고 실천된 경성제국대학 주도의 조선학에서 벗어나 독자적인 연구의 길을 모색했던 1930년대 조선학도 결국에는 '근대'의 외피를 쓴 식민지배 제도의 틀에서 벗어나지 못했던 것이다.

5. 맺음말

일제 식민 당국이 식민지 지배의 필요성에서 수행한 '조선적인 것'에 대한 파악은 주로 제도를 매개로 하여 이루어졌다. 다양한 부면에서 '조선적인 것'의 파악이 이루어졌으나, 본 연구에서는 직접적인 통치와는 무관한 듯 보이지만 궁극적으로 조선을 일본의 일개 지방으로 지정하는 역할에 동원된 경성제국대학에서의 조선학 연구, 즉 일본의 지방학으로서의 조선학에 초점을 맞추어 연구하였다. 그 결과 다음과 같은 결론에 도달하였다.

경성제국대학의 조선학 연구는 조선을 일제의 한 지방으로 설정하고 지방의 정치성을 제거하고자 했던 학문, 즉 지배의 지식으로서의 지방

---

40) 김병구, 앞의 글, 21면.

학이었다. 일제 강점기에 이루어진 '조선적인 것'의 표상은 이미 존재하는 실체의 발견이었다기보다는 다양한 식민지 제도 및 문화 담론에 의한 새로운 창안의 산물이었다. 이러한 기능을 수행한 식민지 제도 중의 하나로서 경성제국대학을 꼽을 수 있는데, 경성제국대학을 중심으로 이루어진 조선학은 근대적 대학에서 근대적 학문의 형태를 띠고 이루어졌던 만큼 '조선적인 것'을 산출하는 데서 가장 권위 있고, 견고한 기능을 행사하였다고 볼 수 있다. 경성제대의 조선학은 가치중립성과 학문적 전문성의 형식을 띠고 있었음에도 불구하고 지방학으로서의 조선학이었다는 점에서 지배의 지식으로서의 본질을 가질 수밖에 없었다. 한편으로는 조선학을 지배의 지식이 아닌 저항의 지식으로 전화시키고자 했던 식민지 지식인들의 노력이, 일제 총독부의 지원을 받는 기관연구와는 다른 방식으로의 조선학 연구 시도로 나타났으며, 다른 한편으로는 '경성제국대학반제동맹사건'과 같이 제도화된 범위를 넘어서는 적극적 실천을 통하여 식민 이데올로기에 포섭되지 않는 방향으로 나아가기도 하였으나, 전자는 식민 이데올로기의 포섭에서 벗어나지 못했다는 점에서 후자는 경성제국대학이라는 식민 제도가 충분히 소화할 만한 영향력밖에 지니지 못했다는 점에서 일정한 한계를 지닌다.

야나기 무네요시[柳宗悅]의 '조선예술론'에 대한 고찰

이양숙

1. 머리말

민예학자 야나기 무네요시[柳宗悅]의 생애와 사상에 대해서는 그간 비교적 상세히 소개된 편이다. 특히 조선 미술사의 체계를 수립한 우현 고유섭(高裕燮, 1905~1944) 선생의 탄생 100주년을 맞아 2005년 한 해 동안 조선 미술사를 둘러싼 제 쟁점이 새롭게 거론되었는데 이에 부응하여 기존에 볼 수 없었던 야나기 무네요시의 저서와 평전[1]이 각각 새로

---

1) 야나기 무네요시의 불교미학 4부작으로 불리는 「美の法門」·「無有好醜の願」·「美の淨土」·「法と美」를 완역한 『미의 법문』이 최재목·기정희의 번역으로 이학사에서 출간되었고, 나카미 마리[中見眞理]의 『柳宗悅』은 김순희 번역의 『야나기 무네요시 평전』으로 효형출판에서 간행되었다.

번역되기도 하였다. 조선 미술사의 형성기를 점검할 때 반드시 야나기 무네요시가 거론되는 것을 보면 일본인인 야나기 무네요시가 우리 미술사의 형성에 지대한 공헌을 했다는 것을 알 수 있다.

미술사의 경우처럼 특히 근대적 분과학문의 기원을 검토할 때 우리가 일본인 학자를 거론할 수밖에 없는 입장에 있다는 사실은 그간 우리 학계를 여러모로 자극하고 연구에 분발하게 하는 간접적인 동력이 되었음에 틀림없다. 특히 1945년 해방을 계기로 일본과의 차별화를 통해 민족 주체성을 확립하려 했던 학계의 노력은 민족주의와 결합하여 일본인 학자들에 대한 비판적인 사고를 구축하는데 일조하였다. 그러나 이와 같은 경향의 폐단 또한 지적하지 않을 수 없다. 해방공간의 민족 미술 건설 논의에서 김용준이 채색 '일본화'와의 차별화를 지향하여 순수한 민족 양식으로 '수묵화의 표현성'만을 고집함으로써 단순한 역사 인식을 보였던 경우처럼[2] 일본적인 것과의 결별을 위한 노력이 민족적 자존심의 회복이라는 심정적인 차원을 넘기 위해서는 보다 객관적이고 체계적인 인식이 필요하기 때문이다.

독일인 안드레 에카르트(Andre Eckardt, 1884~1971)의 『조선미술사』(1929)나 일본의 대표적인 관학파(官學派) 세키노 타다시(關野貞, 1867~1935)의 『조선미술사』(1932)가 공히 실증주의에 기초하여 조선미술을 체계적으로 조사하고 분류한 공적이 있음에도 불구하고, '이들에게 조선은 서양화되

---

2) 이인범은 해방공간에서 김용준이 주장한 수묵화로의 환원을 위한 주장이 '일본화'로부터의 차별성을 확보하고 있을지 모르나 이것은 사실상 중국으로부터의 문화적 차별성을 강조하고자 애썼던 구한말 이전으로 회귀하는 것이라고 비판한다. 즉 이와 같은 주장은 한국의 문화적 정체성을 중국적 전통에서 확보하고자 한 것이나 다를 바 없다는 것이다. 이외에도 그는 1970년대 화단의 백색모노크롬 경향 역시 한일 국교 정상화라는 정치적 상황에서 일본 화단과 차별성을 확보하려는 잠재적 욕망의 산물이라 평가하고 이것이 야나기의 백색 담론과 민예론에 적지 않게 의존하고 있음을 지적한다. 결국 이인범은 근현대 미술사에서 민족 주체성 확립을 의도한 일본과의 차별성에 대한 강박이 일본과의 문화적 동화로 연결된다고 본다. 이인범, 「미술사 전개요인으로서의 타자」, 『미술사학보』 18집, 2002, 17면.

어야 할 타자인 동시에 일본화되어야 할 타자에 불과한 것이었다'[3]고 간단히 비판될 수 있는 이유는 이들이 노골적으로 드러내고 있는 오리엔탈리즘 혹은 식민 사관 때문이다.

그에 반하여 야나기의 조선예술론에 대한 평가[4]는 그리 단순하지 않다. 그 이유는 우선 위의 두 저자와 달리 야나기의 조선예술론이 조선의 문화와 조선인에 대한 깊은 애정에 기초한 것일 뿐만 아니라 그의 미학사상 역시 조선 예술의 발견을 계기로 질적으로 변화했기 때문이다. 이는 세키노 등의 식민사관과 명백한 차이를 보이는 점이기도 하다. 또 다른 이유로는 야나기의 조선예술론이 파급한 다양한 '효과'를 들 수 있다. '야나기 무네요시 효과'란 조선 예술의 개성을 존중해야 한다는 '조선적인 것'에 대한 담론을 의미하는데 이 담론의 영향은 단지 미술사의 영역에 머무는 것이 아니었다. 근대국가 수립의 좌절 이후 홍수처럼 밀려든 근대적 문물의 경험이 조선적 전통에 무관심하거나 심지어 그것을 비하하는 방향으로 진행되었다면, 야나기로 인해 촉발된 '조선적인 것'의 가치발견은 우리와 근대 혹은 근대 속의 조선이라는 자기인식을 유발하여 민족적 자부심을 크게 향상시키는 계기가 되었기 때문이다.

이런 점에서 최근 미술사학계가 중심이 된 '조선의 미'에 대한 일련의 작업들이나 두 외국인 저자의 『조선미술사』 번역과 함께, 야나기 무네요시가 새롭게 주목되는 현상에는 단지 조선 미술사의 태두인 우현

---

3) 윤세진, 「두 개의 미술사, 하나의 시선―에카르트의 『조선 미술사』, 세키노 타다시 『조선 미술사』」, 『창작과비평』 123호, 2004년 봄, 423~425면 참조. 에카르트의 저서는 열화당에서 『에카르트의 조선미술사』로 번역되었고(권영필 역, 2003), 세키노의 저서 역시 같은 해 심우성의 번역으로 동문선에서 발간되었다.

4) 물론 '야나기 신드롬'이 민족 주체성 확보를 위한 기표 그 자체로 간주되었다는 평가도 있다. 이인범은 한국 예술의 독자성 인식에 기여한 야나기에 대한 비판이, 그 독자성을 철저히 부정해 들어간 일제 관학자들보다 오히려 훨씬 무차별적으로 이루어진다는 점에 주목하여 야나기 무네요시 비판을 민족 주체성 확보를 위한 하나의 기표라 보고 그것을 '야나기 신드롬'의 실체라고 단정한다. 이인범, 앞의 논문, 17면.

고유섭 추모 사업 이상의 의미가 있다고 본다. 작게는 광복 60년을 맞이하여 각 분야에서 우리 근, 현대사를 재조명하는 활동의 일환[5]이자, 이와 더불어 최근 불고 있는 한류열풍으로 '한국적인 것'에 대한 체계적인 연구의 필요성에 부응하는 것이라고 할 수 있다면, 보다 큰 의미로는 민족문화의 경계와 그 구분의 근거가 모호해지는 현대 사회에서 우리 고유의 정체성을 모색할 필요성이 대두되면서 한국적인 것의 의미를 적극적으로 탐구하려는 한 경향으로 볼 수 있을 것이다.

　그간 야나기 무네요시를 둘러싼 논의는 주로 미술사학 분야에서 집중적으로 이루어졌다. 그러나 야나기 무네요시 효과의 의미가 미술사에 한정된 것이 아니라 이처럼 근대 한국의 자기 인식에 해당하는 것이라면 이제는 그 논의를 문화적 담론의 차원으로 확대해 점검할 필요가 있다고 본다. 이런 의미에서 본고는 야나기 무네요시의 '조선예술론'에 대한 제 논의를 점검한 뒤 그것이 갖는 현재적 의미를 모색해 보고자 한다.

2. 근대 미술사학과 식민주의

　야나기 무네요시(柳宗悅, 1889~1961)의 생애와 사상의 형성 과정, 그의 예술론에 대한 그간의 논의는 일일이 열거할 수 없을 정도로 충분히 이루어져 왔다. 특히 미술사학계에서는 1930년대부터 야나기 무네요시의 '비애의 미'에 대한 찬, 반론이 꾸준히 계속되어 왔다. 그러나 한 연구자

의 지적처럼[6] 그 양적 성과에 비해 야나기의 미학에 대한 새로운 해석
은 별로 찾아볼 수 없는 형편이므로 우선 지금까지 진행된 제 논자들의
견해를 검토함으로써 그 이유를 따져보는 일이 선행되어야 할 것이다.

야나기 무네요시가 조선에 관심을 갖게 된 계기는 1914년 아사카와
노리타카(淺川伯敎, 1884~1964)가 선물한 조선항아리[7]였다. 이들의 만남은
로댕에 심취해 있던 노리타카가, 시라카바파에게 보낸 로댕의 조각품이
야나기에게 있다는 말을 듣고 그를 방문[8]한 것이 계기가 되었다고 한다.
아사카와 노리타카(淺川伯敎, 1884~1964)와 아사카와 다쿠미(淺川巧, 1891~
1931) 형제[9]는 조선 도자기에 심취해 평생을 조선도자 연구와 제작, 보존
에 힘썼던 사람들이다. 이들은 가족들과 함께 조선에 이주해 살면서 조
선의 고서적을 연구하여 전국의 가마터를 답사하기도 하고 도자기의 제
작기법을 연구하는 등 많은 업적을 남겼다. 후에 다쿠미가 수집한 2000
여 점의 수집품 중 일부가 국립 중앙 박물관의 전신인 조선 민족 미술관
에 기증될 정도로 이들의 조선사랑은 남달랐으며, 야나기는 이들과의
교류를 통해 조선 도자기와 민예품에 깊은 관심을 갖게 되었다.

아사카와 노리타카가 1913년 조선을 방문한 것은 세키노 타다시의 보
고서에서 이왕가 박물관의 존재를 알게 되었기 때문[10]이다. 주지하듯이

---

6) 이인범, 『조선예술과 야나기 무네요시』, 시공사, 1999, 12면. 이인범은 조선예술의 미
   적 특질을 '비애의 미'로 보았던 야나기 무네요시의 초기 관점이 '야나기 신드롬'이라
   할 정도로 숱한 논란과 쟁점을 불러 일으켰고 아직도 그 열기가 지속되는 데 반하여
   그에 대한 총체적이고 체계적인 연구는 여전히 미진하다고 본다. 그리고 야나기가 조
   선예술에 관해 다양한 문제제기를 했음에도 불구하고 그 풍성한 성과가 학계에서 무
   시된 이유는 야나기 타계 후 몇몇 논자들이 그의 미학을 성급하게 '비애의 미'로 단정
   해 버린 점에 있다고 본다.
7) 그것은 현재 동경 소재 일본 민예관에 소장되어 있는 '청화백자 추초문항아리[秋草
   紋角壺]'로 이 문양에 대해 야나기는 "늘 한 가닥 쓸쓸함을 띠워 인간의 정을 마음에
   지니고 있는 듯한 모습"이라고 평가하였다.
8) 다카사키 소지[高崎宗司], 이대원 역, 『조선의 흙이 된 일본인—아사카와 다쿠미의
   생애』, 나름, 1996, 57면.
9) 이들의 삶에 대해서는 위의 책을 참조할 것.
10) 위의 책, 55면.

세키노 타다시의 연구는 조선 총독부의 토지조사사업과 병행하여 시행된 것으로 조선의 전모를 자료화하려는 의도로 추진되었다. 1909년 총독부의 명으로 시작된 세키노의 연구는 1914년 12월에 이르면 일단계가 마무리 되는데 이 작업은 1915년『조선고적도보(朝鮮古蹟圖譜)』로 발간[11]된다. 노리타카는 이 저서를 통해 조선을 알게 되었고 야나기 역시 세키노의 연구를 통해 조선의 역사와 조선의 예술에 대한 정보를 얻게 된다. 이에 대해 야나기 자신도 「조선 사람을 생각한다」(『요미우리신문』, 1919.5.20~24)의 서두에서 '나는 조선에 대해 충분한 예비지식을 가지고 있는 것은 아니다. 얼마 안 되는 근거가 있다면 약 1개월간 조선 각지를 순례한 일과, 여행을 떠나기 전에 조선사(朝鮮史) 두세 권을 읽은 것,[12] 그리고 일찍부터 조선의 예술에 깊은 흠모의 마음을 갖고 있었다는 세 가지 사실뿐'이라고 밝히고 있다.

세키노는 한국미술의 시발점을 낙랑미술에서 찾고 있는데 이는 세키노를 위시한 일본 관학파 학자들의 식민주의 사관을 전형적으로 보여주는 사례이다. 이것은 한국 미술을 중국미술의 모방으로 규정하는 것이기 때문이다. 또한 이들 관학파들은 우리나라의 미술이 삼국시대를 거쳐 통일신라시대에 절정을 이루고 후대로 갈수록 쇠퇴했다는 도식적 논리를 전개하는데, 이 역시 조선시대를 '쇠퇴시대'로 규정함으로써 일본의 식민통치를 역사적인 필연으로 합리화하기 위한 의도였다.[13]

조선사를 펼쳐볼 때 그 어둡고 비참하고 때로는 공포에 가득 찬 역사에 마음

---

11) 세키노 타다시(關野貞, 1867~1935)의 조선고적 조사사업에 대해서는 조선미의 글에 상세히 정리되어 있다. 조선미, 「일제치하 일본 관학자들의 한국미술사학 연구에 관하여」, 『미술사학』 3호, 1991.
12) 야나기가 조선을 알기 위해 섭렵한 책들은 세키노 타다시 외에도 키타 사다키라, 요시다 토고[史田東伍], 쿠로이타 카츠미[黑板勝美], 쓰다 소키치[津田左右吉], 이마니시 류 등 어용 사학자들이 조선합방을 정당화하기 위해 쓴 책들이라고 추정된다. 문명대, 『한국미술사 방법론』, 2005, 열화당, 72면.
13) 조선미, 앞의 논문, 108~9면 참조.

이 어두워지지 않을 사람은 아무도 없을 것이다. 동양의 황금기인 당나라 시대
에는 조선에도 신라라는 전성기가 있었다. 경주를 여행해 본 사람은 나라(奈良)
에 가서 스이코(推古), 덴표우(天平)의 옛날을 회상하는 것과 같은 느낌을 맛볼
수 있었을 것이다. 그러나 조선사는 이렇듯 밝은 시대로만 유지되어 온 것은 아
니다. 그런 시대는 오히려 잠시뿐이었고, 국민들은 **끊임없이 침략해오는 외적**과
서로 상처를 입히는 내란으로 편히 쉴 겨를이 없었다. 내란은 그들에게 잘못이
있어서였겠지만, 외적의 침입은 견디기 고통스러운 운명이었다. 역사가는 조선
의 국시를 '사대주의'라고 할지도 모르겠지만, 그러나 지리상의 위치로 인해 그
들이 받아들여야 했던 숙명은 우리에게 깊은 동정을 자아내게 한다. (…중략…)
　나는 조선의 예술, 특히 그 요소로 볼 수 있는 선(line)의 아름다움은 실로
사랑에 굶주린 그들 마음의 상징이라 생각한다. 아름답고 길게 여운을 남기는
조선의 선은 진실로 끊이지 않고 호소하는 마음 자체이다. 그들의 원한도 그들
의 기도도, 그들의 요구도, 그들의 눈물도 그 선을 타고 흐르는 것같이 느껴진
다. 불상을 하나 떠올려 보아도, 도기(陶器)를 하나 택해 보아도 이 조선의 선
과 맞닥뜨리지 않는 경우가 없다.[14] (강조는 인용자)

위의 인용문은 1919년 3·1운동을 계기로 조선에 대해 쓴 야나기의
첫 번째 글이다. 강조된 부분에서 알 수 있듯이, 정감 있고 호소력 있는
어조에도 불구하고 이 글에는 식민사관을 대변하는 '사대주의', '반도적
성격론', '숙명적 정체성론' 등의 흔적을 쉽게 읽을 수 있다. 또한 불상
과 도자기의 '선'을 통해 '사랑에 굶주린 그들 마음의 상징'을 읽어내는
부분에서는 역사(풍토·환경)가 한 민족의 예술을 형성하는 데 절대적인
영향을 미친다는 그의 미술사관을 엿볼 수 있다. 야나기의 '비애의 미',
'백색의 미학'이 비판되는 가장 중요한 논거는 이처럼 야나기의 편향된
조선사 인식[15]에 있다.

---

14) 야나기 무네요시, 심우성 역, 「조선 사람을 생각한다」(1920), 『조선을 생각한다』, 학
　고재, 1996, 16~19면.
15) 학습원 출신인 야나기는 철학자 니시다 기타로[西田幾多郎]에게 독일어를, 동양사
　의 창시자인 시라토리 쿠라키치[白潮庫吉]에게서 동양사를 배웠다. 이즈미 지하루[泉
　千春], 「야나기 무네요시의 한국미론과 종교철학」, 이화여대 석사논문, 1993, 9~10면.

조선 미술이 쇠퇴기에 있다는 인식과 '비애의 미'는 당대의 조선인들에게도 수용16)되었을 만큼 호소력이 있는 설명이었지만 곧 이에 대한 체계적 비판이 시도되었다. 박종홍·고유섭·김달수·김지하·최하림·김양기·이진희 등은17) 고구려 벽화의 남성미나, 백색에서 '비애'가 아닌 '불멸'을 읽어내는 방식 등으로 이를 비판하였다.

또한 다카사키 소지에 의하면 야나기를 조선 도자의 세계로 인도한 아사카와 노리타카 형제는 야나기와 다른 견해를 가지고 있었다고 한다. 야나기는 조선인이 흰 색을 좋아하는 것을 비애미의 표현으로 보았으나, 노리타카는 이를 샤머니즘의 영향이라고 규정18)하였고, 그의 동생인 다쿠미 역시 조선의 선반이나 장롱을 '고아(古雅)하고', '견고하고', '지극히 편리하다'고 평하여 야나기와 다른 미론을 전개하고 있는데, 이는 다쿠미가 조선에 살고 있었기 때문에 가능한 것이었다고19) 평가된다.

공예가인 이데카와 나오키[出川直樹] 역시 '추초문은 정말 가을 풀인가', '운학은 쓸쓸한 문양인가', '상감은 감추어진 문양인가', '백색은 상복(喪服)의 흰색인가' 등의 질문을 통해 야나기의 비애미에 대해 조목조목 비판20)하고 있다. 운학문에서 '활기찬 느낌'을 찾아내고, 상감기법은

이들이 근대의 초극론 및 식민사관의 핵심 이론가들임은 주지의 사실이다.

16) 安廓이나 고유섭 역시 한 때는 미술에 끼친 유교의 부정적 영향을 지적함으로써 조선시대에 미술이 쇠퇴했다는 견해를 밝히고 있다. 조선미, 앞의 논문, 109~111면 참조.

17) 야나기의 비애미론에 대한 여러 비판에 대해서는 조선미의 논문(「柳宗悅의 韓國美術觀에 대한 批判 및 受容」, 『한국 현대 미술의 흐름』, 일지사, 1988)과 이인범의 앞의 책(『조선 예술과 야나기 무네요시』, 57~67면)에 상세한 설명이 있으므로 이 글에서는 생략한다.

18) 다카사키 소지[高崎宗司], 이대원 역, 앞의 책, 76면.

19) 위의 책, 160면.

20) 나오키는 야나기가 극찬한 '청화백자 추초문 항아리'에는 가을 풀만이 아니라 매화, 창포 등이 있음에도 불구하고 야나기가 이를 '秋草紋'이라 명한 것은 무엇보다 이 명칭이 그가 '애수의 조선'을 말하기에 가장 어울리는 호칭이었기 때문이라고 비판한다. 뿐만 아니라 '구름 사이를 누비는 학'이 조선 민족에게 비애의 상징이기 위해서는 개인의 생각이 아니라 이것을 뒷받침하는 널리 알려진 전승, 설화, 고사, 옛 노래, 속담, 관용구 등에 의해 설명되어야 하는데 야나기가 이것을 무시한 채 단지 쓸쓸한 게 아

‘무늬를 안으로 감추는 것’이 아니라 ‘무늬를 바깥으로 드러내는’ 방식이며, 환원염으로 도자기를 구워낸 이유는 산화염에 의해 변색되는 것을 막기 위한 ‘과학적 필연성’ 때문이지 ‘민족 감정’을 표출하기 위해서가 아니라는 주장을 통해, 나오키는 조선의 백색이 민족의 심정을 나타낸다는 야나기의 대전제가 잘못되었음을 논증하였다.

이와 함께 인지해야 할 사실은 초창기 근대미술사학의 정치적 성격이다. 근대적 미술사학의 형성, 전개 과정은 19세기 후반 유럽의 제국주의화와 동반된 것이기에 유럽의 주변 동구권과 비서구권의 여러 민족미술은 이들에 의해 철저하리만치 타자화되어 갔다. 서구 근대의 ‘미술(fine art)’ 개념이 전 세계적으로 확산되면서 비서구적 전통에 있는 모든 인위적 산물들이 철저히 ‘미술’ 개념으로 재맥락화되는 결과21)를 낳았기 때문이다. 또한 19세기 중반 본격화된 만국 박람회는 제국주의 국가들 사이에서 상대적으로 후진적인 지역에 대한 식민지 정책의 일환으로 수용되었다.

일본의 경우 19세기 말 동경미술학교 개교, 제국박물관 설치, 미술잡지 『국화(國華)』 창간 등 일련의 사실은 일본의 국가주의 대두와 밀접히 관련된다. 1862년 런던 박람회 이후 큰 성과를 거둔 자포니즘(japonism)으로 일본은 전 세계에 일본미술품 수집 붐을 일으켰는데, 이를 통해 국가 이미지를 홍보하는데 주력한다. 1910년 런던의 일영전람회에서는 식민지촌을 만들어 놓고 대만·조선 등 아시아의 다른 나라 물품들을 전시하여 식민지 이미지를 연출하고 식민권력을 과시22)하기도 하였다. 박람회를 이용해 서구인들의 시선을 사로잡은 일본은 다음 단계로 서구

___

닐까, 가련한 게 아닐까라고 여기는 것은 사실과 무관한 개인적 감상에 지나지 않는다고 평가한다. 그 밖의 여러 비판 내용에 대해서는 이데카와 나오키[出川直樹], 정희균 역, 『인간부흥의 공예』, 학고재, 2002, 160~186면을 참조할 것.

21) 이인범, 앞의 논문, 8~9면.
22) 정연경, 「일본 근대미술 속의 권력―전시공간과 그림을 중심으로」, 『미술사학보』 21집, 2004, 87~88면 참조.

에서 동양지배와 식민지화를 합리화하기 위해 만들었던 '문명/비문명, 이성/비이성, 남성으로서의 서양/여성으로서의 동양' 등의 이원론적 시선을 아시아의 다른 여러 나라에 적용하면서, 서구 박람회를 모방하여 일본에서 열린 1871년 이후의 박람회에서는 다른 아시아 나라들을 시선의 대상[23)]으로 삼는다.

박물관 역시 국가적 전략으로 기획되고 실천되었다. 박물관의 전시는 한 나라의 역사 유물을 전시하는 공간이지만 그것은 경우에 따라 상정된 역사를 만들어 내는 조작 가능한 것이기도 하다. 그리고 이런 프로젝트를 주도하는 것은 역사적 경험을 지닌 공동체가 아니라, 그 공동체를 정치적으로 지배하는 권력이다. 이때 그 권력이 해당 민족의 내부에 있지 않다면 민족의 문화공동체를 물질적으로 입증하는 공간으로 설정된 박물관의 성격은 또 달라질 수 있다. 즉 식민 통치자가 자국에서 민족 개념을 구성해 내는데 썼던 박물관이, 식민지에서는 그 민족을 위해서가 아니라, 식민통치국을 위해 이용되면서 피지배국의 역사는 식민통치국의 의도에 맞게 재구성되기 때문[24)]이다.

조선총독부가 미술관의 중심 전시물을 고미술품으로 선정한 이유도 이와 같은 논리로 설명할 수 있다. '미술'이라는 새로운 명칭 말고도 '古'라는 접두어를 붙임으로써 과거 조선의 역사를 구성하는 유물들은 '미술'이라는 새로운 가치의 대상으로 제시됨과 동시에 '지나가 버린'

---

23) 김영나, 「'박람회'라는 전시 공간」, 『서양미술사학회 논문집』 13집, 2000, 75면(정연경, 위의 논문, 89면에서 재인용).

24) 목수현, 「일제하 박물관의 형성과 그 의미」, 서울대 석사논문, 2000, 70면 참조 목수현의 연구에 의하면 조선총독부 박물관이 역사유물 중심으로, 대만총독부 박물관이 자연과학계통으로 구성되었음은 통치국의 교묘한 의도의 산물이다. 또한 조선총독부 박물관(1915)의 여러 행사를 점검해 볼 때 고대 일본 내지와 조선관계 자료 약 100점이 선정된 '고대 내선관계 사료전'(1938)에서는 내선 일체를 실증하려는 의도에서 문화적 동질성을 강조되고 있으며, 이왕가 박물관(1909)의 전시 방식은 고려와 신라시대의 도자기나 금속공예, 불상이 중요하게 전시되고 조선시대의 것들이 상대적으로 소홀히 취급되는 것을 알 수 있는데 이 역시 조선 쇠퇴가 필연적이라는 그들의 역사의식을 드러내기 위한 것이라 판단하고 있다.

시간에 속하는 대상으로서 자리매김 되는 것이다. 또한 그 유물이 본래 속했던 곳에서 떨어져 나와 전시되면서 본래의 역사맥락과 의미가 탈색되면서 '탈맥락화'된 객관적인 물건들로 존재[25]하게 된다.

야나기의 조선예술론이 이와 같은 근대 미술사학에 기초해 성립되었다는 점, 그가 미술관과 박물관을 통한 유물의 전시와 역사의 재구성을 시도했다는 점, 그리고 이러한 기획이 조선 총독부의 문화정책과 모순 없이 진행되었다는 점 등을 생각해 보면, 그가 제국주의의 문화논리에서 자유로울 수 없었음을 알 수 있다. 또한 야나기의 비애미가 숱한 논란에도 불구하고 당대의 조선인들에게 수용될 수 있었던 이유 중 하나도 동경이나 경성의 제국대학에서 수학한 조선의 지식인들 역시 이러한 문화적 환경에서 신학문을 수용했기 때문이다. 경성제대에서 미학을 전공한 고유섭이나 동경 미술학교 출신으로 이후 '동양주의 미술론'을 전개한 심영섭·김용준 등[26]이 야나기를 일부 수용하면서도 비판했지만 완전히 그를 넘어선 독자적 미학을 수립할 수 없었던 이유도 여기에 있다.

이처럼 야나기 비판의 핵심은 제국주의가 식민지를 보는 시선, 이 시선에 합리적 논거를 부여하기 위해 동원된 이데올로기적 제도적 장치에 대한 분석이다. 그리고 이 방식은 비교적 최근까지도 변하지 않고 반복되고 있다. 즉 근대 일본이 서양과 동아시아의 식민지라는 타자를 참조하면서 자신들이 원하는 '일본 상'을 만들어 낸 대표적인 인물로 야나기 무네요시를 들고, 우리 역시 그가 부여한 조선의 모습을 바탕으로 근대한국의 모습을 만들어냈다는 주장[27]이 그 대표적인 사례이다.

제국주의 담론이 남성과 여성, 문명과 자연, 정치와 예술이라는 이항 대립적 가치를 전제하고 전자에 일본(서양), 후자에 조선(동양)을 대입하

---

25) 위의 논문, 49면.

26) 이들의 미술론과 미술비평에 대해서는 최열의 『한국 근대 미술비평사』(열화당, 2001)를 참조할 수 있다.

27) 박유하, 「상상된 미의식과 민족적 정체성」, 『기억과 역사의 투쟁』(『당대비평』 특별호), 삼인, 2002, 349면.

는 방식과 동일한 논리가, 야나기의 조선예술론에 그리고 이를 수용한 조선 작가들의 작품에 그대로 반복되고 있다는 것이다. 이것은 또한 '차이화이면서 동시에 동일성을 추구하는 것으로 보이는 담론의 교묘한 전략'28)이다. 즉 식민지의 독자성을 옹호하기 위한 것이 아니라 식민지와의 차이를 통해 일본의 독자성을 구축하기 위한 특수성의 강조라는 점에 비판의 핵심이 있다. 이렇게 볼 때 야나기의 조선예술론을 계기로 조선적 고유성을 탐구해 온 우리 예술가들의 활동 역시 '식민주의자들의 욕망을 모방'하는 모방자의 행위에 불과하다.

　이처럼 그동안 국내 학계에서 이루어진 야나기의 '비애미' 비판은 정도의 차이에도 불구하고 제국주의—식민주의—민족주의의 관점을 맴돌고 있다. 야냐기의 조선미술론을 식민주의적 미의식의 표상으로 간주하고, 이를 비판하는 것으로 민족적 정체성을 재확인하는 방식이다. 그러나 이와 같은 방법은 야나기에 대한 근본적인 비판이 될 수 없다는 데 그 문제점이 있다. 국내 학자들이 야나기의 미학 중 '비애의 미'를 중점적으로 거론한 것은 그것이 '조선예술'만의 고유한 특질로 명시된 것이기 때문이다. 그러나 야나기 미학사상의 정수가 '민예미'에 있다는 것이 정설인 만큼 비애미가 중심이 된 야나기 비판이 단편적인 것임을 부정할 수 없다. 또한 비애의 미를 비판하는 근거가 이처럼 제국주의의 시선과 이를 비판하는 대항적 민족주의의 대결 구도로 설정될 때 철학적, 예술적 사유를 바탕으로 섬세하게 전개되는 야나기 미학사상에 대한 정치한 비판 역시 불가능하다.

　야나기에 대한 비판과 수용29)이 거듭 되풀이 되는 이유는 이처럼 단

---

28) 위의 논문, 361면.
29) 야나기 예술론의 생명력은 그가 '동양의 미'를 중심사상으로 하고 있다는 점에서 시작된다. 서양적 가치와 대결할 필요가 있을 때 야나기 혹은 이와 유사한 동양적 사유는 적극 옹호된다. 그러나 이것이 다시 일본과 조선이라는 관점으로 구체화될 때 이와 상반되는 태도를 보이는 것이 문제다. 또 비애미를 비판하는 제 이론가들조차 그의 민예미를 채택하고 있다는 사실도 지적하지 않을 수 없다. 이인범은 고유섭을 비롯하여

순한 비판논리에 기인한 바 크다. 더구나 '비애미'는 부정하되 '민예미'
는 수용할 수 있다는 것은 결국 야나기의 전면적 긍정일 뿐 야나기 미
학에 대한 정확한 이해도, 체계적 비판도 될 수 없다. 서두에서 밝힌 바
야나기 연구의 양적 성과에 비해 질적인 성취가 미약한 이유도 여기서
찾아볼 수 있다.

3. '민예'에서 찾은 민족적 개성

민족주의나 식민주의처럼 정치적 담론이 예술론을 평가하는 기준이
될 때, 예술의 고유가치가 무시될 수 있다는 문제의식에서 이인범의 연
구는 시작된다. 그는 이런 경향에 대해 '모든 미술사의 변동요인과 목
적이 민족과 국가의 정치·사회·경제적 권력논리로 환원'[30]될 우려가
있다고 지적하고 야나기의 예술론에서 독자적 미학사상을 평가하는 데
주력한다. 이인범은 서구의 예술 개념을 기초로 하여 시작된 야나기의
예술론이 조선예술과의 만남을 통해 예술 개념을 벗어난 곳으로 확산
되고 이 과정에서 보다 근원적인 동양철학 개념인 '무'의 자각으로 향
하는 것에 주목한다. 이렇게 볼 때 '비애미론'은 야나기가 서구예술관에
서 '민예론'으로 이행하는 과정에서 지녔던 과도적 관점일 뿐[31]이라는
것이다. 따라서 초기적 관점에 불과한 '비애미'를 통해 야나기를 논하는
것은 민족적 정체성에 대한 무비판적 기대의 산물일 뿐 야나기에 대한

김용준, 최순우, 김원룡, 이동주, 문명대 등에 의해 야나기의 민예론이 거의 '이의 없이
채택되었'음을 지적한다. 이인범, 앞의 책, 139~145면 참조.
30) 이인범, 앞의 논문, 8면.
31) 이인범의 앞의 책 「6장 조선예술과 민예론」을 참조할 것.

정당한 이해가 될 수 없다는 것이다.

푸코의 지식의 계보학이나 사이드의 포스트 콜로니얼리즘 담론은 예술 혹은 예술에 관한 언설 이면에 잠복된 권력까지도 낱낱이 파헤쳐 준다는 점에서 적지 않게 기쁨을 안긴다. 하지만 다른 한편으로는 예술 논의에서 해방이나 초극의 가능성을 열기보다는 오히려 결정론에 빠져버릴지도 모른다는 우려를 안겨 주는 것도 사실이다. 그런 점에서 예술을 정치학적 기호로 읽는 것만이 능사는 아니다. 정치학은 미술사학에 필요조건이 될 수 있을지언정 충분조건이 될 수는 없다. 예술이 권력의 논리에만 종사하는 것은 아니기 때문이다. (…중략…) 예술은 존재론적으로 현실초극이기 때문에 예술이다. 예술의 성립 역시 근대적 이성의 체계학 내에 배치된 산물일지라도 거기서도 예술은 그 이성을 투시하고 나아갈 수 있기 때문에 예술이다. 따라서 이론을 도식적으로 적용하기 보다는 그 속에 잠복되어 있는 온갖 징후들을 가능성으로 읽어내야 하는 것이 미술사의 임무이다. 다시 야나기로 돌아가 보자. 야나기가 한국 미술에서 곧바로 이후 줄기차게 이야기 하고 싶어 했던 것은 '민예미'이다. 그것은 다름 아니라 '미술'이전이고, 데카르트 이전이며 공식화된 역사 이전의 기억이며 징후이자 태허(太虛)의 세계이다. 그는 이러한 미의 상태를 미생미추(未生美醜)의 상태, 즉 不二美라 불렀다.32) (강조는 인용자)

이즈미 지하루 역시 '비애의 미'가 희랍에서는 물론 1900년대 일본 미학계에 있어서도 기본적 미적 범주의 하나이며, 초월적(신)인 미를 최고의 미로 삼는 것은 신플라톤주의와 기독교정신이 기본이 되는 중세 미학의 입장에서 이해할 수 있다고 본다. 또한 「조선의 미술」을 쓴 1922년은 야나기의 신비도 종교철학이 성립된 시기(1915~1923)라는 점에서 그가 말한 '비애'는 단순한 부정이 아니라 부정도 긍정도 함께 부정하는 초월의 뜻을 나타내고 있33)을 뿐 조선예술에 대한 부정적 언급이 아

---

32) 이인범, 앞의 논문, 18~19면.
33) 미학적 입장에서뿐만 아니라 종교철학적 입장에서 본다면 '비애'는 신과도 통하는 내면성의 표현으로 친근감과 사랑을 내포한 개념이며, 이런 점에서 야나기의 비애는 한국인들이 말하는 '한'과도 상통하는 개념으로 해석한다. 이즈미 지하루(泉川春), 「야

니라고 평한다.

이들은 모두 야나기 미학의 핵심이 1920년대 중반 이후 민중예술에서 종교적 구경성을 발견하고 민예운동에 가담했던 시기에 있다고 본다. 이처럼 종교미학을 중심으로 야나기의 조선예술론을 볼 때 중요한 개념은 '민예'이다. 앞의 인용 중 예술이 '근대적 이성을 투시하고 나아'가는 징후를 읽어내야 한다는 표현이나, 야나기가 한국 미술에서 본 것은 '미술 이전'이자 '데카르트 이전'의 세계라는 부분에서 우리는 필자의 강조점을 알 수 있다. 이는 '무작위의 미학', '불이의 미', '무기교의 기교', '타력의 미' 등 불교미학으로 연계된다. 여기서 그의 종교미학의 성립 과정에 대한 이해가 필요하다.

야나기의 종교의식은 시라카바파의 관념론[34]에서 시작되었지만 진정한 의미에서 야나기 사상의 시발역이 된 것은 영국의 시인인 윌리엄 블레이크였다. 블레이크를 통해 야나기는 이성보다도 직관을 중시하고, 형식적인 법이나 도덕을 초월하는 무율법주의 사상을 갖게 되었을 뿐만 아니라 후기 인상파운동의 예술성[35]에 눈을 뜨게 되었다. 그러나 보다 중요한 것은 블레이크가 정치제도보다도 제도의 개혁을 가져오도록 개인이 자발적인 힘을 획득하는 것을 우선시한 점에 야나기가 깊이 공

<hr>

나기 무네요시의 한국미론과 종교철학」, 이화여대 석사논문, 1994, 4장 2절을 참조
34) 1910년 결성된 시라카바[白樺]파 철학의 배경은 우주에 의지가 있다는 세계관, 그 우주의 의지를 실감을 통해 느낀다는 인식론, 우주의 의지에 복종하면서 그 힘에 자신의 활동을 내맡기는 것만 생각하면 된다는 논리, 그에 따라 당연히 여러 가지 종교의 길이 생기기 때문에 어떤 종교에 대해서도 경외감과 친밀감을 지니는 편이 좋다는 관용스러운 종교관으로 요약할 수 있다. 구노 오사무 · 쓰루미 슌스케, 심원섭 역, 『일본 근대사상사』, 문학과지성사, 1994(「제1장 일본의 관념론─백화파」, 11~22면)를 참조할 것.
35) 후기 인상파 작품에 나타난 '뚜렷한 윤곽선'이나 '단순화', '장식성' 등은 블레이크의 특징으로 간주되던 것으로, 야나기는 블레이크 연구를 통해 동양정신을 예술에 표현하는 것이 뜻밖에도 동시대 서구 최첨단의 예술운동의 목표와 동일함을 알게 되었다. 동시에 그는 블레이크의 그림에 의해 색채의 아름다움과 함께 '선의 미와 형태의 우수함'에 눈을 뜨게 되었다. 이를 발판으로 조선예술에서 형태의 미를 발견하게 되고 이는 다시 동양 삼국 도예의 '차이'를 주목하는 것으로 확대된다.

감한 점이다. 야나기는 프랑스혁명에 대한 블레이크의 방식에 공감하면서 자신도 정치현상을 운운하기 전에 "우선 해방의 힘을 내부에 싹트게 해야 한다"고 생각36)하였다. 이처럼 '마음속의 요구가 명하는 대로, 흐르는 물의 자연스러움과 똑같이 창조'하는 블레이크의 창작 태도는 '필연적이고, 직관적이고, 율동적'이라는 점에서 야나기가 '신비도(神秘道)'를 확립하는 데 깊은 영향37)을 주었다.

> 나는 조선의 역사가 고민의 역사이며 예술의 미가 비애의 미라는 것을 서술하였다. 더구나 그 민족은 현명하게도 필연적인 표현 방법을 선택하여 형태도 아니고 색도 아닌 선에 그 마음을 가장 많이 의탁했다는 것을 서술하였다. 이제 추상적인 개설에서 실제 예증으로 옮아가자.
> 시험 삼아 조선의 수도를 방문하여 남산에 올라가 시가지를 내려다보기로 하자. 눈에 비치는 것은 가옥 지붕에 나타나는 한없는 곡선의 물결이 아닌가. 만약 이 원칙을 깨뜨리고 직선의 지붕이 보인다면 그것은 일본이나 서양의 건축이라고 단언해도 좋다. 도쿄의 언덕에 올라가 시가지를 내려다볼 때와 얼마나 다른 느낌을 받는지 모른다. 곡선의 물결은 움직이는 마음의 상징이다. 그것을 바라볼 때면 피안의 바닷가를 치는 파도 소리가 희미하게 들려 오는듯한 느낌이 든다.38) (강조는 인용자)

이 글은 "예술은 민족의 마음의 표현이다"라는 전제로 시작하여, 조선의 자연·역사·환경·심성·의복·문양 등을 통해 조선의 미술 전반을 특징짓는 글이다. 또한 동양 3국 미술의 차이를 각각 형태와 색과 선으로 규정하면서 '가늘고 긴 곡선'을 통해 '비애의 미'를 다시 한번 확인하는 글이기도 하다. 그러나 이 글에서 비애를 표현하는 '곡선의 물결'은 마음의 상징이자 '피안의 바닷가'에서 들리는 소리를 연상하게

---

36) 나카미 마리, 김순희 역, 『야나기 무네요시 평전』, 효형출판, 2005, 74면.
37) 위의 책, 86면.
38) 야나기 무네요시, 심우성 역, 「조선의 미술(1922.1)」, 『조선을 생각한다』, 학고재, 1996, 183면.

하는 매개물이다. 이인범과 이즈미 지하루의 주장대로 야나기의 '비애미'는 종교적 심성, 종교미의 세계와 무관하게 전개된 것이 아니다.

그 둥그스름한 모양이라든가 어깨를 따라 흐르는 선에서 **자연의 호흡**마저 들을 수 있다. 더구나 표면의 빛이 얼마나 아름다운 흰 빛인지. 언제나 조선의 자기에서 볼 수 있는 조용한 푸르름이 베일처럼 걸려 있다. 이 단순한 흰 빛에서도 우리는 민족의 마음을 읽을 수 있다. 그것은 **여인처럼 차분하게 안으로 숨은 조용한 빛**이다. 우리는 밖으로 나오려는 어떤 오만도 여기서 찾아볼 수 없다. 모든 아름다움은 내부로 감싸여 있다. 눈에 보이지 않는 그 무엇인가를 응시하는 사람을 기다리고 있는 것 같다. (…중략…) 마음으로 그것을 바라볼 때 모든 것이 정화되고 가라 앉혀져 피안의 세계로 가는듯한 느낌이 든다. 이 조용함, 이것이야말로 불교도들이 사랑한 연꽃 피는 정토이리라. …… 내가 얼마나 강렬하게 내 고향의 종교를 정면으로 보는듯한 느낌을 맛보았는지 모른다. …… 수많은 종교가들이 있다. 하지만, 그들이 이렇게까지 마음의 秘事를 그려낼 수 있었던가. 이 한 개의 항아리를 생각하는 것은 곧 이 세상을 생각하고 마음을 생각하고 피안의 세계를 생각하는 것이 될 것이다. …… 끝없는 **명상의 미**가 여기에는 무섭도록 나타나 있다. (…중략…) 이것은 조선조 때의 작품 가운데서도 영원한 것 중의 하나이다. 이와 같은 종교의 영역에 도달한 작품이 이 세상에 과연 몇 개나 있을까?[39] (「그의 조선행, 1920」; 강조는 인용자)

조선의 도자기를 여인의 형상으로, 남성의 손길과 위안을 갈구하는 형상으로 묘사하는 것이 식민지를 바라보는 제국주의의 시선임을 많은 논자들이 비판[40]하였다. 그러나 위의 글을 통해 볼 수 있는 것은 아름다운 '여성의 형상'만이 아니다. 비록 '민족의 마음'이 표현된 백색을

---

39) 위의 책, 113~114면.
40) 대표적인 예로, 박유하는 사랑을 갈구하는 것으로 보인 이조백자가 많은 경우 여성(조선)으로 표상된다는 것에 주목하여, 야나기가 자신을 조선을 사랑해야 할 주체인 남성(일본)으로 주체화한다고 평가한다, 남성으로서의 일본(야나기)에게 있어 조선의 도자기(조선)은 고통스럽더라도 감정을 나타내지 않는 '인내심' 많은 여성으로 인지된다는 것이다. 박유하는 이것이 추상적 젠더화이며 식민지 조선의 폭력적 저항이라는 상황에 맞설 담론으로 고안된 '젠더화'라고 비판한다. 박유하, 앞의 논문, 351~352면.

'여인처럼 차분하게' 안으로 숨은 조용한 빛으로 묘사하고 있기는 하지만 그것은 동시에 '자연의 호흡'을 내뿜는, 정토의 세계를 연상하게 해주는 어떤 것이다. 또한 종교가들보다 더, 끝없는 '명상의 미'를 무섭도록 보여주는 '영원한 것'이다. 이처럼 도자기의 미에 나타난 종교성에 대한 묘사는 '여인'에 대한 비유보다 훨씬 더 곡진하다. 따라서 '비애의 미'에서 식민주의적 시선만을 읽어내는 단순함은 폐기되어야 마땅하다.

또한 비애미가 전개된 1920~1922년의 글에서 이후 민예미의 핵심 개념들이 모두 언급되고 있다는 점을 고려할 때 야나기의 미학을 비애미의 시기와 민예미의 시기로 구분하고 후자에서 그 완성태를 보는 두 논자의 견해 역시 부분적으로 수정될 필요가 있다. 다음의 글을 비교해 읽어 보도록 하자.

일반적인 추세를 볼 것 같으면 시대가 내려옴에 따라 기교가 복잡의 도를 더해간다. 그것은 동서를 막론하고 피하기 어려운 결과였다. 바꾸어 말하면 사람이 자연을 떠나서 작위(作爲)에다 예술을 맡기려 한 것이다. 자연에 대한 무심한 신앙이 작품을 낳는 것이 아니라 자기 기교에 대한 의식이 중요한 힘이었다. 그러나 이러한 추세는 자연에 대한 반역이다. 자연에 대한 반역은 미에 대한 반역이다. 시대가 밑으로 내려옴에 따라 예술이 타락하는 주원인이 실로 여기에 있다고 해야 할 것이다.[41] (강조는 인용자)

하나하나 공을 들여 만들지 않았기 때문에 기교라는 병에 걸릴 시간이 없다. 그것은 미를 논하기 위해 만들어진 물건이 아니다. 그러므로 의식이란 병에 걸릴 시간이 없다. 그것은 이름을 새겨 넣을 정도의 물건이 아니다. 그러므로 자아라는 죄에 물들 기회가 없다. 그것은 달콤한 꿈이 만들어 낸 물건이 아니다. 그러므로 감상의 유희에 빠질 일도 없다. 그것은 흥분된 신경 상태에서 만들어진 것이 아니므로 변태로 기울어질 요인을 가지고 있지 않다. 그것은 단순한 목적으로 만들어진 것이다. 따라서 화려하고 아름다운 세계에서는 멀어진다.

---

41) 야나기 무네요시, 심우성 역, 앞의 책, 218면.

왜 이 평범한 다완이 그토록 아름다운 것인가? 그것은 실로 평이함 자체에서 생겨나는 필연의 결과다. (…중략…) 인위적인 데서 생겨난 어떠한 다완도 이 다완을 뛰어넘은 것이 없지 않은가. 그리고 아름다운 다완은 모두 자연에 순응하여 만들어진 것뿐이다. 작위적인 것보다는 자연이 한층 놀랄 만한 결과를 낳는다. 세밀한 인간의 지혜도 자연의 예지 앞에서는 아직 어리석게 보인다. 왜 '평이함'의 세계에서 아름다움이 생겨날까. 그것은 필경 '자연스러움'이 있기 때문이다.[42] (강조는 인용자)

'민예미'의 특징은 '무기교의 기교', '비개성적 개성'이며 이를 통해 드러나는 것은 '건강미'·'단순미'·'실용미' 등이다. 그 근거가 되는 것은 작위가 아닌 자연에의 순응이라 할 수 있다. 위의 인용 중 앞의 글은 1922년에 쓰여진 「조선시대 도자기의 특질」이며, 뒤의 글은 천하의 명품으로 알려진 '기자에몬 오이도'를 보고 쓴 1931년의 글이다. 야나기는 기자에몬 오이도에 대한 감상에서 '타력의 미'를 잘 설명하고 있다. 자연스러움의 미는 '자력의 소산'이 아니며 '이도는 태어난 기물이지 만들어진 기물이 아니다'는 인식이 그것이다. 이처럼 '자연적인 것'과 '작위적인 것'을 구분하고 전자에서 미의 극치를 도출하는 야나기의 미학은 민예미의 시기에 비로소 등장한 것이 아니라 그가 비애미를 제시하던 1920년대 초부터 일관된 것이었다.

이인범은 야나기가 조선시대의 문양을 논하면서 "질이 떨어지는 조잡함과 달리 천진스러우며 자연스러워서 최고의 미를 만들어 낼 수 있는 요소를 갖추고 있다. 거기에는 천연이 부여해 준 무기교의 기교가 있다"(「조선시대 요만록」, 1922)라고 말한 것에 대해 '예술관의 코페르니쿠스적 전회'로 평가[43]한 바 있다. 그러나 야나기는 조선예술을 처음 접할 때부터 석불암이나 고려자기 등 최고의 예술품 이외에도 놋그릇, 나막신, 한지, 한복, 막사발, 초가지붕의 형태 등 소위 민중적 작품들에 주

---

42) 위의 책, 315면.
43) 이인범, 앞의 책, 108~109면.

목하였다. 이것이 '선'을 중심으로 한 '비애'에서 '건강'과 '실용', '무심'
을 중심으로 한 '민예론'으로 전환한 것을 이해하기 위해서는 좀 더 구
체적인 설명이 필요하다. 비애의 미가 민중예술과 무관하게 도출된 것
이 아니었기 때문이다.

　이처럼 야나기의 미학이 '구경의 미'를 완성하는 것에 집중된 것이
아니라면 그가 비애미에서 민예미를 거쳐 추구하고자 한 것은 과연 무
엇이었을까? 아니 비애의 미보다 민예의 미가 더 중요하게 부각된 계기
는 무엇일까? 사상사의 관점에서 야나기 예술론을 논한 나카미 마리[中
見眞理]의 경우 그것은 민족적 개성으로서 '일본의 미'를 추구하기 위한
도정이라고 평가한다.

　　야나기는 일본의 국보가 대부분 조선의 것 혹은 그 모방인 것을 인식하고 있
　었다. 더욱이 일본 국보 중에 조선 다음으로 많은 것은 '중국의 것'이라고 말하
　고 있다. 그러나 각자가 자신들의 원천을 중시하면서 개성을 발휘하고 서로를
　살려 나가는 일을 중시했던 야나기로서는 남도 아닌 일본의 대표적 예술에 그
　원천이 결핍되어 있다는 이 발견이 크게 곤혹스러웠을 것임에 틀림없다. (…중
　략…) 이는 일본이 문화에서 서양의 후진국일 뿐 아니라 여전히 중화 제국의 주
　변에 위치하고 있음을 재발견한 것이기도 하다. 따라서 그 후 야나기에게는 조
　선의 미를 평가하는 것뿐 아니라 오히려 일본의 미의 독자성을 조선의 미와 구
　별하면서 명확하게 하는 것이야말로 긴급하고 또 중요한 과제가 되었을 것임에
　틀림없다. 게다가 조선의 미는 당시 일반적으로 중국의 영향을 강하게 받은 것
　이라고 간주되고 있었기 때문에 조선의 미를 중국의 미와 식별하는 일도 당연
　히 중요했다. 이와 같은 문제의식이 야나기가 민족이란 개념을 명확하게 파악
　해 가는 배경 가운데 하나가 되었다.[44]

　일반적인 견해와 달리 위 글의 필자는 야나기가 '일본 미의 독자성'
을 추구하는 과정에서 '조선 미'의 예술적 경지를 발견한 것이라는 의

---

44) 나카미 마리[中見眞理], 김순희 역, 앞의 책, 146~7면.

견을 제시하고 있다. 이 글의 장점은 이 견해를 따를 때 그간의 논리로
는 설명이 미진했던 많은 부분이 해명된다는 점에 있다.

야나기는 1920년 「조선사람을 생각한다」나 1922년 1월에 쓴 「조선의
미술」에서 '비애의 미'를 제시하면서 그것을 또한 여성적인 미로 곡선
의 미로 설명하였다. 그러나 1922년 9월에 발표한 「조선시대 도자기의
특질」에서는 '의지의 미', '지상의 미'와 함께 '힘의 미'가 등장하고 조
선시대 도자기가 '위엄의 미'를 구했다는 평가가 이어진다. 이어 "고려
때의 작품에 여성의 미가 있다면 조선 시대의 작품에는 남성미가 있다.
감정보다도 의지의 미를 지배하는 힘이라고 볼 수 있다"[45]고 다시 한번
의지의 미를 강조한다. 물론 이는 조선 초기 새 왕조의 발흥기에 대한
설명이기는 하지만 혼동을 주는 발언임에는 틀림없다. 또한 이는 세키
노 등 관학파의 역사 인식과도 거리가 있는 견해이다. 앞 장에서 밝혔
듯이 일본 관학파들은 한국의 미술이 통일신라 때 절정을 이루었다가
후대로 갈수록 쇠퇴했다는 입장을 취했기 때문이다.

그렇다면 야나기가 조선도자기에서 의지의 미를 읽은 이유는 무엇일
까? 조선시대 이전의 3국은 중국 문화를 중심으로 결합해 왔지만 조선
시대에 동아시아는 명백히 각자의 문화를 추구했다는 것을 보여주기
위해서이다. 일본의 국보에 개성이 없는 것은 그것이 조선시대 이전의
것이기에 어쩔 수 없는 것이라 하더라도 조선시대 이후 각 민족문화가
자신의 길을 갔다면 거기서 일본문화의 독자성을 명백히 하는 일이 더
중요하고, 조선의 미를 중국의 미와 구별하는 일도 필요했다. 따라서 중
국의 영향이 지대했던 고려시대를 여성적인 것으로 조선시대를 남성의
미로 보고 이를 서양 중세의 고딕미에 가까운 강함, 크기, 의지의 미로
읽어냈다[46]고 볼 수 있다.

---

45) 야나기 무네요시, 심우성 역, 앞의 책, 212면.
46) 나카미 마리, 김순희 역, 앞의 책, 145~150면. 나카미 마리는 이런 점에서 초기에 야
　나기가 조선 예술에서 '비애의 미'를 강조한 것은 객관적인 관찰이 아니라 민족문화를

또 이 견해에 따르면 야나기가 비애의 미, 백색의 미학을 거쳐 민예미, 공예미로 이행한 과정도 비교적 명쾌하게 설명할 수 있다. 고대 일본의 미는 중국이나 조선의 미를 모방한 것이었기에 일본 역사에서 중국이나 조선의 미에 필적하는 것을 찾아내기 위해서는 고대 이외의 시대를 찾아야 했다. 그러나 동양이 서양에 공헌할 것으로 종교와 예술을 상정한 야나기에게 일본의 서양화(西洋化)·근대화(近代化)를 고평하는 것은 있을 수 없는 일이었기에 고대도 근대도 아닌 시기[47]—아시카가 시대에서 도쿠가와 시대 중—에서 일본이 자랑할 만한 것으로 일용잡기에 눈을 돌렸다[48]는 것이다. 물론 그 과정에서 야나기의 종교철학적 이상이 결정적인 역할을 한 것을 부인할 수는 없다. 그러나 야나기 미학에서 종교철학적 이상을 절대화할 경우 그가 견지한 현실적 문제의식을 간과할 우려가 있다.

이렇게 볼 때 야나기의 민예론의 의미는 재조정될 수밖에 없다. 그의 미학사상이 독자적 영역을 구축했다는 사실을 부정할 수는 없지만 그가 동양적 사유의 특성에 착안해 종교적 이상으로 현실을 '초월'함으로써 '미추가 구별되기 이전의 세계'이자 근대적 사유 이전의 피안인 '불

차별화할 필요에서 무리하게 3국의 미를 구별지으려 한 결과였고 따라서 이 구분이 '시적이다'는 비판이 유효하다고 본다.

47) 나카미 마리의 설명에 의하면 이미 1914년 고딕의 미를 발견한 야나기가 7년 후인 1921년 새삼 『고딕의 예술』을 쓴 것도 중세와 그 시대 미의 특질을 한층 깊이 고찰할 필요가 있었기 때문이다. 도쿠가와 시대의 불교에 대한 무리한 해석도 일본의 중세에서 민중적 미를 찾기 위한 노력이었다. 또한 그의 민예미 이론은 존 러스킨이나 윌리엄 모리스 사상과 이들의 실천한 '길드 사회주의'의 영향이 명백함에도 불구하고 그가 '민예는 외국 사상에서 출발한 것이 아니라 일본 스스로 낳은 것'이라 규정한 이유도 일본의 독자성에 대한 과도한 집착이 낳은 역설로 본다(위의 책, 152~155면). 러스킨과 모리스의 사상 및 길드(협단)운동에 대해서는 나카미 마리의 책 8장을 참조할 것.

48) 이처럼 일본문화의 개성을 일용잡기에서 찾아 낸 이후 야나기에게는 형·색·선에 기초한 동양 3국의 구분이라는 관점이 사라졌다. 그러므로 나카미 마리는 야나기가 조선과의 접촉을 통해 획득한 것 중 결정적인 것은 일반적으로 이야기 되는 도자기의 아름다움이 아니라 일본의 국보는 '조선의 작품'이라는 발견이라고 평가한다. 위의 책, 151~156면.

이의 미'를 추구했다고 보는 것은 그가 지닌 현실적 문제의식을 정반대
로 해석한 측면이 있기 때문이다. '미의 세계에서 독창적인 일본을 가
장 뚜렷하게 보이고 있는 것은 이 조잡한 것의 영역'이라는 「일본 민예
미술관 설립 주지서」(1926)의 언급이나 1941년 '일본의 독자적인 국민성
을 표현하기 위해 민예는 어떤 일이 있어도 번영해야 한다'는 말에서는
민예운동의 이론화 과정에서 일본 문화의 개성을 확립하기 위한 노력[49]
을 엿볼 수 있다

4. '차이'의 발견과 미학주의의 한계

불교철학에 기초한 독자적 민족문화의 확립이라는 야나기의 문제의
식에 주목할 때 이것이 당대 일본 사상 일반과 어떤 관계에 있는지 점
검할 필요가 있다. 이런 점에서 야나기 미학의 특징을 시라카바의 일반
성에서 평가하는 관점이 주목된다. 시라카바파가 활동했던 다이쇼[大正]
기는 일반적으로 러일전쟁(1905)부터 관동 대지진(1923)까지를 의미하며,
국가 목표의 상실에 따라 국가의 구심력이 약해지고 개인의식이 강화
된 시기로 평가된다. 일반적으로 이 시기 담론의 특징에 대해서는, 개인
과 사회를 조화적 관계로만 생각하여 사회관습이나 통념, 국가 조직 등
이 개인의 충족 발전을 어떻게 저해하는가에 대해서는 고찰하지 않는[50]
다거나 '차이의 소멸에 의한 동일한 담론의 확립'[51]으로 요약된다.

---

49) 위의 책, 156면.
50) 신인섭, 「교양 개념의 변용을 통해 본 일본 근대문학의 전개 양상 연구—다이쇼 교
    양주의와 일본 근대문학」, 『일본어문학』 23집, 2004, 356면.
51) 가라타니 코오진[柄谷行人] 外, 송태욱 역, 『근대 일본의 비평』, 소명출판, 2002,
    165~166면 참조.

전자는 개인의식에 치중하여 사회적 문제를 등한시한 점을 지적하고 있으며, 후자는 추상적이고 보편적인 관념에 치우친 경향을 문제 삼고 있다. 이는 결국 '타자성의 부재'로 설명할 수 있다. 외국체험을 예로 들어보면 문학이나 철학·음악·미술의 전문가들이 잇달아 서구를 찾지만 이들이 차이보다는 동질성을 추구하기 때문에 이질적인 것을 인지하지 못한다는 것이다. 아사다 아키라[淺田彰]는 실제 외국이 아니라 외국의 이미지를 다룸으로써 동질적인 공간 속에서 모든 차이가 해소되는 것과 같은 환상이 만들어지고 그 안에서 여러 외국이 말소되는 이런 경향을 '닫힌 코스모폴리탄이즘'[52]이라는 모순적 어법으로 설명한다.

다이쇼 비평의 이러한 특징은 야나기의 비정치성을 비판하는 근거가 되기도 한다. 현실의 사회적·정치적 제 문제들을 의식적으로 배제하는 한편 문화·예술 등 주관적이고 관념적인 문제에 집착하면서 생명·자연·미·인류 등 추상적인 표어를 생산하는 시대적 병리성의 핵심에 시라카바파가 존재했다고 보고, 야나기의 한계를 야나기 개인의 문제로 파악하기 보다는 시라카바파의 관념론적 한계로 일반화시키는 입장[53]이다. 이러한 견해는 야나기 미학을 평가하는 한 경향으로 볼 수 있다. 그러나 시라카바의 구성원들이 종교·문학·미술 등 각자의 영역에서 서로 다른 문화적 실천을 통해 자신의 이론을 완성해 갔다는 사실을 상기해 보면 이 역시 야나기의 예술론에 대한 합당한 평가로 보기에는 미흡한 것이 사실이다.

한편 이와 반대로 모두가 코스모폴리탄의 환상에 젖어있던 이 시기에 야나기가 '조선미술'을 발견한 것은 극히 예외적이며 '비평적인' 활동이라고 보는 관점도 제기된다. 예컨대 그가 쓴 「조선의 벗에게 보내는 글」은 이 시기 사회적 담론이 그 시야에서 멀리한 식민지 지배의 현

---

52) 위의 책, 198면.
53) 이병진, 「광화문과 야나기 무네요시」, 『비교문학자가 본 일본 일본인』, 현대문학, 2005, 220면.

실을 보여준다는 점에서 뜻밖에도 다이쇼적 담론에 대한 비판이 될 수 있다는 것이다. 또한 야나기의 '조선 미술론'은 식민통치의 계몽성을 전혀 포함하지 않는다는 점에서도 '미에 대한 애착을 넘은, 훨씬 구체적인 차이의 실천54)'으로 간주되는데 이것은 시라카바의 일반적 한계를 넘어선 곳에 야나기의 조선예술론이 존재한다는 평가라 할 수 있다.

그러나 이것으로 식민지 예술에 대한 야나기의 존경과 식민주의자들에 대한 분노, 그럼에도 불구하고 정치적 독립이나 물리적인 폭력 대신 '미의 세계'에서 민족의 보존을 추구하라는 야나기의 논지를 충분히 이해할 수 있는 것은 아니다. 단지 '차별화된' 식민지 현실의 존재를 보여주는 것만으로 반식민주의자라 할 수는 없기 때문이다.

조선의 미술에 대한 고평과는 대조적으로 조선의 정치적 현실에 대한 야나기의 언급은 매우 추상적인 수준에 머물러 있는 데 대표적인 것으로『조선과 그 예술』(1922)의 서문을 들 수 있다. 그는 자신의 책이 '조선 문제에 대한 공중의 분노'와 '그 예술에 대한 사모'에서 시작된 것임을 밝히고, 조선과 일본의 문제가 시끄러운 지금 '이 책은 조선에 대한 최초의 공개적인 변호'임을 명백히 한다. 그러나 조선인에 대해서는 "분노로 인해 자신을 죽여서는 안 된다"라거나 "독립을 앙망하기 전에 큰 인격의 출현을 앙망하라, 무엇보다도 먼저 위대한 과학자를 내고 위대한 사색가를 낳고 위대한 예술가의 출현을 앙망하라. 진과 선과 미를 빼고 조선을 영원한 것으로 만드는 기초란 없다는 점을 깊이 깨닫기 바란다"고 밝힘으로써 정치적 해결에 부정적 입장을 표명한다. 또한 「포웰의 '일본의 조선 통치정책을 평한다'」(1922)에서도 그는 "한일합방이라는 결과에 대해서는 조선 자신도 절반은 책임을 져야 한다"고 밝히고 오로지 위대한 예술가를 산출하는데 매진하라는 동일한 당부를 하고 있다.

---

54) 가라타니 코오진 외, 송태욱 역, 앞의 책, 182면.

이에 대해 가라타니 코오진(柄谷行人)은 오카쿠라 텐신과 야나기 무네요시를 비교하면서 이들의 동양주의 미학사상이 '미학중심주의'에 머문다는 점에서 그 한계를 지적하고 있다. 그에 따르면, 발터 벤야민은 예술 작품의 아우라가 기술복제의 시대에 사라졌음을 단언했으나 진실은 정반대이다. 오히려 생산의 기계화가 수공업 생산물에 아우라를 부여하고 그것을 예술로 변화시킨 것으로 볼 수 있다. 칸트를 빌어서 말한다면 미는 대상에 내재하는 것이 아니라 대상을 예술로서 숙고하는 것 혹은 대상을 무사심성으로 보는 데 있기 때문이다. 그리고 칸트적인 '사심 없음'이란 이해관계를 괄호에 넣음으로써(괄호화) 사물들의 차이를 재발견하려는 행위이기도 하다.

마찬가지로 영국의 민예운동가 존 러스킨이 수공업을 고평한 것은 파괴당한 식민지 문화에 대한 미적 숭배(미학중심주의)와 불가분리의 관계에 있다. 미학중심주의자들은 자신들의 미학적 태도가 산업자본의 도래에 의해 생산되었더라도 항산 반(反)산업자본주의자로 나타나는데, 이것은 수공업이 존재할 수밖에 없었던 현실 그리고 산업자본에 의해 파괴될 수밖에 없는 수공업에 대한 감상적 태도에 불과한 것이다. 그러므로 이들은 식민지의 객관현실을 '괄호'로 묶고 현실에서 탈맥락화된 대상을 미적 숭배의 대상으로 치환함으로써 결국 파시즘을 미학화한다고 평가55)된다.

야나기의 미학을 분석해 보면 그의 미적 이상은 서양 중세 고딕예술의 세계에 있었다. 그리고 그것에 필적하는 동양예술의 형태로서 민예의 세계를 제시하였다. 서양의 중세가 기독교 예술이었듯이 민예의 세계는 불교의 미학, 즉 개인의 자아(自力)를 버리고 자연(他力)의 질서에 자신을 내맡길 때 자연스럽게 형성되는 종교의식의 산물이다. 이를 '불이(不二)의 미'로 표현할 수 있다. 불이라는 개념은 '하나'라는 긍정적 표

---

55) 『柄谷行人集』 4, 東京 : 岩波書店, 2004, 150~170면 참조.

현으로 바꾸어도 좋은 것이지만, 하나(一)라면 둘(二)에 대립하고 많음(多)에 대립하는 의미가 있어서 이러한 이원성을 넘어서는 말로 '둘이 아니'라는 '불이(不二)'라는 쪽이 더 적절하다. 미에도 추에도 속하지 않는 것이며, 추를 버리는 것으로 선택된 미도 아니다. 그래서 구경(究竟)의 미, 절대미는 '불이 미'이며 이것은 '미 그 자체'를 의미56)한다.

그러나 그가 근대적 삶을 거부하거나 마치 노장철학이 그러한 것처럼 자연으로 회귀하는 삶을 실천하고자 했던 것은 아니다. 무엇보다도 민족문화의 확립을 우선한다는 점에서 그의 민예론은 철저히 근대적 인식의 산물이다. 그가 인간 중심의 근대적 세계관과 거리를 두고, 근대적 개인에 대비되는 개념으로 민중의 존재를 내세운 것은 사실이지만 이때의 민중은 이념형으로서의 민중에 불과한 것이었다. 따라서 민중은 주체적 존재가 될 수도 없었고, 지식인이 될 수도 없는, 스스로 미를 만들어 내지도 않고 순종하며 반역심이 없는 존재로서의 민중57)이다. 야나기는 이름 없는 공예가들의 행위를 천재적 개성과 대비되는 '사심 없는' 것, 즉 '타력(他力)'에 의한 것으로 보고 그 속에서 '건강성'을 도출하였으나 그것은 실제 민중의 행위에 동참하거나 민중의 삶을 이해한 끝에 얻은 결론이 아니었다. 그 결과 그에게 민중은 민족문화를 명확히 한다는 과제에 종속된 존재58)일 뿐이다.

---

56) 이인범, 앞의 책, 162면.

57) 최하림 역시 그의 민예운동이 서민예술을 진작시키는 운동이라는 철학을 결했기에 바우하우스와 같은 시민문화 개척에 일조하지 못했다고 지적한다. 또한 그가 민예를 만들어 낸 서민계층의 생활에 대한 이해 없이 민예의 형태적 측면에 관심했기 때문에 어떤 면에서는 민예와 대립관계에 있는 공업 디자인이나 모던 크래프트에 지대한 관심을 보일 수 있었다고 평한다. 최하림, 「해설―유종열의 한국미술관에 대하여」, 『한국과 그 예술』(유종열 저, 이대원 역), 지식산업사, 1974.

58) 나카미 마리, 김순희 역, 앞의 책, 189~200면. 이외에도 야나기가 민예운동의 확립기에 미의 표준을 만들고 미 이론을 체계화한 것은 야나기 사상의 특징이었던 무율법주의에 위배되는 것이자, 일본적인 것을 서양에 통용되도록 하고 싶은 욕망에서 나온 것으로 볼 수 있다. 따라서 야나기의 미학 이론은 그가 자문화의 특징으로 간주하고 있었던 것을 내세운 이론으로 평가(211면)된다.

이처럼 야나기가 지속적으로 확보하려 했던 '차이'와 이에 근거한 민족적 개성의 문제는 동양과 서양의 차이, 자연과 작위의 차이라는 문제로 요약할 수 있다. 그에게 이 차이가 필요했던 이유는 구분과 단절 혹은 대결을 위한 것이 아니었다. 윌리엄 블레이크와 시라카바의 영향으로 형성된 그의 '생명존중사상'은 인간의 신성(神性)을 믿고 이를 제약하는 모든 것을 거부하는 무율법주의에 기반하고 있다. 이처럼 모든 존재를 긍정하는 인식 방법에 대한 야나기의 공감은 '이원(二元)의 문제'에 관한 사색에서 한층 더 깊어진다. 1913년 집필한 「생명의 문제」에서 그는 고저, 대소, 강약, 미와 추, 남녀, 애증 등 대립적인 명칭이 얼마나 광범위하게 퍼져 있는지 주의를 환기시키며, 그러한 것들이 상호의존관계에 있음을 인식[59]한다.

이 '상호 의존성'은 이 세상 모든 것의 존재의의를 밝히는 것이기도 하다. 이런 의미에서 자연과 작위도 서로를 필요로 하는 것일 뿐 상호 배척하는 것이 아니며 동양과 서양 역시 마찬가지이다. 그는 동양과 서양이 서로의 개성을 명확히 하고 자신의 특성을 고유한 형태로 보존할 때 비로소 상호존중과 평화가 가능하다고 보았다. 이것을 타자에 대한 인식이라 할 수 있을까? 만일 그렇다면 그의 사상은 일본의 초국가주의의 한계를 뛰어넘는 것이라고 할 수 있을 것이다.

야나기는 '민족'을 유형적 접근의 단위로 파악하는 근대 미술사학의 관점에서 조선예술론을 접근하였다. 이런 의미에서 '비애'를 기초로 한 조선예술론은 한 민족이 고유한 미적 동질성을 소유한다는 인식의 소산인 셈이다. 이후 '민예 미'로의 발전이 과연 이와 같은 한계를 초월한 것인가에 대한 판단이 남은 셈이다. 그러나 민예미가 내적 가치로 설정하는 '자연' 혹은 '타력'이, 신과의 합일을 설정하면서도 결국 자기의 본질을 실현한다는 의미에서 자기 동일성의 세계로 평가[60]된다면 그것

---

59) 위의 책, 81면.
60) 가라타니 코오진[柄谷行人], 조영일 역, 「일본적 자연에 대하여」, 『언어와 비극』, 도

이 갖는 한계는 명백하다고 할 수 있다. 즉 야나기에게 서양이란 동양의 외부, 자기 공동체의 외부에 존재한 것이 아니라, '자기가 아닌 것'에 불과한 것이다. 따라서 서양과의 대립을 통해 동양의 고유성을 탐구하려는 그 모든 시도가 그러했듯이 그의 예술론 역시 자기 동일성의 확인에 그칠 뿐 새로운 영역으로 나갈 수는 없었다고 평가할 수 있다.

5. 맺음말

야나기 무네요시가 조선의 예술에서 '비애'를 발견한 것은 동양예술의 일반성으로 포괄할 수 없는 조선예술의 '차이'에 주목한 행위였다. 이처럼 그가 '차이'를 발견할 수 있었던 것은 서구의 근대학문을 학습한 결과이다. 식민사관과 무관할 수 없다는 정치적 한계에도 불구하고 이와 같은 발견은 조선의 지식인들에게 엄청난 효과를 불러일으켰고 이것이 '조선적인 것'에 대한 광범한 관심과 모색으로 진행된 것은 주지의 사실이다. 그가 제시한 '비애의 미'는 이처럼 양면성을 지니고 있다.

그러나 그가 이를 계기로 완성한 '민예 미', '구경의 미'는 다시 '동양예술'의 일반적 가치와 그 보편성의 모색이라는 의미로 전화된다. 그것은 서양과의 대립관계에서는 '차이'를 지향하는 행위였으나 애초에 그가 지녔던 문제의식과 비교해 본다면 오히려 더 추상적인 성격을 지니고 있다고 볼 수 있다. 그 이유는 무엇일까? 먼저 시대적 한계를 지적할

서출판b, 2004. 고진은 일본어에서 자연 개념이 두 가지 용법으로 사용됨을 밝히고 진정한 의미에서 자연의 대립 개념은 '작위'가 아니라 '타자'임을 논증한다. 모든 공동체는 자연의 원리를 가지고 있기 때문에 그것에 대립하는 것은 공동체 밖으로 나가려는 것뿐 그 이외의 것은 전부 자연의 원리라는 것이다.

수 있을 것이다. 주지하듯이 1930년대는 일본의 파시즘화가 극에 달했던 시기였다. 그는 관학파 학자였던 세키노 타다시나 동양사의 창시자 시라토리, 근대초극론을 전개한 니시다 기타로 등의 이론가들처럼 파시즘의 문화론을 의식적으로 추구하지는 않았으나 서구와의 대결이라는 시대적 문제의식을 회피할 수는 없었다. 이 문제의식은 독자적인 민족문화, 특히 일본문화의 독자성을 확립하는 것으로 발전된다. 이런 점에서 "동아시아에서 자기 민족의 미적 특성에 관해 의미를 부여하는 나라는 한국과 일본 둘밖에 없다"[61])는 말은 현 시점에서 매우 의미 있는 지적이다.

이런 문제들은 야나기의 조선예술론을 '조선적인 것'의 내부에서만 바라볼 때는 결코 인지될 수 없는 사실들이다. 그간 이루어진 '비애의 미', '민예의 미'에 대한 수용 혹은 비판은 이와 같은 전제들을 간과하고 있다. '비애의 미'를 비판하고 '민예의 미'를 수용하는 경우에도 야나기의 민예론이 총독부의 '조선미술 전람회'를 통해 일본과 조선의 관계를 '중앙'과 '지방'으로 간주하여, 조선의 공예를 일본에 종속된 변방의 지방문화로 내면화 시킨 것[62])을 설명하지 못한다. 일반적으로 '비애의 미'는 제국주의문화 담론의 투영으로 비판되고, '민예의 미'는 한국적 소박미의 특성으로 수용되어 왔다. 그러나 제국주의문화 담론과의 친연성을 굳이 따져본다면 '비애의 미'보다 '민예의 미'쪽이 훨씬 더 정치적인 것임을 알 수 있다.

야나기 무네요시는 '조선적인 것'의 중심에 서 있었다. 일제 강점기에 나라 잃은 조선인들을 위로하는 지식인으로서, 조선예술의 독자적 가치를 세상에 알리고 그 보존에 힘쓴 훌륭한 예술비평가로서, 또한 민

---

61) 「프롤로그—한국미의 원형을 찾아서」, 『한국의 美를 다시 읽는다』(권영필 외), 돌베개, 2005, 21면.

62) 김희정, 「문화 이데올로기로서의 야나기 무네요시의 민예론」, 『한국일본어문학회 학술대회 발표 논문집』, 한국일본어문학회, 2005, 457면.

예의 세계를 통해 새로운 미학을 정립한 이론가로서 우리는 그를 항상 새롭게 이해하려고 노력해 왔다. 그러나 이제 야나기에게 향했던 질문을 우리 자신에게도 해야 한다고 본다. 우리 역시 자신의 동일성을 재확인하는 하나의 수단으로 야나기 담론을 활용해 온 것이 아닌가? 야나기의 조선예술론이 정립되고, 활용되고, 서구 미학에 대한 하나의 대항 미학으로 확대되는 과정에서 우리가 깨달아야 할 점은 바로 이것이다.

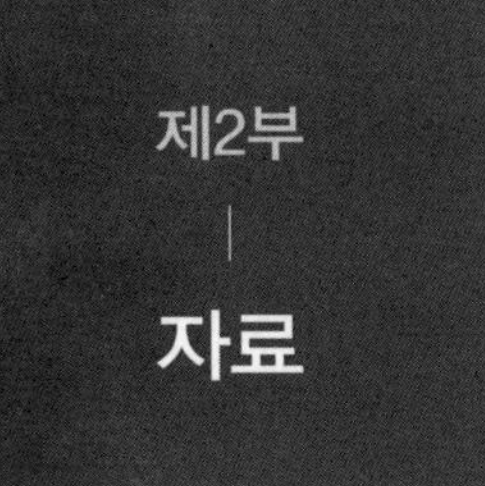

제2부

—

자료

조선(朝鮮) 벗에게 정(呈)하는 서(書)

유종열

나의 아는, 또 아직 보지도 못하고 알지도 못하는, 여러분 조선(朝鮮)의 벗에게, 진심(眞心)으로 이 서한(書翰)을 드린다. 지금(只今) 나에게, 이렇게 하라는 명(命)이 있기 때문에, 나는 (諸君의) 앞으로 나가서, 참을 수 없는 이 심중(心中)을 제군(諸君)에게 말씀하려 함이요 또 제군(諸君)은 이러한 말을 들어주실 줄 믿는 바이다. 만일(萬一) 이 일 문(一文)을 통(通)하여, 두 마음이 상촉(相觸)할 수 있을 지경(地境)이면, 그것은 얼마나, 나의 기꺼움일까. 제군(諸君)도 그 적막(寂寞)한 침묵(沈默)을 나의 앞에서는 깨뜨려 주기를 바라는 바이다. 사람은 언제든지 심중(心中)을 서로 토설(吐說)할 만한 친구(親舊)를 구(求)하는 것이다. 더구나 제군 간(諸君 間)에는 애(愛)를 심저(心底)로부터 갈구(渴求)한다고, 나는 생각한다. 이같이 생각할 때, 어찌 나는 이 방문(訪問)을 아니 하리요(愛를 보내지 않을 수 없다는 뜻). 제군(諸君)도 이 서한(書翰)을 손에 들고, 나에게 대답(對答)하기를 주저(躊躇)치는 않을 것이다. 나는 그리하리라고 믿는 터이다.

一

나는 요사이 웬일인지 조선(朝鮮)에만 정신(精神)이 팔렸다. 왜 그런가는, 나도 설명(說明)할 수 없다. 어디에 정(情)을 설명(說明)할 수 있는 충분한 말이 있을까. 제군(諸君)의 심사(心事)와 고적(孤寂)함을 살필 때, 나는 알 수 없는 눈물을 금(禁)치 못한다. 나는 지금(只今) 제군(諸君)의 운명(運命)을 생각하며 또 이 세상(世上)의 부자연(不自然)한 형세(形勢)를 회상(回想)한다. 세상(世上)에는 있을 수 없는 사건(事件)이 목전(目前)에 현출(現出)될 때, 나의 마음은 평화(平和)를 얻을 수 없다. 내 마음이 제군(諸君)에게 향(向)할 때, 나도 같이 제군(諸君)의 고통(苦痛)을 받는다. 무엇인지 알 수 없는 힘이, 나를 부르는 것 같이 생각(生覺)될 제, 나는 그 소리를 듣지 않을 수 없다. 그것은 내 마음으로부터, 사람의 애(愛)를 깨워주는 것이다. 애정(愛情)은 지금(只今) 나를 힘세게 제군(諸君)에게 유인(誘引)한다. 아아 나는 잠자코 있을 수는 없다. 어찌하여 제군(諸君)에게, 가까이함이 그를 손가. 친(親)한 (情이) 피 속에 끓어오를 때, 마음은 마음에 이야기하고 싶어 하지 않는가. 될 수 있으면, 나는 이 「손」까지라도, 내놓아(握手)하고 싶다. 이러한 일은, 이 세상(世上)의 자연(自然)한 요구(要求)라고, 제군(諸君)도 믿어주실 것이다.

사람은 세상(世上)에 나오면서, 사람을 그리워하는 것이다. 증오(憎惡)와 쟁투(爭鬪)가, 사람의 본지(本旨)일 이치(理致)가 없다. 다만 여러 가지 불순(不純)한 동기(動機) 때문에 국가(國家)와 국가(國家)는 분열(分裂)하고, 마음과 마음은 떨어져가고, 부자연(不自然)한 세력(勢力)이 추(醜)한 지배(支配)에 거만(倨慢)을 부리는 것이다. 그러나 능(能)히 영속(永續)할 수 있는 부자연(不自然)의 세력(勢力)이, 어찌 있으랴. 모든 마음은 자연(自然)에 돌아가려고 하는 것이다. 그리하여 모든 것이 자연(自然)에 돌아가면, 애(愛)는 더욱 번창(繁昌)하여, 우리 사이에 통(通)하리라고, 나는 생각한다.

그러나 무엇인지 부자연(不自然)한 힘이 우리를 분열(分裂)시키는 것이다.
「너희들 서로 사랑하라」고 성교(聖敎)는 일렀다. 그러나 이러한 가르침
이 생기기 전(前)부터, 인정(人情)은 「상애(相愛)하고 싶다」고 애(愛)를 구(求)
하는 것이다. 사람은 자연(自然)한 인정(人情)대로 살 수 있으면 이 세상(世
上)은 얼마나 따뜻할까. 이 세상(世上)에 진실(眞實)로 귀(貴)한 것은, 권력
(勸力)도 아니요, 지식(知識)도 아닌, 일편(一片)의 인정(人情)이라고 늘 생각
한다. 그러나 웬 까닭인지. 인정(人情)의 생활(生活)은 주저(躊躇)되어, 금력
(金力)과 무력(武力)이, 이 세상(世上)을 지○支○하는 양주(梁柱)가 된다고
들 생각한다. 이러한 형세(形勢)는 마치 「서로를 미워하라」고까지 하는
것 같이 보인다. 국가(國家)와 국가(國家)와는 항상(恒常) 전쟁(戰爭)의 준비
(準備)를 부지런히 하나, 그러나 인정(人情)에 배반(背反)되는 이러한 세력
(勢力)이, 어찌 영원(永遠)한 평화(平和)와 행복(幸福)을 끼쳐줄까. 오직 이같
이 부자연(不自然)한 것이 미○瀰○하기 때문에 마음과 마음이 본의(本意)
는 아니건만, 분열(分裂)되는 것이다. 오래 동안 서로 교대되는 무력과 위
협 때문에, 어디까지든지, 인정(人情)을 유린(蹂躪)한 조선(朝鮮)의 역사(歷
史)를 생각할 때, 나는 솟아나오는 눈물을 억제(抑制)할 수 없다.(4월 19일)

조선(朝鮮)은 지금(只今) 적막(寂寞)히 고통(苦痛)받고 있다. 巴紋(太極)의
기(旗)는 높이 떨치지 못하고, 봄은 오나 이화(李花)는 영원히 그 봉오리
를 봉(封)하였다. 고유(固有)의 문화(文化)는 나날이 멀리 태생(胎生)한 고향
(故鄕)으로부터 스러져 간다. 허다(許多)의 탁월(卓越)한 문명(文明)의 사적
(史蹟)은, 오직 과거(過去)의 고사(古史)로만 일컫는다. 노상(路上)에 지나가
는 자(者)의 머리는 앞으로 떨어지고 고통(苦痛)과 원한(怨恨)이 그 미간(眉
間)에 나타난다. 이야기하는 목소리조차, 지금(只今)은 그 소리가 낮고, 백
성(百姓)은 일광(日光)을 싫어서 검은 그늘에 모여드는 것 같다. 어찌한 세
력(勢力)이 제군(諸君)을 이렇게 하게 하는가. 나는 제국(諸君)의 심신(心身)
이 얼마나 암담(暗澹)한 기분(氣分)에 함(陷)하여 있는가를 살피지 않을 수

가 없다. 제군(諸君)에게는 아마 혈루(血淚)가 있을 것이다. 사람은 웬만한 고통(苦痛)은 참을 수도 있을 것이다. 그러나 애(愛)의 자유(自由)가 없는 데는 아무리 하여도 살 수가 없는 것이다. 어찌 제군(諸君)뿐이리오. 이 세상(世上)에 이러한 것(愛와 自由)을 추구(追求)하느라고 그 고향(故鄕)까지 버리고 역○(逆○)에 방황(彷徨)한 자가 얼마나 많을까. 모든 사람은 자유(自由)로운 공기(空氣)를 구(求)하고 인정(人情)의 따뜻한 맛을 사모(思慕)한다. 이것저것을 생각할 때 억제(抑制)할 수 없는 동정(同情)을 제군(諸君)에게 감(感)한다. 일찍이 어떠한 나라에 정(情)으로 행(行)하는 정치(政治)가 있었던가. 애(愛)를 가진 무력(武力)이 있었던가. 투쟁(鬪爭)에는 도덕(道德)이 없고, 전쟁(戰爭)에는 어떠한 때든지 종교(宗敎)가 없는 것이니. 이것은 진리(眞理)를 아는 인민(人民)에게는 고통(苦痛)일 것이다. 나는 일본(日本)이 언제든지, 정당(正當)하고 따뜻한 일본(日本)이 되기를 바란다. 만일(萬一) 무정(無情)한 행위(行爲)를 자랑하는 일이 있을 지경(地境)이면 그때의 일본(日本)은 종교(宗敎)의 일본(日本)일 수가 없을 것이다. 그러나 금일(今日)은 불행(不幸)히 국제관계(國際關係)가, 아직 도덕(道德)의 역(域)에도 달(達)치 못하였으니, 더구나 그 간에 종교적 애(宗敎的 愛)가 있을 까닭이 있으리오. 모든 부정(不正)과 죄악(罪惡)이 간혹(間或) 국가(國家)의 이름으로써 변호(辯護)치 않는가. 어느 때든지 국가(國家)가 진리에 좇지 못하고, 진리(眞理)가 국가(國家)에 순응(順應)하여 변화(變化)된다. 이러하기 때문에 부자연(不自然)한 세력(勢力)이, 백주(白晝)에 횡행(橫行)하는 것이다. 그러나 사람은 대개(大槪) 그 죄(罪)를 의심(疑心)내지 않을 뿐 아니라, 그것은 피(避)할 수 없는 불완전(不完全)한 세태(世態)라고 하여, 어느 때든지 간과(看過)한다. 그러나 이러한 행위(行爲)로 인하여, 고통(苦痛)받는 인민(人民)이 있다 할진대, 그것은 일국(一國)의 치욕(恥辱)이요, 또 인류(人類)에게 주는 모욕(侮辱)일 것이다. 일본(日本)이 만일(萬一) 정직한 일본이 되고자 할 진대, 이러한 행위를 고침을 주저하여서는 안 된다. 우리는 어느 때든지, 국가를 진리에까지 끌어올리기를 절망(切望)하는 바이다.

나는 그것이 자기자신(自己自身)의 행위(行爲)는 아닐지라도, 일본(日本)이 부정(不正)하였다고 생각할 때, 일본(日本)에 태어난 자(者)의 일인(一人)으로서, 이에 그 죄(罪)를 제군(諸君)에게 사죄(謝罪)하려 한다. 나는 심중(心中)으로 신(神)에게 향하여 그 죄(罪)를 용서(容恕)하십사고 빌지 않을 수가 없다. 일본(日本)이 신(神)의 나라에서, 죄(罪) 깊은 자(者)로 인정(認定)되는 것은, 나의 참을 수 없는 바이다. 나는 일본(日本)의 영예(榮譽)을 위하여서도, 우리는 자기(自己)의 고국(故國)을 종교(宗敎)로써 깊게 하려 한다. 나는 목격자(目擊者)는 아니나, 여러가지 참혹(慘酷)한 사건(事件)이 제군간(諸君間)에 발생(發生)한 사실(事實)을 들을 때, 나의 마음은 저리고, 그것을 침묵(沈默)히 참지 않을 수 없는 제군(諸君)의 운명(運命)에 대(對)하여, 나는 무엇이라고 하여야 좋을지 모르겠다. 나는 심중(心中)으로 용서(容恕)하시라고 빌면서, 스스로 이렇게 말한다. —「만일(萬一) 일본(日本)이 부정(不正)할진대, 어느 때든지 일본(日本)에서, 제군(諸君)을 위하여 편을 들고 나서는 자(者)가 있을 것이다. 진정(眞正)한 일본(日本)은 결코 포학(暴虐)을 행(行)하고자는 아니한다. 적어도 미래(未來)의 일본(日本)은 인도(人道)의 옹호자(擁護者)가 되기를 절망(切望)한다」고. 제군(諸君)은 이러한 소리를 믿어주실까.

요사이는 제군(諸君)과 우리 사이가 나날이 벌어진다. 근접(近接)하려는 인정(人情)이, 이별(離別)을 원하는 증오(憎惡)에 돌아간다는 것은, 얼마나 부자연(不自然)한 일인가. 어떤 자(者)의 마음이든지, 이에 나와서, 이러한 증오(憎惡)를 자연(自然)한 애(愛)에 다시 돌아가게 하지 않으면 아니되겠다. 「힘」의 일본(日本)이 이러한 화합(和合)을 ○래(○來)치 못할 것은, 나의 아는 바이다. 그러나 정(情)의 일본(日本)은, 그것을 할 수가 없을까. 강력(强力)의 위압(威壓)이 아니요 오직 눈물 많은 인정(人情)만이 세상(世上)에 평화(평화)를 ○래(○來)한다.(4월 20일)

—『東亞日報』, 1920.4.19~20

금동미륵반가상(金銅彌勒半跏像)의 고찰

조선미술사(朝鮮美術史) 초고(草稿)의 일편(一片)

고유섭

1.

『이왕가박물관소장사진첩(李王家博物館所藏寫眞帖)』 상권 제10조에 금동여의륜관세음(金銅如意輪觀世音)이란 제목과 사진이 있고 다음과 같은 설명이 있다.

차상(此像)은 원래 적할도금(赤割鍍金)을 베푼 것으로써 후에 황금도금(黃金鍍金)으로써 개식(改飾)하고 마손(磨損)됨에 다시 도칠치박(塗漆置箔)하여 재년(載年)을 경과(經過)한 듯하다. 이금(而今)에 그 잔칠(殘漆) 사이로 돈후(敦厚)한 석년(昔年)의 도금(鍍金)이 혁혁(赫赫)함을 볼 수 있어 처처(處處)에 황금색(黃金色)을 교출(交出)하고 대좌(臺座)는 유묵(黝墨)하나 그 밑에 석년(昔年)의

도금(鍍金)이 있는 듯하다. 상모(相貌)는 단려(端麗)하고 풍자(風姿)는 숙주(瀟酒)하다. 불가침(不可侵)의 영위(靈威)의 기운(氣韻)을 구비하고 구슬곡굉(屈膝曲肱)하여 구두(瘦軀)를 경전(傾前)하였으며 반안(半眼)을 하감(下瞰)하여 속계중도(俗界衆度)를 침사(沈思)하고 있다. 그 안모(顔貌)의 풍려(豊麗)함에 비하여 체구(體軀)와 사지(四肢)가 청수장연(淸瘦長姸)함은 다소 처창지한(凄愴之恨)을 불면(不免)하다 할 것이나 이는 묘엄(妙嚴)한 취치(趣致)의 발로(發露)로서 숙시(熟視)하면 도리어 숭고한 기운(氣韻)이 생동함을 깨닫게 한다. 이는 일탈(逸脫)한 의기(意氣)로써 조작(造作)하지 않으면 능히 초치(招致)하지 못할 바이다. 세요(細腰) 소전(所纏)의 경라(輕羅)는 초초(楚楚)하며 숙주(瀟酒)한 풍자(風姿)를 조성(助成)하고 양요(兩腰)의 비대(紕帶)가 장수(長垂)하여 습벽(褶襞)의 수법이 유려하고 의단(衣端)의 곡절(曲折)은 변전자재(變轉自在)하여 조취(造趣)가 총시(總是) 단소지역(單素之域)을 초탈(超脫)하며 주밀(周密)한 의장(意匠)에 월부(越赴)하려는 것을 보아 삼국 시대 말기의 작품인 듯하다.

이상이 즉 이왕직박물관 소장인 금동미륵상에 대한 해설이다.

2.

　필자가 여기서 논하고자 하는 소위 여의륜관음(如意輪觀音) 혹 일명 미륵보살(彌勒菩薩)이라 함은 도면에서 보는 바와 같은 반가상에 대한 명칭이다. 그러나 여의륜관음이란 것과 미륵보살이란 것은 판이한 양개 독립의 개념임에 불구하고 동일상(同一像)을 착잡한 개념으로 호칭함은 불상연구에 곤란을 초치함이요 이내 곧 각기 불상의 표현에 대한 일정한 의궤(儀軌)가 없음을 표증하는 것이다.

　대개 미륵이라 함은 범어로 Maitreya라 하고 파리어로 Metteya라 하는 것으로 음역하여 매원려야(梅垣麗耶)라 하고 의석(義釋)하여 자씨(慈氏)라 하고 아일다(阿逸多)라 한다. 현재 일생 보처의 보살로서 도솔천에 거하여 56억 7천만 년 후 이 세상에 하생성불하여 중생을 제도할 불(佛)이라 한다. 석가의 직제자 중에도 미륵이란 인물이 있었으니 이 미륵이란 개념에는 이상적 인격으로서의 그것과 역사적 인물로서의 그것이 있다. 양자의 관계는 불명하나 미륵이 장래 불로서 숭상되기는 불멸후(佛滅後)의 사실이다. 미륵은 석가의 유법을 부속(付屬)된 자로 교법의 계승자요 유지자로 승인된다. 입멸한 석가의 대신으로 구제자의 출현을 촉망(囑望)하는 정은 드디어 미륵의 출세를 기다릴 새 없이 곧 미륵의 현재 거소인 도솔천에 상생하려는 사상이 발생하여 일시는 현재불로서의 아미타의 신앙이 정토왕생의 사상에게 능가되기까지 하였다.(암파사전 88頁 참조)

이에 대하여 여의륜관음은 범명을 Cintamani라 하여 음역하여 진타마니(眞陀摩尼) 의석(意釋)하여 여의륜(如意輪)이라 한다. 여의는 여의보주(如意寶珠) 즉 진타마니(眞陀摩尼)요 윤(輪)은 윤보(輪寶)이니 즉 사거라(捨佉羅)를 이름이다. 이 관음보살은 여의보주의 삼라지(즉 삼매경)에 주(住)하여 법륜을 전하여 재세간(在世間) 출세간(出世間)의 중생을 이익하는 것으로 신앙되는 것이다.

현금 불교리사(佛敎理史)의 완전한 연구가 집성되지 못하여 신앙변천의 시대적 구획이 곤란함과 불법조성에 일정한 의궤가 없었던 관계로 나의 논고하고자 하는 이 반가상의 정명을 확립하기는 오히려 후일의 문제로 보류함이 안전할 것이요 또 하나는 미술품의 대상으로 볼 때 정명의 여하가 선결문제가 되지 않겠으므로 이 문제에 대하여는 깊이 들어가지 아니하고 우선 이 반가상의 발생을 찾은 후 그 예술적 가치를 정립하여 보려는 것이 본론의 안목이기에 다음으로 그 발생 또는 원생 형태를 잠깐 살피려 한다.

3.

 이 반가상의 원태(原態)에 대하여는 일찍이 하마다 아오타카[濱田靑陵] 박사가 중궁사(中宮寺) 여의륜 관음에 대하여 논고함에 있어 다소 자세한 고증을 선단(先斷)함이 있으므로 이 원시문제(原始問題)는 그의 논고에 추종하여 두려 한다. 도면의 반가상 같은 자세는 원래 의자 생활을 하는 민족 간에는 한 휴식태의 자세이었다. 또 도면에서 보는 바와 같이 일부 완굉(腕肱)을 굴곡시켜 면협(面頰)을 지지함도 사유의 상도 되려니와 휴식상이 됨도 사실이다. 이러한 실제 사실을 대상으로 하는 예술적 표현이 생김도 있음직한 사실이다. 불상조각의 기원인 인도에도 이러한 안식의 자세를 취한 조각이 궁중생활을 표현한 일부 「산치(Sanchi)」문(門)에 있음을 볼 수 있다. 그러나 종교예술에 있어 숭앙의 대상이 될 주요인물을 여사한 안식의 자세로서 표현함은 부적당한 것임에 「간다라(Gandhara)」의 불타상에도 여사한 안식의 표현을 가진 조각이 없다. 다만 사실적 부조 중 불전을 표현한 권도적(卷圖的) 설화조각 중에 불출가전(佛出家前) 궁녀수면(宮女睡眠) 중에 홀로 상상(床上)에 기좌(起坐)하여 있는 곳에 이 반가상의 좌상이 표현되어 있음을 본다(Foucher, *L'Art Greco-Bouddhigue du Gandhara*, Tomell, fig. 447). 그러나 불타본존 이외의 그의 협시(挾侍)나 속인 등을 표현할 바에는 다소 안락한 자태를 취한 형상을 표현함에 하등 불가함이 없을 뿐더러 불(佛)이 결가부좌의 엄숙한 태도를 취함에 대하여 자세의 변화를 요구함이 또한 미학 상 요구에도 필요의 세(勢) 또는 가능의 세(勢)로 볼 수 있을 것이니 이에 반가상이 출현될 이유가 다대하다 할 것이다. 정반왕(淨飯王)이 그 왕비의 꿈에 대하여 선인(仙人)과 대화하는 「간다라」 조각 중에는 이 미술상의 목적으로 변화 대조를 표시하기 위하여 중앙에는 의자에 앉고 좌우의 인물이 반가적 자세를 취하고 있다(Gruenwedel, *Buddhistische Kunst in India*, fig. 147; S. Foucher, fig. 151). 이 구도를 곧 불타와 2협시(脇侍)의 삼존상(Trinity)으로 번안한 것이 Loriyan-Tamgai 발견의 부조에 나타나 있다(G. ebenda, fig. 147; F. ebenda, fig. 408). 이는 불타가 중앙연대(中央蓮臺) 위에 결가한 좌우에 2 보살이 반가에 가까운 파탈한 자세로 좌협시는 좌수(左手)로 우협시는 우수(右手)로 곡굉(曲肱) 굴슬(屈膝)하여 얼굴을 받치고 있다. Foucher 씨는 이것으로써 사위성(舍衛城)의 기적을 나타낸 것으로 좌우는 Indra와 Brahma라 하고 Gruenwedel 씨는 교수(交殊)와 관음이 되리라고 상상한다. 이와 같은 형식의 삼존이 석감자(石龕子)에 표현된 것이 동지(同地)에서 발견되었다(F. ebenda, fig. 76; G. ebenda, fig. 152).

이 삼존의 협시(脇侍)로 표현된 반가상이 거의 동시에 독립된 보살상으로 조상된 것도 있다. 이것도 「로리앙 탕가이」에서 발견한 것으로 미륵인지 관음인지는 알 수 없으나 혹은 우수(右手)를 우슬(右膝)에(F. ebenda, fig. 409 & 428). 혹은 좌수(左手)를 좌슬(左膝)에 받치고 있는(ebenda, fig. 410) 모습은 중궁사 관음식의 반가사유의 형상과 전연 동일하다. 즉 이 형상의 기원은 이미 「간다라」 조각 중에 있다고 단언한다. 이 「로리앙 탕가이」의 삼존상과 전연 동일양식이 거시(距時) 격처(隔處)의 지나 육조의 조각에 나타나 있음은 문화 이동사상 어떤 암시를 줌이 없을까? 예컨대 운강(雲崗) 석굴사(石窟寺)의 북위(北魏) 조각 중 양슬(兩膝)을 교차한 중존(中尊) 좌우에 완전한 반가상의 자세를 취하고, 우협시(右脇侍)는 우수(右手)로 좌협시(左脇侍)는 좌수(左手)로 면협(面頰)을 지지하고 있는 삼상(三像)이 다수 보인다(Chavannes 씨, 『북지나 고고도보』, 202, 235, 269, 276 등 圖). 용문에는 운강보다는 그 수가 적다(同上書, 379圖). 물론 이 삼존상이 하종(何種)의 불상을 표시하는가 하는 것은 불명(不明)이나 당시 제타(諸他) 조상명(造像銘)에 조람(照覽)하면 미륵, 석가 정광(定光) 등을 표현한 듯도 하나 그 협시는 특히 어느 보살로써 해야 한다는 규약이 없는 것이므로 이를 분명하게 할 수 없는 것이다.

4.

상술한 바와 같이 본래는 협시상(脇侍像)에서 발달한 듯한 반가상이 얼마 아니 되어 일개 독립한 상으로 표현되었음은 사실이다. 이미 운강에서 그 한두의 예를 볼 수 있다(C. ebenda, fig. 220, 221). 이 경우에는 협시상(脇侍像)과 같이 중존을 향하여 취태(取態)할 필요가 없으므로 자연 정면한 태도를 취하게 되었다. 그 중 각전(脚前)에 필마가 궤복(跪伏)하여 있음을 보아 석가임이 분명하다(大村西崖, 『지나 불교미술사』, 조소편, 도보, 249). 이러한 예로 보더라도 원래 협시상(脇侍像)으로 이용되던 반가상이 그 후 독립의 상으로 천이(遷移)되고, 따라서 그 표의가 시종보살(侍從菩薩) 뿐 아니라 석가 기타에까지 파급되었음을 인증할 수 있다. 이러한 사실이 차종(此種) 양식의 반가상을 당시 신앙된 종파에 의거하여 정명을 좌우할 수 없는 한 증좌도 된다.

각설하고 이 반가상이 일개 독립상으로 되자 우수(右手) 사용을 습속으로 하는 지나·조선·일본에 있어 우수(右手)로 우슬(右膝)을 지지하고 있는 독립된 반가상이 유행되었음은 당연하다고 볼 수 있다.

필자는 대략 이상으로써 이 반가상의 기원고(起源考)를 마쳤다 보고 다시 본론으로 돌아와서 조선의 지금 남아 있는 반가상을 보게 될 것이다.

5.

이제 『조선 고적도보』 제3권을 들추어 보더라도 경주 발굴의 석상을 비롯하여 왜소한 금동상까지 10지를 굴할 만큼 있으며 일본 정창원에

있는 어물(御物) 48체불(體佛) 중에도 조선에서 간 것이 있으리라고까지
하니 이 반가상이 신라통일 전후 당대(이 반가형식이 대체 조선, 일본에서 이
때에 성행하였고 후기에는 돈연히 쇠퇴하였다)에 얼마나 첨단을 가는 한 예술
형식이었음을 볼 수가 있다.

그중에 가장 대표적 작품으로 전게(前揭) 외 이왕직박물관의 금동상
과 국립박물관에 있는 금동상이 있으니 그것의 세부 관찰을 서술 후 이
양식의 예술적 가치를 고려하고자 한다.

6.

이왕직박물관 소장 금동미륵반가상은 안면이 방원(方圓)에 가까운 풍
만한 상으로 체소(體小) 두대(頭大)의 한(恨)이 다소 있으며 유미(柳眉)에
봉안(鳳眼)을 반개(半開)하고 비량(鼻梁)이 첨예하고 난대연위(蘭臺延尉)가
단아하다. 구형(口形)은 방형(方形)에 가깝고 구각(口角)에는 다소 완화된
의고소(擬古笑, Archaic Smile)를 띠었으며 인중은 깊고 크다. 구하(口下) 승장
(承醬)이 다소 함요(陷凹)되어 있음은 북위의 수법이요 경부(頸部)에 두세
횡선이 형식적으로 그려 있음은 밀교적 영향이 있지 아니한가 한다.

이타(耳朶)는 비사실적이요 耳柜(이거)는 비입체적이다. 이환(耳環)은 없
고 다만 허공(虛孔)이 남아있다. 연약한 양견(兩肩)은 여성적이요 양세완
(兩細腕)의 곡선미는 십분 사실적이다. 저자는 이 세완(細腕)과 동체가 완
곡히 연접되는 흉견부에서 조선적 미각을 느낀다(이 점에도 이것은 일본 경
도 광융사 반가상과 동일한 입체미를 가지고 있다). (어물금동(御物金銅) 48체불
(體佛)이란 것의 하나와 중궁사관음 등의 상술한 부분을 비교할 때 이왕
직 미륵반가상, 일본 경도 광융사의 반가상의 그것이 연약하고 여성적

이요 사실적임에 비하여 어물불(御物佛)과 중궁사관음은 세력적 팽창성
을 보인다.) 다시 우수는 유연히 굴곡하여 우협(右頰)을 지지하고 좌수는
유연히 흘러 우족 과두(顆頭)에 의단(衣端)을 가벼이 얹고 있다. 유방의
굴곡이 있는 듯 없는 듯 세요(細腰)로 흘러간다. 좌각은 연대 위에 수하
(垂下)하고 우각을 굽혀 반가(半跏)의 자세를 취하였다. 장지(掌指)의 기교
가 우아 단묘함에 대하여 족지(足指)의 기교가 다소 조략한 점이 있다.
두상의 산자형(山字形)의 무장식(無裝飾) 법관(法冠)을 재착(載着)하였으며
후두부(頭後部)에 광배(光背)를 끼우는 지철(支鐵)이 있을 뿐이요 광배(光
背)는 유실되었다. 결발(結髮)은 체발(剃髮)을 모(模)하고 장엄구(莊嚴具)로
는 경환(頸環)이 하나 있고 상박(上膊)에는 환패(環珮)를 끼웠던 형적이 있
을 뿐이나 광융사 반가상에 없음을 보아 이곳에도 원래 없었을는지 모
른다. 이리하여 상반신은 완전한 나형(裸形)을 이루었고 요부(腰部)에만
착상(着常)하였으니 그 습벽(褶襞)은 유창하고 조의(彫義)가 활달하여 북
위식의 졸박한 기하학적 형태를 탈피하였음은 실로 기교의 일단 진보
를 표시한다. 더구나 우각을 요전(繞纏)한 경라(輕羅)가 비등하는 듯한 수
법은 조각가의 환상을 이내 곧 구현한 듯하다. 대개 금동체의 의습(衣褶)
이 평형 균제성을 많이 가지고 단면이 직각적인 경향을 갖게 됨이 통성
(通性)이나 이 동체(胴體)에 있어서는 습선(褶線)이 원미(圓味)를 많이 갖고
더구나 기하학적 원형성을 떠나 회화적 요소가 풍요해짐은 석굴암의
선구를 웅변으로 설명하고 있다. 좌우비대는 환패(環珮)를 떨어뜨려 가
며 둔부로 접혀듦이 상칭의 법(相稱法이라 함은 시구의 대구와 같이 좌우 형태
를 동일히 하며 상칭시키는 것으로서 시구에서 보다도 조각에 있어서는 다소 자유롭
지 못한 형식에 구속된 감을 일으키기 쉬운 것이다)을 떠나지 못하였다. 대좌는
원통형의 조현으로 하부가 나팔같이 벌어졌다. 대좌를 위호하여 포피가
평행 균제적 정자원안(丁字圓案)으로 주연(周延)되었으며 연화(蓮花)는 없
고 좌각부에만 일경연화(一莖蓮花)가 받쳐있다(반가상의 대좌는 이 형식이 원
형이요 광융사 반가상에서와 같이 연화가 전대좌가 됨은 비정식일 것이다. 그러나 광

융사 반가상의 광배와 대좌는 후기 별작이므로 그것으로써 이왕가 반가상과 별개의 것이라고는 못한다). 이상을 총괄하면 일반이 직각적, 평행적, 의장적, 균제적 조의(彫意)를 떠난 자유로운 조상(彫像)이요 장엄을 떠난 정신적 풍만에 치심(置心)한 조상이다.

이에 대하여 국립박물관 소장인 금동미륵반가상은 전자가 장엄구 없는 반라형임에 대하여 이는 장식적 요소에 풍부하다. 세술(細術)하면 두용(頭容)이 방원 풍만함과 전신에 비하여 과대함이 전상과 같으나 그 아름다운 맛이 전자만은 못하고 양견 양완의 세연(細軟)함이 전자와 동일하나 그 사실미가 적고 동체의 기교와 양각의 수법에서 정신적 타폐(墮弊)를 볼 수 있는 반면에 장식적 의장이 과다하다. 두부에는 보관(寶冠)을 대착(戴着)하여 양협(兩頰)으로 그 관영(冠纓)이 흐르고 (이 寶冠은 전반뿐이요 후반이 없다) 보화(寶花)형 결발(結髮)이 후두부에서 쌍반(雙半)되어 상칭적으로 양견에 흘렀으니 이는 곧 당조의 결발을 모(模)한 것이다. 양견을 뒤덮은 상의는 비양(飛揚)하는 듯 의금(衣襟)은 양조 세선이 상칭적으로 전면을 흘러 북위식대로 요하(腰下) 복부에서 ✕자형으로 교차하여 좌금(左襟)은 우굉(右肱)을 돌고 우금은 좌완을 돌아 각기 접양결법(蝶樣結法)의 비대(紕帶)로 그쳐 우부는 영락(纓珞)을 모조하고 좌부는 세강상(細綱狀)을 모각(模刻)한 비대(紕帶)로 그쳤다. 상대로 접형(蝶形)으로 맺혔고 습벽(褶襞)은 모두 선조(線條)로 간략히 표시하였다. 두부와 상박과 하완에는 북위식 통양(通樣)의 식환(飾環)이 있다. 전적으로 보아 기법의 세련보다도 의장이 앞섰고 기분간(幾分間) 엄숙한 관조를 떠나 기술의 농락(弄絡)이 있어 보인다. 수법으로 보아 이왕직 소장의 상보다 후기에 속한 것으로 보인다.

7.

　상술한 바와 같이 하나는 반라의 반가상이요 또 하나는 장엄의 반가상이다. 이 양개의 반가상의 기원에 대하여 반라상은 인도 직계의 것으로서 지나에 수입되자 완전히 지나화되기 전에 조선에 수입된 것이요. 장엄의 반가상은 완전히 지나화한 후에 수입된 것으로 본다면 시대적으로 이 양개상이 전후관계에 서게 될 것이요. 그렇지 아니하고 양개의 상이 동시에 유행한 것이라 하면 시대적 전후관계는 없어질 것이요. 오직 수법으로 전후관계를 짐작할 수밖에 없으나 혹은 지방적 관계는 볼 수 있다. 이미 이 양상(兩像)과 시대적으로 앞선 것으로 남북조시대의 작품인 운강 용문의 석굴 속에 지나식 장엄의 반가상이 많음을 보아 혹은 지나 북조에서는 지나식의 장엄반가상이 유행되었고 남조에는 반라 반가상이 유행되었을지 모르나 현금 남조의 유물이 전혀 없으므로 논단하기는 곤란하나 남조선에서(북조선에는 불상의 유물이 극소함으로 보아) 발견되는 반가상 중 반라상이 파다함과 일본에 잔류된 반가상 중 또한 반가상이 파다함을 보아 북조선에서는 착의장엄의 반가상이 유행되었고 남조선에서는 반라반가상이 유행되었음이 아닌가 하나 추측이 항상 깊어진다. 역사상으로 보더라도 신라, 백제가 남방 지나와 교통함이 많았음을 보아도 저간의 관계를 설명함이 많지 않은가 한다. 물론 여기서 말하는 남북조의 문화가 전연 판이한 구분을 가진 것은 아니요 다소 상통됨이 있으나 그러나 남북통일 이전의 지나로서 더구나 교통이 불충분한 당대로서 남북 간 다대한 구별이 있음직도 한 사실인가 한다.

　상술한 반라금동상과 전혀 동일한 수법의 것으로 현금 경도 광융사에 한 반가상이 있으나 그것이 한 목조상이란 점에서 재료 상 상위가 있으나 그 기교와 수법에 있어서 동일인의 소작으로 간주되며 따라서 이왕직소장의 금동상이 확실히 조선예술가의 손에서 제작된 것이라면 이 목조조상도 조선의 것으로 조선이 찾아야 할 예술품으로 자타가 공인하는 바이니 그 목조가 연대적으로 기원 6백 년 전후의 작품이라고 일본 학자 간에 고증이 있음을 보아 이왕직소장의 금동상도 동기의 작품이라 할 것이다. 그렇다면 이는 지나 수조(隋朝)에 해당하고 신라 진평왕, 백제 무왕대 전후에 해당한다. 혹은 이 목조반가상은 50~60년 후 신라 통일운동으로 백제가 혼란된 당시 일본으로 이출된 것인지도 모른다(대개 서양의 예술이 전통보다도 자유 개성을 토대로 발달하였음에 대하여 동양의 예술이 너무나 전통적이었으며 또 불교예술은 종교적 기반에 전통적으로 결박되었기 때문에 지나, 조선, 일본 간의 예술적 형식의 구별이 실로 곤란하고 따라서 동양미술사가에 다대한 곤란을 느끼게 한다. 지나, 조선, 일본의 예술적 구별을 유종열(柳宗悅) 씨는 그의 저 『조선과 그 예술』이란 데서 형과 선과 색에서 그 특징을 설명하였으나 그러나 그것은 실제적으로 예술품에 적응하여 국민적 국가적 소유로 환부시키기는 너무나 시적 구별임에 불과하다).

　이상과 같이 이왕직박물관 소장 금동미륵반가상을 삼국 말기 전후에 둔다면 당대의 남조선의 예술을 가히 짐작할 수 있을 것이며 현금 세계적으로 유명한 중궁사 관음상이 당 고종, 일본 천지왕대의 작품이라면 이것은 시대적으로 전자에 뒤진 것으로서 이 금동 반가상의 형식이 그 이전에 수입되어 일본의 소위 비조식(飛鳥式) 불상의 기법에 다시 새로운 수법이 가미되어 그리하여 산출된 것이 중궁사의 관음상이다(이것은 일반 일본 미술사가 간의 정론인 듯하다). 이러한 점에서 실물적으로 당대의 신라, 백제의 예술이 일본에 파급시킨 영향을 가히 규지할 수가 있다.

　　　8.

　이상에 개관한 바와 같이 이 금동반가상은 서기 약 6백 년 전후의 남조의 예술을 대표하는 것으로 그것이 백제의 것인지 신라의 것인지는 불명이나(지금 경주박물관에는 같은 양식의 석조 파편이 있다) 한편으로 일본 예술계에 다대한 영향을 끼치고 조선 독특의 예술미를 가진 불상으로 조선미술사상 한 준령을 이루는 것이라 할 것이다. 이제 그 예술적 가치를 평함에 당하여 나의 미련된 술어와 자가(自家)의 편협된 자찬을 피하기 위하여 외인(外人)의 평가를 잉용(仍用) 소개함이 오히려 온당할까 한다(Karl With, Buddhistische Plastic in Japan S. 73 ff.).

생체의 비오(秘奧) 속에 몰아한 조형의 정숙한 입체감이 광융사 관음에서 가장 아름답고 선명하게 표현되었다. 여기서 반라부와 착의부와 대관부가 구조의 3부이곡(3部異曲)을 이루고 있다. 신체 각부에 흐르는 표면에 간단 명료성이 조각체의 통일을 구성하였다. 간단한 습벽(褶襞)으로 의복의 재료적 실제성을 묘사하였다. 실제적 체형을 무시함으로써 비로소 조의(彫意)와 물성(物性)을 떠난 조체(彫體)가 성립되었다. 무한히 유연한 감이 나부(裸部)에서 흐른다. 이 정서적 입체감이 천류(川流)의 장파(長波)같이 목간을 흐른다. 두 팔은 섬연(纖娟)하고 유연하다. 흉부는 고스란히 불러있고 견부는 맺고 끝는 듯 꺾여있고 두 손은 곱고도 연약하다. 생명의 맥박이 관절마다 뛰고 단엄(端嚴)한 인격이 내부에 싹트고 목재의 담백성이 미망된 인생의 고업을 소법(消法)하였다. 새로운 유기적 기운이 생동하고 원형 대좌로부터 정상보관(頂上寶冠)에 이르기까지 어느 곳에나 늘씬한 맛이 없을 뿐더러 자연적 동태를 휩쓸어 파촉(把促)하여 초자연적으로 정화된 태도로 유기화하였다. 방석(方石)을 층층이 쌓은 덩어리집이 아니라 성장하는 목재의 생명이 생체 속에 흐르고 있다. 편편한 도흔(刀痕)과 경건한 착흔(鑿痕)이 입체미를 살리고 목재의 문리(紋理)가 유연한 피부와 같다.

오인의 상술에서 광융사 관음의 형식 파악의 극한을 세론하였다. 그는 원상성(圓像性)을 자연종합으로부터 유출시킴에 있지 않고 오로지 관념적 이상을 실제적으로 구체화함에 있다 함을 의미한 것이다. 오인은 모든 계기에 있어 모든 신작품에 있어 고식(古式)의 형식극한과 감각극한이 스스로 해이(解弛)되고 분열됨을 볼 줄로 믿는다. 중궁사 관음은 고급의 신급(新級)의 시초이다. 양상

(兩像)이 놀랄 만큼 최고의 한도로 그 형식의 완성과 그 형식의 영화(靈化)를 성취하였다. 전자에서 모든 것이 유연해지고 청명해지고 풍추(豊秋)의 결실같고 명랑하고 후자는 신선하고 굳세고 혈기있고 발육되고 호흡하고 생동하고 성결하고 청정한 인격의 호흡으로 채워 있다(이상은 원문에 미숙한 의초(意抄)이다).

(독자가 주의할 바는 상술문에서 보면 중궁사관음이 시대적으로 앞선 것같이 보이나 그러나 하마다[濱田]박사가 지적한 바와 같이 수법의 진퇴여하와 양식의 이상(異相)으로만은 시대의 전후관계를 결정할 수 없는 바이니 신고(新古)양식이 양식의 발달과정으로 볼 때는 전후관계에 있을 것이나 시대적으로 반드시 전후관계에 있다고는 못하는 까닭이다. 말하자면 古양식이 신시대까지도 오랫동안 그 양식은 타폐(墮弊)적 기세이나마 보류할 수 있는 것이요 따라서 신고(新古)양식이 동시 병존할 수도 있는 동시에 고식(古式)이 후대까지도 오래 남을 수 있는 까닭에 오로지 양식만 가지고 시대적 관계를 전후시키려면 신중히 고려할 필요가 있는 것이다.)

이상은 일본 광융사에 있는 한 목조여의륜관음상에 대한 씨의 관조다. 이미(7장)에서 고증한 바와 같이 한 목조반가상이 이왕직소장 금동미륵상과 동일상이므로 그 예술적 가치에 대한 상술한 평가는 그대로 옮겨 이 금동상에 부합에 하등 불가함이 없을까 한다. 실로 감수성있는 예술가의 기질(temperament)과 유연한 공상과 일종 환몽(幻夢)에 가까운 정서가 W씨가 말한 바와 같이 조선식 예술품의(同上書. 54頁 참조) 특징이라면 이 상에도 동양(同樣)의 특징이 흐르고 있다.

(…전략…) 이상 간단한 고증이요 논고요 평가이지만 이 금동반가상이 조선 삼국시대의 예술을 가장 웅변으로 중외(中外)에 선양하고 있는 사실을 적기(摘記)하였다. 후일에 조선의 Burckhardt가 나오고 Winckelmann이 나와 조선미술사를 쓴다면 반드시 이 반가상에서 시대적 Monument를 발견할 줄 믿는 바이다.

—『新興』제4호, 1931.1

'조선얼'의 현대적 고찰

이청원

1.

모든 전환기적 과도기에는 크든지 적든지 꼭 낭만적 사대주의가 대유행하는 것이다. 그런데 이 낭만적 사대주의라고 하는 것에 대하여서는 많은 설명과 구구한 해석이 있었으나, 그것은 결국 역사적인 의식과 논리와 규범, 분화를 초월하고 우리의 과거 생활의 총 경험이 집약으로서의 현실의 도달한 과학적 지식을 신뢰하지 않고, 비합리적·무의식적인 그러나 통일적(모순된 현실의 토양의 분열을 추상적인 민족애(民族愛)로서 통일하려고 하는)·직관적 절대생명을 고양하는 신비적인 기회주의적인 정신 태도인 것이다.[1)

지금 이곳에서 말하려고 하는 '조선(朝鮮)의 얼'은 현금 조선에 있어서 일반 공중(公衆)으로부터 경탄과 항쟁 속에서 외치고 있는, 따라서 조선이 단군사상의 전체적 영웅과 천재들의 역사적 해석가에 의해서 대언장어(大言壯語)되고 있는 것이며, 그러므로 이것은 조금도 의심 없이 현실의 조선의 상태를 그대로 반영하고 있는데 불과한 것이다. 다시 말하면 현실 조선의 모든 사회사상적 동향은 현실 조선의 각종(各種)의 사회 그룹의 이해에서 산출한 것이 아니면 안 되는 것이기 때문이다. 그러므로 공상적이며 과둔(過鈍)한 조선 민족에는 지당한[2] 이 '조선의 얼'의 정체를 파악하는 것을 우리들에게 있어서는 중요한 과제의 하나가 아니면 아니 된다. 그러나 아직 우리들은 이 영역에 대하여서는 단도직입적인 항의를 제기하기는 하였으나, 그것의 정체를 학구적인 태도에서 전체적인 시각에서 분석·평가하지 못하였다고 고백하지 않으면 안 되는 형편이다. 이제 필자가 본고에서 기도하려고 하는 것은 현 단계의 조선사상계의 한 개의 영상으로서의 「오천년(五千年) 조선(朝鮮)의 얼」에 대하여 전(全) 기

---

1) 나는 이곳에서 낭만적인 신비적 사대주의를 한 개의 기회주의적 태도라고 하였다. 그것은 왜 그러냐 하면 그 낭만적·신비적 사대주의는 무슨 특정의 내용과 본질적으로 결합하는 것이 아니기 때문이다. 그것은 시간과 공간에 있어서는 개인주의와도 결합하며, 이른바 전체주의와도 결합을 하여 극히 제한된 일정의 조건 아래에 있어서는 진취(進取)와 항진(亢進)에도 시간적인·객관적인 수반도 되며 반진취와 제휴(이것의 본질적인 사조로서의) 하는 것이다. 아니 그것뿐이 아니다. 그것은 또 과거의 신조도 되고 따라서 미래의 동경도 되는 것이다. 그러므로 이것은 한 개의 '태도'라고 하는 것이다. 이것의 내용적 규정은 오직 그 당시의 사회경제적 조건 그것의 구체적인 양상이 결정하는 것이다. 그러므로 복고주의적인 조선의 얼은 현실 조선의 상태를 반영하였다고 하는 것은 이와 같은 관점의 의미에서이다.

2) 결코 우리는 이것을 조선 민족의 고유의 성격으로는 보지 아니 한다. 오직 과거로부터의 전통, 유산. 즉 대대로 양(養)하여져 온 복종의 낡은 역사. 유교적 삼강오륜의 충효의 교의. 다시 말하면 선과 충효에 대하여 뇌리(腦裡)에 잠기고 있는 모든 표상으로서 자기들의 일체의 관계를 율(律)하는 척도로 하였으므로이다. 그들은 자기 창조자이면서 오히려 자기가 만든 산물에 압도되어 있던 것이다. 그들은 환상, 관념, 독단, 공상적 미망 등에 잡혀서 사변(思辨)의 지배에 대하여서 단호히 항쟁하지 못하고 공상적 미망을 떠나서 인간의 본질과 일치되는 사상을 알지 못하였고, 모든 아세아적인 전통에 대하여서 비판적 태도와 급(及) 그것을 뇌리에서 추출(追出)하지 못하였던 것이며, 이것은 공명(公命)에 있어서는 아세아적 성격에서 있어서 특징적으로 설명되고 있는 조선 현실 경제가 자기에 적합적(適合的)으로 편제(編制)하고 있는 것이다.

구적(機構的)인 파악이라는 관점에서 「코리언 이데올로기」 분석의 한 개의 중요한 전제로서 문제를 제기하려고 하는 바이다.

2.

　우리는 이상에 있어서도 약간 말한 바와 같이 일반적으로 낭만적 사상의 가지고 있는 특색은 역사적 논리와 대립을 초월하는 형이상학적 신비주의와 역사적 현실과의 무제한적 타협을 신조로 하는 독재적 절대주의인 것이다. 이상과 같이 일반적 조건으로부터 제약을 받는 '조선의 얼'은 현실 조선의 무한히 다른 사유와 입장을 가지고 있는 역사적 현실을 무시하고, 세계사의 역사적 과거의 모든 민족이 가진 공동 정신과 발전을 압살하고, 조선 현실의―특히 과거의 역사적 현실에 있어서의 사실과 행동을 측량할 수 없는 신적 섭리의 표현으로서 미화·성화(聖化)하며 이상화하고, 과거의 조선 사회의 정예(精銳)한 선구적 분자의 전통과 유산을 무조건적으로 인민에게 강요하면서 그중에서도 특점(特點)―장점만을 과거의 민족적 특성이라고 주장하는데 의하여 세계사적 일반 합법칙성으로부터의 해방과 따라서 조선 고유의 발전 행정을 설명하고, 그에 특징적인 생명(내용)을 부여하려고 하는 것이다. 물론 우리가 이상과 같이 설명한다고 하여서 조선의 과거의 현실에 있어서의 '조선적 현실'을 주장하는 것은 전부 낭만적이라고 하는 것은 아니다. 참으로 세계의 역사적 행정에 있어서의 계기적 구성의 자연사적인 내재적 자기 운동의 객관적 발전에 대한 이론을 정당히 파악하고, 그것에 제약받으면서 구체적으로 전개하는 조선적 독자성을 고전적 자료에 대한 비판적 태도로서 엄밀한 의미에 있어서의 과학적 입장에서 있는 그대로의 구체적인 특수성을 탐구하려고 무한한 노력이 전개되고 있는 것이다. 이곳에 있어서의 조선적인 것의 검출(檢出), 조선의 특수 사실에의 역점적인 강조는 결코 복고적이거나 보수적인 것이 아니고, 오히려 구체적으로는 항진적인 것인 것이다. 그러므로 「오천년 조선의 얼」이 다른 사물을 설명하기 위하여서의 원리로서나 하나는 약동적인 강조와 일반적인 합법칙적인 제 원리에 의하여 설명되는 구체적인 특수성과의 구체적 본래적 상반(相反)=구별의 현실적·역사적·사회적 조건의 강조는 우리의 당면한 과제의 하나인 것이다. 문제의 중심은 이곳에 있다. 과학적인 방법은 결코 구체적인 특수성·독자성을 무시하는 것이 아니며 이것을 일반성하고 대립되는 것도 아니며, 오직 일반성에 있어서의 특수성, 특수성에 있어서의 일반성, 즉 일반성과 특수성과의 변증법적 통일에 의하여서만 정당한 파악이 가능한 것이다. 그러므로 백남운 씨의 『조선사회경제사(朝鮮社會經濟史)』는 훌륭한 과학적 모범을 보여주었음에도 불구하고 그 책의 경정적인 구출할 수 없는 결점은 공식주의에 떨어졌다는 데 있는 것이다. 다시 말하면 전형적인 로마 희랍적인 노예 사회를 그대로 조선의 역사적 발전 행정에 적합시켰다는 데 있다. 그러므로 국제적인 것에 의하여 규정되는 구체적인 일환으로서의 조선적인 것만이 문제를 정당히 해결할 수 있는 것이다. 그렇지 않고 국제적인 것에 선행하는 추상적인 대립물로서의 '조선의 얼'이 제 사물을 설명하는 원리가 된다면, 이것은 과학의 엄격한 비판의 대상이 아니면 안 되는 것이다. 그러므로 조선적 현실을 국제적인 것으로부터 고립된 한 개의 소여로 보고 그것을 한 개의 결정적 원리에까지 상승시키는 것은 결국 민족 파쇼의 일 변태(變態)가 아니면 아니 되는 것이다. (그들이 의식하였든 안 하였든) 일예를 들면 그들이 외치는 단군을 논할 때, 화랑제도를 논할 때, 정다산(丁茶山)을 논할 때, 그것은 먼저 그 당시의 여하한 생산관계에 의하여 제약되었으며 또 대응되었으며, 특수적으로는 여하한 법칙적·정치적에 있어서 즉 전 기구적 파악에 있어서 그 과거부터의 전통과 유산, 그 역사적인 계기와 발전의 전화(轉化)와의 연쇄에 있어서만 정확한 파악이 비로소 가능한 것이다. 즉 물질적·사회적인 객관적 정세에 의하여 제약받으며 대응되었다고 하는 것은 그와 같은 객관적 정세의 역사적인 운동이 기구에 의하여 발생되었다고 하는 그 역사적인 발생과 역사적 추이(推移)를 설명하지 않으면 안 되는 것이다.

다시 말하면 경제상의 기본적 사실에 모든 문제를 설명하는 중심을 놓지 않으면 안 된다. 그러므로 인류의 물질적인 생산력의 일정한 발전 계단(階段)에 조응하는 생산관계가 인간의 의지와 독립한 필연적인 객관적 실재이며 그리고 그 운동은 물질의 운동의 일 형태로서 자연과학적 정밀성을 가지고 파악하는 동시에 정치적 법적 이데올로기적의 일체의 현상을 생산관계의 총체인 사회의 경제적 구성의 반영이 상층건축이라고 하는 것이 역사적 인식에 있어서의 중심적 논강(論綱)이 되지 않으면 안 되는 것이다. 즉 인간의 의지가 그들의 사회적 존재를 규정하는 것이 아니고 오히려 반대로 그들의 사회적 존재가 그들의 의지를 규정한다는 것이다. 이런 관점에서 모든 것이 설명되지 않으면 아니 된다.

그러나 우리들은 이상의 것이 결코 역사적 발전 급(及) 역사적 현실에 있어서의 주관적 조건의 의의를 전연 무시 내지 과소평가하려고 하는 바는 절대로 아니다. 아니 과학적 방법만이 이것의 즉 역사에 있어서의 객관적 조건과 주관적 조건의 상호작용의 변증법적 통일에 있어서 파악할 수 있는 유일자라고 하는 것이다. 물론 경제적 상태가 토대이다. 그러나 그 토대 위에 선 상층건축의 가지각색의 계기를 망각하여서는 안 되는 것이다. 우리들은 틀림없이 우리들이다! 자기로 자기의 역사를 창조한다. 그러나 이 창조라고 하는 것을 결코 우리들의 마음대로 되는 대로 창조하는 것은 아니다. 그것은 오직 일정한 극히 제한된 전제(前提)와 조건 아래에서 창조하는 것이다. 그것들은 전제, 조건, 계기들 중에서 경제적 상태가 결정적 조건이나 그러나 우리들의 골 속에서 살고 있는 전통도 결정적 역할은 아니라고 하더라도 일정한 역사적 역할을 연출하는 것이다. 『자본론(資本論)』의 저자가 그 노작(勞作) 속에서 "……원생적(原生的)이고 발달 유치한 제 상태 아래에 있어서는 전통이 한 개의 세력 과대한 역할을 연출하지 않으면 안 된다고 하는 것은 명백한 이치이다"라고 한 말은 결코 무의미한 말은 아니다. 우리는 결코 역사상에 있어서의 이른바 위대하다고 하는 정치가의 역할을 무시할 수 없는 것이다. 그러나 이 주관적 조건만 과대평가하여 단군론(檀君論)에 나타나는 바와 같은 단군은 조선을 만들고 단군에 있어서 조선의 정교(政敎)가 생기(生起)었다고 하는 것은 조금도 속임 없이 열악한 허위가 아니면 안 되는 것이다.

그러므로 우리들은 조선의 단군을 논할 때 조선의 원시 씨족 사회의 경제적 발전 상태의 분석으로부터 그 행론적(行論的) 구성의 발족점(發足點)으로 하지 않으면 안 되는 것이다. 즉 조선에 있어서의 원시 씨족 사회도 다른 씨족의 걸어온 노정과 같이 씨족 공산체(共産體)를 그의 구성 단위로 하고 이 공산체 속에 있어서는 개인의 자아적 의식은 분화치 않고 각 성원은 그의 전 정신에 있어서 또 전 생명에 있어서 전체적 공산체를 떠나서는 존재치 않고 그 속에서는 그야말로 이상적인 평화한 생활과 인간 개성의 자유로운 발휘와 여하한 곳에 있어서나 아직 계급적, 당파적, 대립 패제(覇制)가 없었으나, 이 평화한 사회에 있어서의 생산력의 일정한 발전단계에 도달하였을 때 잉여생산물의 다른 공산체하고의 교환이 생기(生起)고, 그 과정이 확대되면 될수록 정복 피정복이 생기(生起)며, 이 과정에서 민주적인 존장(尊長)은 권력적인 세습적인 존장으로 전화되는 것이다. 그러므로 단군은 원시공산체의 해체 과정(퇴화)에 있어서의 다소 권력적인 세습적인 남자 존장의 총칭이며 단군왕검은 그 중의 일인이라는 것은 조선 현금의 도달한 과학의 역사적 결론인 것이다. 그런데 '조선의 얼'에 의하면,

"조선의 시조는 단군이시니 단군은 신이 아니오 인(人)이시다. 백두(白頭)의

고산(高山)과 송화(松花)의 장강(長江)을 시기(始基)로 하여 가지고 조선을 만
드시매 조선이 단군으로부터 생기고 조선의 정교(政敎) 단군으로부터 쫓아 열
리었나니 무릇 우리는 선민(先民)으로서 어떠한 일이 있든지 백족상(白族上)
흔영(痕影)을 끼친 것이 있다면 다 단군의 수출(首出)하심을 받들어 가지고 된
것이다. 그러므로 우리 이제 근세를 더듬어 「태(太)」 「세(世)」의 융성을 소심
(溯尋)하고 다시 여말(麗末)을 지나 태조(太祖)의 창기(創基)와 경순(敬順)의 전
손(傳遜)이 제(際)를 거쳐서 혼일기(混一期)의 기풍(氣風), 전국(戰國)의 속상
(俗尙) 및 삼조(三朝) 초건(初建)의 고맥(古貌)에까지 전상(轉上)하여 가지고 보
더라도 단군의 대(代)에 가려면 오히려 미반(未半)이라. 대개 동북부여(東北夫
餘)의 분운(紛紜)과 기(箕), 위(衛)의 질주(迭主)와 및 소장(消長) —이미 연재
(年載)를 광점(曠占)하였을 뿐 아니라, 또 그 이상으로도 초하(初夏)의 사절(使
節)이 감은 써 문헌에 전하였을뿐더러 당요(唐堯)의 바로 다음인 순(舜)을 이르
되 동이(東夷)의 인(人)이라 함을 보면 설사 그 거(居)함이 동비(東鄙)임을 부긍
(敷肯)함이라 할지라도 뚜렷한 이족(夷族)이 그 이전 엄존(儼存)하였음을 거기
서만으로도 상몽(想夢)할 수 있는 것이니 조선의 유족(類族)-그 자취를 산인(散
印)함이 어디서든지 영로(映露)함을 따라 더욱더욱 그 연대 높아갈수록 단군은
언제나 그 최고한 태조시니라. 그러므로 선속유장(線速悠長)한 오천재(五天載)
의 일월(日月)이 풍풍우우(風風雨雨)의 교침(交侵)함을 거쳐서 혹 문헌의 징
(徵)할 바 있기도 하고 혹 자존약무(者存若無)하게 잔결(殘缺)된 것도 있고 혹
아주 탕연(蕩然)하게 광망(曠茫)한 동안에 기착(寄着)할 무엇이 없은지 오래든
지 손(孫)이 그 본(本)을 그 조(祖)에 비롯함과 그 조(祖) —기살 재 그 손(孫)이
있음에 있어서는 적(籍)의 중단여부와 시간의 접원(接遠)이 이를 명(明), 미(迷),
확(確), 의(疑)케 못하는 것이다. 오민(吾民)으로서 족(族)이 있게 됨이 언제부터
이냐 하면 「세움」이 있어 가지고 「겨름」이었던 그 제부터이요 「세움」이 있고
「겨름」이 있다 하며 그 「세움」 그 「겨름」 그 비롯하신 한 분이 계실 것이니,
이 한 분이 「사복」이 되어 조선족의 삶이 펴지고 펴짐이 아무리 광원(曠遠)할
지라도 「사복」이 여기 있을 새 어느 때나 족(族)은 족(族)으로 있어 유변(流變)
하지 아니한 것이다"(동아일보, 「五天年間의 얼 始祖 檀君(1)」)라고 한다.

이상이 조선의 얼에 의한 단군론의 요령(要領)인데, 우리는 이곳에서

신이 아니시고 인(人)이라고 하는 단군이 차츰차츰이 아니시고 신성한 불가침적인 신적 섭리에 들어가게 되는 것을 이해하기에 조금도 곤란하지 않는 것이다. 다시 말하면 단군에 대한 과학적 사실을 압살하고 이론의 영역을 넘어서 단군에 신비적인 조선의 얼을 부여하고 있는 것이다. 이런 것은 단군론에 국한한 것은 아니다. 정다산론(丁茶山論)에 있어서도 정다산의 장점, 특점만-그나마 왜곡적으로 논하여 그에 조선의 얼을 부여하고 있는 것이다. 그러나 정다산은 미숙한 사회상태 속에서 난 미숙한 사상, 즉 그는 일방(一方)에 있어서는 천재적인 박학자(博學者)로서 과거의 고전적 최고 가치를 가지고 있으며, 그 당시의 아세아적인 조선의 생활을 무비(無比)의 형상적으로 그릴뿐만 아니라 세계적 수준에 있어서도 가치 있는 저술인 것이다. 그러나 타방(他方)에 있어서는 그는 양반이었고 천주교신자이었다. 그는 일면(一面)에 있어서는 사회적 허위와 위선에 대하여 극히 격렬한 직접적인 성실한 항의를 하였으나, 그는 타면(他面) 가장 무기력한 당시 조선의 성격의 포약성(胞弱性) 코리언 인(人) 정신의 무정견을 그대로 반영한 자이었었다. 아세아적인 전제국가에 자유로운 동권적(同權的)인 소농민의 공동체 생활을 재건하려고 하는 (공동저장, 또는 토지공유론 등) 보다 선(善)한 것에로의 희구! 그러나 불철저한 몽상주의, 정치적 교육의 결여, 혁명적 부동성(浮動性)을 반영한 이 정다산의 과도기적인 사상에 있어서의 제 모순은 과거 세기 때 동안의 우리 조선 농민의 역사적 활동이 놓여 있는 (농민 일규(一揆)의 약점(弱占), 결점 가부장적 촌락공동체의 부동 생(浮動牲) 소농민의 경화(硬化)한 측면의 반영) 모순에 찬 제 조건의 진실이 사회적 거울인 것이다. 그럼에도 불구하고 19세기의 조선의 거울으로서의 정다산의 모순에 찬 견해에 그대로 조선의 얼을 부여하여 그 약점, 모순을 '은폐'하고 그를 이상화하여 결국 가부장적, 촌락공동체에로의 복귀를 암암리에 '선동'하는 행위 이외에 그 아무것도 아니다.

신라의 국선(國仙) 화랑제도에 있어서도 신라 사회의 특질 — 아세아적 특질—즉 농업(부분적으로는 상업·수공업의) 기초인 광범한 사업의 배치는 중앙정부가 담당하고 있었다는 것과 동시에 촌락의 고립성, 농업 급(及) 수공업 노동에 가내적 연결을 기초로 한 농업과 상업과의 소중심지에의 결합과의 사정이 특이한 사회체제—농회(農會) 공동체—를 창존(創存)시키고(원시 민족사회에 있어서의 생산력의 불충분한 발전과 미전개적(未展開的)인 형태는 이와 같은 상태의 역사적 유산에서 생성한 노예소유자적 사회에 있어서도 원시 공산체의 잔존물을 광범히 잔존시키었으며, 이것은 역으로 일정한 한도에 있어서 노예 생산양식을 제살(制殺)하여 농업노동과 수공업과의 직접적인 결합을 결과시키고, 또 이것은 반작용적으로 농업공동체를 광범히 잔존시켰던 것이다) 이 농업공동체와 그것의 협애성(狹隘性), 이런 신라 사회는 계급사회—노예사회로서 기왕 민족적·종족적 종교는 그 성립의 지반(地盤)은 민족사회로부터 절단되어서 한 개의 통치 군(群)의 도구가 되었던 것이다. 그와 동시에 종래의 민족사회 내의 전문적 제사장(천군 天君)들 중에서 급계(級階)를 구성하고, 이 화랑계급은 종교의식의 관장을 맡고 그들은 일반 사회성원과의 직접적 교섭을 결여하고, 그 독점하는 종교적 특권을 고수하여 한 개의 정치적 종교에 즉 화랑은 고대 신라국가의 성립과 유지 때문에—골품제도, 카스트의 절대적 유지와 강화 때문에 지배적 생산양식인 노예생산양식과 원시 사회의 잔존생산양식과의 사이에 한 개의 안전판(安全瓣)으로서 원시 민족공산체의 평등 참정권을 종교화한·도덕화한 측면만 흡수하여 청년의 '솔직'한 정치적 요구, 영웅심을 이용하여 위로부터 선발의 형태를 취한 것이었다. 『삼국유사(三國遺事)』에 '욕흥방국수선풍월송(欲興邦國須先風月送)'이라고 하는 것은 이것을 잘 설명하고 있으며, 따라서 아니미즘적·샤머니즘적·선조숭배적·자연숭배적인 원시 씨족 종교의 제 요소와의 잡연(雜然)한 혼합을 그 내용으로 한 이 화랑도는 당시에 있어서의 신라사회 고유의 산물이며, 신라사회의 아세아적 특징적 구조에 의하여 필연적으로 규정된 것이다. 그러므로 아세아적 이데올로기로서의 화랑도를 시라사회의 구조적 특질

속에서 설명하지 않고 그것에서 오직 신비적인 조선의 얼을 탐구하기
에만 노력하고 있는 것이다. 그들은 이런 노력에 의하여 신비적인 과거
에서 (복고에 의하여) 자기들의 사상 즉 '조선의 얼'을 찾아내고 그것의
결론적 논강(論綱)에 의하여 현실 조선을 정당히 파악하려고 하나 역사
적 인식의 결여한 그 '조선의 얼'은 현실을 정당히 파악하지 못함은 물
론, 과거도 정당히 파악하지 못하는 것이다. 그들은 복고에 의하여 현실
의 기형적 객관적 사정과 하등의 인연이 없는 주관적 원망=희구(希求)
를 과거의 「오천년간의 조선의 얼」에서 즉 과거의 민족적 위대성에서
발견하고 이 주관화된 신비적인 '오천년의 얼'에 의하여 현실의 모든
구체 객관적 사정을 설명하고 해석하려고 하는 그들이 가지고 있는 역
사 인식에 있어서의 유일한 표본으로서의 신비적 표현 그것이 잘 말하
고 있는 바와 같이, 그들은 절대로 현실의 기형적 구조체를 정당히 파
악하지 못함은 물론아니 오히려 객관적으로 그들의 논술의 일정한 논
리적 발전은 불구적인 현실의 본래적 존재에의 역사적 설명과 해석 이
외의 그 아무것도 아닌 것이다.

그들은 자신이 의식하였든 안하였든 간에 불구하고 객관적으로는 조
금도 속임 없이 엄연히(자기들이 아무리 주관적으로는 부인한다 하더라도, 그것
은 우리에게는 문제가 아니 된다) 현실의 불구적 경제체의 지배적인 유산자
적 이데올로기이며, 특히 그의 극 악질 이데올로기인 것이다. 즉 민족
파쇼의 역사해석적 선구자들이며 또 선전자들인 것이다.

3.

그리고 특히 '조선의 얼'은 극히 단순히 서양의 문화를 개인주의라든

가 혹은 물질주의라고 하여 조선적 현실을 정신에까지 추상한 '조선의 얼'에 의하여 비판하고 있는 것이다. 그러나 이런 논단(論斷)이 잘못은 출발부터 서양문화=사상 운운하여도 서영에도 원시사회도 있었고 고대도 봉건사회도 자본사회도 있으며 또 일방(一方)은 자본제의 반립(反立)으로서의 사회가 있고 서양문화에도 희랍문화도, 라틴문화도, 칼만문화도, 슬라브문화도 있었으며, 희랍에도 '소크라테스'도 '플라톤'도 있었고, 스파르타도 있었고 아테네도 있었던 것이다. 그러므로 한 말로 서양 운운 하여도 가지가지의 색다른 서양을 보지 않으면 안 되는 것이다. 그들은 조선 고유의 독자성으로서의 '얼'을 논하며 이것은 조선 사람으로서만 비로소 인식할 수 있는 것이라고 하나 어렵소(!) 현실적인 사실은 어찌 하리요. 이것들의 정신, 사상은 결국 물질적 토대 위에서만 가능한데야. 즉 이상에서 수차 강조한 그 당시의 사회경제상태 위에서만 비로소 정신, 사상이 존재할 수 있다는 것이다. 결국 역사를 결정하는 요소는 직접적 생명의 생명의 재생산이며, 이것은 그 자체로서 삼종(三種)으로 되어 그 하나는 먹고 살고 입고하는 것의 제 대상의 생산 급(及) 그에 필요한 제 도구의 생산이고, 다른 하나는 인간적 자체의 생산-다시 말하면 자기 종종의 번식 그것이다. 그러므로 이와 같은 기초를 떠나서는 이른바 '조선의 얼'도 아무것도 존재하지 못하는 것이다. 또 그들은 '국수적 체계'의 건설 때문에 복고적인 '얼'로 논하고 있으나 그들의 얼을 위하여서의 문헌학적 해석은(그들은 아직 역사적 영역 이외에는 일보도 선진(先進)하지 못하고 있다) 왕왕히 한학적(漢學的) 인도 불교적, 지나 유교적 범주를 끄집어내고 있는 것이다.

그리고 우리는 조선의 얼은 결코 방법론적 비판에 있어서는 해결할 수 없는 것의 의미가 잠재하고 있다는 것을 잊어서는 안 된다. 즉 특정의 현실적 기도(企圖)를 포장하고 있는 것이다. 다시 말하면 현실적 의도 때문에 이것을 외치고 대도(大道)에서 시위적 장식행렬(葬式行列)을 하고 있는 것이다. 이때에 있어서는 방법적 비판을 초월하여서 정치적 사회적 의의를 가지며 초논리적·초분화적 신앙으로서 주관적인 신비주의를 독단적, 관치적(官治的)으로 민중에서 강요하는 것이다. 이때에 이것은 한 개의 이론이 아니고, 그것은 정책으로서 나타나고 있다는 것이다. 즉 참다운 역사적 인식을 결여한 것은 이론으로서의 자멸을 하지 않으면 안 되는 금일의 역사적 정세에 도달하고 있다는 것이다. 이와 같은 때에 '조선의 얼'을 짊어지고 수많은 천재와 영웅들이 역사적 무대에 등장하고 있는 것이다. 그러므로 이런 때에 있어서 우리들은 다음의 문구를 더 일층 힘 있게 선언할 완전한 권리를 가지고 있다.

"모든 사회적 생활은 본질 상 실천적이다. 이론을 신비주의에 유도하는 모든 신비는 그의 합리적인 해명을 인간적 실천 속에 따라서 이 실천의 파악 속에서 발견한다"(도이치 이데올로기, 永田商店版 32항)고 하는 유명한 고전적 문(文)을!

언부(言附) : 우리 조선의 이른바 철학자라고 하는 분들은 헤겔을 칸트를 인간학을 논하는 데는 원서의 직역적 훌륭한 기술을 가지고 있으나, 그들이 그 한편 조선의 문제에 직면하면 완전한 무능을 발휘하는가 보다. 우리는 헤겔도 인간학도 필요하나 먼저 조선의 화랑도를, 정다산을, 동학을 분석하여야 한다. 우리는 이곳에 전 노력을 집중하여야 한다. 이것이 우리의 당면한 가장 결정적 과제가 아니면 안 된다. 끝으로 독자 제군은 동아일보 소화 10년 12월 초순의 졸고 「朝鮮의 思想에 있어서의 아세아적 形態에 대하야」를 참조하기를 바란다.
12월 24일 동경에서

—『비판』, 1937.5

문학의 조선적 전통 (상)

김태준

이 일문(一文)은 백철 군의 「문화(文化)의 조선적(朝鮮的) 한계성(限界性)」(『사해공론』, 금년 3월호), 동군(同君)의 「동양인간(東洋人間)과 풍류성(風流性)―조선문학(朝鮮文學) 전통(傳統)의 일고(一考)」(『조광』, 금년 5월호)를 읽은 바 나의 감상이다. 이 두 논문에는 여러 가지 문제가 제기되어 있으나 나는 문학의 조선적 전통의 한계의 구명과 조선사의 세계사적 일환에서 볼 일반성을 문학에서 구하여 풍류성에 방급(傍及)하면서 본고를 마치려 한다. 특히 말하는 것은 군(君)이 단군문화(檀君文化) 또는 기자문화(箕子文化) 운운한데 이르러서는 매연(呆然)히 실색할 뿐으로 다만 동군(同君)에게 나의 「단군」 논고(論稿) 또는 기자 변(辯)(『중앙』 잡지 작년 ×월호)의 참조 내지 비판을 바라고 여기서는 그에 언급하지 않을 터이다. 군이여, 군조차 단군문화, 기자문화를 운운하고 있는가……. 이은상 씨 편 『가도(歌圖)』와 육당 편 『조선역사』와 소창(小倉) 씨 저 『향가연구』만이 군의 유일한 참고 재료인 것 같으나 우선 재료의 음미와 비판을 가하지 않은 인용처럼 위험한 것은 없다.

생존하기 전에 인간이 있을 수가 없고 따라서 인간정신이 있을 수가 없다. 생활의 역사를 고찰함이 없이 한갓 순수한 인간을 탐구하며 그 정신을 심방(尋訪)한다 할지라도, 그것은 도로(徒勞)에 시종할 것이다. 무릇 인간의 정신은 각 시대의 현실적 생활관계에 의존한 것으로 이 정신적 유산인 모든 문화도 각각 그 시대의 하부구조에 의하여 규정할 것이다. 모든 문화 속에도 문학은 기록되어 있는 예술인지라 가장 또렷하게 그 자취를 나타내는 것이니 우리들의 문학적 전통이란 것은 완전히 생활의식의 반영으로서 취하지 않으면 안 될 것이다.

다시 말하면 문학에 나타난 수법과 의식의 '로컬 컬러'는 문화의식의 부분적 혹은 전체적 구현으로서 그 나라의 사회적 경제적 정치적 제 조건이 이것을 규정하는 것이다. 인류사회의 영원한 진화의 역사적 법칙은 거의 공통한 방향으로 나가고 있다고 할지라도, 각각 그 지방, 그 민족의 자연적 환경에 의하여 각개의 지방적 성격을 이루고 있는 것도 무시할 수 없으니, 세계 민족 발전의 일반적 도정(道程)과 이 도정에 빈(瀕)하여 나온 각개 민족의 특수성과를 일(一)은 세계성으로 일(一)은 민족성으로 한계를 지어가면서 구명하지 않으면 안 될 것이다.

그러나 만일 조선에 있어서 세계사와 구별되는 무엇을 찾는다면 그것은 아세아적(亞細亞的) 생산형태가 던져 준 바 문화의 기형적 발전에 있다고 할 것이다. 특히 북로남X(北虜南)의 외적의 침입 때문에 생기는 중앙전제정권의 필요, 산악 구릉의 다(多) 관개(灌漑) 정책 같은 자연적 조건은 이 나라 이 민족을 반도의 두대국(豆大國)에 묶어두고 아세아적인 생산양식에 봉진(封進)하여 두었었다.[1]

그러나 조선에는 원시사회의 처녀막을 깨트려 준 중요한 한 개의 원

---

1) 아세아적 양식 이야기는 여기서는 상술치 않으려 한다.

인이 보다 고도의 한 대의 철기문명의 침입이었고, 그 후 당송문화와 같은 것도 끊이지 않고 수입되어 절대(絶大)한 기여를 준 것도 부인할 수 없는 사실이다.2)

우선 기자조선에 대한 사적(史的) 변증(辨證)이 필요하다.

조선에는 원시사회의 유물이 거석(巨石) 패총(貝塚) 밖에 없고, 여기서 그 시대의 문화적 양자(樣姿)를 바라본다면, 그것은 아마 다른 나라의 원시문화와 구별되는 것을 찾기는 곤란할 것이다. 하나 극동일대(極東一帶)에 퍼져 있는 '샤머니즘'이 거의 민족사회에서부터 발아되어 그것이 노예국가 '신라'의 건설에 들어서는 본질을 변(變)해버리고 노예를 통제하는 단체 '화랑'도의 결성에까지 이르렀다.

신라 건설 이전의 민족 존장(尊長)이 동시에 샤먼적 주술자였다는 것은 신라에서 임금을 차차웅(次次雄) 또는 자충(慈充) 스승이라는 무당의 칭호와 혼동한 것으로도 알 수 있지만, 중국에서 고급 종교 유불선(儒佛仙) 등이 수입된 후로는 종교적 의의는 거세되고 다수한 노예를 통어(通御)하기 위한 권력 단체인 귀족 자제로 조직된 화랑들은 일단 외적과 교전하게 되면 다수한 노예 병(兵)을 통솔하고 전장에 나아가 기습으로써 노래를 부르고 불연이면 장렬한 최후를 마치는 만치 재향군인단과도 같지만, 평상시에는 시간적으로나 물질적으로나 매우 한가한 단체였던 만큼 금강산 구경도 하고 동해 가에 피서도 하는 풍류적인 사교적 오락 단체나 등산구락부처럼 되었으나 등산과 음악 같은 것이 본의는 아니었던 것이다.3)

백철 군의 문(文)에 "……그와 같은 신라의 풍부한 풍류성 그것이 신라의 화랑제도를 낳았다고 생각된다. 그리고 또한 신라의 풍류성이 가장 전형적으로 표현된 것도 그 화랑제도였다"라고 신라의 화랑제도의 본질을 이해함이 없이 이 제도를 논하면, 그 결과가 종래의 국수적 정

---

2) 이것을 기자문화라고 명명하는 것은 큰 망발이다.
3) 졸고, 『신흥(新興)』 9호 「新羅花郎制度」의 의의 참조.

신으로 화랑도를 한 개의 조선혼으로 창작하려는 완고노인(頑固老人)들과 반양구(半洋句)이리요, 그와 같은 풍류성이야 어느 귀족사회에 유행되지 않았으랴. 다만 극단의 극기의욕과 번문박례(繁文縛禮)를 주(主)하던 '가톨릭'이나 이조말의 유학자가 아니고서야 화랑도가 아니라도 고려사회에 유행되는 고려가사가 군(君)의 예거(例擧)한 신라향가 칠팔 수보다 좀 더 조선정취를 담고 있고 풍류성을 가지고 있지 않은가. 군이 거기 예거한 칠팔 수의 향가가 도리어 삼국통일 후 화랑제도 같은 것이 깨어질 때의 유물이라는 것을 아는가. 이것은 기왕에도 논한 바 있었으므로 여기서는 생략한다.

금일에 문헌에 남아 있는 신라향가는 당시의 민요라기보다 좀 더 귀족사회에 앙양(昂揚)된 노래다. 그 대부분이 귀족자제로 된 화랑도와 승려들의 주문이거나 풍류가인 것이다. 그런 점은 경주에 남아 있는 고적이 ─ 그 찬란하다고 자랑하는 예술이 강고내말(强古乃末)(황룡사 종 지은 사람─『삼국유사』), 솔거(화상), 김생(필객) 같은 일련의 노예 배(奴隷輩)의 제작이라는 것과 다를 것이다. 물론 남녀의 연가(戀歌) 같은 것은 본래 민간의 동요였던 것이 귀족들 사이에 앙양된 것도 있겠지만, 조각 예술이 많은 경우에 '라오콘'의 황통(況痛)을 보는 듯한 일면에, 가요는 좀 더 명랑성이 있고 자유롭고 유유(悠悠)히 여유가 있는 것 같다. 그런 점에서 보면 경주 유적이나 낙랑 고적이나 고려자기보다 못지않게 이 나라의 신라향가, 백제가(百濟歌), 고려가사도 높게 평가를 받아야 할 것이다. 외국인은 조선 고대의 조각 문명 같은 것을 감상하고 감탄할 줄을 알되, 이 나라 고대어로 쓰여 있는 고대가요의 예술적 가치를 알 길이 없다. 그들은 힘껏 어학적으로 고색(考索)하되 운율적으로 상고(想考)할 수는 없다.

삼국시대에는 '샤머니즘'은 오직 그 형해(形骸)로서 주술적 요소만 남아 있고 지배적 이데올로기로서 불교가 등장되고 귀족의 도덕률로서,

지배자 철학으로서 유교가 대치되었다. 귀족들 사이에는 유불에 대한 맹목적 신뢰가 좀 더 컸었다. 이 중국의 유불사상이 압도적으로 이 나라의 원시사상에 대치되었다고도 할 수 있지만, 차라리 이 세 가지가 골육(骨肉)이 되고 피부가 되어 잘 융합 조화되어 있다. 물론 때로는 모순 속에 고민하는 적도 있었다. 수다한 향가 속에서 많은 주가(呪歌)를 읽어 보면 현저히 샤머니즘적 주가의 특징을 갖고 있지만 엄장(嚴莊) 광덕처가(廣德妻歌) 같은 것은 유불의식의 교차점에 놓여 있다.

다만 신라 시절에 그처럼 절대한 세력을 가졌던 불교의 선전 또는 그의 찬미를 위하여 균여가 읊은 향가 같은 것이 있으나, 나말(羅末) 설총을 중심으로 하고 한문의 독법을 좀 더 용이하게 습득할 수 있게 된 후로는 이 나라의 통치자 배(輩)와 종교가들은 완전히 한문만을 전주(專主)하여 도리어 이두문학(吏讀文學)의 발전을 방해시킨 느낌이 있다. 그러나 이두라는 음표문자(音標文字)를 만들어서 이 나라의 가요를 기록하는 것은 고려 때까지 계속하였다. 차라리 한문학과 이두문학을 거의 평행적으로 사용하여 가요 같은 것은 이두로 서술한 것이다. 한문으로 기록된 모든 문학이 왕자(王者)의 분묘(墳墓) 석굴암(石窟庵) 등등과 같이 특권층의 위엄, 종교의 선전, 과장, 아첨을 시사(是事)한 것이라면, 속문학(俗文學) ― 가요 ―에는 몇 마디 종교시(「균여가 均如歌」)와 주문시(呪文詩)를 제(除)한 외에 순수미의 구체화로서 세련된 운율적 쾌락의 원천으로서 음영(吟咏)된 정연(情戀)의 노래 같은 것이 많다. 다 같은 종교시 속에도 신라의 것은 화랑들의 주문이 많고, 고려의 것은 종교적인 것이 많은 것은 봉건주의의 성장에 의한 종료의 점진적 번영에 의함이 많다. 사실 신라 때의 승려는 일면은 화랑이어서 소위 '세속오계(世俗五戒)' 같은 데도 그 두 사상이 혼합되어 있다. 그러나 고려의 승려는 완전히 '부처'님을 내세우고 모든 횡악(橫惡)을 자행한 「삼장가(三藏歌)」의 주인공이었다. 화랑들은 남색(男色)을 주(主)하기 때문에, 「득오곡모랑가(得烏谷慕郎歌)」 같은 것도 있었지만, 그들의 불타는 남녀 간의 정열은 기탄없이 자유분방하게 가요에 나타났었다. 「처용가(處容歌)」·「만전춘(滿殿春)」·「서경별곡(西京別曲)」 등등 어느 것이 그렇지 않으랴! 이것이 이조(李朝)라는 중앙집권적 관료사회에 이르러서는 완전히 종적을 감추어버렸다. 성종 같은 임금은 「이상곡(履霜曲)」·「서경별곡」·「처용가」 같은 것이 남녀 정사(情事)라고 해서 악부(樂府)에서 제적해 버렸다. 유가의 예의적 질곡은 일층 심하여지고, 이와 보조를 같이 해서 중앙권력은 집중되고 절대화되었다. 군주의 위력을 구가한 장편 서사시 「용비어천가(龍飛御天歌)」와 종교시 「월인천강곡(月印千江曲)」은 모두 이조 초 세종 때부터의 산물이다.

한글의 제정, 이것은 속문학 발달의 큰 도움이 되었을 것이다. 중국 문물의 전적(全的) 숭배와 유학 또는 한문학의 전주(專主)는 도리어 속문학의 자연적 성한(成限)을 방해하였다. 남녀의 정가(情歌) 같은 것은 한시로서는 읊어도 조선 노래로서는 들을 수가 없고, 몇 천 몇 만 수의 도덕가, 권선징악가 같은 것이 늘었다. 문장 형식은 이 나라 언어의 운율관계도 있겠지만 고려의 「청산별곡(靑山別曲)」 같은 것을 볼 수 없고, 44조(四四調)의 단조로운 주형 속에 틀어박았다.

이 44조를 기본으로 하고 '시조'하고 부르는 단가 형이 귀족들 사이에 고정화되었다. 물론 한문학의 최고의 발전기였던 선조(목릉성세 穆陵盛世) 전후는 그에 비례해서 속문학의 융성도 보지 못한 것은 아니다. 벌써 속문학은 궁정부(宮廷婦), 여농민(女農民), 중인 이하의 오락의 구(具)이었고, 따라서 가요, 소설 등의 형식에 일보의 전진을 볼 수도 없었던 것이다.

그래도 시조만은 기품이 높고 유장한 것이 그 제재로 한 '강산풍월'(江山風月)과 함께 독자에게 한숙(閑寂)한 풍미를 제공한다. 이조에 있어 한문을 이해할 수 있는 계급은 그 많은 경우에는 한문시와 한글시(시조 등)를 병용하였다. 유가(儒家) 최대의 위인이라고 하는 이퇴계, 이율곡도 모두 「도산십이곡(陶山十二曲)」·「석담구곡(石潭九曲)」 같은 것이 있지 않은가. 그 시취(詩趣)도 위진육조(魏晋六朝)의 청담풍(淸談風) 아니면 당송

(唐宋)의 도덕시로서 중국 문학의 연장인 듯한 느낌이 있다.

차라리 그들의 지은 한문시의 번역과도 같은 느낌을 준다. 소설에 있어서는 더 일층 현저해서 보당전기(普唐傳奇)의 번역이 아니면 명청(明淸) 소설의 연장인 듯한 천편일률의 군담(軍談)이 많다. 그러나 이조 말의 시민층의 대두는 확실히 새로운 형식의 오락물을 요구하였다. 소설은 가극으로까지 은연(殷衍)되고, 거기에는 조선적인 정조를 다분히 가미하였다. 「심청」·「흥부전」·「토생원」·「장끼」 심지어 「춘향전」까지라도 그러한 설화의 어느 나라에든지 있지만, 주인공들의 대화, 배열되는 사물, 풍경, 어느 것이 조선의 '로컬 컬러'가 아니냐. 비유·풍자·해학 어느 것이 당대의 시대색이 아니었으랴!

—『조선문학』, 1937.6

문학의 조선적 전통 (하)

김태준

조선의 고대문학에 있어서 일관되는 전통적 정조는 무엇일까? 그것은 극동에 있어서 중국·일본 내지(內地) 등의 고전의 그것과 어떻게 구별되는 것일까?

대처 동양적 취미를 상식적으로 말하는 자 선미(禪味)에서 구한다. 과연 당(唐) 왕유(王維), 진(晋) 도잠(陶潛)의 시취(詩趣)는 이 나라의 귀족문학·시조 같은 데서 또렷하게 볼 수도 있거니와 일본 내지의 파초일다(芭蕉一茶) 등의 명구(名句)가 모두 그러하다. 이것은 동방문화가 모두 정적(靜的) 청극적(淸極的) 부정적인 것이 그 주류를 이루었다는 점에서 구주(歐洲)의 그것과 구별되지 않는가 한다. 구주에서도 봉건문화의 형태가 동방의 그것과 공통하는 점도 없음은 아니나, 아세아(亞細亞)의 특유한 전제주의 하의 생산양식 밑에 건축된 이 나라의 문화들이 비록 서로 교통된 관계도 있지만 모두 공통한 정조를 담고 있다는 것도 우연이 아닐 듯하다.

일본문학을 운위하는 자가 일본 고대문학의 특색을 '物のあはれ'에 구하는 것도 이 선미(禪味)의 일 표현이 아닌가 한다. 단순히 '物のあはれ'가 번역하기 어려운 이 문구 하나로써 일본 고전문학의 특색을 일괄할 수 없으나, 그렇다고 중국은 중국, 일본은 일본의 특색이 있는 것을 부인함은 아니다. 또 한 가지로 이 땅의 문학의 특유한 향기도 무어라 일괄해서 말하기 어려우나 그것을 부정할 수는 없다. 필자와 같이 예술적 미각이 부족한 자로는 도저히 무어라고 지적하기 어려우나마 『원씨물어(源氏物語), 침초자(枕草子)』와 『춘향전』·『서상기(西廂記)』 등에서 각개의 다른 감흥을 얻을 수 있다는 것도 거부하기 어렵다.4)

우리 고대문학의 저류를 흐르는 그 무엇(Something)의 정당한 평가는 우리의 금후의 과제다. 소설, 시조, 고가(古歌) 등 여러 부문에 있어서 우리는 이 땅의 자연에의 생활에서 함까지로 반영되어 온 매우 희미(熹微)한 취미(臭味)로서의 Something을 포착할 수 있으리라. 그것은 「아프리오리」적인 것이 아니요, 거의 운명적 성격이라고나 할 공통된 환경 하의 소산인 것이다.

그러나 갑오개화 이후 국초 이인직·이해조 씨의 신소설이 유행되고 그 뒤를 이어 현존한 기성 문단 작가들의 작품에 이루어서 그 연대가 내려올수록 그러한 취미(臭味)가 매우 희박해졌었다. 그것은 당초에 급격한 구주문학의 직역적(直譯的) 수입에서 생경한 국제성만 드러나고 이 나라의 문학적 유산이 이 땅의 젊은이들에게 잘 계승되지 못함으로써였으리라고 믿어진다.

* * *

---

4) 그 지방의 특유한 향토색을 가리켜서 그 나라 문화라고는 할 수 있을지언정 이것이 天照大神さま文化, 단군문화, 기자 삼황오제(三皇五帝)문화라고 할 수는 없다.

문학도 그렇거니와 문화 일반에 있어서도 이 점에 있어서는 마찬가지다. 나는 '단군을 위주한 신도(神道)'란 그 무엇인지 정체를 모른다. 단군이란 신격 또는 인격의 비판만 얻으면 이런 무모한 용어는 날조치 아니 할 것이며, 더구나 '단군을 위주한 신도' 운운하는 귀어호화(鬼語狐話)를 연발하지 않을 것이다. 이것은 옛날에 김교신·나철·최남선 제 씨가 단군교(대종교)를 세울 적에 일본 내지의 신도를 흉내 내서 임시로 만들어 쓰던 진부한 용어로서 역사학에 A·B·C·만 아는 사람이면 이런 말은 쓰지 아니할 것이다.

나는 문화에 있어서 태백산적인 것과 비태백산적인 것이라는 뜻을 모른다. 그러나 문화의 전 역사 위에 굳게 혹은 가늘게 흐르는 조선적-국제적인 것과 구별되는-성격을 시인하며 외래문화의 특승(特勝)한 유입을 문헌에 의해서 긍정하려는 자다. 그러나 그 양자(兩者)는 어느 사이에 융합되어서 물과 기름처럼 선별할 수 있었던 것은 아니다. '전 조선의 문화사는 중국문화의 영향사 이외의 아무것도 아님이어니'라는 견해는 정치적으로 중국의 시하(侍下)에 살아 온 사대사(事大史)에 비추어 당연하다고 하나, 그렇다고 그 한계성의 규정에 조금도 비관할 필요는 없다.

이를테면 위에 말한 문학에 있어서의 어떤 방향(芳香)과 정형 시조의 '3434 3434 3543'조 이야기책의 고정한 윤곽과 민요의 사사조 등 속에는 잘 발휘되지 못했으나마 다분히 조선적인 것을 보여주고 있다.

조선 사람이 독창(獨創)한 '측우기, 비차, 귀선 기타 측우법, 고성술', '경주의 불상' 등이 구체적으로 예거할 수 있는 조선적 한계성이라고 하지만, 독창적인 것만이 조선적이라고도 할 수 없고 조선적인 것은 독창적인 것의 전체라고 할 수도 없다.

"무력한 사대(事大)에서 생긴 의뢰 정신 거기서 파생한 퇴폐에 가까운 낙천성, 자신을 버리고 운명관에 떨어진 무력성은 조선 문화에 뚜렷한 전통성을 갖게 하지 못하고 또한 그 문화에 독창적인 것을 보지하지 못하였다"는 것은 숨길 수 없는 사실이다.

만일 위대한 문화비평가가 있어서 어느 문화를 평가할 적에 '낙천성'이 몇 % '무력성'(?)이 몇 %……. 이렇게 운운하면 청자는 곧 그것은 조선 문화가 아니냐고 할는지 모른다. 장구한 시일 동안에 서로 융합된 문화의식은 마치 '지방색, 지방적 기질, 지방적 성격'이 어느 정도까지 공통되는 바와 같이 공통할 수 있고 그 소산은 그 성격을 구현할 수 있는 것이다.

＊ ＊ ＊

한 개의 지방색도 능히 그 지방의 향토색을 구성(構成)할 수 있는 것과 같이 한 민족국가의 문화적 광망(光芒)도 그 외래적 요소가 아무리 컸다고 할지라도 순연히 존재한 것이다. 원래 민족문화란 독자(獨自)히 구성(構成)되는 것이 아니요, 인근 부족 또는 민족의 문화의 교류에서 융합되어 존재한 것으로 어떤 일면만을 들어 이것은 이 나라의 특수성이라고 고조(高調)한다면 그것은 자가 문화의 특수성을 맹목적으로 자랑하는 종래 학자와 다름이 없는 오진 내지 반동에 빠질 우려가 있으리라고 생각한다.

그러므로 나는 감히 제언한다. 조선의 고대 문화가 "고유의 단군적인 정신을 가지고 외래의 기자적인 일체의 문화를 하나씩 소수흡수(消收吸收)하는데 자기의 문화를 만들지 못하고 도리어 외래의 문화에게 자기 고유의 것을 굴종시켜 산 것이 있었던 것이다."라고 할 것이 아니고 문화는 문화로서 우선 자가의 것이 구성(構成)되었었다고.

그러나 동군(同君)의 걱정하는 문화의 위기는 어디까지든지 이 나라의 특수한 환경의 산물이지 옛날의 문화의 죄과가 아니라는 것이다.

군이 "지금까지 문화의 발전이—비전통적이고 의뢰적(依賴的)이고 또 그 의미에서 근세의 문화가 위기 이전에 외축(畏縮)해 버린 현상은 우리들 문화인이 너무 과거의 조선 문화의 발달 경로가 그 한계성을 무시한

곳에 있는 듯하다" 하였지만, 군의 말하는 문화란 대체 어떠한 개념을 가진 것일까? 정치·예술·사상 등등 상부구축 이외의 것인가? 나는 근세문화의 위기 도래가 문화의 비전통적·의뢰적인 데 있는 것이 아니라 당시의 역사적 정세로 추찰(推察)하더라도 그것은 확실히 이 땅의 자연적 환경의 결정하여 준 선물이리라고 한다. 과연 "우리들 문화인이 너무 과거의 조선 문화의 발달 경로와 그 한계성을 무시한" 점도 있으나, 문화의 위기에 처할수록 국제적 문화의 연락(連絡)을 희구할 것이지 복고적인 문화정신에서 저미(低迷)한다면 그 소득이 무엇일까? 차라리 문학유산 내지 문화 일반의 섭취와 계승을·논의하였다면 모르되.

* * *

'단군, 기자문화', '태백산, 비태배산문화', '단군을 위주한 신도에서 흘러나온 정신' 등등의 어구의 과오를 지적하려는 것이 아니라 동군(同君)의 글 쓴 정신은

"금일의 의뢰사대의 정세 하에서도 오히려 …… 인 문화를 옹호할 수 있고 또 키워 갈 수 있을까? 여기에 한 지방의 문화의 전도를 생각한 일이 있다. 또한 현대의 문화의 옹호의 길로서 조선적인 특수성이 있다."

요약하면 문화의 위기에 직면하여 "주위의 정세가 사대적으로 되어 있는 것과 모든 것이 의뢰적으로 되어 있는 현실은 석금(昔今)이 동일"한 것을 발견하고 이 위기 문화의 옹호책으로써 문화의 조선적 특수성을 고조한다는 것이다.

고대문화가 외래적인 것(기자문화)을 생경하게 흡수하다가 몰락된 것과 같이 근세(현금까지)의 문화가 또한 구미문학(歐米文學)을 흡수해서 잘 소화시키지 못하는 데서 위기에 빠졌다는 의론은 경청할 수가 없다.

조선의 전통적 문학 내지 문화는 결코 생경하게 존재한 것이 아니었다. 조선의 정치적 ××은 완전히 그 문화의 죄가 아니었다. 문화란 스

스로 동(同) 전통적인 것만으로서 되는 것이 아니라 그의 계승과 외래적인 것의 흡수와의 조화에서 건설되는 것이다.

우리의 문단에는 세계적인 사조와 전통적인 그것이 항상 별개의 것으로 별개의 사람들에 의하여 논의되어 있는 것도 사실인 듯하다. 그러나 독서층에는 독서와 교양을 통하여 토어(土語) 부분적으로 융합되어 나가리라고 생각한다(교육 미비로 다른 나라와 같이는 못하나).

다만 문제는 문학 내지 문화 유산의 계승 문제다. 그 イテオロキ-적 발전의 천명(闡明)은 경제사가 또는 문화사상사가의 사적 천명을 기다릴 뿐이다. 이 이외에 '신도(神道)' 또는 무엇 무엇 '문화정신'을 고조하였다면 그것은 탈선이요 망발이다.

＊ ＊ ＊

현해(玄海) 저편에서 '日本的なもの'를 떠든다고 곧 이곳에 그것을 수입하는 것은 현명한 전통문학의 옹호책이 아니다. 독일에서 독일의 것만을 찾고 비독일적인 것을 배척하던 것도 작금의 일이다. 일본 내지에서 어떤 종류의 인간들에게 무슨 필요로써 '日本的なもの'가 제창되고 있는지 잘 알고 있다. 우선 '日本的なもの'가 떠들게 되는 사회적 근거를 명백히 보여주고 그것의 조선에의 수입이 얼마나 무의미한 희필(戲筆)일이라는 것을 반성하기를 바란다.

—『조선문학』, 1937.7

고적급유물보존규칙

부령

조선총독부령 제52호

고적급유물보존규칙을 다음과 같이 정한다.

대정5년 7월 4일 조선총독 백작 데라우치 마사타케(寺內正毅)

제1조 본령에 있어서 고적이라 칭하는 것은, 석기골각기류를 포함하는
토지 및 순혈 등의 선사유적, 고분 및 도성, 궁전, 성책, 관문, 교
통로, 역참, 봉수, 관부, 사우, 단묘, 사찰, 도요 등의 유지 및 전
적 기타 사실(史實)에 관계 있는 유적을 말한다. 유물이라 칭하는
것은 연대가 오래된 탑, 비, 종, 금석불, 동간, 석등 등으로써 역
사, 공예 기타 고고의 자료가 될 수 있는 것을 말한다.

제2조 조선총독부에 별도 양식의 고적 및 유물대장을 비치하고 전조의
고적 및 유물 중 보존 가치가 있는 것에 대하여 다음 사항을 조
사하고 그것을 등록한다.
1. 명칭
2. 종류 및 형상대소
3. 소재지
4. 소유자 또는 관리자의 주소 씨명 혹은 명칭
5. 현황
6. 유래전설 등
7. 관리보존의 방법

제3조 고적 또는 유물을 발견한 자는 그 현상에 변경을 가하지 말고 3
일 이내에 구두 또는 서면으로 그 지역의 경찰서장(경찰서의 사
무를 취급하는 헌병분대 또는 분견소의 장을 포함한다. 이하 동)
에게 신고해야 한다.

제4조 고적 또는 유물에 대하여 조선총독부에서 그것을 고적 및 유물
대장에 등록했을 때는 즉시 그 내용을 당해 물건의 소유자 또는
관리자에 통지하고 그 대장의 등본을 당해 경찰서장에게 보내야
한다.
전 조와 같은 신고가 제출된 고적 또는 유물에 대하여 고적 및
유물대장에 등록하지 않은 것은 속히 당해 경찰서장을 경유하여
그 취지를 신고인에게 통지해야 한다.
고적 및 유물대장에 등록한 물건으로 그 등록을 취소할 때는 전
항에 준하여 그 물건의 소유자 또는 관리자에 통지해야 한다.

제5조 고적 및 유물대장에 등록하려는 물건의 현상을 변경하고 그것을

이전하며 수선하거나 처분할 때 또는 그 보존에 영향을 미칠 수 있는 시설을 만들려고 할 때에는 당해 물건의 소유자 혹은 관리자는 다음과 같은 사항을 갖추어 경찰서장을 거쳐서 미리 조선총독의 허가를 받아야 한다.

1. 등록 번호 및 명칭
2. 변경, 이전, 수선, 처분 또는 시설의 목적
3. 변경, 이전, 수선 혹은 시설을 하려고 하는 것은 그 방법 및 설계도 및 비용의 견적액
4. 변경, 이전, 수선, 처분 또는 시설의 시기

제6조 고적 또는 유물에 대하여 대장의 등록사항에 변경이 발생했을 때는 경찰서장은 속히 그것을 조선총독에게 보고해야 한다.

제7조 경찰서장이 유실물법 제13조 제2항에 해당하는 매장물 발견 신고를 받았을 때는 동법에 의한 신고사항 외에 동법 제13조 제2항에 해당하는 것을 증명할 수 있을 만한 사항을 갖추어 경무총장을 거쳐서 조선총독에게 보고해야 한다.

제8조 제3조 또는 제5조의 규정에 위반하는 자는 200원 이하의 벌금 또는 과료에 처한다.

부칙

본령은 대정5년 7월 10일부터 그것을 시행한다.

(양식)

관리보존의 방법	유래전설 등	현황	소유자 또는 관리자의 주소씨명 혹은 명칭	소재지	종류 및 형상 대소	명칭	등록번호

―조선총독부관보 제1175호(대정 5년(1916) 7월 4일)

경주의 달밤

이병기

나는 여관을 나섰다, 저녁을 먹고.

이 경주는 벌써 두어 번이나 본 곳이건만 지금도 처음 보는 것 같이 모든 것이 새롭게 이상하게스리 생각난다. 딴은 온종일 차에 시달려 온 몸이 아니 피곤한 건 아니나 방 안에 누워 있기는 싫고 자꾸 밖으로 밖으로 나가고만 싶다.

여관 옆에는 새로 난 요릿집이 있어 장고 소리와 노래 소리가 난다. 가만히 귀를 기울이고 들어 보았다. 경주다운 노래나 아닌가 하고. 그러나 나의 요구와는 아주 다르다. 어디서든지 들을 수 있는 이 근래 유행하는 노래 그것이다. 실패다. 다른 데로 나가 볼 수밖에 없다.

침침한 좁은 골목을 나서 제법 전등깨나 켜 있는 큰 길로 걸어갔다. 좌우에 있는 상점, 포목점, 잡화점, 사기점, 철물점, 과자점 따위가 역시 일인이 아니면 지나인의 것이고 물러터진 감, 능금, 배나 그 옆에 몇 개

놓고 파는 것만은 그들이 아니다. 하나 어느 것이든지 거기에는 먼지 하나 움직이지 않고 전등은 가물가물하고 상인은 졸고 있고 이따금 어디서 쿨룩쿨룩 기침 소리만 날 뿐이다.

나는 봉황대로나 올라갈까 하고 발을 멈추고 망설이다가는 다시 그 반대의 방향으로 나아갔다. 점점 전과 같은 가로(街路)도 아니고, 상점도 없고, 부조화하여 보이는 일본집 또는 고옥과 공지가 보이고, 흰 저고리 검정 치마 입은 젊은 여자 오륙 인이 길에 서서 가는 웃음을 치며 소곤소곤하고, 머리 땋은 총각 상투 꼽은 늙은이 몇 사람은 앞으로 어슬렁어슬렁 걸어간다. 나도 그 뒤를 따라간다. 이제는 인가도 드물고 볏논, 콩밭, 수수밭 가운데 커다란 신작로만 고요히 누워 있는 곳이다. 나는 이곳에 서서 사면을 둘러보았다. 멀리 둘러 있는 산과 산이며 전등이 가물거리는 시가며 둥긋둥긋한 봉화대들이며 또는 계림이며 첨성대며 반월성이며 안압지며 그 한 편의 빈 들판들을, 그리고 동천에 떠오르는 저녁 달을 바라보았다.

이때 이 달은 다만 나를 위하여 비쳐 주는 것 같다. 어찌나 그리도 고마운지 모르겠다. 이때까지 보던 달에는 이때 이곳에서 본 달처럼 귀엽고 사랑스러운 달이 없었다. 다만 밝다, 아름답다는 간단한 말로는 도저히 형용할 수 없다. 아무리 표정을 잘하는 미인이라도 이때 이 달과 같은 얼굴은 할 수 없으리라고 했다.

생각하면 육부(六部)의 여자가 한가위놀이를 하던 달도 저 달이요, 태종 무열대왕과 문명 황후의 사랑이 열매를 맺게 하던 달도 저 달이요, 천삼백육십 방 십팔만 호에 비치던 달도 ·저 달이요, 임해전 놀음에 밤 가는 줄을 모르게 하던 달도 저 달이요, "동경 밝은 달에……" 하고 처용이로 하여 노래를 부르게 하던 달도 또한 저 달이 아닌가.

과연 저 달을 어디에다 비할까. 심양강 상에나 회수 동변(東邊)에 비치던 달로도 비할 수 없는 저 달이다.

과거의 경주에 비친 달도 그렇고 장래의 경주에 비칠 달도 이러하다면 지금 나를 중심으로 한 저 달이 그 얼마나 무한한가. 저 달을 보는 이때에 그 무한한 느낌을 아니 가질 수 없으며 백 년의 인생이나 천 년의 신라도 한 찰나에 지나지 못함을 알게 한다…….

이렇게 생각을 하고 고개를 숙이고 있을 때 저편에서 남자와 소곤거리는 소리가 점점 가까이 나더니,

"……이것이 인생이 아니고 무언가."

하는 여자의 말만 분명히 들리며 어떤 청년 하나 이 여자의 손목을 잡고 내 옆으로 살짝이 비껴서 지나간다. 그러고는 다시는 오고가는 이도 보이지 않고 달만 달만 한 모양으로 보인다.

나는 처음 오는 이 길이 아무 굴곡도 없고 고하도 없고 가도록 한 모양으로 평탄하야 가기가 싫으나 그것이 얼마나 연장이 되었나, 그 그치는 곳까지 가서 보리라 하는 희망에 끌려 앞으로 다시 발길을 내디뎠다. 또 콩밭, 수수밭, 벗논을 몇을 지나는지 알 수 없고 수없는 벌레 소리는 요란히 들린다.

가보니 딴은 머잖은 길이다. 바로 넓은 백사장 하나가 보이고 그 건너는 거뭇한 숲과 조그마한 산이 가로막혀 있고 백사장 한편에서는 불빛이 반짝이고 여러 사람의 떠드는 소리며 북장고, 노래 소리가 난다. 아하, 이것이 북천 내인가, 씨름판이 아닌가. 올해는 풍년이라 풍년을 축하하기 위하여 이 근처 농민들이 모여 북천 내에 씨름판을 열었다 함은 이 경주를 찾아올 때 차속에서 누구에겐가 들은 법하다. 옳지, 이것이 그것이다. 나는 일종 새로운 흥미를 일으켜 우선 그 씨름판을 향해 간다.

백사장으로 보이던 곳은 사뭇 조약돌 판이다. 한편에 물이 좀 흐르는 듯 마는 듯하고는 반들반들한 조약돌뿐이다. 한참 밟아 가니 발이 아프다. 거의 숲이 있는 데까지 가서야 씨름판이 나선다.

씨름판은 한가운데에는 모래를 듬뿍 깔아 놓고 그 가장자리로는 삥 둘러앉은 이, 선 이, 수가 없으며, 기다란 횃불을 잡은 두 사람이 양쪽에

하나씩 서서 그 테두리 안으로 들어서는 이가 있으면 횃불을 내둘러 쫓
아내기도 하며, 한 쪽에는 높이 시렁을 매어 놓고 그 중 특수한 이가 그
위에 앉은 모양이며, 씨름은 아무나 자원대로 나와서 하며, 이긴대야 나
중 결승하는 날이 아니면 상품은 아니 준다 하는데 씨름꾼은 대개 상투
쟁이가 아니면 머리 땋은 총각들이다. 구경하러 온 이도 또한 그런 이
들이고 간혹 기생을 데리고 온 양복쟁이 몇 사람이 있을 뿐이다. 순 경
주 사투리를 써 가지고 함부로덤부로 떠드는 소리는 귀에 설기는 하지
만 토속 연구의 재료로는 이 밖에 다시 없을 것 같다.

그리고 또 한 옆으로는 좌우로 나가며 가갯막을 벌여 놓고 음식도 팔
고 잡화도 팔고 가지가지 오락도 한다. 이렇게 하여 밤을 새우고 낮을
이어 삼사 일 동안을 보내는 것이다.

씨름법도 여러 가지가 있다 하나 보기에는 퍽 단순하다. 원시적 유희
라, 향촌의 농민들이 오월 단오 팔월 추(秋) 같은 명절을 당하여 일반적
으로 하던 유희라, 아무 설비도 없이 간단히 되는 유희라, 이 유희야말
로 농민에게는 가장 합리적으로 된 것 아닌가. 나는 이 씨름을 단원의
풍속화에서 보았고 그 실물은 지금 여기서야 보게 된다. 다른 경기장에
가서 얻은 감상으로는 여기에 비길 수 없다. 씨름, 단순한 그것이 좋아
보인다. 천진스러워 보인다. 순박한 농민의 성격이 그대로 잘 드러나 보
인다.

나는 다시 조약돌 판으로 나와 이리저리 어정이었다. 달은 중천에 떠
있다. 나를 따르는 이는 다만 나의 그림자만이다.

―『신생』, 1930.12

화문행각(畵文行脚) 8

평양 2

정지용

몇 해 만에 만나는 친구 사일지라도 평양 사람들은 다른 도시사람들처럼 손을 잡고 흔들며 수선스럽게 표정적이 아니어도 무관하다. 양위(兩位)분 기후 안녕하시냐든가 아기들 잘 자라느냐든가는 물음 직도 한 일이요 아니 물어도 실상 진정이 없는 것도 아닌 바에야 서울 이남 사람들은 한 가지 빠뜨릴세라 모조리 늘어놓는 것이요 평양 사람들은 그저 "원제 왔댓소?" 정도로 그친다. 수년 만에 서로 만난 처소가 조용한 다방 한구석에서라도 벽오동 중허리 툭 쳐서 서로 마주 세운 생목처럼 담차고 싱싱하게 대하고 앉는다. 저 사람이 어쩌다 사관학교에 갈 연령을 놓치고 말았을까 아깝게 생각되는, 만나는 사람마다 군인처럼 말이 적다. 말이 청산유수 같다는 말은 평양 사람한테 맞지 않는다. 원래 말을 꾸밀 만한 수사를 갖지 않았다. 말소리가 대체로 큰 편은 아니요 다자(字) 줄에 나오는 어음(語音)을 다분히 차지한 언어가 공기를 베이며 나갈 제 쉿 쉿 하는 마찰음이 섞인다. Intonation의 구조는 실상 순수한 서울말과 같이 되어서 싹싹하고 칠칠한 맛이 더욱이 여성의 말은 라틴 계통의 언어처럼 리드미컬하다. 흐느적거리고 끈적거리는 것이 도무지 없다. 평양 여성은 어디나 다를 것 없이 다변인 편이겠으나 수다스럽지 않고 평양 남자의 뜸직한 과묵은 도리어 과분히 직정적(直情的)인 것을 속으로 견디는 것을 볼 수 있다. 단적이요 휴지부가 많이 끼이는 설화에도 소박한 인정이 얼마든지 무르녹을 수 있다. 여자는 모조리 흰 편이겠으나 남자는 거의 검은 얼굴에 강경한 선이 빛나고 설령 그 사람이 T. B. 3기에 들었을지라도 완전히 녹초가 되지 않고 아직도 표한(驃悍)한 눈매를 으스러트리지 아니한다. 원래, 나가서 맞고 들어와서도 "그 새끼 한 대 답새 줄랬다가 그만뒀댔다"는 것이 이곳 사람들의 기질이 되어서 오해도 화해도 심히 빠를까 한다.

적은 사람이 큰 자를 받아 쓰러트리고 약한 놈이 센 놈을 차서 달싹 못하게 만드는 것이 평양식 쌈일까 하는데 평양 사람이라도 쌈패는 따로 있는 것이지 점잖은 사람이 그럴 수야 있을까마는 대체로 대동강 줄기를 타고 오르고 나리는 연안에 난 사람들이 미인과 굳센 남자가 많고 평양에 와서 더욱 특색이 집중된다. 하여간 십년 친한 친구의 귓쌈을 갈긴다니깐! 그것이 다음날은 씻은 듯 잊고 소주에 불고기를 나누어 먹는다니 명쾌한 노릇이다.

그러나 시대와 비애의 음영이 그들의 영맹(獰猛)한 안면근육에서도 가실 날이 없는 것도 사실이다. 문약(文弱)의 퇴색한 빛을 갖지 않을 뿐이다. 멋 부리는 것과 '노적'대는 것을 평양사람들은 싫어한다. '멋'이라는 것이 실상은 호남에서도 다시 남쪽 해변 가까이 가객과 기생을 중심으로 한 사회에서 발전된 것이 아닐까 한다. 그림 글씨와 시와 문에서 보는 것은 그것이 멋이 아니라 운치다. 멋은 아무래도 광대와 명창에서 물들어 온 것이 아닐까 하는데 남도 소리의 흐르는 멋이 수심가에는 없을까 한다. 그러나 남도 소리라는 것이 봉건 지배계급을 즐겁게 하기 위함이라든지 아첨하기 위하여 발달된 일면이 있는 것을 부정할 수 없는 것이라면 어떨지! 결국 음악적 원리에서 출발한 것이 둘이 다 못될 바에야 수심가는 순연히 백성 사이에서 자연발생으로 된 토속적 가요라고 볼 수밖에 없을까 한다. 단순하고 소박한 리듬에서 툭툭 불거져 나둥그는 비애가 어딘지 남도 소리에서보다도 훨씬 근대적인 것이기도 하다. 살얼음 아래 잉어처럼 소곳하고 혹은 바람에 향한 새매처럼 도사리고 부르는 토산기생의 수심가는 서울서 듣던 것과도 다르다. 기생도 호흡이 강경하여 손님이 몇 번 권하는 술을 사양하기 세 번이 되고 보면 "정말 단둘이 하자오?" 등이 선뜻한 태도가 그것이 실상 이제부터 친하여 보자는 뜻이라는 것이라고 한다. 잔이 오고 가는 것이 야구와 같다. 서울서같이 어느 한 기생이 좌석을 독재한다든지 한 아이 옆에서 다른 아이가 이울어 피지 않는다는 것이 없다. 포동포동 핑핑 소리가

길진섭, 〈굽어보는 능라도〉

나도록 서로 즐겨 논다. 혹시 기분을 상해 자리에 남을 맛이 없을 양이면 발끈 일어서 피잉 나가는 것이다. 그렇다고 평양 남자가 당황해서 붙들고 말릴 리도 없다. 서울 손님이란 이런 때 일어서서, "얘! 유감(有甘)아 너 날과도 친하잣구나 야!" 하며 어깨를 안아 발을 가벼이 차서 앉히면 평양여자도 여자이기에 대동강 봄버들처럼 능청한 데도 있다. 새매는 새매라도 길이 든 새매라 머리와 깃을 쓰다듬어 주고 보면 다소 곳이 맡기고 의지한다.

—『동아일보』, 1940.2.8

동양화

이태준

나는 동양 사람들이 동양화보다 서양화에 더 쏠리는 데 다소 불평을 가진다. 우선 내가 내 생활하는 처소에 한 폭의 그림을 걸고 싶더라도 서양화보다는 동양화가 먼저 요구된다.

동양화가 구할 수 없도록 드문 것은 아니다. 요즘 우리의 동양화가들 그림은 너무나 예술에서 멀고 '환'에 가깝다. 좀 미술을 알고 예술에 자존심이 있고 자기의 표현을 생각하는 분으로는 대개가 서양화가들인 것이다. 나는 이런 창조력을 가진 화가들에게 어서 동양화에의 관심을 바란다. 좀 간명하게 의견 표시를 해 본다면,

미술이 무용이나 음악과 함께 국경이 없다 하지만 결국은 다 있는 것이다. 더구나 양(洋)의 동서를 볼 때 뚜렷한 경계가 있는 것 같다. 최승희의 춤에 조선 춤이 가장 무리가 적어 보일 뿐 아니라 샤리아핀이 아무리 연습을 하더라도 육자배기에서는 이동백을 따르지 못할 것이다.

미술도 정도 문제일 뿐, 다 국경의 계선이 없지 않으리라 믿는다. 조선 사람으로 단원이나 오원이 되기 쉽지 세잔이나 마티스는 되기 어려울 것은 생각해 볼 필요도 없겠다.

되기 쉬운 것을 버리고 되기 어려운 것을 노력하는 데는 무슨 변명할 이유가 있어야겠는데 내가 단순해 그런지는 모르나 그런 특별한 이유도 얼른 생각나지 않는다.

"나는 대가도 싫다. 나는 서양화가 좋으니까 그린다."
하면 그건 개인 문제라 제삼자의 용훼(容喙)할 바 아니겠으나 그러나 그것도 나는 무례할지 모르나 이렇게 독단한다. 서양화보다는 동양화를 더 즐길 줄 아는 이가 문화가 좀 더 높은 사람이라고. 이것은 사람보다 사실은 동양화를 위해서 하는 말이지만, 물론 엄청난 독단이다. 그러나 서양화에선 무슨 나체를 잘 그린다고 해서가 아니라 색채 본위인 만치 피는 느껴져도 동양인의 최고 교양의 표정인 선(禪)은 좀처럼 느낄 수 없는 것을 어찌하는가!

동양인이 서양화를 그리는 것은 환경에 불리할 줄 안다. 경제적으로도 그렇겠지만 먼저 대상부터가 그렇지 않을까? 자연을 보더라도 서양화에 불리할 것이다. 서양의 명화들은, 사진으로 더러 보면 풀밭에나 산기슭에 나체를 척척 앉히고 누이고 했는데, 만일 조선 자연에 그렇게 해 보라. 가시에 찔려 어떻게 하나 걱정부터 날 것이다.

인물도 그러리라 한다. 조선 여자의 근육은 서양 여자들의 그것에 비해 얼마나 비입체적인가? 그리고 그 비입체적인 것이 도리어 얼마나 동양 여자의 미점(美點)인가? 서양은 인체부터가 서양화에 맞게 된 것처럼 자연도 서양 것은 서양화에 맞는 무슨 성질이 있을 듯 상상되는 것이다.

자기 모순을 고민해야 할 줄 안다. 생활과 작품은 한 덩어리라야 서로 좋을 것이다. 서양화를 그리는 이로 서양화가 나올 생활을 가진 이를 나는 조선에서는 잘 보지 못한다. 작품 속에 살지 못하며 작품을 제작함은 꿈이 아니면 노동이 아닐까? 이런 우울한 생각이 나는 것이다.

단원이나 오원의 의발(衣鉢)을 받아 나아갈 사람은 동양인이요 동양에서도 조선 사람이라야 좋을 것이다. 그것은 사리에 순할 뿐 아니라 우리의 공통되는 욕망이 또한 그렇다. 서양인이 멀리 있어 단원의 후예가 되려 하지 않을 것이요 또 되기 어려울 것은 조선 화가가 제이의 세잔이 되기 어려운 것과 똑같을 것이다. 그리고 조선 미술이란 조선 문학에 대어 얼마나 풍부한 유산을 가졌는가? 그런 유산을 썩혀 두고 멀리 천애의 에펠 탑만 바라볼 필요야 굳이 어디 있겠는가?

그러니까 나는 서양화에서 동양화에로 전필(轉筆)로부터 조선화의 부흥을 위하는 맹렬한 운동이 일어나기를 어리석도록 바라는 자다.

그리고 이미 동양화를 그리는 분들에게도 한 말씀 드리고 싶다. 몇 해 전이다. 어느 화백이 화회(畵會)를 한다기에 구경을 갔다. 석상에는 어울리지 않는 앨범이 한 책 놓였는데 열어 보니 자기 그림을 선전해 준 문구만을 오려 붙인 것이다. 나는 적이 불쾌했다. 미염(米鹽)은 사지 못하면서도 매화 한 그루는 이백 냥씩 주고 사던 단원이나, 궁정에서 불려가도 저 싫으면 도망을 가서 국왕으로도 병풍 열두 폭을 여덟 폭밖에 못 받았다는 오원의 일화도 못 들었는가? 동양화의 높은 점은 수공이 아니라 기백에서 되는 점일 것이다.

—『무서록』, 박문서관, 1941

두꺼비 설화의 정신

김동리

배암이 개구리를 잡어 먹는 것은 우리가 일상 볼 수 있는 바이다

능구렁이가 두꺼비를 잡어 먹는 것도 대개 이와 비슷한 동물계의 행사일는지 모르겠다.

두꺼비를 잡어 먹는 능구렁이는 죽고 죽은 능구렁이의 뼈에선 마디마디 두꺼비의 새끼가 난다는, 이야기는 일찍이 내가 소년시절부터 고향 늙은이들에게서 들을 수 있던 이야기다. 그 뒤 나는 이 이야기가 조선 안에서는 어디, 없는 곳이 없이 가는 곳 족족 다 있다는 것을 알게 되었다.

얼마 전에 나는 이 이야기의, 과학적 근거를 좀 캐어 보려고 했다가 지금까지 역시 확실한 해결을 얻지 못한 채 있는 터이지만 시방 나는 여기서 반드시 그 과학적 증거를 가져야겠다는 것은 아니다 하는 것은 나는 이제 이것을 한 개의 민화(民間說話)로 취급하려는 것이기 때문이다.

이것을 한개 민화(民話)로 보려는 데 대하여 혹자는 불평을 품을는지도 모르겠으나 자고로 이 설화에 대하여 만인이 신뢰할 만한 과학적 기록—즉 실험적 기록—이 있는 것도 또 이에 방불한 기록이 한 민족의 상식이 되리만치 민간에 보급되어 있는 바도 아니다. 그렇다고 우리가 일상생활에서 쉽사리 경험할 수 있게 된 현상도 아니다. 그럼에도 불구하고 이 설화가 이 땅 민간에 있어 방방곡곡이 퍼져 있고 고금을 통하여 내려오는 것은 이 설화의 정신이 그들 이 땅 민간의 생활 속에 호흡하고 있기 때문이라고 생각한다. 즉 그들 민간의 의식 내지 잠재 의식 가운데 이 설화의 정신을 배태하고 양(釀)하고 발휘할 요소 혹은 운명이 있었고 또 있으리라고 생각하는 것이다.

두꺼비의 거동과 그에 관한 설화를 종합하여 그놈(蟾)의 성격을 추(抽)해 보면 ㄱ.묵중하고 ㄴ.음흉하고 ㄷ.거만하고 ㄹ.조화를 잘 부리고 ㅁ.능걸맞고 ㅂ.고집이 세고 ㅅ.음전하고…… 등등 이상의 개념은 모두가 조선어 고유의 '카테고리'인 동시에 또 이 땅의 민간 속에 그러한 위인성격(爲人性格)을 흔히 발견할 수 있는 바 그것이다.

(같은 방법으로 능구렁이의 성격을 살펴보면 ㄱ.지독하고 ㄴ.음흉하고 ㄷ.능걸맞고 ㄹ.흉악하고…… 등등.)

그래 민중의 심리는 두꺼비의 그러한 성격에 호의와 동정을 가진 나머지 이러한 설화를 자아내게 된 것인지 모른다.

즉, 저이(民間)편인 두꺼비를 그 '지독하고, 흉악한' 능구렁이에게 아주 먹혀 버리고 말기가 억울한 나머지 두꺼비에게 최후의 승리를 주게 한 것인지 모른다(모든 전설이나 동화 민요 등속도 이러한 대중심리가 작용하여 만들어 내는 것이기 때문이다).

일설(一說)에 두꺼비가 제 새끼를, 낳고 싶으면 스스로 능구렁이 앞에 나아가 능구렁이의 골을 돋구어서 제가 자발적으로 잡어, 먹히는 것이라고도 한다. 이것은 두꺼비가 능구렁이에게 먹히려 할 때 그 서로 겨르고 노리고 진퇴하는 모양을 보고 하는 말인데 여기엔 또 그들 특유의 무슨 신비한 '모-순' 작용이 있는지 그것도 단언할 수는 없는 바이다. 그리고 자발적으로 먹히던 혹은 그 반대이던 간 시방 내가 설명하려는 이 설화의 정신엔 별반 차이가 있을 것 같지 않다.

그것이 자발적이던 혹은 전연 그 반대의 것이건 간 제가 먹혀서 먹은 놈을 죽이고 그놈의 뼈마디에서 제 새끼가 난다는 설화의 사실을 생각할 때 먹고 먹히는 자 사이에 조물주의 어떠한 미묘(微妙)한 약속이 놓여져 있던 간 먹히는 두꺼비에게 있어서는 피치 못할 운명 숙명이 아닐 수 없다. 능구렁이 뼈마디에 두꺼비의 새끼가 난다는, 설화의 사실을 한 개 설화의 사실로서 인정할 때 먹히는 두꺼비가 만약 자발적이라면 이미 어떤 성적(性的) 충동 내지 흥분상태에 있을 것이요 자발적이 아니고 그 반대라 하더라도 어떤 동물적 특수한 관능으로 저의 당래(當來)의 승리를 직감하고 있으리란 것이 나의 영물(靈物, 일반 동물과 신과의 중간적 지위)로서의 직감이다.

허나 자발적이던 말던 또 성적 충동이던 아니던 우선 '죽음'을 모면할 수 없는 것이 두꺼비의 운명인 바엔 죽음을 겁내고 싫어하고 그것을 피하려는 것이 또한 모든 동물의 본능인 것이다. 그러므로 이 경우에 그것이 자발적이냐 아니냐 하는 것이나 또는 그가 당래의 승리를 직감하느냐 못하느냐 하는 것보다도 문제의 본질적 소재(所在)는 능구렁이의 뼈마디에 두꺼비의 새끼가 난다는 점에 있다. 전(前) 모면할 수 없는 운명을 극복하는 두꺼비의 의지에 있다.

일전 어느 친구는 이 설화를 듣고 즉석에 이것을 복수의 정신이라고 하였거니와 복수란 원래 의지적 행동이다.

강하고 독한 놈이 약하고 순한 놈을 잡어 먹는 예는 비단 능구렁이와 두꺼비 사이의 그것뿐 아니라 생물계의 원칙적 현상이다. 늑대는 도야지를 잡어 먹고 도야지는 배암을 잡어 먹고 배암은, 개구리를 잡어 먹고 개구리는 다시 저보다 더 약하고 만만한 버러지를 잡어 먹는다. 이리와 양 사이가 그러하고 모든 금수(禽獸)와 모든 곤충 사이가 그러하고 모든 고기 '어(魚)'와 고기 사이가 그러하고 이러한 모든 동물과 사람 사이가 사람과 사람의 사이가 또한 그러하다. 이것이 생물계의 원칙인 동시 또 모든 생물의 운명이기도 하다. 미물곤충으로부터 인간에 이르기까지 저이 한 족속이 멸한다는 것 위에 더 큰 비극 더 큰 위협 더 큰 공포는 없을 것이다. 이것이 우리의 박애(博愛)한 신이나 자비한 불(佛)의 의사(意思)일리는 없다하나 천지는 이것을 포섭하고 있지 않은가? 이 모순을 어찌하랴 여기에 새로운 윤리가 요구된다 하나 나의 이러한 탄식까지도 오히려 한 개 잠꼬대일는지도 모른다 — 한 마리의 호랑이가 사람을 잡어 먹었다면 이것은 자연이냐? 비자연이냐 자연이던 비자연이던 물을 바 무어랴. 우선 호랑이의 체력이 사람의 그것을 이기고 체력이 사람의 그것을 이기고 호랑이의 이[齒]와 발톱이 사람의 그것보다 더 예리하매 호랑이는 능히 사람을 잡어 먹는 것이다. 이 경우 그 사람이 호랑이보다 아무리 착하고 정직하고 이쁘고 얌전하고 그 위에 또 여호와께서 친히 영혼을 불어넣어서 만든 아담의 자손이라고 하더라도 천지는 이 폭악한 짐승에게 그로 말미암아 아무런 벌도 주는 것이 없지 않은가. 천지는 무슨 법칙으로 이것을 정리하며 성인은 무슨 윤리로 이 사실에 광명을 베풀려는고?

나의 이러한 울분에 다소 위무를 주는 것이 있었다면 그것은 두꺼비 설화의 의지의 불멸성 그것이다. 두꺼비가 능구렁이에게 먹혀서 오히려 먹히지 않는 것은 두꺼비의 의지다. 약육강식이란 말이 그대로 생물계의 원칙인 바엔 두꺼비의 운명은 모든 생물이 저마다 지고 있는 운명이다. 이에 두꺼비가 그의 운명을 극복하는 것은 그의 강인한 의지인 것이다. 능구렁이의 뼈마디에서 적은 거미 같이 까맣게 기어 나온다는 그 무수한 두꺼비 새끼들은 운명을 극복한 두꺼비의 의지적 표현 그것이다.

먹혀서 오히려 죽지 않는 것 죽어서 오히려 멸하지 않는 것 찬재(燦哉)이 어찌 의지의 광휘가 아니랴!

희랍 신화에는 제 몸을 사른 몰약(沒藥), 육계(肉桂), 감송향(甘松香)의

재[灰] 속에서 영겁을 두고 다시 소생하곤 한다는 '피닉스'의 설화가 있
고 신약성경에는 한 알의 밀이 땅에 떨어져 죽지 않으면 한 알 그대로
있고 죽으면 많은 열매를 맺는다논 구절이 있다.

'피닉스'의 신비주의와 '밀알'의 윤리가 우리 섬공설화(蟾公說話)의 의
지적 불멸과 일맥상통하는 바 있다.

허나 '피닉스'가 가지는 바 불멸의 정신이란 어디까지 운명적이며 운
명 그것이지 운명의 극복은 아니며 '밀알?'의 윤리가 가지는 바 그 광명
과 그 구원도 밀알 자체의 의지적 광휘거나 불멸은 아니다.

* * *

두꺼비 설화의 정신을 나는 창작에도 시험해 봤다. 그것이 곧 월전(月
前)의 졸작 두꺼비라고 제(題)한 단편이다. 해작(該作)에서 나는 창작상의
자기의 리얼리즘 정신의 작용과 기타 여러 가지 복잡한 사정으로 이 설
화의 정신을 정당히 발휘할 수 없었다. 이에 만족한 예술적 표현은 후
일로 미루거니와 우선 이 설화의 정신이나마 정면으로 공개해 보려는
것이 이 소문(小文)을 초(抄)하게 되는 나의 본의(本意)다.

—기묘(己卯) 팔월 십육일

—『조광』, 1939.11

창작의 과정과 방법

『무녀도(巫女圖)』편

김동리

제1장

작품에 따라서 그 형성 과정(形成過程)도 가지가지라 생각한다.

나는 내 초기 작품 중의 하나인 「무녀도(巫女圖)」의 형성 과정을 공개해 보려고 한다.

물론 이것은 당시의 '노트'를 그대로 옮기는 것이 아니다.

그보다도 당시의 내 의식(意識) 내지 잠재 의식(潛在意識) 속에 있었던 것을 그대로 표출(表出)시켜 본다는 형식을 취하기로 한다.

제2장

① 스토리에 대한 의욕 — 낭만적(浪漫的)으로.
② ‘플롯’의 형식은 — 고전적(古典的)으로.
③ ‘테마’ — 신비적(神秘的)으로.

— 이것이 제일 처음으로 내 머리 속에 떠오른 생각이다. 대단히 막연한 것이다. 위에서도 본 바와 같이 ‘낭만적’, ‘고전적’이란 세 개의 낱말이 들어 있을 뿐이다. 이것도 내가 지금에 와서 그렇게 갈라 보는 것뿐이요, 그 당시는 이렇게 ‘스토리’, ‘테마’, ‘플롯’으로 뚜렷이 갈라서 생각한 것도 아니다. 이보다도 더 막연히, 그저 그렇게, ‘신비적’이며 ‘낭만적’인 이야기를 써 보자는 의욕이었다. 그 막연했던 ‘의욕’을 굳이 표현해 보면 이 정도쯤 되었으리란 생각이다.

제3장

① 스토리 — 낭만적으로.
‘낭만적’의 구체화(具體化)로 — 신비한 미소녀(美少女)를 주인공으로 한다. ‘신비한’의 구체화는?
‘신비한’의 구체화 — 불구자(不具者)로
‘신비한 미소녀’를 ‘불구자 미소녀’로
‘불구자’의 구체화는?
귀머거리 — 벙어리?

소경?

절름발이?

② '플롯'의 형식 — 고전적으로.

③ '테마' — 신비적.

　　신비적 — 동양적(東洋的)으로.

—이 작품의 성격이 처음으로 움트기 시작한 것은 이때부터다. 위에서도 보는 바와 같이 처음엔 막연한 'Story적 의욕'에서 출발된 것이다. 그것을 굳이 설명한다면 '낭만적'이라든가, '신비적'이라고 했을 정도다. 요컨대 낭만적이며 신비적인 Story를 클래식한 스타일로 한 번 써보고 싶었던 것이다.

그러기 때문에 처음엔 주로 스토리적 요소에 보다 더 관심을 기울이고 싶었던 것이다. 거기서, 처음엔 그냥 '낭만적'으로만 되어 있던 것이 점점 구체적 형태를 띠기 시작하여, '신비한 미소녀'로 발전하고, '신비한 미소녀'에서 다시 '불구자 미소녀'로 발전해서, '불구자'로는 '귀머거리'로 할까, '소경'으로 할까, '절름발이'로 할까 하는 단계에까지 왔던 것이다.

그러나 내가 앞에서 '이 작품의 성격이 처음으로 움트기 시작한 것은 이 때부터다'라고 한 것은 이러한 Story면(面)의 발전을 의미한 것이 아니다. 그것은 보다 더 ③의 '테마'의 조건에 있어, '신비적'이 '동양적'이란 의미로 취해진 점을 가리킨 말이다.

그러나 이것을 이야기하기 전에 먼저 유의(留意)할 점이 있다.

그것은 이 작품을 제작하는 데(제작 과정) 있어, 처음부터, Story는 어떤 내용으로 할까, '플롯'은 어떤 스타일로 짤까, '테마'는 무엇으로 할까 하는 것이 조목별로 나누어져서 출발되었다는 사실이다.

나는 위에서 이 작품의 동기는 '스토리적 의욕'이라고 말했지만 그것이 그냥 '스토리'가 아니라 '낭만적' 내지 '신비적'이란 조건이 따라 있었던 것이다. 내가 이 글의 제1장에 있어, '낭만적'은 '스토리에 대한 의욕'이란 항목(項目)에 붙이고, '신비적'은 '테마'란 항목에 붙였지만, 이것은 위에서도 언급한 바와 같이 그렇게 뚜렷하게 조항별(條項別)로 갈라져 있었던 의식(意識)도 아니요, 그렇게 될 성질의 것도 아니다. 그러나 그러한 의욕이 제작과정(製作過程)으로 들어서게 되면 언제나 그렇게 갈라서 생각하는 것이 나의 제작 방법(製作方法)의 제일보(第一步)였기 때문에 그렇게 갈라 놓았던 것이다.

이것을 갈라서 추진시켜 나간다는 것은 지극히 중요한 일이라고 생각한다. 그것은 '테마에 강음부(强音符)가 찍힌' '근대문학'에서도 소설 문학에 있어 더욱 그러할 것이다.

이 작품의 경우, 최초엔 그저 '낭만적이며 신비적인 스토리를 쓰고 싶었다'고 한 그 '낭만적이며 신비적'이라고 표현할 수밖에 없었던 그 '무엇' 속에 '테마'의 씨(종자)는 이미 들어 있었던 것이다. 그러기 때문에 그것을 조목별로 나누는 데 있어서는, '낭만적'을 '스토리적 의욕'에 갖다 붙이고, '신비적'을 '테마'에 갖다 붙였던 것이다. 그리고 또 제3장에 와서는, '스토리적 의욕'에 붙은 '낭만적'의 해석을 '신비한 미소녀'란 '신비(神秘)'로 옮길 수도 있었던 것이다.

이와 같이 처음엔 같은 뿌리, 혹은 같은 둥치에서 출발한 '스토리적 요소'와 '테마적 요소'를 조항별로 갈라서 가꾸는 동안, 그것은 어느덧 두 개의 다른 나무 가지가 되어 따로 뻗을 수 있게 된 것이다(이것은 물론 이 작품에 한한 것이 아니고 나의 모든 작품에 공통된 '제작 과정'인 동시 '제작 방법'이기도 한 것이다).

다시 말하자면, 최초의 나의 '낭만적이며 신비적인 스토리를 만들어 보자'는 의욕이, '불구자인 미소녀'의 이야기를 꾸며 보자는 데까지 발전시켜 왔지만, 여기서 만약 '테마'적 조건이 한쪽에서 버티고 있지 않았다고 가정해 본다면 어떻게 되었을까? 그것은 나의 창작적 의욕 — 혹은 창작혼(創作魂)이라고 할까 — 이 어디까지나 '스토리' 본위로 흘렀을 것이다. 그리하여 그것은 어디까지나 ‘낭만주의적 소설’로 흘렀을 것이다. 그리고 그것은 지금의 「무녀도(巫女圖)」와는 상당히 거리가 먼 작품이 되었을 것이다.

그러나 나는 처음부터 ‘테마’ 조목을 설정해 두었기 때문에 ‘스토리’면이 제멋대로 혼자서 뻗을 수는 없었던 것이다. ‘테마’적 조건이 늘 그것을 감시하고 견제하고 지도하였던 것이다. 다시 말하자면 ‘귀머거리 곧 벙어리 미소녀’의 이야기를 쓴다면 그것이 무슨 뜻인가, 하는 조건이었다. ‘의미 없는 이야기’를 용허할 수는 없다. 즉 ‘귀머거리 곧 벙어리 미소녀’의 이야기에 어떠한 철학적 의의가 있는가 하는 문제다.

나는 이러한 ‘테마’면의 견제를 받아 들여야 하였다. 그리하여 나는 이것을 다음과 같이 생각하기로 하였다. ― 나는 ‘귀머거리 곧 벙어리 미소녀’의 이야기를 쓰기로 하였지만, 그것은 주인공의 신분이나 성분(性分)을 설정한 것이지 이야기 줄거리 그 자체는 아니다. 이야기 줄거리를 어떻게 꾸밀까― 이것은 어렵다. 주인공이 ‘벙어리 미소녀’란 것은 어느 정도 이야기의 성격이나 방향을 암시하고 있다고 할 수는 있지만, 줄거리 그 자체를 꾸민다는 것은 지극히 어렵고 또 중대한 창조적(創造的) 사업이다. 여기서 ‘테마’가 ‘의미’를 요구하고 있으니, ‘테마’적 조건에서 줄거리를 생각해 보자. ― 다시 말하자면 이야기 줄거리를 꾸미는 방향이나 각도(角度)로서 ‘테마’적 조건을 가져오자는 것이다.

여기서 다시 제작 의식(製作意識)은 ‘테마’면으로 옮겨 간다. 그리하여 내가 위에서 말한 ‘이 작품의 성격이 처음으로 움트기 시작한 것은 이때부터’라고 하고, 그것은 ‘스토리 면의 발전을 의미한 것’이기보다도 ‘테마’의 조건에 있어 ‘신비적’이 ‘동양적’이란 의미로 취해진 점을 가리킨다’고 한 것에 대한 본론으로 들어간다.

그러면 ‘테마’면에 있어 처음 ‘신비적’으로 되어 있던 것이 왜 ‘동양적’이라고 연역(演繹)이 되었는가? 이 작품의 진정한 비밀은 여기 있을 것이다.

서양에도 신비주의(神秘主義)나 신비사상(神秘思想)은 얼마든지 있다. 그럼에도 불구하고 '신비적'이란 조건이 왜 하필 '동양적'이란 관념으로 옮겨졌는가. 여기서 졸연치 않은 작가적(作家的) 연유(緣由)가 있다. 다시 말하자면 내 자신의 세계관(世界觀)이라든가 인생관(人生觀)이라든가, 하는 것과 결부되어 있는 것이다. 이것을 대충 설명하면 다음과 같다.

제일 먼저 현대 세계(現代世界)에서 출발한다. 현대 세계는 과학 문명(科學文明)의 세계다. 과학 문명이 거의 최고도로 팽창되며 발단된 시대다. 그런데 과학 문명은 합리주의(合理主義) 정신의 발로며 실증주의(實證主義) 정신의 구현이다. 그리고 이 '합리주의'와 '실증주의'의 정신은 처음부터 자연주의적(自然主義的)이며 현세주의적(現世主義的)이며 인간주의적(人間主義的)인 것과 결부되어(르네상스 정신) 출발되었다. 그리고 그것은 곧 기독교적(基督敎的)인 것, 초자연주의적(超自然主義的)인 것, 피안주의(彼岸主義)적인 것, 신본적(神本的)인 것, 신비적(神秘的)인 것에 대한 회의(懷疑) 내지 반발 불신에서 출발하여, 그것의 부인(否認)·타도(打倒)·지양(止揚) 등으로 뻗은 것이다. 그리하여 그 결과 근대의 저 난만한 과학 문명 내지 인간주의 문학의 꽃을 피운 것은 좋다.

그러나 '신(神)'과 '피안(彼岸)'과 '신비(神秘)'를 잃은 근대인이 이에 대체(代替)될 만한 어떤 정신적 구경(精神的 究竟)을 갖지 못하게 된 것은 예기하지 못했던 새로운 비극이 아닐 수 없다. 왜 그러냐하면 '신'과 '피안'과 '신비'에 대체된 '기계'와 '지상(地上)'과 '과학'은 '인생'의 필수조건(必須條件)인 '무한(無限)'에의 통로를 막아 버렸기 때문이다. '인간'은 일면에 있어 '과학적'인 구명(究明)을 요구하지만 다른 일면에 있어서는 그 '생(生)'이 '무한'과 결부되기를 '본질적'으로 원하는 존재인 것이다.

이러한 차질과 모순의 결과는 세기말(世紀末)이라는 '허무(虛無)'의 '심연(深淵)'과 '실의(失意)의 비극'을 가져오게 한 것이다.

우리가 과거의 '종교'나 '신'의 세계로 그래로 복구할 수는 없다고 하더라도 '허무의 심연'이나 '실의의 비극'에서 안주할 수는 없다. 우리는 또 다시 '기계'와 '지상'과 '과학'을 지양하는 동시에 '무한에의 통로'를 새로이 개척해야 한다. 그것은 어떤 의미에서 새로운 '신'이나 새로운 '종교'를 찾는 길이 되어도 좋다.

그러면 그러한 의향(意向)은 어찌하여 '동양적'이 되는가? 그것은 다음과 같은 지극히 명료한 이유에 기인한다. 즉 근대의 과학 문명은 근대의 유럽 사람에 의하여 건설되었고, 또 그들에 의하여 세계를 정복하였다.

그러면 서양에서 신비를 찾을 수는 없는가? 전혀 없는 것은 아니지만 본질적으로 '신비적'이기보다도 '과학적'에 가깝다. 또 그들의 신비의식(神秘意識)은 대개 기독교와 결부되어 있는데, 그 기독교를 두고 말하더라도 근본적으로는 동양에서 산출된 것이다.

그리고 또 새로운 성격의 '신'이나 '종교'를 찾는다면 굳이 기독교에서 찾을 필요가 없다.

'신비적'이 '동양적'으로 옮겨지는 데는 이상과 같은 '정신적 조건'이 작용하였던 것이다.

그러면 '새로운 성격의 신이나 종교'를 찾는다는 이 정신은 나의 문학적 창조에 어떻게 반영시킬 수 있는가? 그것은 새로운 인간형(人間型)의 창조로서 구현시켜야 한다. 왜 그러냐 하면 소설문학의 제일 과제는 언제나 '인간형의 창조'에 있는데, 소설을 통하여 그 정신을 반영시키려면 이 방법을 택하는 수밖에 없다. 그러면 이상과 같은 조건에서 '새로운 인간형'이란 어떠한 기본적(基本的)인 조건에 입각해야 하는가?

첫째, 그것은 동양적인 인간형이라야 한다.

둘째, 그것은 '무한에의 통로'를 곁들인 인간이라야 한다.

이러한 '인간형'을 어디서 찾을 것인가?

제4장

① 스토리의 주인공이 될 '벙어리 미소녀'는 첫째 '동양적인 인간형'이라야 하며, 둘째 '무한에의 통로를 곁들인 인간'이라야 한다.

'벙어리 미소녀'의 이름은 '낭이(琅伊)'라고 한다.

'낭이'는 동양적인 신비와 애수(哀愁)를 품은 여자다.

'낭이'의 '신비'와 '애수'를 어떻게 해서 '무한에의 통로'와 결부시킬까?

순정(純情)으로서 할까? 그러나 그것은 성립되지 않는다. 왜? 그것은 하필 동양의 소녀에게서만 발견할 수 있는 성질의 것이 아니니까.

해금(奚琴)을 타게 할까? 혹은 서예(書藝)? 혹은 묵화(墨畵)

'예술'로써 '무한에의 통로'와 결부시킨다는 것도 역시 앞의 '순정'의 경우와 같이 첫째 조건과 결부되지 않는다. 서양 소녀에게도 있을 수 있는 일이니까.

? ? ?

② '플롯' — 생략.

③ '테마' — 동양적.

‘동양적’을 ‘한국’에서 찾자.

한국의 고유한 ‘넋’이나 ‘얼’은 무엇인가? 한인(漢人)의 유교(儒教)나 인
도의 불교(佛教)에 해당될만한 한국 고유의 정신적 바탕은 무엇일까.

그것은 유교나 불교가 들어오기 이전부터 있던 것이라야 한다.
‘삼국시대(三國時代)’나 ─‘신라(新羅)’ ─‘화랑(花郞)’
‘화랑’의 근본은 무엇인가?
‘화랑’은 어떠한 정신적 바탕에서 생겨난 것인가.
처음부터 오늘날 우리가 생각하는 신라 시대의 화랑, ─‘사다함(斯多
含)’, ‘관창(官昌)’, ‘김유신(金庾信)’ 등을 연상하는─그러한 화랑이 있었
던 것은 아닐 것이다.
그것은 무엇일까?

‘붉 ᄋ’? ‘샤머니즘’ ─무당─.

그렇다! 오늘날 우리가 생각하는 ‘화랑’의 바탕은 오히려 오늘날 우
리가 생각하는 ‘무당’에 가까울 것이다.

‘무당’이 좋다!

─‘낭이’를 주인공으로 삼고, ‘테마’적 조건을 받아들이는 길은 일단
막혔다. 세 개의 ?가 찍혔다.
그 대신 ‘테마’면이 활발하게 진출하기 시작한다. 이것은 제3장부터
눈에 띄는 것으로 주목할만한 일이다.

제5장

① 스토리 — 벙어리 미소녀.

'낭이' — '무당'에서 '새로운 인간형'을 찾는다.

'낭이'를 무당으로 만들까?

소녀 무당은 없다.

무녀(巫女)를 따로 설정하고 '낭이'와 결부시킬까? 그것은 된다. '낭이'
의 어머니가 무당이라고 해도 된다. 그런 경우 '낭이'의 '신비성'과 '애
수'는 문제가 없다.

이런 경우 주인공은? 곤란하다. '낭이'냐? '무당'이냐?

무당의 이름은? 특이해야 한다. 내 어릴 때 '서악무당'이라고 유명했
었다. '서악(西岳)'은 땅 이름이다. 땅 이름 —'모량(毛良)'? '화(火)'? '모화
(毛火)'! '모화'가 좋다. '모화'라는 이름도 있었던 듯싶다.

② '플롯' — 생략.

③ '테마'

'모화'를 통하여 '기계'와 '지상'과 '과학'을 지향하고 '무한에의 통로'
를 곁들인 새로운 인간형을 형상화(形象化)시켜야 한다.

‘모화’를 한 개 ‘이국정조(異國情調)’나 ‘지역적 특이성’ ‘회고취미(懷古趣味)’ 등으로 떨어뜨려서는 안 된다. 그것은 어디까지나 현대적인 ‘허무’와 ‘절망’을 물리치고 새로운 세기의 ‘인간상’이 될 수 있는 예언적(豫言的)인 ‘인간형’이라야 한다.

‘Faust’와의 대체(代替)!
‘파우스트’에서 모화로!
‘모화’가 ‘파우스트’와 대체될 새로운 세기의 ‘인간상’이란 것은 아무도 모를 것이다. 내가 그렇게 말한다면 남들이 비웃을 것이다. 그러나 백 년만 두고 봐라! 모든 것이 증명될 것이다! 역사가 증명해 줄 것이다.

그러기 위해서는 충분한 ‘형상’을 주어야 한다. ‘보편성’을 주어야 한다.

—이 단계에서부터 나의 창작적 정열과 의욕과 야심이 갑자기 ‘낭이’에서 ‘모화’로 옮겨지는 것이 보인다.
①에서는 주인공을 ‘낭이’로 할까, ‘모화’로 할까 하고 주저하고 있으나, ③에 가서는 ‘낭이’는 거의 존재도 없어지고 ‘모화’ 생각만 하고 있다. 동시에 그녀에 대한 작가적 야망(野望)과 애착의 불길은 하늘에 뻗칠 듯하다.
지금에 와서 보면, 그 당시의 나의 ‘모화’나 이 작품(巫女圖)에 대한 야망과 애착엔 상당한 젊음의 소치도 없지 않게 생각된다. 지금의 나의 솔직한 고백으로 말한다면, ‘모화’라는 ‘인간상’의 착상(着想)의 깊이와 스케일로 보아서는 ‘파우스트’를 능가하는 점이 없는 바도 아니다. 그러나 그 ‘착상’과 그것의 예술적 성과와는 상당히 거리가 먼 것이다.
첫째 ‘볼륨’에 있어 큰 차이가 있다. 형상면(形象面)에 있어서도 그렇다. 정신적 현실성(역사적 의의)에 있어서도 투철하지 못하다. 나는 앞으로 ‘모화’에다 보다 더 충실한 형상을 부여할 계획으로 있다.

제6장

① 스토리 — ‘모화’를 주인공으로 한다.

무당에 대한 자료 수집.
굿 구경.

인물 구경 — ‘모화’ · ‘낭이’ · ‘낭이’의 아버지.

‘낭이’의 ‘신비’와 ‘애수’에 관련될 인물.
‘모화’와 ‘아버지’ 이외의 인물 — 남자라야 한다. 그는 ‘낭이’의 오빠
(異姓同腹)로 한다. 이름은 ‘욱이(昱伊)’.

‘욱이’가 ‘낭이’에게 임신을 시키기로 한다.
‘낭이’의 태도?
‘모화’의 태도?

② (플롯) — 생략.

③ ‘테마’

‘모화’는 ‘무당’으로서의 이적(異蹟)을 행한다. ‘서야적’인 것, 즉 ‘합리

주의적'인 것의 지양!

　'모화'가 갖는 '무한에의 통로' ― '모화'가 '자연'의 분신(分身)이다.
　'자연'을 좋아한다기보다 '자연' 그 자체다. '자연'과의 거리가 없다.
산은 '산신(山神)'이요, 물은 '용신(龍神)'이요, 그것은 그녀의 부모와 같
다. 그 밖에 하늘의 별·구름·바람·꽃·새·모든 것이 그녀에게 있어
서는 가족들이다.

　'물아동체(物我同體)' ― 이것이 '모화'의 생리(生理)다.
　따라서 '모화'에게는 일반 인간과 같은 '죽음'이 있을 수 없다.
　'물아동체' ― '사생일여(死生一如)'!

　'모화'를 죽이자!
　그러나 그녀 자신은 죽는 것이 아니다. '물아동체'라는 그녀의 특수
한 생리와 의식을 모르는 일반 사람이 볼 때는 죽는 것 같이 보이지만,
그녀 자신은 같은 '율동(律動)' ― 맥박 ― 으로써 살고 있는 것이다.

　'자연' 그 자체인 '모화'의 생리에는 '죽음'이 없다. '무한에의 통로'
성취!

　―여기 와서는 완전히 '테마'가 스토리를 개척해 나간다.
　'무당'의 특질(特質)을 '자연'에의 무거리(無距離)에서 본 것은 좀 막연
하나마 주목할 점이다. 그것은 한 개의 사상이요 한 개의 발견이다. '모
화'의 착상으로 말미암아 무아경(無我境)에 도취한다싶이 되어 있던 그
당시의 나의 특수한 감흥에 인한 것으로 보여진다.
　'자연과의 무거리'에서 이내 '물아동체'가 오는 것은 쉬운 일이요,
'물아동체'에서 '사생일여(死生一如)'가 오는 것은 더욱 당연한 일이다.

그리고 여기엔 불교적(佛敎的) 영향이 있었다는 것도 고백해 두어야 하겠다. 나는 「무녀도」를 쓰기 전 약 1년간 절간에 가 있었던 것이다.

그러나 일반 독자에게 있어서는 '물아동체에서 사생일여가 오는 것은 더욱 당연하다'고 한 말이 좀 비약적으로 들릴는지 모른다. 여기엔 '나[我]'가 없다면 '죽음'도 없다는 불교적인 상식이 전제되어 있는 것이다. '나'가 있기 때문에 '죽음'도 없다. 본래 '나'가 없었다면 '죽음'이 따를 리 없지 않은가. 동시에 '나'가 있다는 말은 '나 아닌 것'이 있단 말이다. '물아동체'의 '물'이 곧 '나 아닌 것'이요, '아'가 곧 '나'다. 따라서 '나 아닌 것'과 '나'가 한 가지[同體]라면 죽고 삶이 따로 있을 수 없다는 것이다.

'물아동체'가 '모화'의 생리(사상이라고 하는 것과는 다르다)라면 그녀에게 죽음이 있을 수 없다는 것도 당연하단 뜻이다.

「무녀도」의 마지막 장면에는 '모화'가 춤을 추면서 물 속에 잠긴다. 그런데 그 춤의 '율동'과 천지의 율동이 한가락이었다고 되어 있다.

제7장

① 스토리
'모화'의 '동양적'인, '물아일동'의 특수한 무당적 생리를 대조적으로 표현하기 위하여 '서양적'인 것과 부딪히게 한다.

'기독교'의 등장 — 충돌.
여기서 기독교는 '서양적'인 것의 한 대표로 '모화'와 부딪힌다.

‘동양’과 ‘서양’의 새로운 대결! 이것을 강조하기 위하여 ‘욱이’를 기독교도로 만든다.

‘모화’는 ‘욱이’를 굉장히 사랑하지만 ‘신’과 ‘신’의 대결로써 드디어 그를 칼로 찌른다(또렷한 의식이 없이).

‘욱이’를 기독교도로 만들기 위해서는 처음의 계획을 고쳐야 한다.

기독교도로 하여금 누이동생과 더불어 간음시킬 수 없다고 생각해서다.

② ‘플롯’ — 생략

③ ‘테마’

기독교의 공세는 쉬지 않는다.

‘모화’의 마지막 도전이 전개된다.

죽어도 죽지 않음을 보임으로써 ‘서양’에 대한 ‘동양’의 유구한 승리를 보인다.

죽어도 죽지 않음을 보임으로써 새로운 ‘인간형’의 ‘무한에의 통로’를 제시한다.

—‘욱이’를 기독교도로 바꾸는 데 있어 약간의 차질이 생긴다. 이것도 이 작품에서 철저히 해결되지 못한 점이다.

기독교를 ‘서양’의 상징 같이 취한 점도 모순이다. 기독교의 ‘교회’와 및 그 신도들은 현실적으로 보아서 ‘서양적’인 것의 한 대표로 볼 수 있지만, 기독(예수)이나 그의 직계 제자들은 지역적으로 보아서 오히려 동양에 속해 있는 것이다.

여기서 내가 취한 것은 '기독' 그 자체가 아니고 '기독교적 현실'이었던 것이다.

그러나 이것도 엄밀히 따져서 모순성이 없지 않다.

부기(附記)

「무녀도(巫女圖)」의 '형성 과정'을 자세히 설명하려면 이보다도 몇 곱절의 지면이 소요될 것이다.

'플롯'면의 설명을 대개 생략한 것은 여기 그 중요한 이유가 있다.

나는 앞으로 이 작품을 중편(中篇) 정도로 고쳐 쓰려 하고 있다.

—『신문예』, 1958.11

| 필자 소개 |

구재진 서울대 국어국문학과 및 동 대학원 졸업. 현재 국민대학교 교양과정부 전임 강사. 논문으로 「1960년대 장편소설연구」, 「한국 현대소설의 무의식과 욕망 연구—1950년대를 중심으로」, 「최인훈 소설에 나타난 노스탤지어와 역사감각」 등과, 저서로 『1960년대 한국소설의 주체와 담론』이 있음.

김병구 서강대 국어국문학과 및 동 대학원 졸업. 현재 숙명여자대학교 의사소통센터 조교수. 논문으로 「1930년대 리얼리즘 장편소설의 식민성 연구」, 「염상섭의 〈사랑과 죄〉론」, 「이광수의 〈무정〉론」 등과, 역서로 『기억 서사』가 있음.

박용규 서울대 국어국문학과 및 동 대학원 졸업. 현재 서울대학교 강사. 논문으로 「조선문학가동맹의 민족문학론 연구」, 「황순원 소설의 개작과정 연구」 등이 있음.

박진숙 서울대 국어국문학과 및 동 대학원 졸업. 현재 성균관대학교 학부대학 전임강사. 논문으로 「이태준 문학 연구—텍스트와 내포독자를 중심으로」, 「이태준의 언어의식」, 「한국 근대문학에서의 샤머니즘과 '민족지(ethnography)'의 형성」 등이 있음.

이양숙 서울대 국어국문학과 및 동 대학원 졸업. 현재 서울시립대학교 객원교수. 논문으로 「최재서 문학비평연구」, 「해방 직후 문학이념과 정책논쟁」, 「해방 직후 임화의 민족문학론에 대하여」, 「역사의 전위가 된 다섯 시인의 노래」 등이 있음.

조현일 서울대 국어교육과, 국어국문학과 대학원 졸업. 현재 홍익대학교 강사. 논문으로 「임화 소설론 연구」, 「자유주의와 우울—김승옥론」 등과 저서로 『전후소설과 허무주의적 미의식』, 『한국문학의 근대성과 리얼리즘』 등이 있음.